Tim Herden

Norderende

Ein neuer Fall für Rieder und Damp

mitteldeutscher verlag

Tim Herden, geboren 1965 in Halle (Saale), arbeitete nach dem Studium der Journalistik in Leipzig zunächst als wissenschaftlicher Assistent und Journalist, ehe er 1991 Redakteur beim Mitteldeutschen Rundfunk in Dresden wurde. Heute ist er Korrespondent im ARD-Hauptstadtstudio Berlin. „Gellengold“ war sein erster Krimi, 2012 erschien mit „Toter Kerl“ sein zweiter Hiddensee-Roman.

Für Tino

Wie der Sternenhimmel über der Ostsee – so funkelte das Licht der alten Laterne durch die kleinen Löcher im Stoff des Zeltkinos in Vitte. Auf der nicht mehr ganz taufrischen Leinwand umwarb ein brummiger Gerard Depardieu eine kesse Blondine. „Chanson d'amour" stand auf dem Programm. Der Film war ganz nach dem Geschmack des Publikums. Jedenfalls war der erste Auftritt Depardieus von einem Chor wollüstiger Seufzer des nahezu ausschließlich weiblichen Publikums aufgenommen worden. In dicke Fleecejacken und knallgelbe Ostfriesennerze gehüllt, drängten sie sich auf dem harten Kinogestühl. Dazu lag ein Hauch von Mückenschutzmittel in der Luft. Die warmen Körper in der feuchten Nachtluft des späten Septembers lockten die Quälgeister in Scharen herbei und ließen sie satte Beute machen.

Die Zeit des Altweibersommers war die Saison der alleinstehenden Frauen auf Hiddensee. In Scharen strömten sie auf die Ostseeinsel. Im Sommer hatten sie auf Urlaub verzichtet, damit Familien mit Kindern in die Ferien fahren konnten. Single-Männer zog es offenbar nicht gleichermaßen zum Inselurlaub. Sie waren jetzt zum Leidwesen der zahlreichen Touristinnen auf der Insel Mangelware.

Fast uniform waren die Frisuren der Frauen im Publikum. Halblang, gern etwas asymmetrisch geschnitten, pflegeleicht und praktisch für jedes Wetter, das die Insel jetzt bot: Sonnenschein, Sturm und Regen. Dazu baumelte einseitig an den Ohren bunter Modeschmuck in Form geometrischer Figuren: Kreise, Dreiecke oder Filzgebilde.

Birte war die Ausnahme. Sie war die einzige Frau, die an diesem Abend ein kurzes Sommerkleid trug. Und sie war mit einem Mann erschienen. Ihr war es egal, ob sich der französische Barde auf der Leinwandbühne noch zu einem Happy End sang. Ihr Interesse galt ausschließlich Markus. Seit die Lichter ausgegangen waren, knutschten sie wie Teenager, stießen sich dabei ihre Rippen an den harten Lehnen des Kinogestühls und ließen sich auch nicht vom kritischen Räuspern und Hüsteln ihrer Hinterfrauen stören.

Birte spürte, wie ihr die Erregung ins Gesicht stieg. Markus hatte seinen Arm um ihre Schulter gelegt und strich mit seinen Fingerspitzen, scheinbar zufällig, über die Seite ihrer linken Brust. Schwärme von Schmetterlingen durchzogen Birtes Bauch. Ein Gefühl, das sie seit Jahren vermisst hatte.

Der Abspann ertönte. Während die Namen der Darsteller über die Leinwand flimmerten, ging langsam das Licht an. Die Kinobeleuchtung bestand aus alten DDR-Wandlampen und warf nur Dämmerlicht in das Kinozelt. Das Publikum schälte sich aus den engen Sitzen. Beine und Arme wurden mit leisem Stöhnen gestreckt. Den Blick nach unten gerichtet, um nicht auf dem Kopfsteinpflaster zu stolpern, strömte man dem Ausgang entgegen.

Birte und Markus saßen noch. Sie schauten sich in die Augen. Ihre Gesichter waren verschwitzt.

„Und was jetzt? Zu Sebastian und Katharina zurück?“, fragte Markus.

Sebastian und Katharina waren ein Freundespaar, das Birte und Markus getrennt voneinander vor Jahren kennengelernt hatten. Sie besaßen ein kleines Ferienhaus in der Dünenheide zwischen Vitte und Neuendorf. Sie hatten die beiden eingeladen, einen Teil des Urlaubs mit ihnen auf Hiddensee zu verbringen. Dort hatten sich Birte und Markus das erste Mal gesehen und waren sofort füreinander entflammt. Markus war ein Mittvierziger, nahezu einsneunzig groß, muskulös mit dichtem schwarzen Haar, das hier und da von grauen Strähnen durchzogen wurde. Ein Mann im besten Alter. Er arbeitete als Politikberater in Berlin. Markus war geschieden. Er litt unter der Trennung von seinen beiden Kindern. Aber hier auf der Insel hatten sich seine Sorgen in Luft aufgelöst. Der Grund war Birte. Sie hatte Kulturwissenschaft studiert, arbeitete als freischaffende Fotografin. Mehr schlecht als recht schlug sie sich durchs Leben. Mit Aufträgen für Design- und Hotelfotografie kam sie gerade so über die Runden. Sie musste deshalb ab und zu eine Hochzeitsfeier ablichten, um weiter die Miete zahlen zu können. Knapp bei Kasse, konnte sie sich eigentlich keinen Urlaub leisten. So kam ihr die Einladung auf die Insel gerade recht.

Seit Markus vor drei Tagen auf der Insel erschienen war, schwebte die kleine blonde Frau mit dem lockigen Kurzhaarschnitt geradezu über die holprigen Straßen von Hiddensee.

Allerdings spürten Birte und Markus, dass die Situation für ihre Gastgeber nicht ganz einfach war. Nachdem sich die beiden nun seit zweieinhalb Tagen anschmachteten, kam eigentlich kein vernünftiges Gespräch mehr zustande. Sebastian und Katharina wirkten angespannt und überfordert. Vielleicht waren sie auch bloß eifersüchtig auf das junge Glück.

Deshalb wäre es nicht gut, dachte sich Birte, jetzt zu Sebastian und Katharina zu fahren und sie als Ohrenzeugen an ihrer zweiten Liebesnacht teilhaben zu lassen. Die beiden Schlafzimmer im Obergeschoss des Ferienhauses waren lediglich durch eine dünne Wand getrennt. Privatsphäre gab es praktisch nicht.

„Wir könnten noch was unternehmen“, schlug Birte vor. „Sebastian und Katharina werden uns wahrscheinlich nicht vermissen.“

Markus zog die Augenbrauen nach oben.

„Ganz sicher nicht! Denen geht unser Flirtalarm nämlich total auf die Nerven. Vielleicht brauchen sie mal ’ne Pause.“

„Habe ich gar nicht mitbekommen … Also zurück an den Strand?“

Dort hatten sie vor dem Kino lange Zeit eng umschlungen gesessen und dem Anschlagen der Wellen zugeschaut.

Birte schlug die Augen nieder. Sie bohrte ihre Schuhspitze in eine der Sandfugen zwischen den Pflastersteinen des Kinobodens. „Ich habe da vorhin einen kleinen Abzweig kurz hinter der Düne gesehen. Da liegt ein altes Ruderboot. Ist vielleicht ein ganz nettes Plätzchen für ..."

Markus grinste: „Gute Idee."

Draußen nahm sie Markus an die Hand. Sie gingen am Kino vorbei in Richtung Strand. Der Weg war in der Dunkelheit kaum zu erkennen. Orientierung bot nur das Glitzern der Ostsee im Mondschein. Kurz vor dem asphaltierten Dünenweg zog Birte Markus nach rechts. Sie zwängten sich an Sanddornsträuchern vorbei in das kleine Strandwäldchen. Dort lag das alte Ruderboot, den Kiel nach oben. Markus setzte sich und nahm Birte auf den Schoß. Sie schlang ihre Beine um seine Hüften. Die beiden begannen sich heftig zu küssen. Markus schob seine Hände unter Birtes Kleid und fühlte ihre nackten Beine.

Sie versuchte, seine Hose zu öffnen. Er hielt sie kurz zurück.

„Warte mal. Ich steh' mal kurz auf."

Während Markus seine Hose auszog, ging Birte etwas zur Seite. So ein großer Mann brauchte einen großen Bewegungsspielraum. Plötzlich spürte sie an ihren Waden einen Widerstand. Sie verlor das Gleichgewicht und stürzte mit wedelnden Armen nach hinten, fiel aber weich auf eine Art Stoffballen. Zuerst dachte sie, es wäre vielleicht ein Fischernetz. Doch als sie sich mit ihren Händen abstützen wollte, um wieder aufzustehen, spürte sie menschliche Haut. Birtes Schrei durchschnitt die laue Herbstnacht.

I

Stefan Rieder betrachtete seine Unterarme. Sie waren übersät mit Kratzern. Ein paar Blutstropfen waren durch die geschundene Haut gedrungen und bildeten nun rötlichbraunen Grind. Außerdem war sein Gesicht gezeichnet von Dutzenden Mückenstichen. Rieder fragte sich, was ihn dazu getrieben hatte, diese Tortur über sich ergehen zu lassen. Aber wenn er ein richtiger Hiddenseer werden wollte, musste er auch lernen, Sanddorn zu melken. Das jedenfalls hatte sein Nachbar Malte Fittkau behauptet.

Den ganzen Vormittag waren Malte und er durch die Sanddornbüsche am Ende des Wiesenweges in Vitte gekrochen. Sie hatten die leuchtend orangefarbenen Beeren von den Ästen gestrichen und in Plastikeimer gefüllt. Einziger Schutz gegen die Stacheln an den Ästen waren ein paar alte Lederhandschuhe und gegen mögliche Schlangenbisse hohe Gummistiefel.

Rieder hatte es auch nicht besonders lustig gefunden, als ihm Malte erst mitten im Dickicht der Sanddornbüsche erzählt hatte, dass ihm genau hier vor einem Jahr ein Wildschwein begegnet war.

„Wildschwein?“, hatte Rieder ungläubig gefragt.

„Ja, war nicht groß. Vielleicht so.“ Malte hatte die flache Hand auf die Höhe seiner Hüfte gehalten.

„Das nennst du nicht besonders groß?“ Rieder hatte sich umgedreht und nach einem Fluchtweg Ausschau gehalten. Aber Fehlanzeige. Sie waren schon so tief im Buschwerk verschwunden, dass es bereits unter normalen Bedingungen einige Mühe gekostet hätte, wieder herauszufinden.

„Wie kommen die Schweine auf die Insel?“

„Schwimmen rüber von Rügen. Und hier vor Vitte können sie gut ans Ufer klettern."

Rieder hatte einen Riesenrespekt vor Wildschweinen. Während seiner Dienstzeit in Berlin war er im Grunewald mehrmals ganzen Rotten begegnet. Einmal hatte er sich mit seinem Partner Tom Schade nur knapp ins Auto retten können, als eine Horde angriffslustig aus dem Unterholz auf sie zugestürmt war.

„Letztes Jahr", hatte Malte Fittkau weiter geplaudert, „da haben wir am Seglerhafen ein totes Schwein aus dem Bodden gefischt. Ein Brocken." Er hatte dabei die Arme weit ausgestreckt. „Das wäre ein Braten gewesen. Ist im Eis eingebrochen und nicht wieder rausgekommen."

„Werden die Schweine denn auf der Insel gejagt?"

„Meist nicht. Der Bürgermeister hat sich extra eine Flinte gekauft. Aber dann kamen die Naturschützer. Biosphärenreservat! Wir lassen der Natur ihren Lauf!", hatte Fittkau geantwortet und dabei kurz mit der Hand eine Scheibenwischerbewegung vor seinem Gesicht gemacht. „Schau mal bei deiner nächsten Patrouille etwas tiefer in den Wald am Dornbusch. Schön durchgepflügt. Ob das der Natur so gut tut?"

„Aber ich habe noch nie ein Schwein gesehen."

„Warst du schon mal nachts am Leuchtturm?"

Rieder hatte zwar in den sechs Monaten, in denen er jetzt auf Hiddensee Dienst tat, aus der Ferne nachts oft das blinkende Licht der Leuchtturms auf der Nordspitze der Insel gesehen und als beruhigend empfunden. Aber zu später Stunde war er noch nie dort oben gewesen.

„Wir können ja mal eine Tour machen und nach den Schweinen schauen", hatte Fittkau angeboten. Rieder hatte offen gelassen, ob er diese Offerte wirklich annehmen wollte.

Stefan Rieder war im April auf die Insel gekommen. Zuvor war er Hauptkommissar bei einer Mordkommission in Berlin gewesen. Heute fiel es ihm zuweilen schon schwer, sich an dieses frühere Leben zu erinnern. Es war für ihn weit weg. Die Gewalt in Berlin.

Die ewigen Schichten im Kommissariat. Die endlosen Nächte, wenn Verdächtige beschattet werden mussten. Die Aktenstapel ungelöster oder laufender Fälle. Das Einzige, was ihm fehlte, war sein Partner Tom Schade. „Jung, mach dir mal kein' Kopp", war immer einer seiner Lieblingssprüche gewesen, wenn ihnen ein Fall die letzte Kraft zu rauben schien. Schades rheinischer Lebensmut hatte einfach gutgetan und war ansteckend gewesen. Doch irgendwann hatte auch das Rieder nicht mehr aufgebaut.

Eines Morgens hatte Rieder am schwarzen Brett eine Stellenausschreibung der Polizeidirektion Stralsund entdeckt. Sie suchten einen Polizisten für ein Projekt zur Verbrechensprävention in den Tourismusgebieten an der Ostseeküste. Testort sollte die Insel Hiddensee sein. Er hatte die Stellenanzeige einfach abgerissen und noch am Abend die Bewerbung zur Post gebracht. Seine Zeugnisse waren gut. Mehrfach war er für die Aufklärung von komplizierten Fällen belobigt worden. Seine Besoldungsgruppe passte. Stralsunds Polizeidirektor Bökemüller hatte zwar zunächst einige Bedenken gegen den Mann aus der Hauptstadt, dann hatte er aber doch Rieders Bewerbung, inklusive Rückkehrrecht nach Berlin innerhalb von zwei Jahren, zugestimmt.

Anfang April war Rieder im Polizistenhimmel angekommen. Auf der Insel Hiddensee. Statt Autolärm Meeresrauschen. Statt aggressivem Gebrüll Testosteron-gesteuerter Jugendlicher entspannte Touristen, die über die Insel wanderten.

Ein Quartier hatte Rieder im Wiesenweg in Vitte gefunden. Dort hatte er ein kleines Kapitänshaus gemietet. Es lag mitten auf einer grünen Wiese. Der Zaun zur Straße war überwuchert von einer Rosenhecke, die seit Rieders Ankunft rosa blühte. Jetzt im frühen Herbst begannen sich die Blüten in rote Hagebutten zu verwandeln.

Hier auf der Insel war Rieder seit langem der Wechsel der Jahreszeiten wieder richtig bewusst geworden. Als er ankam, standen in den Vorgärten noch Narzissen und Tulpen. Dann, im späten Frühjahr versanken die Hänge des Dornbuschs im Insel-Norden im gelben Meer des Ginsters. Der Sommer kam, die Zeit der Kirschen und der Königskerzen. Nun kündigten die prallen violetten Brombeeren auf dem Friedhof in Kloster und die orangefarbenen Beeren des Sanddorns den Herbst an. Ein wenig hatte Rieder Angst vor dem Winter, wenn das Leben auf der Insel erstarb. Auf seine Frage, was denn der Hiddenseer außerhalb der Saison tun würde, hatte Malte nur ein Wort gesagt: „Warten."

Malte Fittkau kam über die Wiese geschlendert. Er wohnte auf dem Nachbargrundstück und betrieb eine kleine Ferienpension. Mit Kapitänsmütze, Latzhose und Gummistiefeln wirkte er wie ein traditioneller Hiddenseer Fischer. Allerdings hatte er das Handwerk nie ausgeübt. Er verfügte zwar noch über ein paar Fischrechte im Bodden, die er von seinem Vater geerbt hatte, nutzte sie aber nicht einmal für den Eigenbedarf. Die Tracht war eher als Inselfolklore für seine Gäste gedacht.

Ohne seinen Nachbarn Malte hätte Rieder vielleicht schon an seinem Wechsel von Berlin nach Hiddensee gezweifelt. Doch Malte hatte Rieder auf der Insel Tür und Tor geöffnet und ihn auch mit der Lebensart der Insulaner vertraut gemacht. Malte kannte einfach jeden und wusste alles. Sein heimlicher Spitzname war „Inselfunk". Er stand Rieder bei den kleinen Widrigkeiten des Lebens zur Seite – anders als in der Großstadt gab es hier keine Baumärkte und kaum Handwerker, wenn man ein Ersatzteil brauchte oder etwas zu reparieren war. Dafür gab es Maltes goldene Hände.

„Wieder fit?", fragte Malte und deutete auf Rieders zerschundene Arme.

„Geht schon." Der Polizist wollte nicht als städtischer Softie erscheinen.

„Dann können wir weitermachen."

„Was?"

„Den Sanddorn quetschen."

Rieder sah seinen Nachbarn verständnislos an.

„Die Beeren müssen durchs Sieb für den Saft. Ich habe sie schon mal ein bisschen abgekocht, damit die Schale etwas weicher ist und die Saftpresserei leichter geht."

„Aha. Gibt's da nicht 'ne Saftpresse oder so was?"

„'ne Saftpresse?" Malte schüttelte befremdet den Kopf.

Rieder folgte Fittkau zu seinem Häuschen, einem langgestreckten alten Fischerhaus mit Reetdach. In dem kleinen Hof, der durch die vielen Anbauten um das Haus und die Schuppen entstanden war, standen die Plastikeimer mit den gelben Beeren und ein leerer Bottich. Daneben lagen ein Küchensieb und ein Quirl.

Rieder nahm das Sieb und hielt es ins Licht. „Da soll was durchkommen?"

„Das passt schon", antwortete Fittkau. Er nahm ihm das Sieb aus der Hand und füllte es mit Beeren. Dann begann er mit dem Quirl die Beeren im Sieb zu zerreiben. Der Saft tropfte dickflüssig in den Bottich. Doch die Schalen der Beeren waren immer noch so hart und das Mark der Beeren so breiig, dass das Sieb schnell verstopft war.

„Mach mal weiter!" Fittkau übergab Rieder Sieb und Quirl. Malte verschwand in einem seiner Schuppen. Rieder kam ins Schwitzen. So sehr er auch rührte und quetschte, der Bottich füllte sich nur langsam.

Fittkau kam mit einem Korb voller Flaschen wieder heraus.

„Das Sieb ist zu klein", maulte Rieder. Malte reagierte nicht, sondern ging mit den Flaschen ins Haus.

‚Wenn die alle mit Saft gefüllt werden sollen', dachte sich Rieder, ‚dann muss ich die ganze Nacht rühren.'

Fittkau machte ihm ein Zeichen, mal anzuhalten. Er schaute in den Bottich, der jetzt gerade halbvoll war. Dann setzte er einen Trichter auf eine Flasche und füllte nun ganz vorsichtig etwas Saft aus dem Bottich hinein. Dann hielt er die Flasche hoch und nickte. Offenbar war er mit der Qualität des Sanddornsaftes zufrieden. „Sieht gut aus. Bin gleich wieder da."

Fittkau verschwand mit dem Bottich im Haus, kam aber gleich wieder mit dem leeren Gefäß zurück. „Während ich drinnen den

Saft aufkoche und in die Flaschen fülle, kannst du hier weitermachen."

Dann stellte er den Bottich wieder hin und machte eine kreisende Bewegung, damit Rieder mit dem Quetschen der Beeren fortfahre.

Langsam ging die Sonne unter. Rieder sah vor lauter Rühren nicht, wie sich der Himmel im Westen der Insel blutrot verfärbte. Erst als Fittkau das Außenlicht an seinem Häuschen anmachte, wurde ihm klar, wie lange er jetzt schon Sanddorn durch das Küchensieb matschte.

Rieder stand auf. Das Brennen auf den Armen war verschwunden. Dafür schmerzte sein Rücken. Er streckte sich und lief ein paar Schritte. Dabei sah er, wie eine Frau hektisch an die Tür seines Häuschens klopfte. Es war seine Nachbarin zur anderen Seite. Dora Ekkehard, die Kinofrau. Als sie Rieder entdeckte, stürmte sie auf ihn zu.

II

Sie müssen sofort kommen. Am Kino liegt ein Toter!“, rief Dora völlig außer Atem.

Rieder kratzte sich am Kopf und wiegte den Kopf hin und her. „Ich bin eigentlich nicht zuständig. Ich habe frei. Sie müssten sich bitte an Herrn Damp wenden.“

„Zuständig, zuständig … Wo sind wir denn hier? Da liegt ein Toter, und Sie erklären sich als Polizist für nicht zuständig. Wir sind hier doch nicht auf dem Finanzamt!“ Die Augen von Dora Ekkehard blitzten vor Zorn. Sie stemmte ihre Arme in die Hüften des kompakten Körpers.

„Haben Sie schon versucht, Damp zu erreichen?“

„Habe ich! Mailbox!“

Ole Damp war wie Rieder Inselpolizist auf Hiddensee und seit kurzem Revierleiter. Beide verband eine innige Hassliebe. Rieder hatte keine Lust, die schwelenden Machtkämpfe im kleinen Inselrevier neu anzufachen. Damp hatte Bereitschaft, und er würde es Rieder sehr übel nehmen, wenn er sich in seine Kompetenzen einmischte. Andererseits war Rieder klar, bei einem ungeklärten Todesfall konnte man nicht einfach Dienst nach Vorschrift machen.

„Haben Sie schon Dr. Möselbeck angerufen?“

„Der schickt mich doch! Möselbeck hat gesagt, Peter Stein ist nicht eines natürlichen Todes gestorben. Da muss die Polizei her.“

Rieder nickte und war aber zugleich verwirrt. Er ging davon aus, dass es sich um einen Zuschauer aus dem Kinopublikum handelte. Woher kannte Dora Ekkehard den Namen des Toten? „Ein Herr Stein?“, fragte Rieder.

Dora Ekkehard starrte Rieder an, als wäre er ein Außerirdischer. „Mensch, da liegt Peter Stein! Der Bauunternehmer!“

Rieder zuckte mit den Schultern. In sechs Monaten konnte man selbst auf einer kleinen Insel wie Hiddensee nicht jeden Insulaner kennen. Mit einem Peter Stein hatte er jedenfalls noch nichts zu tun gehabt. Aber wenn Möselbeck ein Verbrechen vermutete, musste er jetzt wohl handeln.

„Warten Sie einen Moment …" Er ging in sein Haus, um seine Sachen zu holen. Drinnen versuchte er, Damp zu erreichen. Er tippte die Nummer seines Kollegen in sein Telefon. Es klingelte. Dann meldete sich aber nur die Mailbox. Jetzt gab es nur noch eine Chance.

Rieder wählte die Nummer von seiner Freundin Charlotte Dobbert. Sie betrieb im südlichen Inselort Neuendorf das Strandcafé. Dort war Damp Stammgast. Nachdem es dreimal geklingelt hatte, ging Charlotte ans Telefon. „Hallo, kommst du bald?", säuselte Charlotte ins Telefon. „Ich habe schon fast alle Gäste abgefüttert."

„Sieht schlecht aus", bemerkte Rieder.

„Warum?" fragte Charlotte, und Rieder spürte körperlich ihre Enttäuschung.

„Kann ich dir jetzt leider nicht erklären. Sag mal, sitzt Damp bei dir?"

„Ph, komm doch her und schau selbst nach …", antwortete sie zickig.

„Charlotte! Es ist wichtig!"

„Okay. Er sitzt genau vor mir und ertränkt gerade seinen Frust im zweiten Bier."

„Na prima. Kannst du ihn mir mal geben?"

„Was ist denn eigentlich los?"

„Charlotte, ich brauch' mal Damp. Dringend!"

Er hörte, wie das Telefon über die Theke gereicht wurde. Charlotte Dobbert bemerkte spitz: „Hey, Damp, Mister Wichtig aus Vitte!"

„Sie haben frei", begrüßte Damp seinen Kollegen.

„Und Sie haben Bereitschaft!", gab Rieder zurück.

„Wollen Sie mich kontrollieren?", brauste sein Kollege auf.

„Wieso sollte ich? Wenn Sie mal einen Blick auf Ihr Telefon

werfen, werden Sie sehen, dass schon andere nach Ihnen verlangt haben. In Vitte liegt ein Toter am Zeltkino. Ein gewisser Peter Stein. Möselbeck meint, Sie sollten sich das mal ansehen."

„Was? Wer?", brüllte Damp ins Telefon. Dann hörte Rieder das Rascheln von Damps Uniform. Irgendetwas fiel zu Boden. Vermutlich das Diensthandy. Der Hörer von Charlottes Telefon flog auf die Theke und aus der Ferne drang ein „Ach, Scheiße!" an Rieders Ohr.

„Damp! Damp!", rief Rieder ins Telefon, aber es antwortete ihm Charlotte. „Der ist mit seinem Handy beschäftigt."

„Sag ihm, er soll nach Vitte fahren. Wir treffen uns am Zeltkino." Da war aber schon wieder Damp am Telefon. „Ich hab' das völlig überhört", stotterte Damp, „und es gibt keinen Zweifel? Es handelt sich um Peter Stein?"

Rieder bestätigte es. „So sagt es die Kinobesitzerin, Frau Ekkehard. Sie steht hier bei mir im Garten."

„Das gibt Ärger!"

„Warum? Wer ist denn dieser Peter Stein?"

„Na, der Bauunternehmer!"

„Und?"

„Er ist der beste Freund des Bürgermeisters."

Da klingelten auch bei Rieder die Alarmglocken.

III

Die Neugierde hatte Malte Fittkau zu Rieders Haus getrieben. „Mensch, Dora, was machste hier schon wieder für einen Krach?"

„Kümmer dich um deinen eigenen Kram!", raunzte sie Fittkau an.

Fittkau und Ekkehard waren ebenfalls Nachbarn. Ihre Grundstücke stießen hinter Rieders Haus aneinander. Sie verstanden sich aber nicht besonders gut. Immer wieder gab es Streit. Jetzt ging es um einen umgestürzten Baum. Ein Frühjahrssturm hatte eine Erle auf Doras Grundstück umgeknickt. Der Baum war aber auf Maltes Wiese gekracht und hatte seine Äste in die Wiese gebohrt. Wochenlang war nichts passiert. Dora hatte behauptet, keine Säge zu besitzen, um den Baum zu zerkleinern. Malte hätte eine gehabt, aber sie war zu stolz, ihn zu fragen.

Irgendwann hatte es Malte Fittkau gereicht. Er hatte den Baum zersägt und das Holz in einen seiner zahlreichen Holzschober gestapelt. Das hatte wiederum Dora auf die Palme gebracht. Sie hatte Fittkau wegen Diebstahls angezeigt. Es war Rieder äußerst peinlich gewesen, Malte Fittkau vorzuladen und zu vernehmen. Sein Nachbar hatte geltend gemacht, dass er nach altem Hiddenseer Strandrecht gehandelt hätte. Immerhin wäre der Baum auf seinem Grundstück gestrandet, wie ein Schiff am Strand, und damit sei das Holz nun sein Eigentum. Er würde es auf keinen Fall zurückgeben. Rieder unternahm nun eine Art Pendeldiplomatie zwischen den Grundstücken seiner beiden Nachbarn. Er versuchte einen Kompromiss zu finden. Aber Dora wollte das Holz zurück, und Malte wollte es behalten. Die Fronten waren verhärtet. Beide gingen sich auf der Insel aus dem Weg. Malte benutzte nicht mehr seine Gartenpforte am Wiesenweg, wenn er zum Supermarkt oder zum Strand wollte. Er nahm nun immer den zweiten Ausgang seines Grundstücks an der Sprenge, auch wenn das ein Umweg war. Dora Ekkehard tat es ihm gleich. Auch ihr Grundstück hatte einen Ausgang zum Wiesenweg und zur Sprenge. Eigentlich war es über die Sprenge kürzer, die neu ankommenden Filme bei der Insellogistik im Vitter Hafen abzuholen. Doch nun fuhr sie mit ihrem Fahrrad immer durch den Wiesenweg. Passierte es, dass sie sich an der Kreuzung Wallweg und Wiesenweg begegneten, dann schaute jeder in die entgegengesetzte Richtung. So war ihr Gespräch das erste, das beide seit Monaten miteinander führten.

Rieder kam gerade aus dem Haus, als sich die beiden angifteten.

„Ich hoffe, du erstickst an deinen stinkenden Aalen!“, stichelte Dora. Fittkau nahm das Erlenholz zum Räuchern, und Rieder hatte den Verdacht, so ganz ungelegen war ihm der umgestürzte Baum nicht gekommen.

„Da kannst du lange warten. Ich warte immer noch, dass du mir den Schaden auf meiner Wiese bezahlst. Kannst ja die Kinopreise erhöhen, wenn du nicht flüssig bist.“

Rieder ging dazwischen. „Immer mit der Ruhe!“, rief er. Malte und Dora starrten ihn an.

„Können wir los?“, fragte er die Kinofrau.

Sie schwangen sich auf die Räder und fuhren den Wiesenweg hinunter Richtung Rathaus. Für ihr Alter, Anfang siebzig, legte die Kinofrau ein beachtliches Tempo vor. Rieder konnte kaum mithalten. Dora Ekkehard war eine Institution auf der Insel. Seit über vierzig Jahren betrieb sie zwischen Mai und Oktober das Zeltkino auf Hiddensee. Rieder selbst konnte sich noch erinnern, wie er Ende der sechziger Jahre als Kind mit seinen Eltern und seinen Brüdern auf der Insel Urlaub gemacht hatte. Schon damals verkaufte Dora die Karten für das Kino an dem kleinen Holzschalter vor dem großen halbrunden Zelt. Rieder wusste sogar noch den Titel des Films, den er mit seinem Bruder gesehen hatte: „Husaren in Berlin“. Mit Manfred Krug. Doras Gesicht hatte sich ihm eingeprägt. Er hatte sie deshalb sofort wiedererkannt, als er sie das erste Mal als Polizist auf der Insel wiedertraf. Einige der Urlauber in den Ferienwohnungen in der Nähe des Zeltkinos hatten sich bei der Polizei über den Lärm der Filmvorführungen bei den Spätvorstellungen beschwert. Dora war wütend geworden. „Dann sollen sie doch im Atombunker Urlaub machen. Da ist es hübsch still. Oder soll ich vielleicht Stummfilme zeigen, damit diese Typen ihre Ruhe haben?“ So war sie. Direkt und geradeheraus.

Sie bogen am Rathaus auf die Hauptstraße ein. Hier am nördlichen Ende des Ortes hieß sie Norderende. Das südliche nannten die Hiddenseer dementsprechend Süderende. An der Bernsteinwerkstatt fuhren sie nach links. Ein schmaler Pfad führte zwischen dünnen Bäumchen und Gestrüpp zum Kino. Im Dunkeln wirkte der Weg auf Rieder unheimlich. Auf dem kleinen Vorplatz standen einige Grüppchen herum. Sie diskutierten heftig miteinander. Gleichzeitig mit Rieder und Dora kam auch Damp mit dem Streifenwagen der Inselpolizei an. Das rotierende Blaulicht sorgte für neue Aufregung. Damp sprang aus dem Auto und stürmte auf Rieder zu: „Gibt's schon was Neues?“

„Wir sind auch gerade erst angekommen.“

„Haben Sie schon Durk angerufen?“, fragte der Inselpolizist beinahe ängstlich. Michael Durk war der Inselbürgermeister.

„Noch nicht. Wir sollten erstmal die Lage klären.“ Rieder wandte sich an Dora Ekkehard. „Gehen Sie doch mal voraus zum Kino. Sie kennen sich ja aus.“

„Er liegt nicht im Kino.“ Dora zeigte in Richtung Strand. „Er liegt hinten im Dünenwäldchen.“

Gemeinsam bahnten sie sich den Weg durch die Menschen. Die ersten Gerüchte machten bereits die Runde.

„Die sollen einen erschossen haben.“

„Ich hab' gehört, die haben ein altes Gerippe gefunden. Soll wohl noch 'ne Uniform anhaben.“

„Nee, das ist ein angetriebener Schwarzer, wahrscheinlich ein Asylant.“

„Na das hat uns gerade noch gefehlt, dass das jetzt hier so anfängt wie im Mittelmeer …"

Vor dem Pfad zum Dünenwäldchen blockierte der Krankenwagen den Weg. Der Fahrer saß rauchend im Auto. Als er Rieder, Damp und Ekkehard kommen sah, winkte er kurz, startete das Auto, damit die drei vorbeikonnten auf den Pfad.

Damp hatte eine Taschenlampe aus dem Polizeiwagen mitgebracht, doch als er sie nun anschalten wollte, um in der Dunkelheit den Weg zu beleuchten, blieb sie dunkel. Immer wieder schob er fluchend den Schalter vor und zurück. Nichts tat sich.

„Kein Wunder, wenn Sie nachts immer so viele Bußgeldbescheide ausstellen", meinte Rieder lakonisch Er spielte auf die Lieblingsbeschäftigung seines Kollegen an. Mit Übereifer sorgte er sich um die Verkehrssicherheit der Fahrräder. Das Hauptverkehrsmittel auf der Insel. Dazu legte er sich besonders gern nachts am Rande der Straßen zwischen Neuendorf, Vitte und Kloster auf die Lauer, um uneinsichtige Insulaner und überraschte Urlauber zur Rechenschaft zu ziehen, wenn sie auf ihren Rädern ohne Licht über die Insel fuhren. Rieder war zu Ohren gekommen, dass er es in einer der letzten Nächte besonders arg getrieben haben musste. Vierzig Bußgeldbescheide sollte Damp bei seiner nächtlichen Kontrolle ausgestellt haben. Wahrscheinlich war deshalb die Batterie der Taschenlampe leer. Damp widersprach: „Ach Quatsch, das mache ich doch im Auto. Die Batterie muss feucht geworden sein."

„Dann wird auch bald die Batterie vom Steifenwagen leer sein", prophezeite Rieder. Auch wenn Damp täglich den etwas altersschwachen Passat benutzte, um die wenigen Kilometer zwischen seiner Wohnung in Neuendorf und dem Revier in Vitte zu fahren, reichte das bestimmt nicht aus, um die Autobatterie wieder aufzuladen.

Damp begann die Taschenlampe im Dunkeln auseinanderzuschrauben. „Das ist jetzt nicht Ihr Ernst, dass Sie hier anfangen, die Lampe zu reparieren", empörte sich Rieder.

„Ich will mir doch nicht den Hals brechen."

„Das ist jetzt Schicksal. Wir müssen weiter. Möselbeck wartet auf uns. Frau Ekkehard kennt hier doch jeden Stein. Oder?"

„Ich denke schon", antwortete Dora.

Vorsichtig gingen sie Schritt für Schritt auf dem Weg weiter. Nach fünfzig Metern tauchte die leuchtend rote Jacke des zweiten Sanitäters auf. Hinter ihm standen auch schon mehrere Leute, die von der Strandseite neugierig schauten, was passiert sei. Der Sanitäter strahlte mit einer Taschenlampe die Polizisten an und wies dann mit seinem Arm ins Wäldchen. „Hier entlang. Passen Sie auf die Wurzeln auf." Sie folgten dem Pfad und sahen bald ein Glühen. Es war Möselbeck, der Inselarzt. Er saß auf dem umgekippten Kahn und rauchte seine Pfeife.

„Tach zusammen, oder besser: Gute Nacht!" Er stand auf. „Dann wollen wir mal."

In Berlin hätte die Spurensicherung mit großen Scheinwerfern den Tatort taghell erleuchtet. Hier auf Hiddensee musste das flaue Licht der alten DDR-Stabtaschenlampe, Typ „Artas", reichen, um den Toten in Augenschein zu nehmen.

Der Mann lag neben einem Angelkahn. Rieder erschien der kahle Schädel des Toten riesig. Die Augen waren weit aufgerissen, der Mund leicht geöffnet, als sei er über etwas sehr erstaunt. Die Kleidung wirkte eher schäbig, zur Insel passend. Rieder erinnerte sich, den Mann ab und zu auf der Insel und auch im Rathaus gesehen zu haben.

„Peter Stein. Siebenundfünfzig Jahre alt, achtzig Kilo schwer, einsachtzig groß", stellte Möselbeck den Toten vor. „Vielleicht wäre es mir gar nicht so unnormal erschienen, dass er hier liegt. In seinem Alter ist ein Herzinfarkt nicht unüblich. Und Stein war ein Arbeitstier. Bluthochdruck ist eine Erbkrankheit in der Familie."

Möselbeck machte eine kurze Pause. „Aber?", fragte Rieder.

„Stein hat sich gerade durchchecken lassen in der Uniklinik Greifswald. Gestern habe ich ihm den Befund mitgeteilt", erklärte der Inselarzt. „Alles okay. Herz, Lunge, Magen. Keine stillen Infarkte. Kein Magengeschwür. Nicht mal das Cholesterin war zu hoch. Wenn, dann hatte er nur ein, aus Männersicht würde ich sagen, *das* kleine Problem." Er sah Rieder und Damp vielsagend an und krümmte seinen ausgestreckten Zeigefinger.

„Impotent!", rief Damp laut und hielt sich gleich die Hand vor den Mund.

„Zeugungsunfähig."

„Na und? Seine Frau ist doch auch nicht mehr die Jüngste. Wollte die etwa noch Kinder?"

Möselbecks Blick zu Damp machte, selbst im schwachen Licht der Taschenlampe deutlich, was er von Damps Bemerkung hielt. Er hockte sich hin und winkte den Polizisten, es ihm gleich zu tun.

„Dann habe ich das hier entdeckt." Möselbeck beleuchtete die linke Gesichtshälfte des Opfers. „Sehen Sie die kleine Blutung?"

Der Arzt hielt den Strahl der Lampe auf die Schläfe. „Dort muss er einen Schlag abbekommen haben. Ziemlich heftig. Wahrscheinlich war er nicht gleich tot, aber bald."

Sie standen wieder auf. „Ich will jetzt hier in der Dunkelheit auch nicht groß rummachen an dem Toten, Temperatur messen und so. Aber gefühlt ist er höchstens eine Stunde tot. Wie gesagt, der Schlag muss ihn nicht gleich erledigt haben."

„Das bedeutet, Tatzeit und Todeszeit sind nicht identisch", wandte Rieder ein. „Können Sie vielleicht in etwa sagen, wie viel Zeit zwischen dem Schlag und seinem Tod vergangen ist?"

Möselbeck schüttelte den Kopf. „Das kann nur eine Obduktion klären." Er stand auf. „Also Ihr Fall, meine Herren."

„Aber was machen wir jetzt?", fragte Damp in die Runde. Rieder nahm sein Telefon. „Ich rufe Behm an."

Behm war Chef der Spurensicherung bei der Polizeidirektion Stralsund. Verschlafen meldete er sich.

„Mensch, Stefan, hast du mal auf die Uhr geschaut?"

„Hallo, Holm, habe ich. Aber leider haben wir hier einen Toten, wahrscheinlich erschlagen."

„Oh nein, sag, dass das nicht wahr ist!", fluchte Behm. „Wie sollen wir denn jetzt auf die Insel kommen? Wo liegt er überhaupt?"

„Am Zeltkino."

„Kann ihn nicht bei irgendeinem Thriller der Schlag getroffen haben. Die Herbsturlauber sind doch meist etwas älter. Eine Autojagd, eine Schießerei … da kann doch so was schon mal passieren, wenn die Pumpe nicht mehr so richtig will."

„Ich muss dich enttäuschen. Kein natürlicher Tod. Möselbeck ist sich sicher."

„Tja, dann … ich versuche, die Truppe zusammenzukriegen und zu euch rüberzukommen. Ich melde mich wieder." Damit legte Behm auf.

„Kommen sie aus Stralsund?", fragte Damp. Rieder zuckte mit den Schultern.

Kaum zehn Minuten später rief Behm an.

„Nichts zu machen. Wir kommen nicht rüber. Ich habe mit der Wasserschutzpolizei telefoniert. Es ist dicker Nebel angesagt. Da wollen die nicht los. Ist ihnen zu gefährlich."

„Und was machen wir jetzt?", fragte Rieder.

„Den Tatort sichern."

„Toller Vorschlag. Wir haben hier nicht mal Scheinwerfer. Es gibt eine Taschenlampe. Und die gehört dem Arzt."

„Na, wenn ihr da im Dunkeln schon hübsch rumgetrampelt seid, ist doch sowieso jede Spur zerlatscht. Da kann ich mir die Bescherung auch noch morgen früh ansehen."

„Sollen wir den Toten hier so lange liegenlassen? Vielleicht noch Totenwache halten?"

Rieder hörte Behm durchs Telefon auflachen.

„Haste Angst, er könnte zur Geisterstunde wieder lebendig werden. Sag dir immer: ‚Wer tot ist, beißt nicht.' Nee, im Ernst. Den könnt ihr wegtragen und morgen nach Greifswald schicken, nachdem ich ihn mir angesehen habe. Es gibt doch auf Hiddensee sicher irgendeinen Ort, wo die Toten bis zur Beerdigung aufgebahrt werden."

„In der kleinen Kapelle auf dem Inselfriedhof in Kloster. Ich rufe den Pfarrer an."

„Wir sehen uns dann morgen früh, wenn der Nebel weg ist. Ich melde mich, wenn wir von Stralsund losmachen."

Behm beendete das Gespräch.

„Nebel? Ist doch gar kein Nebel", meinte Damp.

Auch Rieder wunderte sich. Als er in Richtung Ostsee schaute, waren im hellen Mondschein nirgendwo Nebelschwaden zu entdecken. Aber was sollte er machen?

„Wenigstens müssen wir hier nicht die ganze Nacht hocken und den Toten bewachen", meinte Damp erleichtert.

„Die Sanitäter haben einen Bodybag an Bord", meldete sich der Inselarzt. „Ich kümmere mich darum, dass sie die Leiche verpacken." Damit verschwand er in der Dunkelheit und mit ihm das letzte Fünkchen Licht.

„Brauchen Sie mich noch?", fragte Dora Ekkehard. Sie hatte die ganze Zeit schweigend abseits gestanden. Rieder hatte sie beinahe vergessen.

„Ja, schon. Wir müssen noch Ihre Aussage aufnehmen."

„Muss das noch heute sein?"

„Ich denke schon."

„Und die beiden jungen Leute?"

„Welche jungen Leute?"

„Die Stein gefunden haben. Die sitzen noch bei mir im Vorführraum."

„Ach so." Rieder und Damp waren von dieser neuen Information überrascht. „Warum haben Sie bisher nicht gesagt, dass nicht Sie, sondern jemand anderes die Leiche gefunden hat?"

„Ich hab's vergessen. Die Hektik ..."

„Die müssen wir auch noch vernehmen." Rieder überlegte kurz. „Gehen Sie doch schon vor. Wir regeln hier die Sache mit dem Toten und sind dann gleich bei Ihnen." Dora Ekkehard verschwand.

Die Polizisten waren allein. In der Dunkelheit konnten sie einander kaum erkennen.

„Blöde Sache", meinte Rieder.

„Das kann man wohl sagen." Damp war ungewöhnlich versöhnlich gestimmt. Rieder fühlte sich unwohl in seiner Haut. Er spürte so etwas wie Platzangst. Er wollte sich nicht bewegen, um nicht auf den Toten zu treten, und gleichzeitig stand ihm Damps massiger Körper als unheimliche, dunkle Wand gegenüber.

„Was wissen Sie denn über diesen Peter Stein?"

„Nicht viel. Er baut alles auf der Insel, sitzt im Gemeinderat und ist ein dicker Kumpel von Durk. Und da sollten wir jetzt mal ran."

„Ja, ja, aber Stein hat doch sicher auch eine Frau. Sollte die nicht vor dem Bürgermeister erfahren, dass ihr Mann tot ist?"

„Aber ich will keinen Ärger …"

„Mit Durk sind Sie doch mittlerweile fast auf Du und Du?" Bis vor kurzem war das Verhältnis zwischen dem Bürgermeister und Damp sehr gespannt gewesen. Damps Ordnungsliebe ging Bürgermeister Durk gewaltig auf die Nerven. Er hatte mehr als einmal dem Stralsunder Polizeichef in den Ohren gelegen, man möge Damp bitte wieder dahin versetzen, woher er, wenn auch schon vor über zehn Jahren, gekommen war – nach Rügen. Hiddenseer und Rüganer können sich von Natur aus nicht leiden.

Doch dann hatte Damp bei der Aufklärung des Mordes am Inselpfarrer sein Leben aufs Spiel gesetzt. Damit war er in der Achtung von Durk überraschend weit gestiegen. Er hatte Damps Beförderung zum Revierleiter sofort akzeptiert.

Damp traute dem Frieden nicht. Deshalb war es ihm jetzt auch wichtiger, Durk zu informieren, als sich mit dem Leid der Ehefrau zu beschäftigen. Dass sie nun Witwe war, daran ließ sich in seinen Augen sowieso nichts mehr ändern.

„Dann rufen Sie doch Durk an …", gab Rieder nach.

Kaum hatte er das ausgesprochen, hörte er in der Dunkelheit das Klicken der Tasten eines Mobiltelefons und dazu das hektische, aufgeregte Atmen seines Kollegen. Er selbst griff auch nach seinem Handy und suchte in dem beleuchteten Display nach der Nummer von Inselpfarrer Laube.

Wenig später hatten die beiden Sanitäter die Leiche in einem Plastiksack verstaut. Möselbeck ging mit seiner Taschenlampe vorweg, um den beiden Männern den Weg zu leuchten. Allerdings war es trotzdem schwierig, den Toten durch das unwegsame Gelände zu tragen. Ab und zu mussten die beiden Männer den Sack absetzen. Rieder beobachtete das Geschehen mit Missvergnügen. Er konnte jetzt schon Behm poltern hören, wie man hier noch eine vernünftige Spur sichern solle. Aber anders war es wohl nicht zu machen.

Als sie auf den Weg zum Zeltkino einbogen, warteten immer noch viele, um einen Blick auf den Toten zu erhaschen. Die schöne digitale Welt konnte auch zum Fluch werden.

Damp spannte gelbes Band mit der Aufschrift „Polizeieinsatz! Betreten verboten!“ zwischen den Bäumen, um den Pfad zum Tatort und den Weg zum Strand abzusperren. Allerdings würde das wohl kaum die neugierigen Touristen aufhalten, war sich Rieder sicher.

Nachdem die Leiche im Krankenwagen verladen war, fuhren die Sanitäter in Richtung Kloster ab. Die Menschen auf dem Platz machten für das Auto eine Gasse frei und bildeten eine Art Spalier. Unter den Wartenden entdeckte Rieder auch Malte Fittkau. Er nahm sogar seine Schiffermütze ab, als der Krankenwagen vorbeifuhr. Pfarrer Laube hatte versprochen, die Leiche in der kleinen Kapelle neben der Inselkirche aufzubahren und dort auch eine Leichenschau durch die Spurensicherung zuzulassen.

Kaum war das Auto verschwunden, kam Bürgermeister Durk durch die Gasse. Der sonst so dynamische Mann wirkte bedrückt. Wie von einer schweren Last niedergehalten, schleppte er sich zum Zeltkino. Er streckte den beiden Polizisten die Hand entgegen und drückte sie mit leichtem Nachdruck, als hätten sie einen gemeinsamen Angehörigen oder Freund verloren.

Rieders Verhältnis zum Bürgermeister war alles andere als spannungsfrei. Durk war der Mann aus Berlin nicht geheuer. Er fürchtete, er könnte sich in seine Angelegenheiten einmischen. Zugereisten, wie Fremde auf der Insel genannt wurden, begegnete er immer mit einer gewissen Skepsis.

Durk wandte sich an den Revierleiter. „Danke, Damp, dass Sie mich gleich angerufen haben. Haben Sie schon eine Spur?"

Statt des Revierleiters antwortete Rieder. „Wir stehen erst ganz am Anfang. Wir müssen abwarten, ob die Spurensicherung vielleicht noch etwas entdeckt. Die Kollegen können aber erst morgen kommen. Das wird also sicher schwierig ..."

„Wo ist es denn passiert?"

Rieder zeigte in Richtung Strandwald: „Da hinten, an einem alten Kahn."

Durk schüttelte ungläubig den Kopf. „Das ist sein Kahn. Peters Kahn. Früher sind wir damit oft rausgefahren, haben Heringe geangelt. Eimerweise haben wir sie aus der See geholt ... Das ist alles schon so lange her ... Kann ich mir den Tatort ansehen?"

„Das ist keine gute Idee", erwiderte Rieder vorsichtig. „Wir würden unseren Kollegen die Arbeit noch weiter erschweren."

„Ich verstehe ... Peter und ich ... wir waren Schulkameraden, haben in der gleichen Bank gesessen, von der ersten bis zur zehnten Klasse. Hier in der Inselschule." Durk schüttelte den Kopf, als könne er es immer noch nicht fassen.

„Hätten Sie denn einen Verdacht? Wenn Sie ihn so gut kannten ...", fragte Rieder.

Schulterzucken. „Keine Ahnung. Ich kann mir so etwas auf unserer Insel immer gar nicht vorstellen. So ein schönes Fleckchen Erde. Er hat die Insel sehr geliebt." Durk sprach mehr zu sich selbst und schaute dabei in Richtung Tatort. „Tja ... ich versteh' es nicht ... Er hat so viel Gutes für Hiddensee getan."

‚Da übt wohl schon einer für die Trauerrede', dachte Rieder im Stillen. Dafür hatte er jetzt aber keine Zeit. Es ging bereits auf Mitternacht zu. Sie mussten noch das Pärchen befragen, das die Leiche entdeckt hatte, Dora Ekkehards Aussage aufnehmen und die Ehefrau über den Tod ihres Mannes informieren.

„Verzeihen Sie, aber wir müssten noch ein paar Dinge erledigen", unterbrach er Durk.

„Ja, ja, machen Sie Ihre Arbeit. Wenn Sie Hilfe und Unterstützung brauchen, meine Tür steht Ihnen offen.“ Dabei schlug er Rieder kumpelhaft auf die Schulter. Dann drehte er sich um und ging schweren Schrittes davon.

„Der ist ganz schön getroffen.“

„Klar. Stein war die Stütze seines Systems“, meinte Damp leise.

IV

Dora Ekkehards kleines Reich hinter der Rückwand des Kinos bestand aus zwei Räumen. In der kleinen Kammer, die auch gleichzeitig als Verkaufsschalter diente, konnte man kaum treten. An der Wand gegenüber der Tür stand ein riesiger Kühlschrank, daneben die Kästen mit Bier und Erfrischungsgetränken. Unter dem großen Fenster rechts, an dem sie die Kinokarten verkaufte, waren Kartons mit Chipstüten und Süßigkeiten gestapelt. In der Mitte stand ein alter Drehstuhl. Damit konnte sie alle Zutaten für einen zünftigen Kinobesuch erreichen. Im Vorführraum standen drei große Projektoren. Die Schriftzüge und Namen der Firmen deuteten auf ein längst vergangenes Zeitalter. Obwohl die Vorführung nun schon seit fast zwei Stunden vorbei war, war es hier drinnen immer noch heiß und stickig. Auf einer kleinen Bank an der Wand saßen dicht gedrängt Birte und Markus. Er hatte seinen Arm um ihre Schulter gelegt. Sie hielt krampfhaft eine Tasse in der Hand.

Rieder stellte Damp und sich vor. Damp war hinter Rieder in den engen Vorführraum getreten. Eigentlich war für ihn gar kein Platz mehr. Die Abluft der immer noch heißen Projektoren nahm ihm den Atem und trieb ihm den Schweiß auf die Stirn. Außerdem bekam er Platzangst. Er quälte sich wieder zurück zur Tür. „Ich warte einfach draußen. Außerdem muss die Aussage von Frau Ekkehard noch aufgenommen werden." Damp drehte sich um und marschierte hinaus.

Rieder wandte sich den beiden Zeugen zu. „Sie haben also den Toten entdeckt?"

Birte und Markus berichteten, wie sie auf den Pfad abgebogen waren, sich auf den Kahn gesetzt hatten und Birte mit dem Fuß an den Toten gestoßen war. Danach waren sie zum Zeltkino gerannt. Dort hatten sie Dora Ekkehard von ihrem Fund erzählt. Die Kinofrau hatte dann gleich versucht, den Inselarzt zu erreichen.

„Als der Arzt da war, sollten wir hier warten. Und sie ist mit ihm zu dem … Toten“, erzählte Birte. „Sie kam noch einmal zurück, um uns Bescheid zu sagen, dass sie die Polizei holen müsste. Seitdem sitzen wir hier.“

„Ist Ihnen sonst noch etwas aufgefallen? Vor oder nach der Vorstellung?“

Beide sahen sich an und schüttelten dann den Kopf.

„Wir wollen einfach nur nach Hause“, bat Birte ängstlich. „Das war so schrecklich. Wie er da lag.“ Die Frau war den Tränen nah.

„Ich kann Sie verstehen. Aber ich habe leider noch ein paar Fragen. Gab es einen Grund für Ihren Ausflug ins Strandwäldchen? Der Weg endet doch da einfach.“

Birte und Markus erröteten leicht und schauten betroffen auf den Fußboden. Markus fand zuerst die Sprache wieder. „Wir wollten noch ein bisschen allein sein.“ Er machte eine kurze Pause. „Nach dem Film!“

„Aber da hätten Sie doch auch an den Strand gehen können?“

„Ich meinte, völlig allein.“

„Mensch! Sind Sie so schwer von Verstand!“, platzte es aus Birte wütend heraus. „Warum will man allein sein? Im Dünenwald? Mondlicht. Sternenhimmel. Mein Gott!“

Rieder musste grinsen, ein wenig auch über seine eigene Begriffsstutzigkeit. „Schon klar. Und auf dem Weg dorthin? Ist Ihnen da jemand begegnet?“

Beide schüttelten den Kopf.

„Waren Sie davor schon mal dort?“

„Ja, ich“, antwortete Birte. „Im vergangenen Jahr habe ich dort ein paar Fotos von dem Boot gemacht. Es sah so schön aus, wie es von dem Efeu so langsam überwuchert wurde. Zwei Zweige rankten sich über den Kiel …“

„Haben Sie die Fotos noch?“

„Klar."

„Hier?"

„Ich müsste nur auf meinem Computer nachschauen. Den habe ich im Häuschen."

„Ach, Sie wohnen hier auf der Insel?"

„Nein, wir sind im Urlaub bei Freunden, deren Familie hier auf der Insel ein kleines Ferienhäuschen besitzt. In der Dünenheide."

„Das wäre nett. Bliebe noch die Frage: Kannten Sie den Toten?"

Markus schüttelte den Kopf. „Nein! Wir kennen hier auf der Insel niemanden außer unseren Freunden."

„Und in der Dunkelheit haben wir doch auch gar nichts richtig gesehen", ergänzte Birte.

„Woher wussten Sie denn, dass er tot ist?"

„Das wussten wir doch nicht! Wir sind einfach losgerannt. Hierher, um Hilfe zu holen. Das haben wir Ihnen doch schon gesagt", erklärte Markus, der langsam ungeduldig wurde. „Könnten wir endlich nach Hause? Unsere Freunde werden sich schon Sorgen machen."

„Klar. Wir bringen Sie hin. Dann weiß ich auch gleich, wo ich Sie finde, damit Sie die Aussage unterschreiben können und falls es noch ein paar Fragen gibt." Rieder notierte die Telefonnummern. Die beiden würden noch bis Ende der Woche auf der Insel bleiben.

Damp hatte inzwischen die Aussage von Dora Ekkehard aufgenommen. Die Polizisten verglichen kurz ihre Notizen. Sie stimmten überein.

Auch die Kinofrau drängte zum Aufbruch. „Ich würde dann auch gern die Bude zumachen. Wenn es nichts weiter gibt …"

„Momentan nicht." Rieder und Damp verabschiedeten sich von ihr. Sie ließen Birte und Markus in den Polizeiwagen einsteigen und fuhren davon.

„Was nun?", fragte Damp. Sie hatten das Pärchen bis zum Häuschen ihrer Freunde gebracht. Es lag versteckt hinter ein paar

Bäumen am Beginn der Dünenheide, ziemlich nah am Strand. In dem Holzhäuschen hinter den schmalen Birkenbäumen hatte noch Licht gebrannt. Rieder wäre am liebsten mit reingegangen, um sich die Fotos von dem Boot anzusehen und sie irgendwie zu kopieren. Sie wären ein guter Abgleich für Behm, wenn er morgen den Tatort besichtigen würde. Doch dann hatte er die geplagten Gesichter von Birte und Markus im Rückspiegel gesehen.

Damp trommelte aufs Lenkrad und sah auf die Uhr: „Gleich eins."

„Was ist mit der Frau von Herrn Stein?"

Damp seufzte. „Muss das noch sein? Hat das nicht Zeit bis morgen?"

„Nein! Das muss sein. Wo wohnen die Steins?"

Statt einer Antwort wendete Damp den Wagen. Seine Wut ließ er beim Rangieren am Gaspedal und an der Bremse aus. Rieder wurde kräftig durchgeschüttelt. Die Hinfahrt über den Sandweg zum Haus der Freunde von Birte Seige und Markus Kasan war im Vergleich zur Rückfahrt eine Spazierfahrt gewesen. Jetzt gab Damp alles. Er bretterte durch die Kuhlen. Rieder hielt sich krampfhaft am Griff am Wagendach fest und streckte die Füße gegen den Boden. „Geht es auch etwas langsamer?"

Damp reagierte nicht. Über den Deichweg ging es in hohem Tempo bis zum Wiesenweg. Dort bogen sie links ab und fuhren durch das nächtliche Vitte, am Hafen und am Rathaus vorbei nach Kloster. Kein Mensch war mehr unterwegs. Alle Fenster waren dunkel. Die Insel wirkte wie ausgestorben.

Am Platz vor dem Inselmuseum in Kloster bremste Damp scharf. „Da wären wir."

Rieder konnte nichts erkennen. Da war nur das Inselmuseum. Da würde Stein wohl nicht wohnen. Der alte Anker. Rechts der kleine Kiosk. „Was soll das?", fragte Rieder irritiert.

Damp zeigte nach vorn: „Da ist es."

Rieder schaute genauer hin. Und wirklich, da war ein Gartentor. Es war kaum zu erkennen unter dem Geäst der Sträucher und Bäume.

Die Polizisten stiegen aus. Keine Klingel. Rieder rüttelte am Tor. Verschlossen.

„Tja, das war's dann wohl", stellte Damp fest und war schon drauf und dran, zum Polizeiwagen zurückzugehen. Doch so leicht gab Rieder nicht auf: „Und wenn der Frau auch etwas passiert ist?"

Damp blieb stehen. Er schob mit einem Ruck seine Hände in die Hosentaschen. „Und danach hat, wer auch immer, das Gartentor wieder mit dem Schlüssel verschlossen." Kurzes Kopfschütteln. „Vergessen Sie es! Die Stein ist einfach nicht da. Basta. Wollen Sie die Frau jetzt noch auf der Insel suchen?"

Rieder und Damp starrten sich wie bei einem Duell an. Dann drehte sich Rieder um und begann über das Tor zu klettern. Das war gar nicht so leicht, denn es war mannshoch, und zwischen den Latten waren die Abstände zu klein, um sich mit den Füßen auf den Querriegeln abzustützen. Irgendwie schaffte er es aber, rüberzukommen. Schließlich musste er es seinem Kollegen zu beweisen.

Rieder tastete sich vorsichtig voran. Irgendwo musste es hier eine Treppe geben. Da wurde es plötzlich hell. Damp hatte den Scheinwerfer auf dem Dach des Polizeiautos eingeschaltet. Im Lichtkegel wurden Stufen sichtbar. Sie waren verrottet und wenig vertrauenerweckend. ‚Nicht gerade ein Aushängeschild für einen Bauunternehmer', dachte sich Rieder. Vorsichtig stieg er nach oben. Plötzlich blendete ihn auch von vorn ein Licht. „Frau Stein?", rief Rieder. „Ich bin von der Polizei!" Es kam keine Antwort. Wahrscheinlich hatte er nur einen Bewegungsmelder passiert und damit eine Lampe eingeschaltet. Trotzdem blieb er vorsichtig. Vor ihm lag eine grüne Wiese. Darauf stand ein mächtiges Reetdach-Haus mit einem runden verglasten Vorbau. Alle Fenster waren dunkel. Rieder schlich bis zum Haus. Als er sich umdrehte, war er überwältigt von dem Ausblick. Unter ihm glitzerte im Mondschein die Ostsee. Keine Spur von Nebel. Das Anschlagen der Wellen war zu hören. In der Ferne funkten die Leuchttürme der Insel Møn und vom Darß. Auf dem Meer blinkten die Leuchtbojen der Fahrrinne.

Rieder schaute durch die Erkerfenster in das Haus hinein. Er erkannte einen Couchtisch und zwei Sessel. Der Polizist erinnerte sich, dieses Haus immer auf der Fahrt nach Kloster hoch oben über dem Inselmuseum thronen zu sehen. Von unten hatte es wie ein Rundbau ausgesehen, doch nun entpuppte es sich als langgestrecktes Gebäude mit einer runden, verglasten Veranda. Der Lack blätterte ab. Auf der Rückseite befand sich die Haustür. Ohne Klingel. Rieder klopfte. Erst vorsichtig. Dann lauter. Aber niemand meldete sich. Er drückte die Klinke nach unten, aber die Tür gab nicht nach. Meistens versteckten die Hiddenseer ihre Hausschlüssel unter dem Abtreter oder in einem Blumenkasten in der Nähe. Rieder hob die Bastmatte vor der Tür hoch. Fehlanzeige. Und Blumenkübel waren nicht zu entdecken. Auf der Wiese hinter dem Haus stand eine Wäschespinne. Doch weder Badesachen noch Handtücher waren dort aufgehängt. Alles wirkte wie verlassen. Rieder ging zurück.

Damp lehnte mit verschränkten Armen an der Motorhaube, als sich Rieder wieder über das Tor quälte. Neben ihm stand Malte Fittkau mit seinem Fahrrad.

„Was machst du hier?“, fragte Rieder seinen Nachbarn.

„Kleiner Nachtspaziergang.“

‚Wer’s glaubt‘, sagte sich Rieder. ‚Die pure Neugier hat dich hergetrieben.‘ Zu Damp gewandt, bemerkte er: „Niemand da.“

Damp nickte. „Kein Wunder. Man erzählt sich, dass es bei den Steins schon länger kriselt.“

„Wer sagt das?“

„Der Inselfunk.“ Dabei wanderten Damps Pupillen in Richtung Fittkau. Früher waren Fittkau und Damp wie Feuer und Wasser gewesen. Waren sie aufeinandergetroffen, hatte es immer gleich Streit gegeben. Doch seit die beiden gemeinsam Jagd auf den Mörder des Inselpfarrers gemacht und dabei ihr Leben riskiert hatten, herrschte Waffenstillstand. Kein Frieden. Rieder war das nicht so recht. Bisher war Fittkau für ihn im Kleinkrieg mit seinem Kollegen Damp immer ein Verbündeter gewesen. Nun verhielt er sich neutral. Und dass die beiden nun geradezu harmonisch hier herumstanden, machte Rieder ärgerlich.

„Wir sehen uns morgen früh im Revier. Nacht."

Damit marschierte er an Damp und Fittkau vorbei in Richtung Vitte.

„Wollen Sie nicht mitfahren?", rief ihm sein Kollege noch hinterher.

Rieder antwortete nicht. Er war kurz davor, zu explodieren.

Wenig später fuhr Damp an ihm vorbei. Malte sah er später mit seinem Fahrrad über den Deich nach Vitte zurückfahren.

Obwohl er straff gelaufen war, hatte sich der Ärger über Damp und Malte Fittkau nicht verflüchtigt. Er schloss die Tür seines Häuschens im Wiesenweg auf, trat ein und knallte sie dann zu. In der kleinen Küche riss er den Kühlschrank auf, holte ein Bier raus. Die Schublade des Besteckkastens bekam auch noch seinen Frust zu spüren, als er den Flaschenöffner herausholte. Es öffnete die Flasche, da hörte er eine verschlafene Stimme von oben, aus dem kleinen Schlafzimmer unter dem Dach.

„Stefan?" Er sah Charlottes nackte Beine die Holztreppe herunterlaufen. Sie trug ein äußerst kurzes Nachthemd. Der Anblick versöhnte Rieder und ließ seine Laune deutlich steigen. Sie küsste ihn. Strähnen ihrer blonden Haare fielen ihm ins Gesicht. Er umfasste sie an der Hüfte und zog sie zu sich heran.

„Wie spät ist es?", hauchte sie verschlafen in sein Ohr.

„Zu früh. Gerade zwei." Er stellte das Bier auf den Küchentisch und begann sie sanft zu streicheln.

„Was ist eigentlich los?"

„Ein Herr Stein lag tot in der Nähe vom Zeltkino."

Charlotte schaute erschrocken zu ihm hoch: „Was? Peter Stein?"

Rieder nickte. Er hatte aber keine Lust, mehr zu erzählen. „Lass uns hoch gehen. Eine nette Überraschung, dass du hier bist."

Eigentlich kam Charlotte nur am Montag zu ihm nach Vitte, wenn in ihrem Strandcafé in Neuendorf Ruhetag war. Bei ihm gab es keine Dusche, nur ein großes Waschbecken. Und die Toilette war von außen zu begehen. So fuhr Rieder meist zu Charlotte nach Neuendorf. Sie hätte es gern gesehen, wenn er ganz zu ihr gezogen wäre. Bisher hatte er aber dieses Thema konsequent gemieden. Seine Ausrede: Es könnten nicht beide Polizisten in Neuendorf wohnen. Allerdings wollte er das Häuschen auch nicht aufgeben. Er mochte die niedrigen Räume, den Duft der alten Möbel, den Blick aus dem Fenster auf die Heckenrosen und nicht zuletzt seine Selbständigkeit. Trat er durch die Tür, fühlte er sich einfach zu Hause. Natürlich zeigten sich jetzt mit Beginn des Herbstes auch die Nachteile. Die Kälte drang durch die dünnen Wände. Es gab zwar im unteren Zimmer einen Ofen, aber oben, auf dem Schlafboden, musste er mit Radiatoren heizen. Mit Unbehagen hatte er beobachtet, wie der Stromzähler rotierte, wenn er sie in Betrieb nahm. Die Stromrechnung würde sich sehen lassen können. Trotzdem wollte er hier bleiben.

„Aber was ist denn genau passiert?", drang Charlotte auf ihn ein.

„Ich erzähle es dir morgen früh. Jetzt bin ich einfach platt. Lass uns ins Bett gehen", sagte Rieder.

Sie kletterten die schmale Holztreppe hoch. Im Bett schmiegte sich Charlotte eng an ihn. Zu mehr aber war er nicht mehr imstande. Trotzdem genoss er es, dass sie jetzt so nah beieinander unter dem Reetdach wie in einer Höhle lagen. Durch die halbrunden Fenster konnte man in die Weite schauen und sich langsam vom Schlaf einfangen lassen.

V

Das nervtötende Jaulen eines Kantenschneiders weckte Rieder. Es musste genau acht Uhr sein. Otto Fock, der Gastwirt von gegenüber, war ein Muster an Pünktlichkeit. Anfang August hatte ihm die Post das Gerät gebracht. Seitdem litt Rieder jeden Mittwoch und Freitag ab acht Uhr für mindestens eine halbe Stunde Höllenqualen. Das Geräusch kroch in die Gehörgänge und marterte das Gehirn. Es gab kein Entkommen, außer der Flucht zum Revier.

Rieder hatte Fock gefragt, ob das Gras an der Rasenkante nach drei Tagen wirklich so gewachsen wäre, dass es dringend gestutzt werden müsste. Der hatte Rieder einfach stehen lassen. Umgekehrt allerdings marschierte Otto Fock inklusive Inselordnung bei jedem auf, der in seiner näheren Umgebung nach zwölf Uhr mittags in seinem Garten noch einen Rasenmäher oder Häcksler betrieb. Seine Gäste in den Appartements und im Restaurant würden sich durch den Lärm in der Mittagsruhe oder beim Mittagessen gestört fühlen. Wer trotzdem weitermachte, wurde angezeigt. Damp freute sich immer, wenn der Gastwirt mal wieder anrief oder bei ihm im Revier aufkreuzte. Da hatten sich zwei im Geiste gefunden.

Das Bett neben Rieder war schon leer. Er sprang auf, lief die Treppe herunter. Charlotte stand fertig angezogen in der Küche. Es duftete nach Tee und frischen Brötchen.

„Bist du schon lange auf?“

„So, wie du gesägt hast, hätte ich auch schon vor zwei Stunden aufstehen können. Aber es lag nicht nur daran. Ich habe heute so viel vor. Da schlafe ich immer so unruhig. Ich habe dann immer das Gefühl, zu verschlafen oder was zu verpassen.“

Rieder zeigte auf die frischen Brötchen. „Und beim Bäcker warst du auch schon?" Charlotte nahm das Tablett, trug es ins Wohnzimmer. Dabei berichtete sie: „Da war was los. Der Tod von Stein ist das große Thema. Alle sind total aufgeregt. Erzähl doch mal, was da passiert ist. Bin ja nicht umsonst die Geliebte eines Bullen."

„Ich dachte, du magst mich."

„Nun übertreib mal nicht gleich", spöttelte sie. „Stimmt es, dass er erstochen wurde? Überall Blutlachen?"

„Quatsch."

Rieder setzte sich und berichtete ihr, was passiert war. Das war zwar nicht ganz nach Dienstvorschrift, aber alles andere wäre ohnehin sinnlos gewesen. Neuigkeiten machten auch ohne ihn auf der Insel die Runde.

Er goss sich und Charlotte Tee ein. „Ich kannte ihn gar nicht. War er denn so eine große Nummer?", fragte Rieder.

„Er war *der* Bauunternehmer auf der Insel", rief Charlotte, als könnte sie es nicht fassen, dass Rieder ihn nicht kannte. „Mir hat er damals beim Ausbau vom ‚Strandcafé' geholfen." Dann wurde sie nachdenklich. „Wenn ich mir vorstelle, dass ich noch vor zwei Tagen mit ihm gesprochen habe."

„Worum ging's denn?"

„Er hat mir die Pension ‚Luv & Lee' gezeigt, die geschlossene Kneipe vorn am Seglerhafen, vor dem Deich."

„Wieso das?", fragte Rieder verwundert.

„Ich habe überlegt, dort ein zweites Café aufzumachen. Laufkundschaft gibt's da genug, weil viele auch über den Deich nach Kloster laufen oder fahren. Für eine Pension ist die Lage auch nicht so schlecht. Gleich am Hafen." Sie stützte das Kinn auf ihre Hand. „Weiß gar nicht, warum die Godglücks damit pleitegegangen sind?"

Rieder starrte seine Freundin an. „Noch eine Kneipe? Du hast doch schon mit dem ‚Strandcafé' alle Hände voll zu tun!"

„Darüber können wir später reden. Ich muss los. Das Schiff nach Schaprode wartet nicht."

Charlotte hatte sich nebenbei zwei Brötchenhälften geschmiert, klappte sie zusammen und stürzte den Tee herunter.

Keine zwanzig Minuten später betrat Rieder das kleine Revier im Rathaus in Vitte. Auf dem Weg dahin waren ihm überall kleine Grüppchen von Hiddenseern begegnet. An der Bushaltestelle Wallweg, am Zeitungsladen, am Supermarkt. Sie hatten zusammengestanden und heftig miteinander diskutiert. Immer wieder hatte er den Namen Peter Stein aufgeschnappt.

Damp saß schon am Schreibtisch und hämmerte auf die Tasten des Laptops. „Moin, Moin", grüßte Rieder und ließ sich auf seinen Stuhl fallen. „Die Insel gleicht ja einem Bienenschwarm."

Damp schaute gar nicht auf. Er nickte nur geistesabwesend.

„Was machen Sie da?"

Jetzt blickte er hoch. „Ich habe mir überlegt, einen Aufruf zu starten. Es waren doch gestern so viele Leute am Kino. Vielleicht hat einer was gesehen oder gehört. Ich hänge ihn an den Hinweistafeln auf. Vielleicht meldet sich jemand." Schon tippte Damp weiter.

Rieder war überrascht. Sonst stand Damp kriminalistischer Arbeit eher ablehnend gegenüber. Die Idee war gar nicht schlecht. Zu viel Begeisterung wollte Rieder aber seinem Kollegen auch nicht gönnen. „Das könnte was bringen. Hat sich Behm schon gemeldet?"

„Geht neun Uhr bei Gebauer in Stralsund aufs Schiff." Uwe Gebauer war der Kommandant der Wasserschutzpolizei, zuständig für die Boddengewässer zwischen Hiddensee und Rügen. „Er wird wohl gegen zehn in Kloster sein. Ich hole ihn dort ab. Er will sich dort erst den Toten ansehen. Der Pfarrer weiß auch schon Bescheid", erklärte sein Kollege, ohne die Arbeit zu unterbrechen.

Rieder kam aus dem Staunen nicht heraus. Was war mit seinem Kollegen passiert? Warum legte er sich so ins Zeug?

„Dann würd' ich mal versuchen, Frau Stein zu erreichen."

„Äh …", Damp kratzte sich am Kopf, „das habe ich ganz vergessen. Die hat sich schon gemeldet. Sie weiß schon Bescheid."

„Der Inselfunk?" Damp schüttelte den Kopf, ließ aber offen, wie Frau Stein vom Tod ihres Mannes erfahren hatte. „Sie ist jetzt wieder zuhause", teilte er nur mit.

Rieder hätte der Ehefrau lieber selbst die Todesnachricht überbracht. Aus der ersten Reaktion konnten sich schon eine Menge Schlüsse für die Ermittlungen ergeben.

In diesem Moment öffnete sich die Tür, und Bürgermeister Durk kam herein. Er grüßte Rieder kurz. Dann wandte er sich an seinen Kollegen. „Ist der Aufruf schon fertig?"

„Bin in den letzten Zügen."

Rieder schwante etwas. Also daher wehte der Wind. Durk machte Druck.

„Mit Ihnen müssten wir natürlich auch noch reden, um uns ein besseres Bild von Peter Stein zu machen", wandte sich Rieder an den Bürgermeister.

„Kein Problem. Ich helfe Ihnen, wo ich kann. Sagen Sie nur Bescheid, wenn Sie Unterstützung brauchen. Ich will auch nicht weiter stören." Er war schon fast zur Tür raus, da drehte er sich noch einmal um. „Herr Damp, Sie bringen mir das bitte dann vorbei. Die Damen von der Insel-Information sind schon instruiert. Sie vervielfachen den Aufruf und verteilen ihn." Dann schloss er die Tür.

Rieder schaute seinen Kollegen an. „Herr Damp … und bitte bringen Sie mir das dann vorbei", äffte Rieder den Bürgermeister nach. „Was ist denn hier los?"

Damp kratzte sich am Kopf. Er beugte sich vor, senkte seine Stimme. „Durk war heute Morgen schon bei mir im Büro. Er hat ein paar Vorschläge gemacht, was wir vielleicht tun sollten. Zum Beispiel den Aufruf", gestand Damp ein. „Von ihm weiß ich auch, dass Stein nicht mehr in Kloster bei seiner Frau wohnte."

„Sondern?"

„Hier in Vitte. Am Ende des Strandes."

„Was hat er noch gesagt?"

Damp lehnte sich zurück: „Nichts weiter."

„Hat er Frau Stein informiert?"

„Kann sein, kann auch nicht sein."

Damp stürzte sich wieder an die Tastatur des Laptops. „Ich muss das hier fertigkriegen. Sie können ja schon zu Frau Stein fahren. Wir treffen uns dann an der Kirche."

Rieder war das neue Bündnis zwischen Bürgermeister Durk und Revierleiter Damp ein Dorn im Auge. Da hieß es, höllisch aufzupassen. Bisher hatte er sich eingeredet, dass es ihm völlig egal wäre, dass Damp und nicht er selber Revierleiter auf Hiddensee geworden war. Die Entscheidung ihres Vorgesetzten, Polizeidirektor Bökemüller aus Stralsund, war Rieder logisch erschienen. Immerhin war sein Einsatz auf der Insel auf zwei Jahre begrenzt. Damp würde bestimmt länger auf der Insel bleiben. Sechs Monate waren davon schon um. Bökemüller hatte Rieder Damps Beförderung außerdem damit begründet, dass man seine Bewerbung für die Revierleiterstelle nach seinem Einsatz bei der Aufklärung des Mordes am ehemaligen Inselpfarrer Schneider nicht übergehen konnte. Außerdem sei Rieder für den Job des Revierleiters auf einer Ostseeinsel völlig überqualifiziert.

Rieder wurde allerdings nicht Damp unterstellt, sondern blieb direkter Mitarbeiter des Polizeidirektors. Hiddensees Revierleiter Damp hatte also nur einen Mitarbeiter – sich selbst. Die andere Seite des Schreibtischs, also Rieders Platz, war praktisch eine andere Dienststelle, eine Außenstelle der Polizeidirektion Stralsund. Wollte Damp was von Rieder, so musste er ihn eigentlich, wenn es nach dem Dienstweg ging, in Stralsund anfordern. So etwas hatte sich nur ein entscheidungsschwacher Chef ausdenken können.

Mit diesen Gedanken im Kopf war Rieder zum Zeltkino gelaufen. Dort stand noch sein Dienstfahrrad.

Dora Ekkehard war schon zugange. Sie sammelte leere Flaschen und zerknüllte Chipstüten zwischen den Sitzen des Kinos ein.

„Den Schreck schon verdaut?"

Dora winkte ab. „Hören Sie bloß auf. Der Weg hierher war das reinste Spießrutenlaufen. Jeder quatscht einen an. Und dann immer dieser verschwörerische Tonfall der lieben Nachbarn? Mich haben Hiddenseer angesprochen, mit denen ich im Leben noch kein Wort gewechselt habe, geschweige, dass sie mal hier im Kino waren."

„Ist Ihnen noch etwas eingefallen? Haben Sie vielleicht doch Peter Stein gestern Abend hier gesehen?"

Dora Ekkehard beugte sich nach einer weiteren leeren Flasche. „Dass die Leute die Dinger nicht einfach in die Kästen stellen können", fluchte sie.

VI

Das Gartentor zum Grundstück der Steins am Inselmuseum war immer noch verschlossen. Rieder wollte sich gerade wieder auf sein Rad schwingen, um es am anderen Eingang des Grundstücks zu versuchen. Da kam aus dem kleinen Kiosk die Besitzerin gerannt. „Herr Polizist!", rief sie. „Herr Polizist. Sie wollen bestimmt zu Frau Stein. Die Arme. Sie ist gerade zum Strand runter. Hoffentlich tut sie sich nichts an!"

Rieder blieb stehen. „Wie kommen Sie denn da drauf?"

„Würden Sie baden gehen, wenn Sie gerade erfahren haben, dass ihr Mann ermordet worden ist?", entgegnete ihm die Kioskbesitzerin entrüstet. „Vielleicht machen Sie nun bald mal was!"

Rieder stellte sein Rad wieder ab und wollte in Richtung Strand. Da blieb er nochmal stehen.

„Was ist denn nun noch?", rief die Frau.

„Wie sieht Frau Stein eigentlich aus?", fragte der Polizist.

Rieder kletterte auf die kleine Mauer neben dem Inselmuseum und zwängte sich dann durch einen mit Heckenrosen überwachsenen Durchgang durch die Dünen zum Strand. Der Strand von Kloster war menschenleer. Für morgendliche Jogger war der Sand hier zu weich und zu tief. Auch von professionellen Bernsteinsuchern keine Spur. Durch den Steindamm, die Hucke, der hier das Steilufer schützte, gab es keinen Seetang, mit dem das Gold der Ostsee angespült wurde. Allerdings gab es eine kleine Lücke im Wall.

Gleich hinter der Düne lag ein rotes Badehandtuch im Sand, darauf ein weißer Bademantel. Eine einzelne Person schwamm im Wasser. Eigentlich sah man nur ihren Kopf. Auf dem Rücken liegend, strebte sie mit langsamen Kraulschlägen wieder dem Ufer entgegen. Rieder hatte schon die roten Haare erkannt. Also kein Grund zur Panik.

Erst kurz vor der schmalen Öffnung im Steindamm drehte sich Ulrike Stein auf den Bauch und tauchte aus den Wellen auf. Natürlich nackt. Im Gegenlicht der Morgensonne glänzte ihr nasser schlanker Körper. Rieder war das peinlich, aber er konnte sich gleichzeitig kaum losreißen von dem Anblick.

Sie nahm den Bademantel und schlüpfte hinein. Dann streckte sie Rieder die Hand entgegen. „Guten Morgen, ich bin Ulrike Stein. Sie sind der Zivilbeamte, der jetzt hier auf der Insel neben Damp Dienst tut. Nicht wahr?“ Bevor er etwas sagen konnte, bemerkte sie: „Und nun ist es wie im Krimi. Sie werden mir mitteilen, dass mein Mann zu Tode gekommen ist, und ich müsste eigentlich in Tränen ausbrechen.“

„So stellt man es sich vor.“

„Dann hat Ihr Film schon einen Riss. Ich weiß schon, dass Peter tot ist. Michael hat mich heute Morgen besucht. Also Herr Durk. Er war Peters bester Freund.“ Etwas im Tonfall dieses Nachsatzes ließ Rieder aufhorchen. Ulrike Stein nahm ihr rotes Handtuch und begann die glitzernden nassen Haare abzutrocknen.

„Es gibt allerdings noch ein paar Fragen mehr“, erklärte Rieder.

„Hätten Sie mich nicht eigentlich bestrafen müssen? Ich habe doch unbekleidet im Textilbereich gebadet. Ihr Kollege versteht da keinen Spaß.“

Ulrike Stein reichte Rieder eine dampfende Tasse Tee. Von der Veranda sah man auf Hiddensee herab. Wie eine Schlange lag die Insel zu ihren Füßen.

„Sind das momentan wirklich Ihre größten Sorgen?“, erwiderte Rieder. „Mich würde eher interessieren, warum jemand schwimmen geht, wenn er gerade erfahren hat, dass sein Ehepartner getötet wurde?“

Ulrike Stein schüttelte den Kopf. „Ich weiß nicht, wie ich mich verhalten soll.“ Sie ließ ihren Blick in die Ferne gleiten. „Da ist eine tiefe Traurigkeit, dass Peter tot ist. Er war über dreißig Jahre Teil meines Lebens und wird es auch bleiben. Aber sie haben sicher auch gehört, dass wir seit einiger Zeit getrennt gelebt haben. Oder?"

Rieder nickte. Sie drehte ihren Kopf und schaute ihm in die Augen. „Und was sagt sonst so der Inseltratsch?"

„Ich bin noch nicht so lange auf der Insel, um hier alle Geschichten zu kennen. Auch Ihr Mann war für mich bis gestern Abend ein Unbekannter."

„Komisch …"

„Wollen Sie gar nicht wissen, was passiert ist?"

Ulrike Stein stellte ihre Tasse ab, stand auf und trat an eines der Fenster. Sie drehte Rieder den Rücken zu und schaute hinaus. „Durk hat es mir schon erzählt. Er sei niedergeschlagen worden. Was soll ich da noch fragen?"

„Ich hatte versucht, Sie gestern Nacht noch zu erreichen. Aber ich habe Sie nicht angetroffen. Wo waren Sie gestern Abend?"

„Die berühmte Frage nach dem Alibi?" Sie lächelte ein wenig. Rieder irritierte das. „Ich war bei Freunden. Sie machen hier gerade Urlaub und wohnen in Grieben im Hotel ‚Enddorn', in einem Appartement. Marie und Kurt Zabel. Ich habe dort auch übernachtet und bin erst heute Morgen hierher zurückgekommen. Durk stand schon vor der Tür und wartete auf mich."

„Wie war denn das Verhältnis zu Ihrem Mann? Gab es Streit?"

Ulrike Stein dachte einen Moment nach. Rieder versuchte ihren Gesichtsausdruck zu ergründen.

„Nein, eigentlich nicht. Es wäre sicher übertrieben, dass wir nur im Guten auseinandergegangen wären, aber wir haben jeder für sich unser Leben hier auf der Insel weitergelebt. Er in seinem Haus in Vitte, ich hier auf dem Hügel in Kloster. Jeder hatte seine Arbeit …"

„Was machen Sie?"

„Ich habe eine Praxis für Naturkosmetik und Physiotherapie in Vitte. Das war vielleicht auch zuletzt der einzige Berührungspunkt. Sein Lager und mein Laden liegen beide im Hafen von

Vitte. Wir sind uns nicht oft begegnet. Er organisierte alles von seinem Haus aus oder war auf den Baustellen zu finden."

„Warum haben Sie sich getrennt?"

„Auseinandergelebt." Ulrike Stein drehte sich wieder um und setzte sich auf das breite Fensterbrett. Sie verschränkte die Arme und zog die Schultern hoch. Es schien, als würde sie frieren. „Man glaubt, ein Kapitel eigentlich schon abgeschlossen zu haben. Und dann ist alles plötzlich wieder da. Und dann sitzt man hier, weiß, dass Peter tot ist und denkt die ganze Zeit, dass diese Veranda sein Lieblingsplatz war."

„Kein Streit ums Geld? Ums Haus? Sind Sie eigentlich geschieden?"

„Scheidung war nie ein Thema. Das hätte alles nur komplizierter gemacht. Wir besitzen gemeinsam mehrere Häuser hier auf Hiddensee und wollten nicht um Grund und Boden streiten und damit Anwälte und Notare reich machen. Peter hat sich um alles gekümmert, die Vermietung der Ferienwohnungen mit allem Drum und Dran: Saubermachen, Rasen mähen und mir meinen Anteil an den Einkünften überwiesen. Das lief alles ohne Probleme. Peter war großzügig. Für alle Fälle habe ich noch mein eigenes Einkommen durch die Praxis. Die läuft in der Saison sehr gut, und so langsam macht sich auch unter den Hiddenseer Frauen die Erkenntnis breit, dass man ab und zu mal was für Körper, Haut und Seele tun sollte."

„Haben Sie wieder eine neue Beziehung?"

„Spielt das eine Rolle?"

„Möglich. Bei Mord spielt immer alles eine Rolle."

„Hier und da ein Abenteuer. Immer hübsch diskret. Nicht auf der Insel."

„Und Ihr Mann?"

„Wie gesagt, wir sind seit zwei Jahren nicht nur getrennte Wege, sondern, soweit es die Insel erlaubt, auch unsere *eigenen* Wege gegangen. Man hörte dies und das ..."

„Was hörte man denn?"

„Kleine Affären. Ich glaube aber nichts Ernstes."

„Mit wem?"

Schulterzucken.

„Ich denke, Hiddensee ist ein Dorf?", hakte Rieder nach.

„Sie kannten auch nicht meinen Mann", entgegnete Ulrike Stein schmunzelnd. „Ein bisschen müssen Sie auch selbst Ihre Arbeit machen, Herr Rieder."

„Hätte es Sie gestört, wenn es was Ernstes gegeben hätte?"

„Vielleicht. Aber wir sind auch alle erwachsen. Oder?"

Ulrike Stein stand auf. „Noch einen Tee?"

Rieder spürte, dass sie das Thema nicht vertiefen wollte. „Nein, danke."

„Aber ich will noch einen. Die Ostsee ist im Oktober doch schon ganz schön kalt." Sie ging mit ihrer Tasse in die Küche. Rieder folgte ihr. Sie spülte ihre Tasse aus und schaltete den Wasserkocher ein.

„Wer könnte ein Motiv haben, Ihren Mann zu töten?", fragte der Polizist.

Schulterzucken. „Keine Ahnung. Hier auf der Insel war mein Mann beliebt. Alle ließen von ihm bauen, was zu bauen war. Dass es da mal Streit gibt, ist im Baugeschäft normal. Die Besitzer wollen Paläste für wenig Geld, und die Bauleute müssen oft lange auf ihr Geld warten." Sie tat einen Teebeutel in die Tasse und goss heißes Wasser drüber.

„Er saß seit fast zwanzig Jahren im Gemeinderat und wurde auch immer wiedergewählt. Das spricht doch eher dafür, dass er recht beliebt war. Aber darüber sollten Sie besser mit Durk reden."

Sie gingen wieder zurück in die Veranda und setzten sich in die beiden Sessel. „Und außerhalb von Hiddensee?"

„Mit dem Verkauf eines Teils der Firma und dem Umzug nach Hiddensee hat er keine Aufträge außerhalb der Insel mehr angenommen. Für die letzten zwei Jahre kann ich Ihnen darüber allerdings nichts sagen. Hier gibt's immer weniger neu zu bauen, um damit richtig viel Geld zu verdienen. Meist sind es Sanierungen oder Umbauten. Das bringt nicht so viel."

„Was heißt: Umzug der Firma nach Hiddensee?"

Ulrike Stein stand und nahm ein Bild von der Wand. Sie gab es Rieder. „Peter und sein Vater."

Das war nicht zu übersehen. Die Gesichtszüge und die Haltung glichen sich fast wie bei Zwillingen, wenn nicht der Altersunterschied gewesen wäre.

„Früher, als Peters Vater noch lebte, hatte die Firma ‚Inselbau' ihren Sitz auf Rügen. In Bergen", erzählte Ulrike Stein weiter. „Willy Stein, mein Schwiegervater, starb kurz vor der Wende. Als Peter dann allein für die Firma verantwortlich war, wurde ihm irgendwann die Fahrerei zu viel. Jeden Morgen von der Insel rüber nach Rügen und abends wieder zurück, und das bei jedem Wetter. Hier gab es damals auch genug für ihn zu tun. Schon vor der Wende hatte er hier einen Bauhof betrieben. Das reichte ihm. Den Rest der Firma, die ‚Inselbau Rügen' hat er verkauft und hier aus dem Bauhof die ‚Inselbau Hiddensee' gemacht. Außerdem hat er dann auch noch so eine Art Deal gemacht mit den Baufirmen auf Rügen. Die bauen hier nicht und er dort nicht."

„Und das funktioniert?"

„Ich denke schon."

„Haben Sie eigentlich Kinder? Gibt es noch weitere Angehörige?"

Der Blick der Frau erstarrte. Sie nahm das Bild zurück und hängte es wieder an. „Kinder haben wir nicht. Peter hatte noch einen Bruder. Der lebt aber in Bremen."

Als sie sich wieder umdrehte, wirkte sie angespannt. „Haben Sie noch mehr Fragen oder reicht das erstmal?"

Rieder stand auf. „Nein. Ich habe einen ersten Eindruck bekommen. Sie müssen Ihren Mann noch identifizieren. Wir haben ihn in die Leichenhalle an der Inselkirche gebracht. Ich werde natürlich auch Ihre Bekannten befragen müssen. Sie werden das verstehen?"

„Muss das sein?"

„Es geht um Ihr Alibi."

„Das meine ich nicht", erklärte sie. „Die Identifizierung. Möselbeck kennt ihn doch länger als ich. Seit Kindertagen. Und Durk auch. Die drei waren wie Pech und Schwefel seit der Schulzeit."

VII

Uwe Gebauer stand am Anleger der alten Reparaturwerft. Er blickte ungeduldig auf die Uhr. Es ging schon auf neun. Der Motor des Wasserschutzpolizeibootes tuckerte leise vor sich hin. Wenn Gebauer etwas hasste, dann Unpünktlichkeit. Acht Uhr dreißig wollten sie ablegen, um nach Hiddensee zu fahren. Doch bisher hatte sich keiner von der Spurensicherung sehen lassen, weder Behm noch seine Kollegen.

Da bog der graue VW-Bus in die Dänholmstraße ein. Mit Lichthupe antwortete der Fahrer auf Gebauers Winken.

Behm stieg aus. Statt einer Begrüßung raunzte er Gebauer an: „Einen besseren Liegeplatz gab's nicht? Wir sind fast eine halbe Stunde rumgekurvt, um dich zu finden."

Gebauer gab sich schuldbewusst. „Stimmt schon, liegt etwas ab. Aber hier macht es nicht so viel Aufsehen, wenn ihr euer Zeug an Bord bringt. In der Seestraße, am Hiddensee-Kai, gibt's doch gleich einen Auflauf. Alle fragen, warum, wieso? Ihr habt doch sicher ein Navi im Auto?"

„In der alten Krücke?" Behm zeigte auf den VW, der schon einige Jahre auf dem Buckel hatte: „Vergiss es." Dann wandte er sich an seine beiden Kollegen. „Bringt die Kisten aufs Boot."

„Aber bitte vorsichtig!", rief Gebauer dazwischen.

„Nun mach dir mal nicht ins Hemd. Uns reicht schon so die Plackerei mit den Kisten. Immer für die Insulaner alles verpacken …"

Einsätze auf Hiddensee waren bei den Stralsunder Beamten nicht beliebt. Alles musste für Tatortuntersuchungen auf der Insel aus den Einsatzfahrzeugen der Spurensicherung in Kisten umgepackt und dann auf Gebauers Boot geschleppt werden.

Dort mussten sie es dann unter seiner Anleitung rutschfest in dem engen Innenraum verstauen. Reibereien waren vorprogrammiert. Die Kollegen an Land rümpften sowieso die Nase über die Wasserschutzpolizisten. Sie nannten sie heimlich „Bodden-Enten". Das wusste natürlich auch Gebauer. Er rächte sich gern an den „Landeiern", wie er im Gegenzug die Beamten der Polizeidirektion bezeichnete. Musste er für sie Wassertaxi spielen, jagte er sein Schiff durch die Boddengewässer, ließ es gern auch mal heftig schaukeln beim Durchfahren von Wellenbergen und -tälern, fuhr tollkühne scharfe Kurven und beobachtete mit gnädigem Lächeln, wie sich die Kollegen krampfhaft an den wenigen Halterungen festhielten, im Gesicht immer fahler wurden und bald darum bettelten, er möge doch etwas langsamer fahren oder nach den Kotztüten riefen. Hatten sie dann wieder festen Boden unter den Füßen, drohten sie ihm mit Beschwerden. Das nahmen Gebauer und seine Crew gelassen. „Einsatz ist Einsatz!", rief er ihnen dann nach. Außerdem unterstanden sie nicht dem Kommando des Polizeichefs Bökemüller, sondern gehörten einer eigenen Direktion mit Sitz in Rostock an. Bis dahin war der Dienstweg für Klagen weit.

Endlich hatten sie alles an Bord. Gebauer gab seinen beiden Besatzungsmitgliedern das Kommando zum Ablegen und stellte sich selbst ans Steuer. „Jetzt wollte ich eigentlich schon da sein", maulte er Behm an, der neben ihm stand. Der gab sich gelassen. „Den toten Bauunternehmer stört's nicht mehr, ob wir nun 'ne Stunde früher oder später auf Hiddensee sind. Die Spuren sind sowieso hin, weil die letzte Nacht alle durch den Tatort getrampelt sind." Gebauer manövrierte vorsichtig das Boot an zwei alten Schleppern vorbei und fuhr dann langsam in Richtung Fahrrinne Strelasund. Backbord lagen das Ozeaneum und die alten Lagerhäuser, steuerbord die Fachwerkhäuser des Fischerdorfes Altefähr.

„Vitte, Neuendorf oder Kloster?", fragte Gebauer.

„Erstmal Kloster. Da haben sie den Toten hingebracht. Der Tatort ist wohl am Zeltkino in Vitte. Den kann ich mir dann immer noch ansehen und mich weiter ärgern. Aber du kannst uns dann wieder in Vitte abholen."

„Der Tote ist Bauunternehmer? Von Hiddensee?"

„Ja, ein gewisser Stein."

„Peter Stein?", fragte Gebauer.

„Genau. Kanntest Du ihn?"

„Ich hatte mal mit ihm zu tun, als sie den Anleger in Neuendorf neu gebaut haben und es für unsere Boote einen Liegeplatz geben sollte. War eigentlich ein netter Typ."

„Augenscheinlich sahen das nicht alle so. Sonst hätte er ja nicht gestern Abend tot am Zeltkino gelegen."

Behm steckte die Hände in die Taschen. Er hatte keine Lust mehr auf eine weitere Unterhaltung.

Gebauer schob den Gashebel langsam nach vorn. Die Turbinen wurden lauter. Der Bug des Bootes hob sich aus dem Wasser. Wasserfontänen spritzen steuerbord und backbord nach oben.

Nicht mal eine halbe Stunde dauerte es, bis die ersten Bojen für den Tonnenweg zum Hafen Kloster in Sicht kamen. Am Kai wartete Damp mit dem Polizeiwagen.

Auf dem Weg zur Leichenhalle berichtete er Behm, was in der vergangenen Nacht passiert war, wer Stein gefunden hatte, was Doktor Möselbeck vermutete und wie sie versucht hatten, den vermeintlichen Tatort zu sichern.

„Wer passt dort jetzt auf, nachdem es hell geworden ist, dass da keiner rumtrampelt?"

„Keiner", antwortete Damp. „Wie sollen wir denn zu zweit alles organisieren? Rieder ist bei Steins Frau. Ich musste mich um den Zeugenaufruf kümmern …"

„Als ob das jetzt so wichtig wäre …"

Obwohl die Inselkirche nur gut dreihundert Meter vom Hafen entfernt war, kam Damp nur langsam mit dem Auto voran. Auf dem Hafenweg musste er zahlreiche Touristen und Reisegruppen umkurven. Obwohl sie gerade erst mit dem Schiff von Rügen angekommen waren, drängten sie sich gleich vor den beiden Souvenirläden kurz vor der Kreuzung am Pasterteich.

„Die haben noch nichts von der Insel gesehen, kaufen aber schon irgendwelchen Kitsch", meinte Behm.

„Es ernährt aber seinen Mann hier auf der Insel", erwiderte Damp.

„Für mich sind diese Läden nichts anderes als moderne Wegelagerei."

Damp parkte auf dem Platz für die Fuhrwerke neben der Inselkirche. Von dort führte ein kleiner Pfad zur Leichenhalle.

Vor dem Gotteshaus hatten sich zahlreiche Schaulustige angefunden, darunter auch viele Insulaner. „Wo kommen die plötzlich her? Haben Sie den Termin auf Ihrem Aushang bekanntgegeben?", fragte Rieder, der Ulrike Stein hierher begleitet hatte.

Damp wurde wütend. „Sicher! Bin ich ein Trottel oder was? Die können auch alle eins und eins zusammenzählen. Nicht nur die Herren aus der Hauptstadt. Dass Stein hier liegt, ist kein Geheimnis. Oder? Und dass die Witwe hier irgendwann auftauchen wird, können sich selbst die Hiddenseer an ihren Fingern abzählen."

„Ist ja gut. Ich habe es ja nicht so gemeint", entschuldigte sich Rieder.

Pfarrer Laube und Doktor Möselbeck warteten schon.

Behm begrüßte Rieder. „Ich halte mich erst mal im Hintergrund, bis die Ehefrau die Leiche identifiziert hat."

Pfarrer Laube drückte Ulrike Stein fest die Hand und sprach ihr sein Beileid aus. Als Möselbeck Frau Stein sogar umarmen wollte, wehrte sie ihn ab und stieß ihn sogar leicht zurück. Rieder war darüber verwundert. „Ich dachte, Möselbeck und Stein waren Freunde", flüsterte er Damp zu.

„Das muss ja nicht unbedingt auch für die Frau gelten", antwortete sein Kollege. Da war was dran, dachte sich Rieder.

Ulrike Stein drehte sich zu Rieder um. „Können wir?", fragte sie.

Seitdem sie mit Rieder ihr Haus verlassen hatte und sie gemeinsam die gut hundert Meter bis zur Inselkirche gegangen waren, hatte Rieder beobachtet, dass die Frau immer mehr die Fassung verloren hatte. Immer wieder hatte sie sich die Nase geputzt und über die Augen gewischt.

Rieder gab Pfarrer Laube ein Zeichen. Der schloss die Kapelle auf, machte das Licht an. Die Glühbirne erleuchtete den kleinen fensterlosen Raum kaum. In der Mitte stand ein langer Holztisch. Darauf lag der Leichensack. Damp nahm seine Schirmmütze ab. Möselbeck ging an Laube vorbei, zog den Reißverschluss auf und schlug die Plastikhülle zur Seite, damit das Gesicht des Toten besser zu erkennen war. Ulrike Stein trat heran. Sie schlug die Hände vor das Gesicht und begann hemmungslos zu weinen. Ihre Knie knickten ein. Pfarrer Laube sprang zu ihr und fing sie auf. Langsam führte er die Frau aus der Halle ins Freie.

„Obwohl sie getrennt gelebt haben, scheint er ihr trotzdem nicht egal gewesen zu sein", meinte Rieder zu Damp.

„Man steckt nicht drin", antwortete Damp lapidar. „Ich werde ihr anbieten, sie nach Hause zu fahren. Vielleicht besser, wenn man das hier so sieht." Dabei deutete er auf den Platz vor der Inselkirche. Dort hatte man alles genau beobachtet und ließ auch jetzt keinen Blick von der trauernden Witwe.

Damp setzte wieder seine Mütze auf, straffte sich und ging zu Pfarrer Laube und Ulrike Stein.

Jetzt trat Behm an die aufgebahrte Leiche. Möselbeck hatte sich über Stein gebeugt. „Das Hämatom an der Schläfe ist deutlich ausgeprägt. Es gibt für mich keinen Zweifel. Er wurde durch einen Schlag auf den Kopf getötet." Behm sah sich die Verletzung genauer an. „Kann man nicht von der Hand weisen. Ich würde aber trotzdem die Autopsie abwarten. Sie schließen einen natürlichen Tod definitiv aus?", wandte er sich an den Inselarzt.

„Definitiv!"

„Okay, dann wollen wir mal." Behm zog den Reißverschluß des Leichensacks völlig auf. Er gab seinen Mitarbeitern ein paar Anweisungen. Die Hände des Toten wurden in Plastiktüten verpackt, damit keine DNA-Spuren vernichtet wurden. Außerdem wurden zahlreiche Fotos von dem Toten und der Wunde an der linken Schläfe gemacht.

„Habt ihr die Kleidung schon untersucht?", fragte er Rieder.

„Nein. In der Dunkelheit gestern Abend hatte ich Angst, irgendetwas zu verlieren."

Behm begann die Hosentaschen zu durchstöbern. Eine Brieftasche kam zum Vorschein. Ein Schlüsselbund. Ein Fahrschein für die Fähre nach Schaprode. Eine Packung Papiertaschentücher. „Nicht gerade eine große Ausbeute. Kein Handy. Für einen Bauunternehmer ungewöhnlich."

Das sah Rieder auch so.

„Hast du seine Handynummer?" Rieder verneinte.

„Ich kann sie Ihnen geben", mischte sich der Arzt ein.

„Dann mal los." Behm zog sein Diensthandy aus der Tasche, schaltete seine Rufnummernanzeige aus. Dann wählte er die Nummer, die ihm Möselbeck ansagte. Er nahm das Telefon ans Ohr. „Klingelt." Etwas später: „Mailbox."

Mit einer speziellen Software auf seinem Laptop versuchte er Steins Handy zu orten. „Es ist noch auf der Insel. Innerhalb der Funkzelle von Vitte."

„Vielleicht liegt es am Tatort."

Doch auch dort fand es sich nicht, als sie wenig später am Zeltkino eingetroffen waren. Behm wählte immer wieder die Nummer von Steins Mobiltelefon, ließ es klingeln, bis sich die Mailbox meldete, aber nirgendwo war ein Klingelton zu hören.

„Wenn wir mit dem Kahn und dem Gelände drumherum fertig sind, durchforsten wir noch mal das Wäldchen hier", kündigte Behm an.

Damps Absperrung des Tatortes und des Weges vom Zeltkino war unversehrt.

„Mensch, Rieder, was habt ihr hier für disziplinierte Urlauber und Einwohner. Hier herrscht wirklich Ordnung und Sicherheit", meinte Behm ironisch. „Okay, das mit dem Mord ist vielleicht ein kleiner Wermutstropfen, aber wirklich nur ein kleiner. Damp und du, ihr scheint wirklich ein polizeiliches Dreamteam zu sein, wenn ich das hier so sehe." Er schlug Rieder auf die Schulter. „Ihr müsst das nur mehr zeigen. Nach außen, mein' ich. Traut euch."

„Haha!", blaffte Rieder. „Sehr witzig."

„Da fällt mir ein, ich muss Damp noch zu seiner Beförderung beglückwünschen", stichelte er weiter. „Was hast du ihm denn geschenkt? Einen Kaktus? Nein. Ich weiß. Einen goldenen Bußgeld-Block."

Rieder winkte genervt ab.

Dora Ekkehard kam aus der kleinen Baracke hinter dem Kino. Sie hatte die Polizisten belauscht.

„Falsche Lorbeeren, mein Herr. Ich habe den ganzen Morgen wie ein Schießhund aufgepasst."

Rieder stellte Behm die Kinofrau vor. Der Beamte verneigte sich fast, als er Dora Ekkehard begrüßte. „Ich bin ein großer Fan Ihres Kinos. Schön, dass es noch so etwas gibt. Darf ich mal in Ihr Heiligstes schauen?"

Die alte Dame öffnete die Tür zum Vorführraum. Staunend schlich Behm zwischen den Projektoren umher und blickte durch die kleinen Gucklöcher. Er drehte auch mal an der Kurbel, an der die Filmrollen zurück auf Anfang gerollt wurden. Fast zärtlich strich er über einen der Projektoren.

„Wie alt sind die?"

„Fast vierzig Jahre. In den siebziger Jahren gebaut." fügte sie hinzu. „Echte Ernemanns." Behm setzte seine Brille auf. Er studierte das kleine Metallschild. „Kinoton FP20", las er vor. „Aus Kiel?"

„Die habe ich nach der Wende gekauft. Vorher hatte ich Kofferprojektoren von Carl Zeiss. Die waren dann aber etwas schwach auf der Brust geworden. Gebaut in den fünfziger Jahren. Als ich hier 1964 angefangen habe, haben wir die aus einem Kino in Stralsund bekommen. Die wurden damals alle auf sowjetische und tschechische Geräte umgerüstet."

„Und wer repariert die? Das muss doch superteuer sein. Gibt's da eigentlich noch Ersatzteile?"

„Mach' ich alles selbst", erklärte Dora nicht ohne Stolz in der Stimme. „Ich hab' das von der Pieke auf gelernt, richtig in Dresden in dem alten Ernemann-Werk. Heute ist es Museum. Fast wie ich."

Alle lachten.

„Mensch, super. Früher gab es auf jedem Zeltplatz an der Ostsee ein Zeltkino. Nun sind Sie fast der letzte Mohikaner. Oh, Entschuldigung, natürlich die letzte Mohikanerin."

Dora Ekkehard nickte gerührt. Ihre Augen wurden feucht.

So kannte Rieder seine Nachbarin gar nicht. Ob sie nun Kinokarten verkaufte, im Garten arbeitete oder mit dem Rad durch Vitte fuhr, sie wirkte immer etwas streng, lächelte selten.

Holm Behm studierte inzwischen die vergilbten Kinoplakate an den Bretterwänden. „Paul und Paula", „Lütt Matten und die weiße Muschel". Und, wie passend: „Spiel mir das Lied vom Tod". „Lohnt sich das noch mit dem Kino?" Er rieb Daumen und Zeigefinger.

„Es ernährt seinen Mann …", antwortete Dora Ekkehard.

„Das habe ich heute schon mal gehört", meinte Behm. „Die Hiddenseer scheinen genügsame Leute zu sein. Was läuft heute?"

„Am Nachmittag in der Kindervorstellung ‚Alfons Zitterbacke', abends ‚Die Frau des Leuchtturmwärters' und in der Spätvorstellung, wenn genug kommen, ‚Sommer vorm Balkon'."

„Interessantes Programm", meinte Behm.

„Die Leute mögen's. Die Hiddensee-Urlauber wollen keine Blockbuster. Die meisten sind nicht die typischen Kinogänger. Sie wollen Filme sehen, die zur Insel passen, zu einem Urlaub auf Hiddensee. Keine Thriller. Eher was fürs Gehirn. Und dazu immer ein bisschen Ostalgie. ‚Paul und Paula', ‚Solo Sunny' und ‚Spur der Steine'. Verstehen Sie?"

Behm nickte. „Hiddensee – die Insel der anderen."

Dora Ekkehard wischte mit der Hand ein paar Krümel von ihrem kleinen Arbeitstisch. „Tja, aber die Zeiten ändern sich. Auch hier auf Hiddensee. Will zwar nicht jeder wahrhaben, aber ist so."

„Was meinen Sie damit?“, fragte Rieder nach.

Dora schaute Rieder an: „War mehr so eine Redensart.“ Dabei knetete sie ihre Hände. Sie wurde ungeduldig. „Ich muss dann jetzt mal. Der Zuschauerraum säubert sich nicht von selbst.“

Die Untersuchung des Tatortes brachte kaum neue Erkenntnisse. Behms Team konnte Fingerabdrücke auf dem Kiel des Bootes sichern, neben dem Peter Stein gefunden worden war. Die konnten aber auch den beiden jungen Leuten gehören, die sich auf das Boot gesetzt hatten, bevor sie Steins Leiche gefunden hatten.

„Wir lassen die Abdrücke mal durch den Rechner laufen. Vielleicht gibt es einen Zufallstreffer. Aber die Fußspuren können wir vergessen“, stellte Behm fest. Dann suchten die Polizisten die Umgebung des Bootes nach Steins Handy ab. Im Dickicht des Strandwäldchens fanden sich aber nur leere Flaschen und Reste von Eisverpackungen. Außerdem hatte mancher Urlauber hier seine Notdurft verrichtet, statt die nahe öffentliche Toilette am Strandzugang beim Häuschen der Rettungsschwimmer zu benutzen. „Schöne Sauerei“, stöhnte Behm. „Hier könnte Damp sich mal auf die Lauer legen und Bußgelder verteilen.“ Von Steins Handy gab es keine Spur.

Behm und Rieder gingen zurück zum Zeltkino. Plötzlich blieb der Spurensicherer stehen. „Was mich wundert“, wandte er sich an Rieder, „wir haben keine Ruder gefunden. Da lag zwar der Bootswagen unter dem Boot. Aber keine Ruder. Komisch.“

„Die Fischer nehmen ihre Ruder immer mit nach Hause“, meinte Rieder. „Von denen liegen auch noch ein paar Boote am Strand. Und die schleppen die Dinger immer hin und her. Sonst könnte man doch die Boote leicht klauen.“

„Aber wenn ich mich erinnere, dann haben die einen Handwagen dabei. Das ist der ganze Kram drauf. Netze, Fässer und eben die Ruder. Aber Stein wird doch nicht mit den Rudern hierhergewackelt sein. Über die halbe Insel. Egal, ob er nun von seinem Haus in Kloster oder von seinem Haus am Süderende gekommen wäre.“

„Wir können die Kinofrau fragen.“

Dora Ekkehard war gerade dabei, eine Filmrolle in den Projektor einzulegen.

„Frau Ekkehard. Wir hätten noch eine Frage", meldete sich Rieder. Dora Ekkehard schreckte auf und griff sich mit einer Hand ans Herz. „Um Gottes Willen. Können Sie nicht anklopfen?"

„Entschuldigung. Wir fragen uns, ob Peter Stein die Ruder von seinem Boot immer mitgenommen hat oder ob sie am Boot waren?"

Dora Ekkehard überlegte. „Sie müssten am Boot sein. Stein ist ja nicht oft rausgefahren. Meist nur zum Heringsangeln im Frühjahr. Und da hatte er …", sie schien intensiv zu versuchen, sich zu erinnern, „… da hatte er nur die Angeln dabei."

„Sicher?", fragte Rieder nach.

„Sicher."

VIII

Über Hiddensee hingen noch ein paar dunkle Wolken. Als Rieder wieder im Revier angekommen war, zeigte sich am Horizont über der Ostsee schon wieder blauer Himmel. Behm war mit seiner Mannschaft wieder zurück auf dem Weg nach Stralsund. Er hatte versprochen, sich um einen Verbindungsnachweis von Steins Handy zu kümmern. Vielleicht ergaben sich daraus neue Ansatzpunkte für die Ermittlungen.

Rieder und Damp saßen sich schweigend gegenüber. Rieder war ungeduldig. Bei der neuen Arbeitsteilung im Revier musste er sich mit Damp abstimmen und konnte nicht einfach machen, was er wollte. So fragte er in das gemeinsame Schweigen: „Wie wollen wir weiter vorgehen?"

Damp saß hoch aufgerichtet auf seinem Stuhl und starrte vor sich hin. Doch Damps äußerliche Lethargie täuschte. In seinem Kopf arbeitete es. Er wollte Initiative zeigen. Er musste doch jetzt allen beweisen, dass er der richtige Mann für den Posten war. Einen Rückschlag hatte er allerdings schon hinnehmen müssen. Damp hatte gehofft, der Zeugenaufruf würde schnellere Ergebnisse bringen. Deshalb war er schnell ins Revier zurückgegangen. Er hatte sogar Rieder den Wagen überlassen, damit er die Spurensicherer zum Hafen in Vitte bringen konnte. Er wollte unbedingt im Büro sein, falls sich Zeugen meldeten. Es musste doch Strandgänger und Kinobesucher gegeben haben, die etwas gesehen hatten. Doch kein Mensch hatte sich bisher gemeldet, und Damp hatte nicht den gewünschten Informationsvorsprung, mit dem er auch vor Bürgermeister Durk hätte glänzen können.

Jetzt blieb Damp nur eine Chance. Er musste sich an Rieder dranhängen. Vielleicht kam er da auf eine erfolgversprechende

Spur. Man muss den Feind mit seinen eigenen Waffen schlagen, dachte er sich.

„Was schlagen Sie vor?“, fragte er zurück.

„Ich denke, wir fahren in Steins Haus und schauen uns mal genauer um. Akten, Kalender, Adressbücher, der ganze Kram“, schlug Rieder vor. „Vielleicht bringt uns das weiter.“

„Gute Idee“, antwortete Damp. Er rückte seinen Stuhl zurück, stand auf und zurrte schon mal seine Uniform zurecht. Doch Rieder machte nun plötzlich gar keine Anstalten mehr, aufzustehen. Stattdessen nahm er ein Lineal, klopfte damit in seine Hand und schaute nachdenklich: „Wer könnte ein Motiv haben, Stein zu ermorden?“

„Woher soll ich das wissen?“, antwortete Damp trotzig.

„Sie sind doch schon so viele Jahre auf der Insel, müssen Stein doch gekannt und vielleicht auch gehört haben, was über ihn geredet wurde?“

„Wer redet denn schon mit mir? Hier auf der Insel!“ Da hatte Damp zwar Recht, wie Rieder aus eigener Beobachtung wusste, aber so völlig unwissend konnte selbst er nicht sein.

„Hatten Sie denn nie mit ihm zu tun?“

„Selten. Er kam vorbei, wenn es um Absperrungen für Baustellen ging oder er eine Straßensperrung haben wollte, wenn er mit seiner Truppe die Schlaglöcher und Kuhlen in den Wegen zuschüttete. Aber was sollte er sonst mit mir reden und ich mit ihm? Fragen Sie besser Ihren allwissenden Nachbarn. Malte Fittkau.“

Rieder stutzte. „Ich dachte, seit der Geschichte mit dem Pfarrer kommen Sie besser miteinander aus?“ Jedenfalls hatte er letzte Nacht diesen Eindruck gehabt.

„Eine Schwalbe macht noch keinen Sommer und ein paar Bier keine Freundschaft“, antwortete Damp nicht ohne Bitterkeit.

Er ging in Richtung Tür und fragte ungeduldig: „Wollen wir nun los?“ Rieder stand auf und wollte seinem Kollegen gerade folgen. Da klopfte es.

Damp riss die Tür auf. Ein riesiger gelber Regenhut war das Erste, was die beiden Polizisten sahen. Damp machte vor Schreck einen Schritt zurück.

„Sind wir hier richtig? Bei der Polizei?“, fragte eine leise Stimme. Rieder stand auf. Unter dem Hut sah er das Gesicht einer älteren Dame. Bevor er etwas sagen konnte, drehte sich die Frau auf dem Absatz um und verschwand wieder im Treppenhaus. Von dort hörten die Polizisten die Frau rufen: „Helene, komm doch mal.“

Dann kam sie zurück. Nun in Begleitung. Beide Frauen glichen sich völlig in der Kleidung. Die gleichen Regenhüte, die gleichen Regenjacken, die gleichen Wetterhosen und natürlich auch die gleichen Gummistiefel. Wie Zwillinge. Doch im Körperbau waren sie völlig verschieden. Die angeklopft hatte, war klein und korpulent, ihre Begleiterin recht groß und hager.

„Guten Tag, meine Name ist Jahnke. Hildegard Jahnke“, begann die Frau noch einmal, etwas ängstlich im Ton. Sie fasste ihre Gefährtin an der Hand. „Und das ist meine Freundin Helene Witt.“ Die Hagere grüßte nur mit kurzem Kopfnicken. „Wir kommen schon seit dreißig Jahren nach Hiddensee. Und nun sind wir, wie soll ich es sagen …?“

Die Hagere räusperte sich kurz. „Ja, wir sind gekommen wegen des Aushangs.“ Dann wandte sie sich an ihre Freundin Hildegard: „Mach doch nicht so ein Gewese.“

Die gab beleidigt zurück. „Du wolltest doch gar nicht hierher.“

Rieder unterbrach die beiden. „Frau Jahnke, Frau Witt. Nehmen Sie doch Platz.“

Die Frauen setzten sich auf die beiden Besucherstühle, ganz vorn auf die Kante.

„Warum sind Sie gekommen? Haben Sie gestern Abend am Zeltkino etwas beobachtet?“, fragte Damp hoffnungsvoll.

Die Frauen schauten sich kurz an. „Also, wir wollen Frau Ekkehard keine Schwierigkeiten machen. So lange wir auf die Insel kommen, so lange kennen wir sie schon“, begann Helene Witt.

„Sie ist so eine herzensgute Frau. Jedes Jahr schickt sie uns, kurz bevor wir kommen, schon das Kinoprogramm“, ergänzte Frau Jahnke, „und streicht an, welche Filme uns vielleicht besonders gefallen könnten.“

„Was ist denn nun mit Frau Ekkehard?", unterbrach Rieder, etwas ungeduldig.

„Es war so", berichtete Frau Witt, „wir waren gestern schon recht früh am Kino, weil wir fürchteten, sonst schlechte Plätze zu bekommen. Hilde hat immer Angst, dass ein Großer vor ihr sitzt und sie dann nichts sieht ..." Sie hielt kurz inne. „Wo war ich stehengeblieben? Ach ja. Also wir waren recht früh da, kauften Karten und waren wirklich die Ersten im Kino. Jedenfalls, als wir saßen, hörten wir von hinten ziemlichen Krach. Zwei Leute brüllten sich an."

„Wer brüllte sich an?", fragte Rieder nach.

„Frau Ekkehard und ein Mann", meldete sich Frau Jahnke, schaute dabei aber wieder etwas ängstlich auf ihre Begleiterin.

Aber auch die bestätigte: „Also, Frau Ekkehard habe ich auch gehört. Die Stimme von dem Mann kannte ich nicht."

„Und worüber stritten die beiden?"

Beide Frauen zuckten mit den Schultern.

„Haben Sie irgendetwas verstanden?"

„‚Du kriegst mich hier nicht weg!', rief Frau Ekkehard mehrmals. Und der Mann schrie: ‚Das wirst Du schon sehen! Du hast kein Erbrecht. Irgendwann ist auch für dich Schluss'. Und sie antwortete: ‚Nur über meine Leiche!' So ungefähr", berichtete Hildegard Jahnke. Und Frau Witt ergänzte: „Dann knallte eine Tür."

„Haben Sie den Mann gesehen?"

Die beiden schüttelten die Köpfe. Damp holte ein Foto von Peter Stein hervor und zeigte es den Frauen. „Haben Sie diesen Mann in der Nähe des Kinos gesehen? Vielleicht, als sie die Karten gekauft haben?"

Sie schauten sich das Foto an. „Also, auf der Insel habe ich den schon oft gesehen", meinte Helene Witt. „Aber gestern?"

„Wir haben uns schon so auf den Film gefreut", ergänzte ihre Freundin. „Und dann geht das uns auch eigentlich nichts an. Wie gesagt, wir wollen der Frau Ekkehard keine Schwierigkeiten machen."

„Aber wir sind auch geschockt, dass so etwas auf Hiddensee passieren kann", empörte sich Frau Witt. „Ein Mord!"

IX

Nachdem die beiden Frauen ein Protokoll unterschrieben und das Revier wieder verlassen hatten, blätterte Rieder noch einmal die Aussage von Dora Ekkehard von der vergangenen Nacht durch, obwohl er es auch so gewusst hätte. „Da steht nichts von einem Streit mit einem Mann."

„Muss ja nicht Stein gewesen sein", meinte Damp. „Mit der Ekkehard ist nicht gerade gut Kirschen essen. Wenn ich mal bei der war wegen der Lautstärke der Kinolautsprecher, dann ging das nie ohne Streit ab."

Das konnte Rieder nur bestätigen. Auch bei den Auseinandersetzungen mit Malte um das Holz des umgestürzten Baumes hatte Dora kein Blatt vor den Mund genommen.

„Bei den Frauen hörte es sich so an, dass Dora mit dem Besitzer des Grundstücks gestritten haben könnte, auf dem das Kino steht. Oder gehört das Land der Gemeinde?"

„Keine Ahnung."

„Das könnte doch der Bürgermeister wissen?"

Damp nickte. „Sicher. Die ganzen Grundstückssachen gehen über seinen Tisch."

„Bei Ihren neuen guten Beziehungen zu Durk könnten Sie doch mal nachfragen."

Damp kratzte sich am Hinterkopf: „Wann?"

„Jetzt!"

„Muss das sein?"

„Dann haben wir vielleicht wenigstens eine erste Spur."

Damp stöhnte. Schwerfällig erhob er sich und ging mit steifen Beinen zur Tür. Dort blieb er nochmal stehen. „Ich weiß nicht …"

„Sie kriegen das schon hin. Durk will doch auch immer eingebunden sein."

Aber Damp wollte nicht anecken, schon gar nicht beim Bürgermeister. Andererseits würde ein schneller Erfolg durch den Zeugenaufruf sie beide, Bürgermeister Durk und Revierleiter Damp, gut dastehen lassen.

Damp atmete kräftig aus, öffnete die Tür und marschierte zu Durks Büro.

Das Vorzimmer war leer. Wahrscheinlich war die Sekretärin, Lotti Stoll, beim Mittagessen. Damp klopfte kurz am Amtszimmer des Bürgermeisters.

Ein ärgerliches „Herein!" kam von drinnen. Damp verließ beinahe der Mut. Doch eine innere Stimme trieb ihn vorwärts. Dynamisch drückte er die Klinke nach unten und trat ein. Durk hatte die Beine auf den Tisch gelegt. Damp war sich sicher, Durk gerade bei einem kleinen Nickerchen gestört zu haben.

„Wir haben mal eine Frage, Rieder und ich." Damp wollte nicht allein die Verantwortung für diesen Vorstoß tragen. „Wissen Sie, wem das Grundstück am Zeltkino gehört?"

Durks Augen nahmen Damp schärfer ins Visier. Er nahm die Beine vom Tisch und setzte sich gerade hinter seinen Schreibtisch. „Warum wollen Sie das wissen?", fragte er mit einem leicht drohenden Unterton. Einschüchterung war das Arbeitsprinzip des Bürgermeisters.

„Wir haben vielleicht eine erste Spur."

Der Bürgermeister drehte leicht den Kopf, ohne den Polizisten aus den Augen zu lassen. „Hat die Ekkehard etwas damit zu tun?", fragte er listig.

„Na ja", druckste Damp. „Es gibt Zeugen, die eine Auseinandersetzung von Frau Ekkehard mit einem Mann gehört haben wollen. Da ging es irgendwie um das Zeltkino und vielleicht auch um das Grundstück …"

Durk rieb sich das Kinn. „Das sind ja eigentlich schon Interna aus der Inselverwaltung. Ich weiß nicht, ob ich die preisgeben kann. Es muss nicht jeder alles wissen, wenn Sie verstehen, was ich meine."

Damp verstand nicht wirklich. „Ich dachte, die Grundstückssachen gehen alle über Ihren Tisch."

„Schon. Aber das sind heikle Angelegenheiten. Und nicht jeder Fremde", Durk betonte das letzte Wort ganz besonders, „muss erfahren, was wer hier auf der Insel kauft. Oder?"

Jetzt verstand Damp. „Ja, aber …"

„Also von Rechts wegen müssten Sie sich an das Grundbuchamt in Stralsund wenden." Durk lehnte sich zurück. „Aber wenn es um die Ekkehard geht, könnte ich eine Ausnahme machen." Er beugte sich vor und winkte Damp, näher heranzukommen. „Die nervt mich nämlich gewaltig", erklärte er dem Polizisten mit verschwörerischer Stimme. „Um es kurz zu machen: Das Grundstück gehört eigentlich Peter Stein."

Rieder fühlte sich wie gelähmt, nachdem ihm Damp Durks Information weitergegeben hatte. Sollte Dora Ekkehard mit dem Mord an Stein zu tun haben? Sollte sie seine Mörderin sein? Seine Nachbarin! Er ahnte, was auf ihn zukommen würde und wie ihn das belasten könnte. Das war der Nachteil an seinem Job auf der Insel. Hier kannte sich jeder, und man konnte sich auch nicht aus dem Weg gehen.

Damp spielte, scheinbar ungerührt, mit einem Bleistift. Rieder hatte sein Gesicht in die Handflächen gestützt. Er überlegte. Sollten sie Dora Ekkehard gleich mit den Aussagen der beiden Frauen konfrontieren? Damp schien dafür zu sein. Rieder war sich sicher, dass sein Kollege so schnell wie möglich den Fall vom Tisch haben wollte. Rieder dagegen wollte eher vorsichtig vorgehen und noch weitere Fakten sammeln.

„Dora Ekkehard läuft uns nicht weg. Vielleicht schauen wir erstmal in Steins Haus nach, ob es noch andere Spuren und Fakten gibt, die wir verfolgen können."

Damp legte den Bleistift weg. „Sind Sie sich da sicher?" Selbst wenn es nicht so aussah, auch Damp war hin- und hergerissen. Ein schneller Erfolg wäre nicht schlecht, aber sollten sie Dora Ekkehard zu Unrecht verdächtigen und das bekannt werden, würde er weiter im Ansehen der Hiddenseer sinken. Dora Ekkehard war eine Autorität für die Insulaner, auch wenn sie nicht ins Kino gingen. „Vielleicht haben Sie recht", stimmte er seinem Kollegen zu. „Fahren wir erst mal zu Steins Haus."

Damp parkte den Streifenwagen im Süderende am alten Stromhäuschen. Als er ausstieg, fiel sein Blick auf die merkwürdigen Wesen, die Jugendliche auf die Wände des Häuschens in grellen Farben gesprüht hatten. Bisher hatte er die Übeltäter noch nicht ermitteln können. Das ärgerte ihn gewaltig.

„Sehen Sie sich diese Schmiereien an. Wenn ich die erwische ..."

Rieder sah es gelassener. Er kannte Graffitis zur Genüge aus Berlin. Er fand diese Subkultur zwar nicht besonders gut, gerade wenn sie auch vor frisch sanierten Gebäuden nicht haltmachte. Bei leerstehenden Häusern und Ruinen in der Hauptstadt war es ihm aber immer egal gewesen. Hier auf Hiddensee erinnerten ihn die aufgesprühten Wandgemälde an sein früheres Leben und lösten manchmal sogar so etwas wie Heimweh in ihm aus.

„Damp, Sie können den Fortschritt nicht aufhalten. Nicht mal auf Hiddensee."

„Ph, wo ist das Fortschritt? Das ist nichts anderes als pure Zerstörungswut. Wissen Sie, was das kostet, die Schweinerei wieder wegzumachen?"

Rieder winkte ab und ging zum Deichweg. Das Gras am Schutzdamm war am Vormittag gemäht worden. Aus der Wiese stieg ein intensiver Geruch nach frischem Heu auf. In den Heubergen leuchteten noch die Blüten der abgeschnittenen Wiesenblumen, bevor sie der sanfte Ostseewind vertrocknen ließ. Sie wirkten auf Rieder wie ein Abschiedsgruß des Sommers.

Steins Grundstück, genau an der Ecke, wo die Strandpromenade und der Deichweg am südlichen Ende Vittes aufeinandertrafen, wirkte eigentlich unbewohnt. Der alte Staketenzaun war ausgeblichen, einige Latten zerbrochen. Das Tor ließ sich nur schwer öffnen, weil dahinter das Gras hoch stand und sich kaum wegschieben ließ. Zur Eingangstür führte durch die Wiese ein schmaler Trampelpfad. Das Mauerwerk des Backsteingebäudes brauchte dringend eine Sanierung. An vielen Stellen zerbröselte der Mörtel in den Fugen oder war schon herabgefallen. Die weiße Farbe an den Fensterrahmen war nur noch zu erahnen. Schon bei seinem Besuch mit Behm auf dem Grundstück hatte sich Rieder über den Zustand des Gebäudes gewundert. „Nicht gerade Werbung für einen Bauunternehmer", bemerkte er jetzt zu seinem Kollegen.

Er holte den Schlüssel hervor und steckte ihn ins Schloss der alten Holztür. Es klemmte. Nur mit Mühe bekamen Rieder und Damp die Tür auf. Welchen Gegensatz offenbarte dagegen das Innenleben des alten Strandhäuschens. Die Wände waren frisch weiß gespachtelt. Auf den dunkelrot gestrichenen Dielen lagen helle Läufer. Licht spendeten antike Lampen. Wie Rieder schnell feststellte, handelte es sich dabei um Originale aus den zwanziger oder dreißiger Jahren und nicht um billige Imitate aus dem Baumarkt. Rechterhand ging es in ein Wohnzimmer. An den Wänden hingen Bilder der Insel Hiddensee. Er kannte die Motive von Postkarten, die überall auf der Insel verkauft wurden. Auch das offenbar alles Originale der bekannten Inselmalerin Elisabeth Büchsel. „Mensch, Damp, wissen Sie, was hier für Werte an den Wänden hängen?"

„Keine Ahnung. Ich kenne mich mit Bildern nicht aus", antwortete Damp.

In der Mitte der Zimmers stand eine alte Ledercouch, davor ein kleines Rauchtischchen. Das einzig Moderne war ein Plasmafernseher.

Küche und Bad mussten erst vor kurzem stilecht saniert worden sein. Eine knarrende Holztreppe führte in den ersten Stock. Die kleine Gaube zur Deichseite ließ nur wenig Licht in den Flur. Die Wände waren bis auf das alte Balkenwerk entfernt worden. Links stand unter dem Fenster mit Blick in Richtung Bodden ein Doppelbett. Daneben ein alter Kleiderschrank. Auf den Stühlen lagen ein paar Sachen. Rieder blickte nach links. „Sehen Sie sich das an. Diese Aussicht!" Von einem großen Fenster blickte man auf die offene See. „Genial!", rief Rieder aus.

Damp war nicht so begeistert. „Na und. Auf die Ostsee kann man hier an jeder Ecke schauen. Sogar aus meinem Dachfenster in Neuendorf. Was ist da Besonderes dran?“ Es war das erste Mal, seit die beiden Polizisten das Revier auf Hiddensee teilten, dass Damp etwas über sein Zuhause erzählte. Sonst machte er ein großes Geheimnis daraus, wo und wie er in Neuendorf wohnte. Unter der Dachschräge waren die Regale mit Ordnern gefüllt. Rieder versuchte die Beschriftungen zu entziffern. Er las laut vor: „Laufende Projekte. Häuser Hiddensee. Ablage Inselbau. Bauausschuss. Sparkasse. Prora.“ Auf dem Schreibtisch stapelten sich Mappen. Meist standen Hiddenseer Adressen drauf. Wiesenweg 10. Norderende 23. Schabernack 4 und so weiter. Wahrscheinlich die laufenden Bauprojekte. Rieder klappte die Hefter auf. Drin fanden sich Bauzeichnungen, Bestellungen für Baumaterial, Notizen zum Bauverlauf und viele Rechnungen. Aber nirgendwo konnte er einen Hefter mit der Aufschrift „Zeltkino“ finden. Damp ließ sich in einen Sessel fallen. „Wo wollen wir anfangen?“

„Vielleicht finden wir hier Steins Handy.“ Rieder wählte noch einmal die Handynummer des Bauunternehmers. Es klingelte zwar im Hörer, aber nicht im Haus. „Fehlanzeige.“

Damp hatte mit trägem Blick Rieder zugeschaut. „Und nun? Wonach suchen wir jetzt?“

„Erstmal nach einer Verbindung zwischen Peter Stein und Dora Ekkehard. Mehr haben wir momentan nicht in der Hand.“

„Wir haben noch die Aussagen der beiden alten Schachteln“, entgegnete Damp.

„Glauben Sie wirklich, Dora Ekkehard hat den Stein erschlagen?“, fragte Rieder ungläubig seinen Kollegen.

„Warum nicht?“

„Ich für meinen Teil hoffe es nicht. Aber irgendetwas muss da sein. Vielleicht schauen Sie sich unten um. Wie gesagt, nicht schlecht wäre ein Adressbuch, ein Kalender oder so etwas. Ich schau mich mal weiter hier oben um und gehe die Unterlagen durch.“

Damp stieg die Treppen hinunter. Die Stufen ächzten unter

seinem Gewicht. Dann hörte Rieder seinen Kollegen Schubladen aufziehen und wieder zuschieben.

Er selbst widmete sich Steins Schreibtisch und seinen Akten. Den Laptop würde er mit ins Revier nehmen und dort untersuchen. Linkerhand stand auf dem Schreibtisch eine Briefablage. Das Fach „Postausgang“ war leer. Aber im Posteingang hatten sich einige Briefe angesammelt. Rieder zog sie heraus. Lieferscheine für Baumaterial. Ein Vertrag über die Sanierung eines Reetdaches. Angebote von Baumärkten der Umgebung. Alles unverdächtig. Dann nahm er Hefter für Hefter aus dem Regal und blätterte sie durch. Meist ging es um abgeschlossene oder laufende Bauprojekte. Stein musste sehr ordentlich gewesen sein, denn er hatte von der Planung bis zur Übergabe immer alles genau dokumentiert. Rieder entdeckte auch, dass Stein offensichtlich mindestens ein Dutzend Häuser auf der Insel besessen hatte. Außerdem gehörten ihm zwei Läden und vier Restaurants, zum Teil mit Pensionsbetrieb. Bis auf die Pension „Luv & Lee“, die er Charlotte angeboten hatte, waren alle verpachtet. Bei einem Namen blieb Rieder hängen. Otto Bock. Überrascht entdeckte er, dass auch die Pension „Störtebeker“ seines Nachbarn Stein gehörte. Bock hatte sie ihm vor drei Jahren verkauft und dann wieder von Stein gepachtet. Dafür hatte Stein Bocks Schulden bei den Banken übernommen und eine Zwangsversteigerung abgewendet. Das musste doch bitter sein, dachte sich Rieder, sein Hab und Gut aus Not verkaufen zu müssen und dann für den neuen Besitzer dort weiter zu arbeiten. Das erklärte vielleicht auch, warum Otto Bock so wenig Rücksicht auf seine Mitmenschen nahm.

In einer Schublade des Schreibtischs fand er noch ein paar Ordner. Rieder zog sie heraus. Da sie nicht verstaubt waren und die Blätter nicht vergilbt, mussten sie auch von Stein in ständigem Gebrauch gewesen sein. Rieder las auf dem einen Aktenrücken: „Inselbau Rügen“. Rieder klappte den Aktendeckel auf. Obenauf war ein Kaufvertrag abgelegt. Ein gewisser Juri Nemzov hatte von Peter Stein am 1. September 1994 das Unternehmen gekauft, allerdings nicht sofort alles. Nach und nach hatte Stein seinen Anteil verringert. Zuletzt hielt er immerhin noch 25 Prozent an der „Inselbau Rügen". Rieder hielt inne. Aber hatte Ulrike Stein nicht erzählt, ihr Mann habe alle Aktivitäten auf Rügen eingestellt? Die Unterlagen zeigten das Gegenteil. Es handelte sich um einen regen Schriftwechsel zwischen Nemzov und Stein über verschiedene Bauprojekte auf Rügen. Offenbar war die Firma „Inselbau Rügen" unter anderem am Bau der neuen Strelasund-Querung beteiligt gewesen, der riesigen Brücke, die den alten Rügendamm ersetzt hatte und nun Stralsund mit Rügen verband. Damit musste Stein viel Geld verdient haben, dachte sich Rieder. Wie hätte er sonst die vielen Hauskäufe auf Hiddensee finanzieren können. Auf alle Fälle musste er mit diesem Nemzov reden und auch noch einmal mit Ulrike Stein. Hatte sie von den Aktivitäten ihres Ex-Mannes auf Rügen wirklich nichts gewusst?

Er nahm den zweiten Hefter. „Ostseetherme Norderende" stand auf dem Aktenrücken. Was sollte das sein? Er klappte den Ordner auf. Das erste Blatt war ein Brief. Mit Schreibmaschine geschrieben. Datum vorgestern. Rieder las den Absender auf dem Briefkopf und riss die Augen auf. „Widerspruch" stand in der Mitte des Blattes. Zweimal unterstrichen. „Hiermit lege ich Widerspruch gegen die Kündigung des Pachtvertrages für das Zeltkino auf dem Grundstück Norderende 150 ein. Ich werde rechtliche Schritte einleiten, um Ihre Kündigung unwirksam werden zu lassen. Außerdem werde ich den Gemeinderat und den Bürgermeister über Ihre Entscheidung informieren. Ich bin mir sicher, dass Sie dem öffentlichen Druck nicht standhalten werden." Unterschrift: „Dora Ekkehard".

Rieder fiel vor Schreck fast der Hefter aus der Hand. In diesem Moment kam Damp die Treppe heraufgestürmt. In der Hand hielt er Fotos. Triumphierend reichte er sie Rieder.

„Was sagen wir dazu. Kennen wir nicht diese Dame?"

X

Damp und Rieder gingen auf dem Deich nur ein paar Meter zurück und bogen dann rechts in den Fahrweg ein, der zu den Ferienhäusern in die Dünenheide führte. Sie gehörten zumeist Berlinern. Viele hatten schon die Saison beendet und ihre Datschen winterfest gemacht. Die Fensterläden waren zugezogen, die Gartenmöbel verschwunden und die Briefkästen abgehängt.

Nur das erste Haus war noch bewohnt. Die Fenster im Erdgeschoss standen auf. Musik war zu hören. Ein Mann Mitte dreißig saß drinnen an einem Tisch und las Zeitung. Als Rieder und Damp das Grundstück betraten, sprang er sofort auf, kam nach draußen und ging den Polizisten entgegen.

„Die Polizei?“, fragte er überrascht. „Kommen Sie wegen des Toten am Strand?“

„Sie sind Herr Ehlers?“, fragte Rieder. Der Mann nickte. „Sebastian Ehlers.“

„Wir müssten noch mal mit Frau Seige und Herrn Kasan reden. Sind die beiden da?“, fragte Rieder.

„Sie schlafen noch. War spät gestern Nacht. Und dann die Aufregung. Wir hatten uns schon Sorgen gemacht. Als sie uns dann erzählt haben, was passiert ist … da konnten wir natürlich nicht gleich schlafen gehen. Auf den Schreck.“

„Würden Sie Frau Seige und Herrn Kasan bitte wecken?“, forderte Rieder den Mann auf. Die Polizisten folgten Sebastian Ehlers ins Haus. Er drehte sich noch einmal um und wirkte nun leicht verunsichert. „Birte und Markus schlafen oben.“

Dann stieg er die schmale Treppe hinauf. Rieder und Damp hörten das Knarren einer Tür, dann Stimmen.

„Also, wie abgesprochen“, wandte sich Rieder an Damp. „Sie übernehmen den Mann, ich die Frau.“

„Klar.“ Damp hatte ein überlegenes Lächeln aufgelegt. Er triumphierte im Stillen, dass er diese neue Spur im Haus von Stein entdeckt hatte und nicht sein Kollege. Klar, auch der Brief von Dora Ekkehard an Stein, den Rieder gefunden hatte, war nicht ohne. Aber das hier gab dem Fall eine neue Wendung.

Ehlers kam wieder herunter, hinter ihm Markus Kasan. Er wirkte noch verschlafen, rieb sich die Augen, ging aber völlig unvoreingenommen auf die Polizisten zu. „Was gibt's? Sind Sie wegen des Protokolls gekommen?“

Damp schob sich etwas vor. „Herr Kasan, wenn Sie mir bitte nach draußen folgen würden. Wir hätten noch ein paar Fragen.“

Kasan war überrascht vom strengen Ton des Beamten, ging aber ohne Widerspruch mit Damp vor die Tür. Der Polizist winkte Ehlers, mitzukommen.

Wenig später erschien Birte Seige am oberen Ende der Holztreppe. Ihre kurzen Haare waren noch vom Schlaf zerwühlt und standen in alle Richtungen ab. Beim Anblick Rieders stockte sie. Sie sah den Umschlag in seiner Hand. Ganz langsam, Stufe für Stufe, kam sie hinunter.

Rieder öffnete den Umschlag, zog Fotos heraus und hielt sie Birte vor die Nase. „Frau Seige, können Sie mir das erklären?“

Sie schlug die Augen nieder, ging ein paar Schritte in die kleine Stube und ließ sich dort auf einen Stuhl fallen.

„Es war nur eine kleine Affäre.“

„Es ist allerdings keine kleine Affäre, dass Sie uns gestern angelogen haben. Sie kannten Stein. Und wenn ich mir die Bilder ansehe, ziemlich gut.“

Birte spielte mit ein paar Krümeln auf der Tischdecke.

„Als ich vor einem Jahr hier auf der Insel war, habe ich Peter kennengelernt. Sebastian und Andrea hatten mir ihr Haus für eine Woche vermietet, na ja, eher überlassen. Ich habe viel fotografiert. Ich wollte einen Naturkalender über Hiddensee machen und damit etwas Geld verdienen. Dabei habe ich Peter getroffen. Er fragte mich, ob ich für ihn auch ein paar Aufnahmen von Häusern machen könne. Er sei Bauunternehmer und Immobilienmakler, vermiete Ferienhäuser und brauche neue Bilder für seine Anzeigen im Internet und für die Exposés gute Aufnahmen. Dann kam eines zum anderen. Es ging zwei Monate. Er war auch mal bei mir in Berlin." Dabei zeigte sie auf die Bilder, die Peter Stein und Birte vor dem Brandenburger Tor zeigten. Es waren Schnappschüsse. Sie lachten auf den Bildern. Birte Seige und Peter Stein machten einen glücklichen Eindruck.

„Aber ich wollte nicht auf die Insel und er nicht nach Berlin. Punkt. Das war's."

„Und jetzt haben Sie ihn nicht getroffen? Wollen Sie mir das erzählen? Er ist praktisch Ihr Nachbar. Sie müssen immer an seinem Haus vorbei, wenn Sie zum Strand oder nach Vitte reinwollen."

Birte beugte sich plötzlich nach unten und malte nun mit den Zehen Kreise auf die Dielen. „Bevor Markus kam, war ich schon zwei Tage hier. Da habe ich ihn auch getroffen." Sie machte eine kurze Pause. „Wie Sie schon sagten, unvermeidlich, wenn man Nachbar ist."

„Nur getroffen?"

Birte sah Rieder an. Sie lächelte sogar ein wenig. „In Krimis leuchten irgendwelche Laboranten dann immer die Laken ab. Nicht wahr? Wie heißt es dann? Wir haben noch ein paar Hautpartikel gefunden." Sie begann wieder mit den Krümeln zu spielen. „Sie könnten Glück haben, wenn Peter nicht die Betten frisch bezogen hat und Sie einen DNA-Abgleich machen. Aber nur beim Essen schmeckt Aufgewärmtes beim zweiten Mal besser."

In dem Moment kam Markus Kasan ins Haus gerannt. Ihm folgten Damp und Sebastian Ehlers. „Du kennst den Toten? Diesen Stein?"

Birte nickte stumm.

„Was soll das alles? Ich verstehe es nicht?", rief er aufgebracht.

Doch bevor Birte eine Antwort geben konnte, fragte sie Damp in scharfen Ton. „Warum haben Sie gestern Abend noch einmal das Kino vor Beginn der Vorstellung verlassen? Haben Sie sich mit Peter Stein getroffen in den zehn Minuten, die Sie weg waren? Herr Kasan berichtet, sie wären vor Beginn der Vorstellung noch einmal rausgegangen."

Alle Blicke richteten sich auf die junge Frau. Sie schaute ängstlich die vier Männer an. „Ja."

Damp und Rieder gingen vor die Tür. Nach ihrer Antwort hatte Birte Seige kein Wort mehr gesagt. Für Damp ein Eingeständnis ihrer Schuld. „Wahrscheinlich hat er sie bedrängt. Sie hat sich gewehrt. Peng und aus."

Rieder konnte Damp nicht widersprechen. Für seine Theorie sprach einiges. Vielleicht wollte sie nicht, dass Markus Kasan von ihrer Affäre mit Stein erfuhr.

„Wir verhaften sie erstmal. Fluchtgefahr!" Damp sah seine Chance für einen schnellen Fahndungserfolg.

Rieder zögerte. „Die Frau ist einssechzig. Stein war einsneunzig. Sie ist ein Leichtgewicht. Ich kann mich täuschen, aber sie wirkt auch nicht besonders stark. Stein dagegen war gutes Schwergewicht. Also ich weiß nicht."

Damp wollte nicht so schnell aufgeben. „Sie kann es mit einem der verschwundenen Paddel getan haben. Ein Schlag. Peng und aus."

Rieder brauste auf: „Sie mit Ihrem ‚Peng und aus'! Fällt Ihnen nichts anderes ein? Und wo ist dann dieses Paddel jetzt?"

Damp hielt inne. Ließ Rieder den Fisch von der Angel? Typisch für diese Stadttypen. Quatschen viel. Handeln wenig. Allerdings musste er zugeben, ein Paddel hatten sie nicht gefunden. Es hätte für Birte Seige keine andere Chance gegeben, das Tatwerkzeug wegzuwerfen, als im Strandwäldchen.

Genau da setzte Rieders Widerspruch an. „Wo hat sie die Paddel gelassen? Rund um das Boot haben wir sie nicht gefunden. Treffen. Zuschlagen. Paddel verstecken. Zurück ins Kino. Da muss man schon ziemlich ausgebufft sein." So richtig sicher war er sich allerdings nicht. Woher wollte er wissen, wie ausgebufft Birte Seige war? Und vielleicht war es gerade ihr Kalkül gewesen, mit Markus den Toten zu finden? Immerhin hatte sie im Kino über anderthalb Stunden Zeit gehabt, sich etwas zu überlegen?

Aber auch Damp gab nicht auf. „Sie muss ihn ja nicht mit einem Paddel erschlagen haben. Sie hätte auch einen Knüppel oder einen alten Ast nehmen können. Davon liegen im Strandwäldchen genug."

Im Haus hörte man jemanden schnelle Schritte treppauf gehen. Dann Stimmen aus der oberen Etage. Die beiden Polizisten konnten zwar kein Wort verstehen, aber es war eine flehende Frauenstimme. Dann stürmte jemand die Treppe hinab. Die Tür wurde aufgerissen. Markus Kasan rannte an den Polizisten vorbei. Rieder konnte gerade noch fragen: „Wo wollen Sie hin?"

„Nach Haus. Ich habe von den Frauen die Schnauze voll."

In der Tür erschien eine verweinte Birte. Hinter ihr ein hilfloser Sebastian Ehlers.

„Beschissen worden bin ich genug in meinem Leben", rief Kasan noch und rannte dann in Richtung Deich. Dort kam ihm eine junge Frau auf einem Rad entgegen, an jeder Seite des Lenkers gefüllte Einkaufsbeutel. Sie bremste scharf, fragte Kasan offenbar, was los sei. Doch er schüttelte ihren Arm ab und lief in schnellen Schritten davon.

Die Frau stieg wieder auf ihr Rad, trat heftig in die Pedale und fuhr auf das Haus zu. Sie sprang ab.

„Birte! Sebastian! Was ist mit Markus?"

„Und wer sind Sie?", unterbrach sie Rieder.

Sie starrte ihn an. „Ich?"

„Ja, Sie?"

„Andrea Ehlers. Aber was interessiert Sie das überhaupt?" Wahrscheinlich nahm sie jetzt erst Damps Uniform wahr. „Ach, Sie sind von der Polizei?"

Rieder stellte sich kurz vor und erklärte Ihr mit wenigen Worten die Situation. Andrea Ehlers konnte nicht glauben, was sie hörte. Heftig widersprach sie Rieder. „Sie spinnen doch. Was soll Birte getan haben?" Sie wandte sich an ihren Mann: „Sebastian, sag doch auch mal was!“ Doch dessen Antwort war ein Schulterzucken. Dann verschwand er im Innern des Hauses. Andrea Ehlers warf ihr Rad ins Gras ohne Rücksicht auf die Einkäufe und folgte ihrem Mann. Von drinnen war ein heftiger Wortwechsel zu hören. Rieder wandte sich an Birte Seige. „Haben Sie uns noch etwas zu sagen?“

Die junge Frau hatte die Arme vor der Brust verschränkt, zitterte am ganzen Leib, blieb aber stumm.

„Frau Seige. Ich muss Sie bitten, die Insel bis auf weiteres nicht zu verlassen. Sie melden sich bitte jeden Morgen um neun Uhr bei uns auf dem Revier. Sollten Sie das nicht tun, schreiben wir Sie zur Fahndung aus. Auf Wiedersehen, bis morgen.“ Rieder steckte den Umschlag mit den Fotos von Birte Seige und Peter Stein in seine Jackentasche. Damp setzte seine Mütze auf. Schon im Gehen drehte sich Rieder noch einmal um. „Es wäre gut, wenn es einen Zeugen gäbe, der bestätigen kann, dass Peter Stein noch gelebt hat, nachdem Sie ihn vor dem Kino getroffen haben.“

XI

Auf dem Weg zum Polizeiwagen machte Damp seinem Unmut Luft. „Ich muss Sie bitten, die Insel nicht zu verlassen“, äffte er seinen Kollegen nach. „Melden Sie sich bitte, bitte, bitte, morgen um neun Uhr im Revier … Und wie sollen wir verhindern, dass die Seige nicht doch abhaut? Wollen Sie sich an jede Fähre stellen, Herr Rieder? Schwachsinn! Wir hätten sie einbuchten sollen! Und nach Bergen bringen, ins Untersuchungsgefängnis.“

„Auf welcher Grundlage bitte?“, raunzte Rieder zurück. „Haben wir einen Beweis, dass sie Stein erschlagen hat?“

Damp blieb stehen. Sein mächtiger Körper pumpte. Offenbar wollte er einen Wutausbruch verhindern und sich zur Ruhe zwingen. Es gelang ihm halbwegs. „Und welchen Beweis haben wir, dass Frau Seige es nicht getan hat?“

Ohne ein weiteres Wort marschierten die beiden zum Polizeiauto. Beim Einsteigen ließen sie die Türen knallen.

„Wohin jetzt?“, fragte Damp.

Keine Antwort. Rieder starrte durchs Seitenfenster. Damp durch die Windschutzscheibe. Mehr als der heftige Atem der beiden Männer war nicht zu hören.

Gut zwei Minuten vergingen, dann ließ Damp den Wagen an und fuhr los. Sie rollten im Schritttempo durch Süderende. Rieder fiel jetzt zum ersten Mal auf, wie viel auf der Insel gebaut wurde. Gleich links stand der Rohbau eines Hauses. Die Baustelle wirkte allerdings verlassen. Die einst weißen Bausteine waren schon angegraut. Vielleicht war dem Bauherren das Geld ausgegangen. Etwas weiter, an der Wegkreuzung zur Gaststätte „Feuerstübchen“, wurden mehrere neue Häuser gebaut. Ein Schild warb um Käufer für Ferienwohnungen. Bauleute waren nicht zu sehen, aber zwischen den Häusern entdeckte Rieder einen blauen Bauwagen. Schräg zog sich der Schriftzug „Inselbau Stein“ über die Seitenfläche. Statt eines i-Punktes war über dem Namen eine Möwe gemalt. Kurz vor der Kreuzung am alten Ostseehotel gab es linkerhand ein eingestürztes Haus. Oben am Giebel war noch das Wort „Papierwaren“ zu erkennen. Die alten Schaufenster waren gesprungen. Auch da stand ein Bauwagen von Steins Firma, daneben ein riesiger Container, in dem sich Mauerstücke und zerborstene Balken türmten. Auch dort war niemand.

„Lassen Sie uns mal am Schuppen der Firma ‚Inselbau‘ im Hafen vorbeifahren.“

Damp bog nach rechts in den Wallweg ab und fuhr zum Hafen. Oben auf der Deichkrone blieb er stehen und deutete nach links: „Da ist es.“

Ein verwitterter alter Holzschuppen stand dort zwischen einem Wust aus Plastiktonnen, Stapeln von Holzbrettern, Abfallbergen aus Schutt.

„Früher gehörte das Gebäude der Fischereigenossenschaft. Aber nachdem es mit der Fischerei bergab ging, hat es Stein übernommen.“

Rieder stieg aus dem Wagen. Er wollte sich die Sache näher ansehen.

Damp leierte sein Seitenfenster runter. „Da ist jetzt keiner. Mittagspause. Von zwölf bis drei darf kein Krach gemacht werden. Steht übrigens auch in der Inselordnung.“

Rieder ließ sich nicht aufhalten. Er lief zum Eingang des Schuppens im Hafen, rüttelte an der Tür. Er schaute durch die verstaubten Fenster, konnte aber keine Menschenseele entdecken. Damp war ihm gefolgt.

„Was ich gesagt habe. Mittagspause.“

Rieder merkte, wie schon wieder der Ärger in ihm aufstieg, weil Damp nun noch Recht behalten sollte.

„Was gibt’s?“, rief jemand.

Rieder und Damp drehten sich um, sahen aber niemanden.

Sie gingen um den Schuppen herum. Dort war der Imbiss und Verkauf der Fischereigenossenschaft. Mehrere Männer saßen dort auf Kisten. Alle trugen beigefarbene Latzhosen mit dem Logo der „Inselbau", dazu blaue Fischerhemden. Individuell waren nur die Kopfbedeckungen: ausgeblichene Basecaps, zerknautschte Fischermützen und gestrickte Kappen. Alle hatten eine Flasche Bier in der Hand. Der beißende, würzige Rauch aus dem Räucherofen schien sie nicht zu stören.

Die Polizisten gingen auf die Männer zu. Einer mit einer blauen Kapitänsmütze erhob sich.

„Oh, der frisch gebackene Revierleiter und der Columbo aus Berlin", witzelte einer. Wie im Chor lachten die Männer kurz auf. „Was führt euch denn hierher?"

„Wer sind Sie?", fragte Rieder den Wortführer.

„Hans Claasen. Ich bin der Vorarbeiter. Also – was wollen Sie? Dass unser Chef tot ist, wissen wir schon."

„Von wem?"

Statt einer Antwort erwiderte der Vorarbeiter: „Wie heißen Sie? Rieder, nicht wahr?"

„Hauptkommissar Rieder."

„Hauptkommissar!", wiederholte Claasen ironisch. „Habt ihr gehört, Leute? Ein Hauptkommissar."

Diese typische Bauarbeiter-Arroganz war Rieder schon immer auf die Nerven gegangen. Da half erstmal nur schweigen und abwarten, wer als Erster die Nerven verlor. Es war Claasen. „Sie sind doch schon eine Weile auf der Insel. Da müssten Sie doch wissen, dass hier nichts geheim bleibt. Aber wie auch immer. Erstens pfeifen es die Spatzen von den Dächern. Zweitens war die Chefin da."

„Die Chefin?"

„Mensch, Frau Stein", rief Claasen und schlug sich mit der flachen Hand vor die Stirn, um zu betonen, wie begriffsstutzig er Rieder fand.

„Ich dachte, sie hätte mit dem Geschäft nichts mehr zu tun."

Schulterzucken von Claasen. „Für uns ist sie immer noch die

Chefin. Oder?“, rief er in die Runde. Synchrones Nicken der Männer.

„Dann wissen Sie ja sicher auch, dass Herr Stein ermordet wurde.“ Leichtes Grummeln im Kistenrund.

„Was du nicht sagst, Herr Polizist“, grummelte Claasen weiter.

„Hatte Herr Stein vielleicht Probleme mit jemandem? Gab es Anfeindungen? Zum Beispiel durch verärgerte oder unzufriedene Auftraggeber oder ehemalige Mitarbeiter.“ Claasen verschränkte die Arme vor der Brust und schaute mit einem Blick in die Runde der Bauarbeiter, der bei jedem schon nur den Gedanken an eine Antwort abtöten sollte. Es gehörte zu den ungeschriebenen Gesetzen der Insel, dass man mit der Polizei nicht redete. Jedenfalls nicht in aller Öffentlichkeit. Konflikte wurden untereinander gelöst. Die Polizei sah man eher als lästiges Beiwerk der Inselobrigkeit.

Alle schwiegen. Vorarbeiter Claasen quittierte es mit einem wohlgefälligen Lächeln und schaute dann auf die Uhr. Er klatschte in die Hand. „Fünfzehn Uhr, Männer. An die Arbeit! Marsch! Marsch!“ Die Bauarbeiter erhoben sich. Sie schenkten Rieder und Damp keine weitere Beachtung. Grußlos gingen sie an ihnen vorbei, schwangen sich auf ihre Räder, die an der Schuppenwand gelehnt standen, und radelten betont gemütlich davon. Damp machte kehrt und lief zurück zum Polizeiwagen. Rieder versuchte es noch mal bei Claasen, als die Männer außer Hörweite waren. „Was war nun mit diesem Dachdecker?“

Claasen baute sich vor Rieder auf. „Ich weiß nicht, wovon Sie reden. Griese zwei faselt viel, wenn er genug Fusel intus hat. Verstanden?“

Es hatte keinen Zweck. Rieder folgte seinem Kollegen. Wahrscheinlich wäre es das Beste, diesen Ahrens direkt zu fragen, obwohl er sich nicht viele Hoffnungen machte, dass der Dachdecker gesprächiger wäre.

„Hallo, Herr Rieder!“ Der Polizist drehte sich um. Ulrike Stein, ganz in Schwarz, kam auf ihn zu. Der Rollkragenpullover und die Jeans betonten ihre sportliche Figur. „Gut, dass ich Sie treffe. Ich müsste in Peters Haus. Ich brauche dringend einige Geschäftsunterlagen. Als ich vorhin dort war, klebte ein Siegel der Polizei an der Tür."

„Haben Sie denn einen Schlüssel?"

„Ja. Peter hatte mir einen gegeben, falls ihm etwas passieren sollte. Ich war seine nächste Angehörige hier auf der Insel."

„Nein, nein", beschwichtigte Rieder die Frau. „Ich wollte nur auf Nummer sicher gehen. Polizistenangewohnheit. Verstehen Sie denn was vom Baugeschäft?"

Ulrike Stein nestelte an ihrer Tasche. „Nicht so viel wie Peter. Aber wenn man mit einem Bauunternehmer so lange zusammengelebt hat wie ich, dann schaut man sich einiges ab. Früher habe ich für ihn auch mal Schriftkram erledigt."

„Sagt Ihnen der Name Nemzov etwas?"

„Nemzov, Nemzov …" Sie schüttelte den Kopf, hielt dann aber ein. „Doch! Der verrückte Russe, der Peters Firma auf Rügen gekauft hat. Der hieß, glaub' ich, Nemzov."

„Genau. Wieso verrückt?", fragte Rieder zurück.

„Ich kriege es nicht mehr zusammen. Aber aus irgendeinem Grund kam er nicht zurück nach Moskau. Ich weiß noch, dass er Offizier gewesen war. Er überwachte irgendwie die Truppentransporte, als die abgezogen sind … ich krieg' es nicht mehr zusammen."

„Wussten Sie, dass Ihr Mann noch 25 Prozent an seiner alten Firma auf Rügen hielt?"

„Nein", erklärte Ulrike Stein. Rieder hielt das für unglaubwürdig.

„Das soll Ihnen nie aufgefallen sein, wenn Sie, wie Sie sagen, seinen Schriftkram erledigt haben?"

Sie schüttelte den Kopf.

„Aber das Geld, was Herr Nemzov Ihrem Mann für seinen Anteil überwiesen hat, das muss doch auf dem Geschäftskonto aufgetaucht sein."

„Mit Geldsachen hatte ich nichts zu tun! Da hatte mein Mann immer die Hand drauf. Ich vertraute ihm. Außerdem sind wir bei den meisten Häusern, die er hier auf Hiddensee gekauft hat, zusammen als Eigentümer im Grundbuch eingetragen."

„Auch bei dem Grundstück, auf dem das Zeltkino steht?"

„Davon weiß ich nichts. Wieso? Gehört das auch Peter?"

Rieder ließ die Antwort offen.

„Was wird nun aus den Unterlagen? Ich brauche einige Sachen für die laufenden Geschäfte ..."

„Wir brauchen noch etwas Zeit, um alles durchzusehen. Das wird noch etwas dauern. Außerdem muss sich danach vielleicht die Spurensicherung noch das Haus ansehen, wenn uns etwas ungewöhnlich erscheinen sollte. Es haben sich auch einige neue Dinge ergeben, die wir im Haus noch überprüfen müssen."

„Darf ich erfahren, was Sie damit meinen?", fragte Ulrike Stein vorsichtig.

Rieder überlegte, wie er sich verhalten sollte. Konnte er Ulrike Stein von Birte Seige erzählen? Der Verdacht könnte sich schnell auf der Insel verbreiten und die junge Frau womöglich gefährden. Mit den Bauleuten von Steins Firma war sicher nicht zu spaßen. „Ich möchte darüber noch nicht sprechen."

Sie zuckte mit den Schultern und ging ein paar Schritte. Dann drehte sie sich noch einmal um. „Herr Rieder, es wäre schön, wenn es mit den Unterlagen nicht so lange dauern würde. Da hängt einfach Peters Firma dran, und ich fühle mich auch den Leuten verpflichtet. Verstehen Sie?"

Rieder überlegte. „Wie wäre es, wenn uns Ihr Vorarbeiter, Herr Claasen, einfach eine Aufstellung der wichtigsten Projekte macht, an denen die Firma ‚Inselbau' gerade arbeitet. Wir werden dann diese Unterlagen schnell durchsehen, und wenn es keine Probleme gibt, sie ihm oder Ihnen übergeben. So kommen die laufenden Geschäfte nicht ins Stocken."

„Eigentlich würde ich das lieber selbst tun", meinte Ulrike Stein, „aber wenn es nicht anders geht. Sie haben auch Ihre Vorschriften. Nicht wahr? Ich werde mit Claasen reden."

Rieder sah Ulrike Stein nachdenklich hinterher, wie sie im Schuppen der „Inselbau“ im Vitter Hafen verschwand, wahrscheinlich, um Claasen um die Liste der aktuellen Bauprojekte zu bitten.

„Was halten Sie von der Frau?“, fragte er Damp, der die Szene aus einiger Entfernung beobachtet hatte.

„Was soll ich von ihr halten?“

Rieder öffnete die Beifahrertür des Polizeiautos, stieg aber nicht ein.

„Wohin jetzt?“, fragte Damp ungeduldig, der schon eingestiegen war.

„Überprüfen Sie doch bitte erstmal das Alibi von Ulrike Stein. Ich habe noch was zu erledigen.“ Dann schlug er die Autotür zu und ging über den Deich davon.

XII

Damp fand Rieders Abgang zwar merkwürdig, war aber zugleich ganz froh, allein zum Hotel „Enddorn“ in Grieben zu fahren. Kurz vor Kloster bog er rechts ab. Er wollte nicht über den Kirchweg fahren. Die vielen Schlaglöcher gingen gewaltig auf seine Hüfte, und die hatte schon genug unter seinem Gewicht zu leiden. Auf dem Weißen Weg waren nur ein paar Radfahrer unterwegs. Im Vorbeifahren schaute Damp, ob sie halbwegs verkehrssicher aussahen, ersparte ihnen aber eine Kontrolle. Am Apartmenthotel „Dornbusch“ bemerkte er, dass das Hinweisschild mit dem heutigen Speiseangebot viel zu weit auf der Straße stand. Auf dem Rückweg würde er der schnippischen Restaurantleiterin einen Dämpfer verpassen und dafür sorgen, dass sie die Tafel unter seinen Augen an ihren ordnungsgemäßen Platz rückte.

An der Kreuzung Kirchweg/Hafenweg musste der Polizist rechts weg. Auf dem Riedsal, dem kleinen See am Ortsausgang von Kloster, tummelten sich Wildgänse vor ihrem Abflug in den Süden. Damp beschleunigte etwas. Nachdem die Straße leicht bergauf gegangen war, konnte man von der Spitze schon die ersten Häuser von Grieben sehen. Von Kloster bis Grieben standen am Weg noch die alten hölzernen Strommasten mit den weißen Isolatoren. Auf den Leitungen hatten sich hunderte Schwalben versammelt.

Damp parkte den Wagen gegenüber vom Hotel „Enddorn“ auf dem Sandweg, der zum Leuchtturm führte. Linkerhand erhob sich der Rübenberg. Das alte Stromhäuschen hatte jemand so bemalt, dass es jetzt täuschend echt einem alten Bauernhaus glich.

Das Hotel lag am Ortseingang von Grieben, dem nördlichsten Dorf auf Hiddensee. Allerdings gab es keine Ortsschilder. Die Insel gilt als eine Gemeinde. Der Biergarten vor dem Hotel war verwaist. Es war auf der Insel schon zu kühl und zu windig, um draußen zu sitzen. Im Gastraum waren auch nur zwei Tische besetzt. Der Wirt Jürgen Groth war kurz nach der Wende aus Berlin auf die Insel gekommen. Für'n Appel und 'n Ei", so hatte es Damp der ehemalige Inselpolizist Mohnke erzählt, hatte Groth das Ferienheim eines volkseigenen Betriebes von der Treuhand gekauft. Groth hatte das Gebäude aufwendig saniert und so ausgebaut, dass es nun auf zwei Etagen Apartments gab, alle mit Boddenblick. Im Erdgeschoss hatte jede Ferienwohnung eine Terrasse und einen Grillplatz. Über eine Wiese gelangte man an das Boddenufer. Dort hatte Groth eine Steganlage und ein Bootshaus bauen lassen. Für jedes Apartment stand ein Ruderboot bereit.

Groth's Restaurant war für seine Fischgerichte bekannt. Er hatte von einigen Hiddenseern die Fischereirechte auf dem Bodden gepachtet. Sie waren froh, nach dem Niedergang der Küstenfischerei noch etwas Geld für ihre Anrechte zu bekommen, die früher über Jahrhunderte ihre Familien ernährt und sie während DDR-Zeiten auch wohlhabend gemacht hatten.

Groth hatte sich einen Kutter gekauft. Einer der Fischer hatte ihm alles beigebracht. Nun stellte er selbst Reusen und Netze, fuhr jeden Morgen raus und holte den Fang ein. Nur Fische aus eigenem Fang kamen auf den Tisch. Früher hatte er mehr heimgebracht, als er verwerten konnte und den Überschuss an andere Gaststätten auf der Insel verkauft. Das war ein hübsches Nebengeschäft gewesen. Nun gab es auch Tage, wo er ohne Fang heimkehrte. Der Fischbestand im Bodden hatte durch Überfischung stark abgenommen. Außerdem machten allen Fischern die wachsenden Kolonien der Kormorane im Norden und Süden von Hiddensee zu schaffen. Ein Kormoran frißt am Tag mindestens ein halbes Kilo Fisch. Die Fischer, auch Groth forderten einen Abschuss der Vögel. Das war aber im Biosphärenreservat verboten. Groth glaubte, mit anderen Fischern auf eine geniale Idee gekommen zu sein. Er hatte sich eine alte kleine Kanone besorgt. In der Brutzeit war er mit seinem Kutter und einigen Fischern zu den Kormoran-Kolonien gefahren und hatte dort die Kanone abgefeuert. Die aufgeschreckten Vögel flogen davon und blieben so lange weg, dass die Brut in den Eiern abstarb. Allerdings ging der Schuss nach hinten los. Groth hatte ein Kamerateam mitgenommen, das seinen Kampf gegen diese tierischen Feinde dokumentieren sollte. Nachdem der Film im Fernsehen gelaufen war, hatten ihn Naturschützer bei der Polizei angezeigt. Damp war bei ihm aufgetaucht und hatte die Kanone als Beweismittel beschlagnahmt. Im Prozess waren Groth und seine Fischerfreunde zu empfindlichen Geldstrafen verurteilt worden. Nun übte Groth nur noch stillen Protest in seinem Restaurant. Fing er nichts, gab es auch nichts außer Kartoffelsuppe und Bockwurst.

Als Damp hereinkam, stand Jürgen Groth hinterm Tresen und polierte Gläser. Er schien dem Inselpolizisten die Sache mit der Kormoran-Kanone nicht nachzutragen.

„Hallo Chef, was soll's sein?“, begrüßte er jovial Damp. Der Polizist setzte die Mütze ab und hievte sich auf einen der Holzhocker vor der Theke.

„Es geht um Peter Stein?“

Groth hielt kurz inne. „Den Bauunternehmer?“

„Genau.“

„Was hat der alte Halsabschneider verbrochen?“ Er nahm das nächste nasse Glas vom Tresen und begann es abzutrocknen.

„Nichts. Er ist tot. Ermordet wahrscheinlich. Hat es sich noch nicht bis hierhin rumgesprochen?“

Groth legte Glas und Handtuch aus der Hand. „Woher? Am Morgen war ich draußen auf dem Bodden und dann hier. Seitdem meine polnische Küchenhilfe letzte Woche in die Heimat abgedampft ist, muss ich alles allein machen. Küche, Kneipe, Zimmermädchen. Gott sei Dank ist schon Herbstflaute.“ Dabei deutete er mit dem Kopf in den Schankraum. „Da bin ich aber platt. Der Stein tot. Auf den Schreck brauch' ich einen Schnaps. Sie auch?“ Damp nickte.

Groth stellte zwei Schnapsgläser auf den Tresen, holte eine Flasche Aquavit hervor und schenkte ein. „Wundern tut's mich nicht.“

Damp horchte auf. „Was soll das heißen?“

„Stein hat mir den ganzen Umbau hier gemacht. Gab ja keinen anderen auf der Insel. Und der hat auch keinen anderen auf die Insel gelassen. War wie bei der Mafia. Nicht mal eine Armatur durfte ich im Baumarkt kaufen. Ich musste alles von ihm nehmen. Möchte nicht wissen, was mich das zusätzlich gekostet hat.“ Groth hob sein Glas. „Aber nun mal Prost.“

Beide stürzten den Schnaps runter, verzogen kurz das Gesicht. „Der wärmt schön durch, wenn's jetzt langsam kühl wird“, meinte Groth genussvoll.

Von einem der besetzten Tische winkte ein Mann. „Muss mich mal um meine Gäste kümmern.“ Er ging und kassierte ab.

„Nächste Woche noch. Dann mach' ich bis Weihnachten erstmal zu“, erklärte der Wirt, nachdem er zu Damp zurückgekehrt war. „Aber was wollen Sie nun von mir? Ich hatte mit Stein schon lange nichts mehr zu tun.“

„Ich muss das Alibi von Frau Stein überprüfen.“

„Von Ulrike?“, fragte Groth verwundert nach. „Warum?“

„Routine, Herr Groth. Alles Routine“, antwortete der Polizist. Groth füllte nochmal die Gläser. „Also auf die Ulrike lass' ich nichts kommen. Die hat mit dem Tod ihres Ex bestimmt nichts zu tun. Die hat hier nie ein böses Wort über ihn fallen lassen. Nicht mal nach der Trennung.“ Er prostete dem Polizisten zu, und beide leerten wieder auf einen Zug die Gläser.

Damp knöpfte die Brusttasche seiner Uniformjacke auf. Er zog ein dickes Notizbuch samt Kugelschreiber heraus. „Sie werden verstehen, hier geht es um Mord. Da brauche ich es schon etwas genauer. War Frau Stein gestern hier? Wenn ja, von wann bis wann?“

„Frau Stein kam gegen siebzehn Uhr. Ich habe dann gegen sechs den Fisch zum Apartment der Zabels gebracht. In die Nummer sieben. Wie immer. Sie wollten Fisch grillen. Wie lange die gemacht haben, kann ich nicht sagen. Aber heute Morgen, so gegen sieben, vielleicht auch etwas später, kam Ulrike, äh, Frau Stein hier vorbei, hat noch einen Kaffee getrunken. Wir haben ein bisschen geklönt. Dann ist sie weg. Nach Haus, nehme ich an. Sie muss ja auch ihren Laden in Vitte irgendwann aufmachen. Ich bin danach rausgefahren und habe meine Reusen kontrolliert. War aber Ebbe in den Netzen."

„Über Nacht war Frau Stein also hier?"

Groth senkte die Stimme, sah sich um und flüsterte dann: „Ich hab' es eigentlich nicht gern, wenn Gäste hier ihre Freunde mit übernachten lassen. Ehrlich gesagt, ist es laut Hausordnung verboten. Aber bei den Zabels und Ulrike mach ich eine Ausnahme. Die Zabels kommen seit über fünfzehn Jahren hierher. Mehrmals im Jahr. Das sind Stammkunden. Sehen nicht auf die Mark, äh, den Euro. Ulrike kommt auch manchmal ins Hotel, wenn Gäste eine Massage wollen. Wir sind also auch so etwas wie Geschäftspartner."

„Das war's schon." Damp klappte sein Buch zu. „Sie müssen morgen früh noch kurz ins Revier kommen und Ihre Aussage unterschreiben."

Er nahm seine Mütze vom Tresen und steckte sie unter den Arm. „Was bekommen Sie?" Das war eher eine rhetorische Frage. Groth winkte ab: „Geht aufs Haus." Anders hatte das Damp auch nicht erwartet.

„Sind die Zabels in ihrem Apartment?"

Groth zuckte mit den Schultern. „Ich bin Hotelier und kein Pförtner. Ich überwache meine Gäste nicht. Sehen Sie doch selbst nach. Aus der Tür nach links und dann hinterm Haus wieder nach links. Die letzte Tür."

Marie Zabel schien sich nicht zu wundern, dass ein Polizist vor der Tür stand. Sie bat Damp herein. Die Zabels hatten sich wahrscheinlich gerade eine Happy Hour gegönnt. Auf dem kleinen Couchtisch standen zwei Schnapsgläser und dazu eine Flasche „Danziger Goldwasser". Marie Zabel ließ sich auf das Ecksofa plumpsen, auf dem auch ihr Mann saß. Der blickte Damp mit einem müden Blick an.

Marie Zabel hatte blondiertes Haar. Die bronzefarbene Bräune ihrer Haut stammte eindeutig nicht von der herbstlichen Ostseesonne. Eine weite weiße Bluse kaschierte nur wenig ihre beachtliche Körperfülle. Kurt Zabel hatte schütteres braunes Haar und trug ein weißes Unterhemd. Seine Haut hatte die gleiche künstliche Farbe wie die seiner Frau. Auf seiner behaarten Brust lag eine schwere Goldkette. Identische grün-lilafarbene Jogginghosen aus Ballonseide rundeten das Outfit der beiden ab.

Unaufgefordert setzte sich Damp auf einen Sessel.

„Wollen Sie auch einen?", fragte Kurt Zabel und deutete auf die Flasche.

„Nein, ich bin im Dienst." Außerdem spürte er in seinen Beinen und im Kopf schon deutlich die Wirkung der zwei Aquavite. Er vertrug nicht viel.

„Das spielt doch hier auf der Insel keine Rolle, oder?", legte Zabel nach, aber Damp ignorierte diese kleine Spitze. „Es geht um den Tod von Peter Stein …"

„Wir haben schon davon gehört. Ulrike hat uns angerufen", fiel Marie Zabel Damp ins Wort. „Schlimme Sache." Sie zog ein Taschentuch unter einem Sofakissen hervor und schneuzte sich. „Wir kannten ja beide. Nicht wahr, Kurt?" Der nickte, zeigte aber sonst keine Gemütsregung. „Wenn sich die beiden auch nicht mehr verstanden haben – das wünscht man niemanden." Sie rieb sich jetzt mit dem Taschentuch die Augen.

„Wie auch immer", nahm Damp die Befragung wieder auf, „ich muss das Alibi von Ulrike Stein überprüfen. Sie hat angegeben, dass sie von gestern Abend bis heute Morgen hier bei Ihnen war und auch hier übernachtet hat. Stimmt das?"

„Das stimmt", antwortete Frau Zabel. Ihr Mann nickte wieder nur. „Ulrike ist gestern Abend gekommen. So gegen fünf, halb sechs. Wir haben gegrillt. War wahrscheinlich das letzte Mal in diesem Jahr. Nicht wahr, Kurt?" Aber sie wartete gar nicht ab, ob ihr Mann etwas sagen wollte. „Sie hat hier übernachtet und ist heute Morgen wieder weg. Wir haben es gar nicht mitbekommen. Ulrike schläft immer auf dem Sofa hier, wir im Schlafzimmer."

Damp notierte alles. „Sie kennen Ulrike schon lange?"

„Ich bin mit Ulrike in die Schule gegangen. Auf Rügen", erklärte Marie Zabel. Dabei fiel dem Polizisten auf, dass man ihre norddeutsche Herkunft gar nicht mehr aus dem Berliner Dialekt heraushörte. „Kurt hat mich dann gerettet." Sie tätschelte die Hand ihres Mannes. „Er hat mich von der Insel nach Berlin geholt. Sonst wäre ich hier versauert. Ulrike und ich haben schon in der Sandkiste zusammen gespielt. Unsere Eltern waren bei der Armee in Prora."

„Ach! Ich komme auch von Rügen." Damp wunderte sich selbst über seine Auskunftsfreude. „Aus Middelhagen auf Mönchgut."

„Middelhagen", wiederholte sie und lachte Damp dabei an. „Und wo sind Sie zur Schule gegangen?"

„In Sellin."

„Middelhagen hat sich wirklich gemacht. Wir waren vor kurzem mal dort, als wir meine Eltern in Binz besucht haben. Die wohnen immer noch in den alten Offizierswohnungen, kurz hinter dem Ort. Und Ihre Eltern?"

„Sind leider schon gestorben. Aber stimmt. Das mit Middelhagen habe ich auch gehört. Ich war aber schon lange nicht mehr dort."

„Hatten Sie dort ein eigenes Haus."

„Nein, wir haben neben dem ‚Konsum' zur Miete gewohnt. Gleich mitten im Ort. Aber nach der Wende mussten meine Eltern umziehen. Der neue Besitzer hat aus den Wohnungen Ferien-Apartments gemacht. Sie sind dann nach Sellin und dort auch gestorben. Aber in Middelhagen sind sie begraben."

„Ja, wenn man nicht genügend Kapital hat, wird's schwer", bemerkte Kurt Zabel.

„Hat es Sie nie weggezogen von hier oben? Hier ist doch eigentlich auch heute noch tote Hose. Also wenn Ulrike nicht hier wohnen würde und Kurtchen nicht so ein großes Herz hätte, dann würden wir im Oktober eher nach Malle fahren, in unsere Ferienwohnung, als nach Hiddensee."

Damp hatte eigentlich noch nie darüber nachgedacht, seine Heimat zu verlassen. Selbst im Urlaub blieb er auf Hiddensee. Mal ein Ausflug nach Stralsund oder Bergen, aber eigentlich auch nur, wenn es unbedingt nötig war, etwa, weil er etwas auf Ämtern oder bei der Polizeidirektion zu erledigen hatte. Eigentlich war sein Umzug von Rügen nach Hiddensee vor über zehn Jahren die größte Ortsveränderung in seinem Leben gewesen. Weiter war er nicht gekommen. Damp beschlich plötzlich eine gewisse Traurigkeit. Er verabschiedete sich schnell.

XIII

Rieder lief den Wallweg zurück in Richtung Rathaus. Er wollte noch einmal zum Zeltkino, um allein, ohne Damp, mit Dora Ekkehard über die Aussage von den beiden alten Damen Jahnke und Witt zu sprechen. Da war auch noch der Brief von Dora an Peter Stein mit ihrem Widerspruch gegen die Kündigung des Pachtvertrages für das Zeltkino.

Aus der Stoffhülle des Lichtspieltheaters drang lautes Lachen von Erwachsenen. Dann hörte man Kinderstimmen. Rieder klopfte an die Tür der kleinen Baracke. Dora Ekkehard riss die Tür auf. „Was gibt's denn? Der Film läuft!" Sie blinzelte gegen das helle Tageslicht. „Ach, Sie sind es?"

„Kann ich reinkommen?"

„Ungern. Mir reicht das Publikum im Zelt." Aber als sie wieder in der Baracke verschwand, ließ sie die Tür offen. Rieder nahm das als Einladung. Im Filmvorführerraum war es heiß und stickig. Ein Projektor ratterte mit lautem Geräusch. Dora Ekkehard legte mit schnellen Handgriffen am zweiten Gerät die nächste Filmrolle ein.

„Was läuft denn?", fragte Rieder neugierig.

„Alfons Zitterbacke."

„Alfons Zitterbacke?" Rieder schaute ungläubig durch ein kleines Bullauge in den Saal. Da sah er den pummeligen Jungen mit dem Bürstenschnitt über die Leinwand laufen. Die Farben des Films waren schon deutlich verblasst. „Gott, wann habe ich den das letzte Mal gesehen? Das muss Jahrzehnte her sein."

„Alfons Zitterbacke" hatte in seiner Kindheit zu seinen Lieblingskinderbüchern gehört. Was hatte er damals gelacht über die Geschichten des kindlichen Unglücksraben, der immer gute Taten vollbringen wollte, aber dann meist Schiffbruch erlitt. Allerdings entdeckte Rieder jetzt im Publikum kein Kind. „Eine Kindervorstellung für Erwachsene?“

„Kult nennt man das. Oder auch Ostalgie. Die Kinder können doch heute gar nichts mehr anfangen mit Pionieren, Halstuch, Timur-Hilfe. Manchmal kommen Großeltern mit ihren Kindern her. Nach einer halben Stunde langweilen sich die Kinder zu Tode, quengeln, weil sie den Film nicht verstehen. Eine vergangene Welt. Wenn Wessis mit ihren Kindern kommen, weil es ja eine“, sie machte mit den Händen das Zeichen für Anführungsstriche, „,Kindervorstellung‘ ist, dann habe ich hier gleich eine Debatte, ob man so etwas noch zeigen darf. Wenn aber fast das Blut auf der Leinwand tropft, bei ‚Harry Potter‘ oder ‚Jurassic Park‘, stört sie das überhaupt nicht. Sind auch gute Filme. Keine Frage. Aber die alten waren auch nicht alle schlecht. Und es gibt aber immer noch eine Menge Urlauber, die die alten Sachen sehen wollen. ‚Zitterbacke‘ oder ‚Lütt Matten und die weiße Muschel‘. Der ist sogar hier auf der Insel gedreht worden.“

Die Kinofrau startete die nächste Rolle. Auf der Leinwand war nicht mal ein Wackler zu sehen.

„Perfekt“, meinte anerkennend Rieder.

„Gelernt ist gelernt. Nach 46 Jahren kann man das wohl auch erwarten. Oder?“

Dora Ekkehard setzte die ausgelaufene Rolle auf eine Vorrichtung auf dem kleinen Tisch hinter den Projektoren, spannte den Film in eine leere Rolle, drehte sie ein paar Mal, setzte auf die leere Rolle eine Kurbel auf und drehte mit schnellen Bewegungen den Film zurück. Rieder schaute staunend und schweigend zu.

„Sie sind doch sicher nicht gekommen, um mit mir über ‚Alfons Zitterbacke‘ zu plaudern.“

Rieders Miene verfinsterte sich. Er steckte die Hände in die Hosentaschen. „Es gibt ein Problem. Eigentlich zwei.“

Dora Ekkehard hörte auf zu kurbeln und schaute Rieder an.

„Sie haben uns nicht die Wahrheit gesagt über gestern Abend. Sie haben sich hier vor der Baracke heftig mit Stein gestritten. Dafür haben wir zwei Zeugen. Außerdem haben wir bei Stein noch einen Brief gefunden. Ihren Widerspruch gegen die Kündigung des Pachtvertrages für das Zeltkino."

Die Kinofrau drehte die Filmrolle bis zum Ende zurück, nahm sie aus der Vorrichtung und packte sie in eine silberne Filmdose. Als sie den Deckel geschlossen hatte, strich Dora fast liebevoll über das Etikett.

Unter dem Tisch zog sie einen Aktenordner hervor, klappte ihn auf und heftete das erste Blatt aus. Sie reichte es Rieder.

„Nach diesen vielen Jahren reichen keine zehn Zeilen, um mitzuteilen, dass hier nächsten Monat Schluss ist und der Vorhang fällt."

Rieder las: „Sehr geehrte Frau Ekkehard – hiermit teilen wir Ihnen mit, dass die Gemeinde Hiddensee Ihnen die Genehmigung entzieht, das Zeltkino weiter zu betreiben, da es zwischen Ihnen und dem Besitzer des Grundstücks, Peter Stein, zu keiner Einigung über die Höhe der Pachtgebühren ab nächstem Jahr gekommen ist. Wie Ihnen bereits mitgeteilt wurde, kann die Gemeinde nicht weiter anteilig die Gebühren übernehmen. Wir bitten Sie, bis zum 31. Oktober die Fläche auf dem Grundstück geräumt und gereinigt zu übergeben und die Liquidierung des Kinobetriebs vorzunehmen. Mit freundlichen Grüßen, Michael Durk, Bürgermeister."

„Mit freundlichen Grüßen, Michael Durk", wiederholte verbittert Dora Ekkehard die letzten Zeilen. „Vorher kam schon die Kündigung von Stein." Sie heftete ein weiteres Blatt aus und reichte es Rieder. „Das war alles von langer Hand geplant." Doras Faust landete krachend auf dem Tisch. „Nach 46 Jahren drehen sie mir den Hahn zu. Als Kinder haben Durk und Stein selbst dort unten gesessen und bei ‚Alfons Zitterbacke' gelacht. Durk war immer stolz, wenn er die Zahl der Kinobesucher in der Gemeindeversammlung präsentierte. Er hat sich meine Arbeit immer hübsch an die eigene Jacke geheftet. In den letzten zehn Jahren war er selbst nicht einmal hier. Wenn das mal reicht. Und nun servieren sie mich ab. Gut, die Gemeinde hat mich auch unterstützt und mir einen Zuschuss gezahlt von ein paar Tausend. Bis jetzt."

„Gut, aber wenn Stein das Grundstück gehört, dann kann er doch …?“

„Früher gehörte es ihm nicht. Erst seit kurzem. Ach ja, ich hatte vergessen, Sie sind noch nicht so lange auf der Insel. Das Kino steht auf Pachtland. Zu DDR-Zeiten alles kein Problem. Wir gehörten wie alle Kinos zu einem volkseigenen Betrieb, und der zahlte die Pacht. Nach der Wende habe ich den Laden übernommen, habe mich selbständig gemacht.“ Ihr Blick fiel auf den laufenden Projektor, und Dora Ekkehard wurde hektisch. „Oh, Moment … Die neue Rolle.“ Sie holte die nächste Kinobüchse hervor, riss den Deckel auf, griff sich die Filmrolle, fädelte mit flinken Fingern den Film ein, drückte auf den Knopf. Gerade noch rechtzeitig. Keine zwei Sekunden später flutschte am anderen Projektor das Ende der Filmrolle heraus. „Das war knapp“, japste die Kinofrau. Sie drückte ihre Hand auf den Brustkorb. Rieder nahm einen Stuhl aus der Ecke und schob in ihr hin. Dora Ekkehard setzte sich mit einem dankbaren Blick. „Geht eben nicht, quatschen und arbeiten … wo waren wir stehengeblieben?“

„Sie wollten mir gerade erzählen, was Stein mit der Schließung des Zeltkinos zu tun hat.“

„Genau.“ Sie stand noch einmal kurz auf, kontrollierte noch mal die Projektoren. „Nun ist es eh egal. Es ist die letzte Rolle.“ Sie nahm wieder Platz. „Also, ich habe das Zeltkino übernommen, und der alte Godglück, dem hier das Grundstück gehörte, hat die Pacht zwar erhöht, aber das konnte ich mir leisten. Das Kino spielte im Sommer genügend ein, und mit dem Zuschuss hatte ich genug, um die Pacht fürs ganze Jahr zu bezahlen und davon zu leben. Was brauche ich hier schon auf der Insel? Im Winter habe ich mich arbeitslos gemeldet. Etwas kommt noch über die Vermietung von zwei Zimmern in meinem Haus rein. Als der alte Godglück starb, erbte sein Sohn das Grundstück. Der hat die Pacht erhöht. Klar, der wollte natürlich auch Kohle machen. Seine Pension ‚Luv & Lee‘ lief schon damals nicht so gut.“

‚Das war doch das Objekt, das möglicherweise Charlotte übernehmen wollte‘, dachte sich Rieder. Das musste er etwas genauer wissen. „Ach, den Godglücks gehörte diese Pension am Seglerhafen?"

„Genau. Die Godglücks haben das ‚Luv & Lee' kurz nach der Wende aufgemacht, aber so richtig kam der Laden nicht in Gang. Trotz der Lage. Es war die Idee vom jungen Godglück. Der Alte war mal Fischer gewesen. Hier auf dem Grundstück hatte früher sein Fischerschuppen gestanden."

„Aber wieso gehört nun das Grundstück Stein?"

„Als Godglücks kurz vor dem Konkurs standen, hat ihnen Stein wohl angeboten, das Grundstück hier zu kaufen und sie so wieder flüssig zu machen. Das reichte aber auch nur kurze Zeit. Das große Haus. Die langen Winter. Dann mal noch ein verregneter Sommer. Jedenfalls irgendwann waren die Godglücks wieder pleite. Wieder sprang Stein ein, kaufte ihnen alles ab und verpachtete es ihnen zugleich wieder."

„Klingt doch irgendwie ganz freundlich?", meinte Rieder.

„Möchten Sie in Ihrem Hotel, dass Sie sich aufgebaut haben, weiter arbeiten, wenn es einem anderen gehört? Außerdem drückten die Godglücks neben der Pacht noch die Schulden. Mit Steins Geld konnte sie nicht alle Schulden begleichen. So sehr Gutmensch war er dann doch nicht. Er hat natürlich Godglücks Notlage ausgenutzt und den Schuppen weit unter Preis gekauft. Irgendwann waren die Godglücks wieder mit ihren Zahlungen hinterher. Da hat ihnen Stein gekündigt, sie auf die Straße gesetzt und die Pension dicht gemacht."

Ob es bei seinem Nachbarn Otto Bock genauso gewesen war, fragte sich Rieder. Er würde ihn auf alle Fälle deshalb befragen, um etwas mehr über die Geschäftspraktiken von Peter Stein zu erfahren.

„Was bedeutete der Eigentümerwechsel für Sie?", fragte Rieder.

„Schon unter dem jungen Godglück wurde es knapper. Es ist ja nicht nur die Pacht. Da kommen auch noch die Gebühren für die Filme drauf plus laufende Kosten für den ganzen Schnickschnack Chips, Popcorn, Cola und Bier, Reinigung etc. Aber es ging. War schon mehr Spaß an der Freude. Als Stein dann das

Kinowäldchen übernahm, also das ganze Gelände hier, teilte mir sein Anwalt mit, der Pachtvertrag laufe weiter. Damit ist alles klar, dachte ich, bis Stein vor ein paar Monaten damit rüberkam, nun fast zehntausend Euro pro Jahr Pacht nehmen zu wollen. Das war nicht das Doppelte, das war das Vierfache von dem, was ich bisher gezahlt habe."

Der Film lief aus. „Ich muss mal Licht anmachen." Dora Ekkehard stand auf. Sie drückte mehrere Knöpfe an der Wand im Vorführraum. Im Zelt schwoll der Geräuschpegel an. Schuhsohlen schoben sich über die Pflastersteine und den Sand in Richtung Ausgang. Rieder lehnte am Umspultisch, klappte seinen Block auf und machte sich Notizen.

Dora Ekkehard ging raus. Viele Gäste schien sie persönlich gut zu kennen. Einigen nickte sie freundlich zu. Anderen reichte sie sogar zum Abschied die Hand. Danach kam sie wieder in den Vorführraum zurück. „Ich mach's kurz, denn es ist ja gleich die nächste Vorstellung, und da sind schon die ersten Gäste. Ich muss die Kasse öffnen. Also: Ich habe Stein gebeten, weniger zu nehmen. Bis viertausend hätte ich vielleicht mitgehen können, wenn die Gemeinde weiter gezahlt hätte. Möglicherweise fünftausend. Da hätte eben eine Karte ein bis zwei Euro mehr gekostet. Die hierher kommen, können das alle bezahlen. Es muss nur immer billiger sein als im ‚Cinemaxx' oder ‚Multiplex', wie in Berlin. Aber Stein blieb hart. Wir haben uns gezofft, angeschrien. Nix. Der war kalt wie Hundeschnauze. Da bin ich zu Durk. Ich wusste ja, dass die beiden dicke Kumpel sind. Der hat nur die Hände gehoben. Privateigentum. So sei das nun mal in der Marktwirtschaft. Ich habe gefleht, das Zeltkino gehöre doch nun mal zu Hiddensee. Schulterzucken. Ich habe um eine Erhöhung des Zuschusses gebettelt. Abgelehnt. Ich hatte einen richtigen Hass auf die beiden. Durk hat dann wenigstens versprochen, noch mal mit Stein zu reden. Ich hab' gewartet. Doch dann hat mir Stein den Pachtvertrag zum 31. Oktober gekündigt. Gleichzeitig hat Durk im Gemeinderat durchgesetzt, mir die finanzielle Unterstützung zu entziehen. Das war's dann. Über vier Jahrzehnte habe ich hier in der Bude gestanden, in der Hitze, habe Filme eingelegt und dann …“, Dora Ekkehard stockte, suchte nach Worten: „… mit einem Federstrich … Ende!“ Sie holte ein besticktes Taschentuch aus ihrem blauen Kittel und putzte sich die Nase. „Nun ist nächste Woche Schluss. Endgültig. Wenn nicht noch ein Wunder geschieht.“ Plötzlich veränderte sich der Gesichtsausdruck der Kinofrau. Ihre Augen blitzten. Sie ballte die Fäuste. Neue Hoffnung schien sie zu erfassen. „Wissen Sie, wer alles erbt?“, fragte Dora Ekkehard. Rieder verneinte.

„Vielleicht Ulrike“, meinte die Kinofrau mehr zu sich selbst. „Mit der kann man bestimmt reden.“

„Ich muss noch mal auf den gestrigen Abend zurückkommen“, hakte Rieder ein. „Da kam Stein hier vorbei?“

„Nein!“

„Was, nein?“, hakte Rieder nach. „Ich denke, Sie haben hier mit ihm gestritten. Wie gesagt, dafür haben wir Zeugen.“

„Nein. Er lief vorbei. Da bin ich hinterher. Ich habe ihn zur Schnecke gemacht und … und …“ Dora atmete tief durch. „Ich hab’ ihm gesagt, er würde das hier noch bereuen.“ Dabei deutete sie wütend auf den Aktenordner.

„Nur bereuen?“, fragte Rieder skeptisch.

Dora rang ihre Hände im Schoß. „Ich habe gesagt, ich könnte ihn umbringen. Ich wüsste alles von Durk und ihm, ihren Machenschaften und Plänen, mit denen sie die Insel verschachern würden.“

„Von welchen Plänen sprechen Sie?“, fragte Rieder verwirrt.

„Von ihrem Projekt ‚Norderende‘.“

XIV

Damp tippte in aller Ruhe die Aussagen von Groth und den Zabels in den Computer. Ihm war es gegenüber Rieder peinlich, dass er nur das „Zwei-Finger-Suchsystem“ beherrschte. Es dauerte eine Ewigkeit, bis er ein Schreiben fertig hatte. Rieders Finger dagegen schienen über die Tastatur zu gleiten. Mit der Rechtschreibung stand Damp auch auf Kriegsfuß. Zum Glück hatte die moderne Technik die Rechtschreibprüfung erfunden.

Es klopfte. Bürgermeister Durk steckte den Kopf durch die Tür. Er schaute sich um: „Sind Sie allein?“

Damp nickte.

„Wo ist denn Ihr Kollege?“

„Keine Ahnung.“

„Gut, gut.“

Durk setzte sich auf Rieders Stuhl, stütze die Arme auf den Tisch. „Gibt's denn schon was Neues?“

Damp schüttelte den Kopf. Eigentlich durfte er nicht mit dem Bürgermeister über Ermittlungsergebnisse reden. Aber er wägte in seinem Kopf ab, womit er mehr Punkte bei seinem Inselchef sammeln konnte, mit Schweigen oder Reden. Die Antwort fiel ihm leicht.

„Nein, bisher nicht. Ich war gerade bei Groth im ‚Enddorn‘ und bei einer Familie Zabel, Freunden von Stein. Sie haben Ulrike Steins Alibi bestätigt.“

„Und sonst?“

„Was sonst?“

„Na, gibt's noch andere Erkenntnisse?“

Damp erzählte Durk von den Zeugenaussagen, die Dora Ekkehard belasteten, vom merkwürdigen Verhalten der ehemaligen Geliebten Steins, Birte Seige.

„Tja, Peter Stein war kein Kostverächter", kommentierte Durk Damps Informationen.

Durk lehnte sich zurück. „Wie fühlen Sie sich denn nun als Revierleiter?"

Damp konnte ein Lächeln nicht unterdrücken: „Gut."

„Ich habe auch ein gutes Wort bei Bökemüller für Sie eingelegt." Daran zweifelte Damp allerdings.

„Es wäre eine Schande gewesen, wenn man Ihre Verdienste um die Insel nicht berücksichtigt hätte. Ich bin nicht dafür, immer Leute von außen zu holen." Damp konnte sich allerdings nicht daran erinnern, dass in den letzten Jahren irgendjemand von den Insulanern bei den Stellenbesetzungen für die Kurdirektion, das Hauptmann-Haus oder die Insellogistik berücksichtigt worden wäre. Diese guten Jobs hatten allesamt Auswärtige bekommen. Die Personalvorschläge hatte alle Durk gemacht und mit der Mehrheit seiner Gemeinderatsfraktion durchgesetzt. Selbst Damp war klar, dass Durk so seine Macht sicherte, denn die Neuankömmlinge waren auf das Wissen und das Wohl des Bürgermeisters angewiesen, wollten sie die Probezeit überstehen. Einheimische hätten mit ihren Kenntnissen von der Insel Damps Macht viel eher gefährdet.

„Wissen Sie, eigentlich wäre es doch ganz gut, wenn ich mich bei Bökemüller mal noch für eine zweite Stelle einsetzen würde. Das mit Rieder ist ja nur eine befristete Sache."

„Klar, wäre nicht schlecht, aber bisher hieß es doch immer, es gäbe kein Geld …"

„Kein Geld, kein Geld! Ich kann das schon nicht mehr hören. Für dieses Pilotprojekt mit Rieder", meinte Durk abschätzig, „gibt es auch Geld. Lassen Sie mich mal machen. Und …" – der Bürgermeister beugte sich weit über den Schreibtisch – „passen Sie auf, was unser Berliner so macht. Ich möchte nicht, dass er hier zuviel Unruhe stiftet, wenn Sie verstehen, was ich meine."

„Nicht so ganz", entgegnete Damp unsicher.

„Wissen Sie, Stein und ich, wir hatten so unsere Pläne für die

Insel." Durk lehnte sich wieder zurück, legte den rechten Arm lässig über die Rückenlehne des Schreibtischstuhls. „Natürlich zum Wohle der Insel. Stein hat uns mit seiner Firma schon an vielen Stellen geholfen. Denken Sie, wie schnell die Reste des ‚Boddenblicks' verschwunden waren, nachdem wir endlich die Abrissgenehmigung hatten."

Das Hotel „Boddenblick" war vor Jahren durch einen Brand zerstört worden. Die Ruine war von Jahr zu Jahr weiter verfallen. Plötzlich im September waren die Reste des Hotels von Steins Firma innerhalb von zwei Tagen abgerissen worden, aber auch nur weil Stein zugleich den Zuschlag für das Grundstück und den Bau von neuen Ferienwohnungen erhalten hatte. Damp fragte sich, für wie blöd ihn eigentlich der Bürgermeister hält. Aber auch das nur im Stillen.

„Ich könnte Ihnen noch mehr Beispiele nennen", erzählte Durk weiter. „Wie auch immer. Ich wäre jedenfalls immer mal dankbar für einen kleinen Tipp, wie die Sache vorangeht."

Durk stand auf. Da kam Rieder herein und stutzte kurz, als er den Bürgermeister an seinem Schreibtisch stehen sah. „Störe ich?"

„Ich wollte einfach mal mit Herrn Damp über seine neuen Aufgaben als Revierleiter reden", schoss Durk seine kleine Spitze ab. Rieder ging nicht darauf ein. Er trat an seinen Schreibtisch und verdrängte geradezu den Bürgermeister. Dann ließ er sich auf seinen Stuhl fallen.

„Ihr Freund Stein war nicht nur ein Menschenfreund."

„Ich verstehe nicht, was Sie meinen", antwortete Durk etwas gereizt.

„Ich habe gerade noch einmal mit Dora Ekkehard gesprochen …"

„Ach, hören Sie mir auf. Die Ekkehard muss einfach langsam begreifen, dass ihre Zeit vorbei ist. Wenn wir nicht Jahr für Jahr tausende Euro dazuschießen würden, wäre das Zeltkino schon längst pleite!", zeterte Durk weiter.

„Die Touristen lieben es. Für die gehört es einfach zu Hiddensee", widersprach Rieder.

„Ich muss mich aber vor allem um das Wohl der Bürger sorgen, die nicht nur vierzehn Tage hier Urlaub machen, sondern das ganze Jahr auf der Insel leben. Da ist das wenige Geld, über das wir verfügen, besser in einem neuen Straßenbelag zwischen Neuendorf und Vitte angelegt als in einem klapprigen alten Zeltkino."

„Oder für das Projekt ‚Norderende'?"

Durk stutzte, aber nur kurz. Auch Damp horchte auf. „Ich weiß nicht, was Sie meinen. Ich würde mich jedenfalls nicht wundern, wenn Sie Ihre Anteilnahme für Frau Ekkehard noch bedauern". Durk verließ wütend das Polizeibüro.

Damp kochte. Rieders Sticheleien gegen den Bürgermeister konnten schnell auch wieder auf ihn zurückfallen. Aber das war es nicht allein. Er nahm es Rieder übel, dass er ohne ihn noch einmal die Kinofrau befragt hatte.

„Sie waren also schon bei Dora Ekkehard?", fragte er missmutig seinen Kollegen.

„Was dagegen?", antwortete pampig Rieder.

„Ich finde Ihre Alleingänge unmöglich. Ich bestehe als Revierleiter darauf …"

„Verschonen Sie mich mit dieser Leier. Hat die Ihnen Durk eingetrichtert?"

Rieder ärgerte sich über die offensichtliche Kumpanei seines Kollegen mit dem Bürgermeister. Aber er hatte auch ein schlechtes Gewissen. Er hatte Damp ganz bewusst bei dem Gespräch mit der Kinofrau nicht dabeihaben wollen. Nun suchte er nach einer Rechtfertigung. Aber Damp kam ihm zuvor.

„Sie wollen doch die Ekkehard nur reinwaschen, trotz der Beweise", rief er aufgebracht und warf dabei das Protokoll der Aussagen von Hildegard Jahnke und Helene Witt über den Tisch.

„Das ist doch Quatsch!", empörte sich Rieder, obwohl er es in seinem Innern besser wusste.

„Und Ihre Parteinahme für die Ekkehard vor dem Bürgermeister?"

Darauf ging Rieder nicht ein. Denn endlich hatte er eine Ausrede für seinen Alleingang gefunden. „Ich bin allein zu Frau Ekkehard, weil wir hier doch nur zu zweit sind. Da müssen wir uns doch die Arbeit aufteilen.“

„Sonst drängen Sie sich auch immer nach vorn. Vorhin zum Beispiel, bei den Bauarbeitern.“

„Da haben Sie sich doch gedrückt!“, konterte Rieder.

Damp schnappte nach Luft. „Sie können mich mal!“

Er stand auf und begann seine Aktentasche zu packen. „Machen Sie doch, was Sie wollen. Für mich ist Feierabend.“

Damp marschierte zur Tür.

„Was ist mit dem Alibi von Ulrike Stein?“, hielt ihn Rieder nochmal auf.

„Lesen Sie doch das Protokoll!“

Damp öffnete die Tür. Rieder stand wütend auf. „Sie können doch jetzt nicht einfach gehen.“

Damp warf die Tür hinter sich zu. Im Flur fiel ihm ein, dass er Rieder gar nicht gefragt hatte, was es mit diesem Projekt „Norderende“ auf sich hatte. „Egal“, sagte er sich. Morgen war auch noch ein Tag.

XV

Kaum war Damp verschwunden, klingelte das Telefon. Es war der Stralsunder Polizeidirektor Bökemüller.

„Keine schöne Angelegenheit, die Sache mit dem Stein", meldete sich sein Vorgesetzter. „Ich kannte ihn aus dem Lions-Club. Er war ein echt feiner Kerl. Das ist ein wirklich schwerer Verlust."

Rieder spürte, woher bei Bökemüller der Wind wehte, wollte aber nicht widersprechen. Dieses ‚Jeder-kennt-jeden' nervte ihn, den Hauptstädter, an der Provinz. So trug er ihm einfach die Fakten vor, die sie bisher in dem Fall ermittelt hatten.

„Schon etwas von Behm oder dem Pathologen?", fragte Bökemüller nach.

„Noch nicht."

„Ganz schön dünne Suppe bisher. Wie läuft's mit Damp?"

„Geht so", log Rieder.

„Dann machen Sie beide weiter und graben im Hiddenseer Sand nach Spuren des Mörders oder der Mörderin. Scheint ja auch möglich zu sein." Dann legte er auf.

„Danke fürs Gespräch", sprach Rieder zu sich selbst. Er stützte die Ellenbogen auf den Schreibtisch und starrte durch das Revierfenster. Draußen setzte langsam die Dämmerung ein. Ein paar Kinder spielten noch auf dem kleinen Sportplatz vor dem Rathaus Fußball.

Ihm ging der Streit mit Damp nach. Diese Konfrontation hätte er gern vermieden. Nun war es nicht mehr zu ändern. Er musste einfach lernen, mit ihm auszukommen und seinen Kollegen zu akzeptieren. So, wie er war.

Er schaltete seine Schreibtischlampe ein. Da fiel sein Blick auf den Laptop von Peter Stein. Rieder hatte nach den Ereignissen des Nachmittags gar nicht mehr daran gedacht, dass sie ihn mitgenommen hatten. Damp hatte ihn einfach ins Regal gelegt. Schon das regte Rieder wieder auf. Asservate mussten verschlossen werden. Allerdings gab es im engen Hiddenseer Revier dazu eigentlich keine Möglichkeit. Trotzdem.

Rieder klappte das Gerät auf und schaltete es ein. Der Bildschirm leuchtete auf. Als Hintergrundbild erschien der Hiddenseer Leuchtturm Dornbusch. Davor platzierten sich die üblichen Symbole der Programme. Rieder klickte auf die Kachel „Arbeitsplatz" und surfte dann durch Dateien und Dokumente. Vor ihm erschienen Statistiken, Schreiben an Behörden und Geschäftspartner, technische Zeichnungen, wahrscheinlich Grundrisse von Häusern, die Steins Firma baute oder sanierte. Nichts Aufregendes. Rieder hatte auch keine rechte Lust, sich damit intensiver zu beschäftigen. Damit sollten sich mal Behm & Co. in Stralsund genauer befassen. Er ging wieder zurück auf die Startseite des Bildschirms. Da erregte eine der Kacheln seine Aufmerksamkeit. Darunter stand „Norderende". Doppelklick mit der Maus. Der Bildschirm wurde kurz dunkel, dann erwuchs aus der Tiefe dreidimensional der Schriftzug „Ostseetherme Norderende", untermalt von den Klängen einer Rockhymne und einer Tonspur mit Meeresrauschen und Möwengeschrei. Dann verschwand die Schrift. Vor Rieders Augen entstand nun eine Strandlandschaft. Sie schien echt zu sein. Erst bei näherem Hinsehen erkannte er, dass es sich nur um künstliche, digital erzeugte Bilder handelte. Dargestellt wurde die Hiddenseer Ostseeküste. Die imaginäre Kamera startete eine rasante Fahrt am Leuchtturm Dornbusch, flog dann an der Steilküste vorbei. Der Steindamm an der Hucke kam in Sicht und fuhr weiter rückwärts bis zum Strand von Vitte. Das Zoom wurde weiter geöffnet. Rechts lag das Naturparkhaus, dann flog das Restaurant „Buhne XI" vorbei. Eigentlich musste jetzt das Kinowäldchen kommen und dann das Zeltkino. Die Kamera stoppte. Rieder zuckte etwas zurück. Dort wo eigentlich das Zeltkino stehen müsste, war nur eine grüne Fläche.

Aus dem Erdboden erwuchsen nun Säulen und Glasfronten. Daraus entstand ein Gebäude, auf das zuletzt von Geisterhand ein Dach in Wellenform aufgesetzt wurde. Dann fuhr die Kamera ins Innere. Es eröffnete sich eine virtuelle Welt mit einer großen Badelandschaft. Es gab Wasserrutschen und Fontänen. In einem Becken lag ein Segelschiff, dessen Kanonen immer wieder Wasser in die Gegend spritzten. Liegestühle, Palmen und Verkaufstresen standen auf einer künstlich angelegten Strandlandschaft. Dann flog das Kameraauge durch einen Tunnel und landete in einem Saal mit zahlreichen Sitzreihen. An der Frontseite gab es eine Bühne mit Theaterkulissen, die sich darauf in eine Kinoleinwand verwandelte. Dann bog das virtuelle Auge nach links ab und führte den Betrachter in ein Restaurant im Dachgeschoss des Gebäudes. Von einer Terrasse aus hatte man einen Blick auf die Ostsee. Danach ging die Fahrt der Kamera wieder nach unten. Ein Meeresschwimmbad war zu sehen. Um das Becken standen im Sand Strandkörbe. Der natürliche Übergang vom Strand in die Dünen schien erhalten zu bleiben. Von der Umgebung war das Bad durch Glaswände abgetrennt. Aus der Strandpromenade war an dieser Stelle eine gläserne Brücke geworden, unter der ein Wasserkanal verlief. Er verband den Außenbereich mit den Wasserlandschaften in der ‚Ostseetherme'. Dann tauchte aus dem Nichts ein Glasdach auf, das sich über dem Schwimmbecken schloss. Aus dem Freibad wurde ein Hallenbad. Aus der Sommerstimmung eine Winterlandschaft. Offenbar sollte man auch im Winter unter Glas am Strand liegen können.

Dann wurde wieder alles grün. Noch einmal fuhr die Kamera um die ‚Ostseetherme' herum und blickte dann wieder in Richtung Kloster. Dort, wo jetzt noch freies Feld und Wiese war und Stein Grundstück für Grundstück gekauft hatte, gab es nun kleine weiße Häuschen mit roten Dächern. Wie aus einem Lego-Baukasten. Auf dem neuen Hubschrauberlandplatz landeten und starteten Hubschrauber. Dann tauchte wieder der dreidimensionale Schriftzug auf: „Ostseetherme Norderende – das neue Ferien- und Wellness-Erlebnis auf Hiddensee." Schriftwechsel. „Ein

Erholungsparadies für die ganze Familie – 365 Tage im Jahr.“ Die Musik steigerte sich noch zu einem neuen Klanghöhepunkt und riss dann ab. Das Copyright erschien: „Inselbau Hiddensee. Peter Stein.“

Rieder stoppte die Vorführung mit einem Klick auf dem Computer. Er klappte Steins Laptop zu. Das waren also die Pläne von Stein und Durk für die Insel, von denen Dora Ekkehard gesprochen hatte. Aber passte diese ‚Ostseetherme‘ überhaupt zum Charakter der Insel? Auf alle Fälle waren dabei Dora Ekkehard und ihr Zeltkino im Weg.

Rieder wusste nach gut sechs Monaten auf der Insel, dass viele Urlauber auf der Insel etwas suchten, was für die Hiddenseer fast zum Fluch wurde. Eine Reise in die Vergangenheit. Eine Insel ohne Autos. Eine unberührte Natur. Dazu als Kulisse Reetdachhäuser, Pferdekutschen und Möwengeschrei. Allerdings scherten sich die meisten Touristen wenig darum, ob das auch den Hiddenseern gefiel. Ob sie nicht auch etwas mehr Zivilisation wollten und nicht nur Bewohner eines Ferienparks sein mochten, der Ostern öffnete und im Oktober seine Pforten schloss? Im Winter verirrten sich nur wenige auf das Eiland. Damit kam auch kein Geld in die Kasse. Steins Projekt versprach Hiddensee das ganze Jahr über zu einem Urlaubsziel zu machen. Rieder konnte sich vorstellen, dass es eine Menge Insulaner gab, die damit kein Problem hätten, wenn es sich für sie rentieren würde. Aber es gab auch Inselbewohner wie Dora Ekkehard, die glaubten, dass Steins Pläne Hiddensee die Seele rauben würden. Sie würden auch die Verlierer sein, weil ihr Geschäftsmodell auf dem nostalgischen Gefühl der Hiddensee-Urlauber aufbaute, die seit Jahrzehnten hierherkamen, aber nun auch langsam ausstarben. Die Frage war: Wie weit würde Dora Ekkehard gehen, um Steins Pläne zu verhindern und ihr Kino zu retten?

Rieder steckte den Laptop in seinen Rucksack. Er verließ das Büro. Sein Fahrrad stand in einem Ständer hinter dem Rathaus. Er stieg auf und rollte auf die Straße. Er blickte nach links. Dort befand sich die Baustelle für den neuen Hubschrauberlandeplatz. Angeblich hätte der alte nicht mehr ausgereicht für die Größe der neuen Rettungshubschrauber. Aber wahrscheinlich hatten Stein und Durk schon begonnen, ihre Pläne für die Zukunft der Insel in die Tat umzusetzen.

Er wendete sein Fahrrad nach rechts und fuhr an der alten Mühle vorbei zum Strand. Leichter Regen hatte eingesetzt. Der Strand war menschenleer. Er bog auf die Strandpromenade ein. Sein Ziel war das weiße Holzhäuschen der Rettungsschwimmer. Sie hatten ihren Dienst für dieses Jahr bereits eingestellt, aber in der letzten Zeit nutzten Jugendliche der Insel die Bude öfter für heimliche Rendezvous. Schon zweimal hatte Rieder dort Pärchen überrascht. Obwohl sie das Vorhängeschloss aufgebrochen und damit einen Einbruch begangen hatten, beließ es Rieder bei einer Ermahnung und verzichtete auf eine Anzeige. Damp wäre sicher nicht so gnädig gewesen. Selbst die Ersatzschlösser bezahlte Rieder aus eigener Tasche. Er musste immer fadenscheinigere Gründe erfinden, um den Schlüssel bei der Sekretärin des Bürgermeisters auszutauschen. Lotti Stoll hatte dabei immer nur gelächelt und nie was gesagt.

Heute war das Schloss unversehrt. Er schaute noch ein bisschen auf die Ostsee, bevor er vom Strand wieder in die Ortsmitte von Vitte radelte. Er wollte Richtung Neuendorf, zu Charlotte. Vielleicht konnte sie ihn verstehen.

XVI

Kurz hinter der Deichkrone am Ortseingang von Neuendorf, dem südlichen Inselort, bog Damp rechts ab. Er parkte das Auto vor einem alten Reetdachhaus. Der Putz bröckelte. Die Farbe an den Fenstern platzte ab. Vier Familien wohnten hier laut Klingelschild. Damp hatte eine kleine Zweiraumwohnung direkt unterm Dach. Es war eines der wenigen Häuser auf der Insel, die der Gemeinde gehörten, aber von ihr recht stiefmütterlich behandelt wurden. Dafür war die Miete niedrig.

Damp schloss seine Wohnungstür auf. Ihm fiel auf, dass hier mal wieder gelüftet werden musste. Die zwei Zimmer mit Küche und Bad waren für ihn kein gemütliches Heim, sondern nur eine Bleibe. Als er vor zehn Jahren eingezogen war, hatte er nicht damit gerechnet, so lange auf Hiddensee zu bleiben. Nun saß er auf der Insel fest, Revierleiter hin oder her. Noch einmal woanders neu anfangen, dazu fehlten ihm, so ehrlich war er zu sich selbst, die Kraft und der Mut. Revierleiter auf Hiddensee war wahrscheinlich die letzte Station seiner Karriere als Polizist.

Damp ließ sich auf die Couch fallen. Der Stoff hatte eine Reinigung nötig. Die lilafarbenen Blumenmuster waren verblichen. Außerdem hatte manch schneller Imbiss vorm Fernseher hier seine Spuren hinterlassen. Bei dienstlichen Besuchen in Häusern oder Ferien-Apartments auf der Insel hatte der Polizist festgestellt, dass dieses Sofamodell offenbar der Volkswagen unter den Möbelstücken der Nachwendezeit gewesen sein musste. Alle gekauft bei einem Versandhaus, dass mit seinen Katalogen die Insel überschwemmt hatte. Nun war das Versandhaus pleite, nur seine biederen Sofas hatten überlebt.

Rieder war noch nie hier gewesen. Damp hatte es bis heute vermieden, Rieder überhaupt zu zeigen, wo er in Neuendorf wohnte. Sie hatten sich immer an der kleinen Bushaltestelle am „Schabernack“ getroffen, oder Damp hatte Rieder am Strandcafé bei seiner Freundin Charlotte Dobbert abgeholt. Er schämte sich für sein Zuhause. Dabei wohnte Rieder auch nicht viel besser – in seinem alten Kapitänshaus mit den alten Möbeln, dem Kachelofen, ohne Bad, nur mit einem Waschbecken. Aber es war gemütlicher. Damp wollte gar nicht wissen, was Rieder dafür den Besitzern an Miete zahlen musste. Mit dem Gehalt eines Hauptkommissars konnte man sich das sicher leisten. Polizeidirektor Bökemüller hatte dagegen bei Damps Ernennung nur bemerkt: „Ihr Wunsch, Revierleiter auf Hiddensee zu werden, wird erfüllt. Aber mehr Geld gibt's nicht.“ Basta! So würde er wohl oder übel hier wohnen bleiben müssen.

So langsam machte sich bei Damp ein leichter Hunger bemerkbar. Sein massiger Körper brauchte Nachschub. Eigentlich konnte er sich den Gang in die Küche sparen. In der Ecke hinter der Tür stand eine ansehnliche Batterie von Bierflaschen. Aus dem Mülleimer quollen die Verpackungen von Tiefkühlpizza, Dosensuppen und Chipstüten. Der Kühlschrank offenbarte eine gähnende Leere bis auf ein Glas Quittengelee. Das hatte ihm eine alte Frau aus Vitte geschenkt und wartete nun schon über ein Jahr auf seinen Verzehr. Da blieb ihm wohl nur wieder ein Ausflug ins Strandcafé. Bei Charlotte Dobbert gab's für ihn Insel-Rabatt auf Bauernfrühstück, alle Heringsgerichte und immer auch mal ein Bier umsonst. Sie war zwar mit Rieder zusammen, hatte aber irgendwie Mitleid mit Damp. Hatten Rieder und Damp miteinander Stress, hatte sie schon öfter vermittelt und nicht selten zu seinen Gunsten.

In der letzten Zeit hatte Damp untrügliche Signale empfangen, dass es zwischen Rieder und Charlotte kriselte. Sie wollte, dass er zu ihr nach Neuendorf zog. Er wollte seine Freiheit in seinem Häuschen in Vitte nicht aufgeben.

Damp marschierte zu Fuß zum Strandcafé. Dort herrschte nur mäßiger Betrieb. Auch hier kündigte sich das nahende Saisonende an. Charlotte stand am Tresen und füllte Gläser mit Wasser. Damp hievte sich auf einen Barhocker.

„n'Abend. Kann ich ein Bier haben?“

„Gern. Du bist der Erste heute, der ein Bier bestellt. Deshalb geb' ich's dir aus.“ Sie schaute kurz in die Runde und wandte sich dann wieder an den Polizisten. „Die anderen Gäste sind alles Spaßbremsen“, raunte Charlotte Damp zu und zeigte auf ihr Tablet. „Mehr als Wasser mit oder ohne Sprudel wollen die nicht. Höchstens noch einen Sanddorntee. Wie willste da Umsatz machen?“

Sie zapfte schnell Damps Bier, bevor sie die Getränke an den Tischen verteilte.

„Du wirkst auch nicht gerade wie eine Stimmungskanone“, meinte sie, als sie zurückkam. Damp wiegte den Kopf hin und her und brummte etwas Unverständliches.

„Euer neuer Fall?“ Damp wiederholte seine Kopfbewegung.

„Rieder?“ Statt einer Antwort nahm er einen tiefen Schluck.

Charlotte verstand sofort: „Wo ist denn eigentlich der Herr Hauptkommissar? Sonst kommt ihr doch eigentlich immer gleich im Doppelpack?“

Damp zuckte mit den Schultern. Er war nicht wirklich erpicht auf das Thema Rieder, auch nicht auf einen Plausch über den Fall. „Haste heute Abend was Besonderes auf der Karte?“

Charlotte hielt kurz inne, blies sich eine blonde Strähne aus dem Gesicht. „Sauerfleisch mit Bratkartoffeln kannste haben. Kostet aber den Normalpreis von der Karte. Neun Euro neunzig.“

„Nehm' ich.“

Charlotte verschwand in der Küche. Damp starrte in sein Bier und hing seinen Gedanken nach. Die Tür öffnete sich. Er schaute kurz hin, wandte sich wieder seinem Bier zu, eher aus Gewohnheit, erstarrte dann aber, als er den nächsten Zug nehmen wollte. Er drehte sich wieder um. Rieder kam herein. Sein Kollege hatte ihm gerade noch gefehlt. Dem ging es offensichtlich ähnlich. Auch er schien nicht begeistert. Dafür flog aber Charlotte Rieder geradezu entgegen. „Das ist aber schön, dass du hierher kommst! Ich hatte gar nicht damit gerechnet.“ Sie umarmte Rieder und drückte ihm einen langen Kuss auf die Wange. Dem schien dieser Empfang vor den Gästen etwas peinlich zu sein. „Ich bin ganz schön hungrig, und wo kann man auf der Insel besser essen als bei dir?“ Dabei entwand er sich Charlottes Armen. Er klopfte zweimal auf den Tresen und setzte sich dann neben Damp auf einen Barhocker, während Charlotte ihm schon ein Schwarzbier zapfte, Rieders Lieblingsgetränk.

„Damp nimmt Sauerfleisch. Du auch?“, fragte sie Rieder, als sie ihm das Getränk hinstellte. Rieder nickte.

„Muss er auch den Normalpreis zahlen?“, mischte sich Damp ein.

„Reiß dich zusammen, Damp. Das ist ja wohl was anderes“, zischte sie den Inselpolizisten an und verschwand in der Küche.

„Möchte wissen, was daran anders sein soll“, brummte Damp ihr noch hinterher.

Damp und Rieder starrten eine Weile schweigend in ihre Gläser. Rieder gab aber nicht auf. Er hob seinen Rucksack hoch und zog Steins Laptop heraus. „Ich habe was entdeckt.“ Er klappte den Computer auf und schaltete ihn ein.

„Sie wissen schon, dass Sie nicht so ohne weiteres Asservaten aus dem Revier entfernen dürfen“, maulte sein Kollege.

„Wo kein Kläger ist, ist auch kein Richter“, entgegnete Rieder. „Außerdem sind sie da ohne Tresor auch nicht besonders sicher.“

„Vielleicht bin ich ja der Kläger als Revierleiter.“

„Das hatten wir vorhin schon“, wischte Rieder den Vorwurf vom Tisch. Er zeigte auf den Bildschirm. „Sehen Sie mal.“ Er startete das Programm „Norderende“.

Damp hob seine müden Augenlider, folgte aber völlig teilnahmslos der Vorführung. Charlotte trat dazu. „Was ist das?“

„Steins Pläne für einen riesigen Wellness-Tempel in Vitte, die ‚Ostseetherme Norderende‘, mit Badelandschaften, Theater- und Kinosaal, Restaurants und und und …“

„Sieht toll aus“, staunte Charlotte.

„Was soll das beweisen?“, fragte Damp.

„Davon sind doch ein Haufen Leute in Vitte betroffen. Vielleicht hatten außer Dora Ekkehard noch mehr etwas dagegen, und einer hat, wie sagen Sie immer so schön – bumm! – Stein das Licht ausgeknipst."

„Ganz im Gegenteil. Für mich verstärkt es nur den Verdacht gegen die Kinotante", hielt Damp dagegen.

Charlotte drückte auf einen Knopf, damit der Film noch einmal abgespielt wurde. „Also ich finde es nicht schlecht. Da passiert mal was auf der Insel. Vielleicht lockt es auch mehr Leute an."

„Und du denkst, wenn die dort tagsüber im Wellness-Center baden gehen, würden die danach noch zu dir hier nach Neuendorf kommen?", widersprach Rieder.

„Ich hätte dann vielleicht die Pension in Vitte gehabt, wenn Stein noch leben würde, mit diesem Wellness-Dings genau vor der Tür. Das hätte sich schon gerechnet."

„Aber so ein Ding passt doch nicht hierher!", regte sich Rieder auf.

Schulterzucken bei Damp und Charlotte.

Ohne dass sie es bemerkt hatten, war auch Malte Fittkau im Strandcafé aufgetaucht. Über die Schulter von Rieder hatte er den Film mit angeschaut. „Ist das dieses Projekt ‚Norderende', von dem die Ekkehard immer faselt?", warf er ein. Damp, Rieder und Charlotte drehten sich überrascht um.

„Stör' ich?", fragte Fittkau fast beleidigt.

Statt zu antworten, fragte Charlotte: „Willste auch ein Bier?"

Fittkau nickte und forderte Rieder auf, den Film nochmal zu starten. „Ich hab' das noch nicht genau gesehen."

„So was geht doch nicht", versuchte Rieder seinen Nachbarn auf seine Seite zu ziehen. Doch auch Malte Fittkau meinte, dass so eine „Ostseetherme" für Hiddensee gar nicht schlecht sein müsse. „Da würden vielleicht die Wasserpreise endlich mal sinken, und wir müssten nicht allein diese riesige Kläranlage bezahlen, wenn die das ganze Wasser für die Schwimmbecken brauchen." Auch Hiddensee hatte Anfang der neunziger Jahre eine neue Kläranlage bekommen. Sie war viel zu groß dimensioniert, wie in vielen ostdeutschen Gemeinden. Die Rechnung mussten nun die Insulaner über die Wasserpreise bezahlen, weil der Bedarf viel geringer war als die Beratungsfirmen damals errechnet hatten. Schon damals war ein Argument der Planer gewesen, man müsse an die Zukunft denken. Falls auf Hiddensee mal ein großes Schwimmbad entstehen würde, bräuchte man so eine große Kläranlage. Malte Fittkau dachte also auch nur praktisch und an den eigenen Vorteil.

„Stimmt", pflichtete Charlotte Fittkau bei. „Er hat ganz Recht. So schön ist nun das Kinowäldchen in Norderende auch nicht."

„Ich verstehe euch nicht. Wollt Ihr euch wirklich mit so einem Ding die ganze Insel verschandeln?", fragte Rieder so wütend in die Runde, dass sich an den Tischen schon ein paar Gäste umdrehten.

„Mach nicht so einen Krach", versuchte ihn Charlotte zu beruhigen.

Malte war plötzlich ganz in Gedanken versunken. Er rieb sich sein unrasiertes Kinn. „Was ich mich frage … Sein Haus am Strand sieht doch nun echt wie eine alte Kaschemme aus von außen …"

„Innen ist es aber ziemlich schick", warf Damp ein.

„Trotzdem", beharrte Malte Fittkau, „woher wollte er die ganze Kohle für so einen Bau nehmen?"

„Erstens gehört ihm schon die halbe Insel", meinte Damp.

„Und zweitens hilft vielleicht die Gemeinde", ergänzte Charlotte.

„Die kannste vergessen. Die ist doch pleite. Urlauber hin oder her", widersprach Fittkau. „Was denkste denn, warum wir von Samtens verwaltet werden. Durk ist doch nur noch ein Hampelmann von deren Gnaden. Schon 'ne Schande, dass uns jetzt die Rüganer sagen, was wir machen dürfen und was nicht."

Seit ein paar Jahren wurde Hiddensee vom Amt Westrügen in Samtens zwangsverwaltet. Immer mehr Aufgaben der Gemeinde wurden von Hiddensee nach Rügen verlagert. Nicht einmal mehr Trauungen durften im Rathaus in Vitte vorgenommen werden. Das ärgerte die Insulaner besonders. Denn für viele Hoteliers, Wirte und Fuhrunternehmer waren die zahlreichen Eheschließungen eine gute Einnahmequelle gewesen. Aber welche Hochzeitsgesellschaft reiste erst nach Samtens ins Standesamt und dann noch mit Auto oder Bus und Schiff nach Hiddensee zum Feiern?

„Vielleicht zieht nun die Ulrike die Sache durch mit diesem Riesenschwimmbad“, plauderte Fittkau grinsend weiter. „Heute Abend hat sie wahrscheinlich schon mal die Kontoauszüge durchgesehen.“

„Wie kommste darauf?“, wollte Rieder wissen.

„Ich hab’ vorhin noch meine Runde gedreht, bevor ich hiergekommen bin, erst durch Vitte bis zur alten Mühle und dann schön am Strand wieder zurück bis zum Süddeich, also auch bei Steins Bude vorbei. Und da brannte Licht. Das ganze Haus war erleuchtet wie ein Leuchtturm.“

XVII

Damp fuhr über den Deich direkt vor die Tür von Steins Haus. Schon von weitem hatten die beiden Polizisten den Lichtschein gesehen, auch wenn eine dichte Hecke das Grundstück umgab.

„Feiern die da eine Party?“, fragte Rieder ungläubig, als sie aus dem Wagen stiegen. Die Polizisten gingen näher an das Haus heran. Sie schauten durch ein Fenster im Erdgeschoss. Niemand war zu sehen. Dafür aber nun auch Musik zu hören.

„Klingt jedenfalls nicht nach einer Trauerfeier“, meinte Damp.

„Lassen Sie uns reingehen.“

Das Polizeisiegel war zerfetzt, die Haustür nur angelehnt. Rieder drückte sie nach innen. „Hallo“, rief er in den Flur. Niemand antwortete. Er ging ins Haus hinein. Ihm folgte Damp, der schon mal den Riemen an seiner Pistolentasche gelöst hatte. Rieder schaute in das Wohnzimmer. Auf dem Tisch standen mehrere Flaschen herum. Hier kam auch die Musik her. Die Türen von den Schränken waren geöffnet, der Inhalt auf dem Fußboden verteilt. Bilder, Bücher, Aktenordner. Auf dem Sofa lagen zerwühlte Kissen und eine benutzte Wolldecke herum.

„Schöne Bescherung“, sagte Damp, der noch im Flur stand. Rieder drehte sich zu seinem Kollegen um und wollte gerade etwas antworten, da sah er hinter Damp einen Schatten. Er brüllte: „Vorsicht, hinter Ihnen!“ Doch es war zu spät. Eine Flasche sauste auf Damps Schädel herab und zersplitterte. Damp schrie auf und sank auf die Knie. Rieder stürmte an ihm vorbei in den Flur. Er hörte noch Schritte auf der Treppe. Rieder eilte zu seinem stöhnenden Kollegen zurück. Blut lief ihm von der Stirn über das Gesicht.

„Geben Sie mir ihre Waffe und holen Sie Hilfe“, flüsterte Rieder.

„Wo soll die herkommen?“, stöhnte Damp.

„Wie wäre es erstmal mit Möselbeck und dem Krankenwagen für Sie und dann mit einem Notruf an die Zentrale in Bergen?“

Damp zog seine Pistole hervor und reichte sie Rieder. „Warum haben Sie eigentlich nie Ihre Dienstwaffe dabei?“

Rieder nahm die Waffe. Er war überrascht über ihr Gewicht. Seine Berliner Pistole, die allerdings in einer Schublade seines Häuschens lag, war deutlich leichter. Er entsicherte die Pistole, umfasste den Schaft mit beiden Händen und legte seinen Zeigefinger um den Abzug. Er horchte. Durch die Musik konnte er nicht hören, ob sich jemand im Obergeschoss bewegte. Damp flüsterte in sein Handy.

Rieder machte zwei schnelle Schritte zur Musikanlage und schaltete sie aus. Damp beendete das Telefonat. Rieder schaute zu ihm und legte einen Finger auf den Mund. Er schlich in den Flur. Kein Geräusch von oben. Er hörte nur sein eigenes heftige Atmen. Rieder versuchte sich zu beruhigen.

Der Kokosbelag auf der Treppe dämpfte seine Schritte. An die Wand gedrückt, ging er Stufe für Stufe nach oben, die Waffe im Anschlag vor seinem Oberkörper.

„Polizei! Kommen Sie mit erhobenen Händen heraus!“

Ein Knarren von links. Rieder riss die Waffe herum. Er glaubte den Lauf einer Waffe zu erkennen. Ohne dass er es wollte, drückte er ab. Der Schuss knallte. Glas zersplitterte. Der Rückstoß der Waffe ließ Rieder taumeln. Er konnte sich gerade noch am Geländer festhalten. Eine Flasche polterte die Treppe hinab und landete auf seinem Körper. Durch den stechenden Alkoholgeruch wurde ihm übel.

Aus dem Dunkel im Obergeschoss wankte ein Mann mit erhobenen Händen. „Was is'n hier los?“, lallte er. „Seid ihr bekloppt!“ Dann brach er zusammen und rutschte ein paar Stufen nach unten.

Brummen erfüllte die Luft. Der Lichtkegel des Stralsunder Polizeihubschraubers suchte die Wiesen vor dem Süddeich in Vitte nach einem geeigneten Landeplatz ab, bevor er aufsetzte. Kaum waren die Rotoren abgestellt, wurde die Tür aufgerissen, und zwei Beamte stürmten mit gezogenen Waffen über den Deich auf Steins Haus zu.

Rieder ging ihnen entgegen und stoppte sie: „Alles unter Kontrolle."

Erst jetzt sah er, dass an Bord noch ein weiterer Passagier war. Polizeidirektor Bökemüller kam mit wehendem Mantel über die Wiese geschlendert. Mit Handschlag begrüßte er seinen Beamten.

„Wie geht's Damp?"

„Der Inselarzt versorgt gerade seine Wunde im Krankenwagen."

„Wer ist der Mann?"

„Steins Bruder. Jan Stein."

„Verletzt?"

„Nur betrunken."

„Bewaffnet?"

Rieder schüttelte den Kopf.

„Warum haben Sie dann geschossen?"

Rieder schilderte seinem Chef die Vorgänge im Haus. „Tut mir leid. Der Schuss hat sich irgendwie gelöst."

„Irgendwie?" Bökemüller wiegte den Kopf hin und her. „Bei einem Mann mit Ihrer Erfahrung löst sich ein Schuss *irgendwie*? Rieder, Sie wissen, warum Sie hier sind? Sie sollen den Leuten das Gefühl von Sicherheit vermitteln und nicht um sich schießen. Aber gut. Theoretisch müsste ich Sie jetzt von dem Fall abziehen, aber das geht natürlich nicht", stellte Bökemüller fest. „Ich habe keine Leute und Damp keine Ahnung von kriminalistischer Arbeit." Rieder zeigte keine Regung. „Also fassen Sie den Bericht so ab, dass die Abteilung ‚Interne Ermittlung' keine Fragen stellt. Verstanden?" Rieder nickte. „Ich erwarte Ihren Bericht morgen auf meinem Schreibtisch!" Bökemüller ging mit Rieder zum Krankenwagen.

Damp saß mit schmerzverzerrtem Gesicht auf der Trage. Inselarzt Möselbeck klebte ihm gerade ein übergroßes Pflaster auf die Wunde auf der Stirn.

„Mensch, Damp!“, rief der Polizeidirektor und stieg in den Krankenwagen. Er schlug seinem Beamten auf die Schulter. Damp stöhnte auf. „Das ist gleich die Feuertaufe als frischgebackener Revierleiter. Sie wissen aber, bei der Personalsituation können wir uns keine Verluste leisten“, versuchte Bökemüller zu scherzen. Damp winkte ab: „Es geht schon wieder.“

Jan Stein lag auf dem Sofa im Wohnzimmer seines toten Bruders und schnarchte. Im Sessel gegenüber saß ein Sanitäter. Die beiden Beamten, die mit Bökemüller aus Stralsund gekommen waren, lehnten an der Tür. Bökemüller sah sich um. Er nickte mit dem Kopf zu dem Schlafenden.

„Steht er unter Verdacht, seinen Bruder getötet zu haben?“

„Dafür haben wir bisher keine Anhaltspunkte“, meinte Rieder. „Eigentlich sollte er in Bremen sein. Ich weiß nicht, wie er jetzt so schnell hierhergekommen ist. Möglicherweise hat ihn Steins Ex-Frau über den Tod seines Bruders informiert.“

„Hübsche Hütte“, staunte der Polizeidirektor, als sie in Steins Arbeitszimmer im Obergeschoss standen. „Der Schaden, den Sie angerichtet haben, hält sich in Grenzen.“ Rieder hatte einen Spiegel getroffen. Die Splitter lagen auf dem Boden verstreut. Der Rahmen hing noch schief an der Wand. Rieder war inzwischen klargeworden, dass er auf das Spiegelbild von Jan Stein geschossen hatte. Der hatte eine Flasche in der Hand gehabt, die Rieder im Dunkeln für den Lauf einer Waffe gehalten hatte. So erleichtert er war, dass er Jan Stein nicht getroffen hatte, so entsetzt war er darüber, wie ihm das hatte passieren können.

„Die Aussicht ist wirklich genial.“ Bökemüller hatte sich an Steins Schreibtisch gesetzt und schaute nun durch das große Panoramafenster auf die Ostsee, die im Mondlicht glänzte. Von unten waren plötzlich aufgeregte Stimmen zu hören. Die beiden Stralsunder Beamten stritten mit Charlotte. Ihre Stimme hatte Rieder erkannt. Rieder und Bökemüller liefen hinunter. „Bist du verletzt?“, schrie Charlotte hysterisch. Rieder schüttelte den Kopf. Er nahm sie in den Arm: „Nein, alles in Ordnung.“

„Wir konnten die Frau nicht aufhalten“, rechtfertigte sich einer der Beamten vor seinem Chef. „Sie war wie eine Furie.“

„Das ist schon okay“, meinte Bökemüller.

„Was ist denn passiert?“, fragte Charlotte völlig atemlos.

„Erzähle ich dir später“, antwortete Rieder. „Ich muss noch mit meinem Chef sprechen.“ Er deutete mit dem Kopf auf Bökemüller.

Doch der Polizeidirektor hob ablehnend die Hände. „Ich wollte mich sowieso verabschieden“, meinte der Polizeichef. „Wir bleiben in Kontakt, Rieder!“ Damit gab er seinen beiden Beamten ein Zeichen, und sie verschwanden gemeinsam in der Dunkelheit. Kaum waren sie durch die Tür, war draußen das Anlassen der Hubschrauber-Rotoren zu hören.

„Wie kommt ihr eigentlich hierher?“, fragte Rieder seine Freundin.

„Jemand kam ins Strandcafé und erzählte, dass am Strand von Vitte geschossen worden sei und dann ein Krankenwagen mit Blaulicht vorgefahren wäre. Da sind wir los. Ich hatte solche Angst.“ Charlotte war immer noch aufgeregt.

Jetzt erschien in der Tür auch Malte Fittkau. Er sorgte sich aber offenbar weniger um Rieder, sondern nutzte die Gelegenheit, einen Blick in Steins Haus zu werfen.

„Wer hat denn geschossen?“, fragte seine Freundin.

„Ich“, gab Rieder zu.

Charlotte erschrak. „Hast du jemanden verletzt? Hast du …“, ihre Augen wurden noch größer, „jemanden getroffen?“

Sie schlug eine Hand vor den Mund. Rieder schüttelte den Kopf und nahm sie in den Arm. „Gott sei Dank nicht. Nur ein Spiegel ist zu Bruch gegangen. Trotzdem hätte mir das nicht passieren dürfen.“

Malte war inzwischen im Wohnzimmer angekommen. In diesem Moment wachte Jan Stein auf. Mit einem Ruck richtete er sich auf. „Wo ist meine Flasche?!“, brüllte er.

„Jan?“, fragte Malte.

Jan Stein beugte sich noch etwas vor, um den Mann vor sich besser zu sehen: „Malte?“

XVIII

Der Nebel war so dicht, dass Rieder vom kleinen Dachfenster die Kirschbäume hinter seinem Haus nicht erkennen konnte. Als er mit Damp letzte Nacht Jan Stein bei Malte Fittkau abgeliefert hatte, war es noch klar gewesen. Nun trieb ein eisigkalter Wind von der Ostsee Dunstschwaden über die Insel.

Der Herbst zog auch in sein Häuschen ein. Selbst unter der Bettdecke fror Rieder. Die dünnen Wände leisteten keinen Widerstand gegen die Kälte. Eine Heizung gab es nicht. Hier oben unterm Dach stand nur ein elektrischer Heizer. Als er das Gerät vor ein paar Wochen schon einmal benutzt hatte, hatte das Rädchen seines Stromzählers fast Schwindsucht bekommen. Unten gab es einen alten Kachelofen. Rieder fiel ein, er musste dringend Kohlen und trockenes Holz besorgen, um überhaupt Feuer machen zu können. Aber wo sollte er es lagern? Unterm Flur gab es einen kleinen Schacht, wo die Besitzer bisher Brennmaterial gelagert hatten. Wenn es viel regnete, stand Wasser darin. Hinterm Haus befand sich noch ein kleiner Schuppen. Die Tür drohte bei jedem Öffnen herauszufallen. Wahrscheinlich wäre es doch klüger, zu Charlotte nach Neuendorf zu ziehen. Dort gab es nicht nur eine Heizung, sondern ein Bad mit Wanne und Dusche. Aber dann müsste er auch seine Freiheit aufgeben. Sie bestand darin, einfach hinter sich die Tür zumachen zu können und allein zu sein. Keine Fragen beantworten zu müssen. Niemanden einen Gefallen zu tun, sondern sich selbst zu genügen. Selbst entscheiden zu können, wann er sich mit Charlotte traf und wann nicht. Das sei sicher egoistisch und ihr gegenüber nicht fair, gestand sich Rieder ein. Andererseits war es schön, abends nicht allein einzuschlafen und morgens nicht allein aufzuwachen. Er schaute auf seine Freundin, die sich zum Schutz vor der Kälte in ihre Decke gerollt hatte. Er konnte nur ein Stück ihrer Schulter sehen und ihre wallenden blonden Haare. Rieder war klar, Charlotte würde dieses Hin und Her nicht mehr lange mitmachen. Jetzt konnte er sich noch hinter dem neuen Fall verstecken, um sich vor einer Entscheidung zu drücken. Aber irgendwann würde er gelöst sein.

Rieder stand auf. Der kalte Dielenboden traf seine Füße wie ein Schlag. Schnell zog er sich Socken an und etwas über. Er holte aus einer Truhe noch eine Decke und breitete sie über Charlotte. Sie bedankte sich mit einem genüsslichen Brummen, schlief aber weiter. Er schlich sich aus dem Haus.

Als Rieder in Malte Fittkaus Wohnzimmer kam, nahm es ihm fast den Atem. Der Ofen bullerte. Durch die Ritzen der Ofentür konnte man den hellen Feuerschein sehen. Am liebsten hätte sich Rieder den dicken Pullover vom Leib gerissen, den er gegen die Kälte in seinem Haus und im Freien trug.

Malte saß am Tisch und las die „Ostsee-Zeitung". Ohne aufzusehen, begrüßte er Rieder mit einem kurzen Nicken. Der Polizist sah sich im Raum um. Er konnte aber keine Spur von Jan Stein entdecken.

„Er ist gerade aufgestanden. Statt Frühstück wollte er drei Aspirin. Jetzt steht er unter der Dusche", bemerkte Malte, ohne sein Zeitungsstudium zu unterbrechen.

Malte Fittkau hatte angeboten, Jan Stein erstmal bei sich unterzubringen. Damp und Rieder hatten daraufhin den mehr Schlafenden als Wachen in den Streifenwagen bugsiert und zu Fittkau gefahren. Zu dritt hatten sie ihn dann in Maltes Haus geschleppt und dort im Wohnzimmer aufs Sofa gelegt. Jan Stein hatte als einziges wirkliches Lebenszeichen bald laut zu schnarchen begonnen.

„Kaffee?", fragte Malte.

Rieder bejahte.

„Die Kanne steht auf dem Tisch. Tassen sind im Schrank. Milch in der Küche."

Als Rieder wieder hereinkam, schlug Fittkau die Zeitung zusammen und kramte seine Pfeife hervor. „Der Jan ist ’ne arme Sau“, stellte Rieders Nachbar ungefragt fest.

Rieder rührte in seinem Kaffee, um die drei Löffel Zucker aufzulösen, die den bitteren Geschmack und die Tote erweckende Stärke des kaffeeähnlichen Gebräus seines Nachbarn abschwächen sollten.

„Wieso?“

„Sein Alter hat ihn enterbt, als Jan damals in den Westen abgehauen ist.“

„Wann war das?“

„Mitte der Achtziger. Warum Jan das gemacht hat, habe ich nie verstanden?“ Malte hielt mit dem Stopfen der Pfeife inne. „Der hatte hier doch alles. Mit achtzehn ein Auto. Westgeld für den Intershop. Einen Studienplatz in Berlin. Wie sagt man so schön: ‚Das Bett war gemacht.‘ Nur mit seinem Alten kam er nicht klar.“

„Warum nicht?“

„Das musste ihn schon selber fragen.“

„Woher kennst du ihn so gut?“

„Er war in meiner Klasse. Ich hab’ sogar mal ’ne ganze Weile neben ihm gesessen. ‚Patenschaft‘ nannte sich das. Ich war nicht so ein helles Licht, und Jan sollte mir helfen.“ Malte zündete sich die Pfeife. „Im Westen ist er dann Architekt geworden. Irgendwo bei Bremen, habe ich mal gehört. Nach der Wende kam er hier wieder ab und zu vorbei, wohnte im ‚Hithim‘ und machte auf dicke Hose. Aber da waren die Messen gesungen.“

Rieder sah seinen Nachbarn fragend an.

„Der alte Stein hat schon vor seinem Tod alles an Peter übertragen, und damit guckte Jan in den Mond. Seine Mutter hat ihm nicht geholfen, obwohl er immer ihr Liebling war. Da passte Peter schon auf. Er hat sie dann auch gezwungen, ihr vor dem Tod das Haus in Kloster zu überschreiben. Da nix mehr zu holen war, ist Jan nicht mal zur Beerdigung gekommen …“

Malte hörte plötzlich auf zu erzählen, denn die Tür öffnete sich, und ein völlig verkateter Jan Stein kam herein. Die Haare hingen ihm in nassen Strähnen im Gesicht, die Augen waren blutunterlaufen. Trotz der Dusche dünstete sein Körper noch einen gewissen Alkoholgeruch aus. Er trug Hemd und Jeans, die beide auch schon bessere Zeiten gesehen hatten. Stein ließ sich auf einen Sessel fallen.

„Mensch, Malte, so sieht man sich wieder."

Fittkau nahm kurz die Pfeife aus dem Mund und zeigte damit kurz auf Stein, als wolle er sagen: „Da hast du Recht." Dann paffte er weiter.

Rieder stellte sich vor. „Ich wollte mich bei Ihnen entschuldigen, aber …" Weiter kam er nicht.

„Mensch, ein Hauptkommissar!", rief Jan Stein übertrieben aus. „Früher hatten wir hier nur einen Abschnittsbevollmächtigten der Volkspolizei. Den ollen Mohnke. Gibt's den noch, Malte?"

Malte nickte.

„Was? Der ist noch im Dienst?"

Malte schüttelte den Kopf. „Nee, auf Rente."

„Herr Stein, was ich gerade noch sagen wollte, es tut mir leid, aber wir mussten annehmen, es ist jemand in das Haus eingebrochen. Unser Siegel war zerrissen, und Sie haben auf unsere Rufe nicht reagiert …"

„Einbruch? Die Tür stand auf, war nicht mal verschlossen. Ein Siegel habe ich auch nicht gesehen", entgegnete Jan Stein schnippisch.

„Wir dafür seine Reste an der Tür." Rieder ärgerte sich über den Ton des Mannes. „Sie haben außerdem meinen Kollegen niedergeschlagen …"

„Ich habe Sie für Einbrecher gehalten", unterbrach ihn Stein. „Immerhin gehört mir das Haus jetzt."

„Herr Stein, erstens hat mein Kollege Uniform getragen. Zweitens war alles hell erleuchtet, so dass Sie uns klar erkennen konnten, wo Sie auch immer im Haus gesteckt haben und …"

„Sie versuchen sich hier doch nur rauszureden!"

„Jan!", mischte sich Malte Fittkau ein. „Geht's 'ne Nummer kleiner. Es ist nichts weiter passiert, und Stefan hat sich entschuldigt …"

„Stefan? Ach, der Bulle ist dein Kumpel … Dann ist ja alles klar.“

Fittkau verdrehte die Augen: „Dir ist einfach nicht zu helfen.“

„Wie kommen Sie eigentlich darauf, dass *Ihnen* jetzt das Haus gehört?“, unterbrach Rieder seinen Nachbarn.

„Ulrike wird wohl nichts mehr abbekommen. Die lebten getrennt, wenn sie nicht sogar schon geschieden waren. Ich bin da nicht ganz im Bilde. Aber mein Brüderchen achtete schon darauf, dass nichts in die falschen Hände fiel. Davon kann ich ein Liedchen singen.“

„Gerade deshalb wäre es doch ziemlich unwahrscheinlich, dass Sie etwas erben. Ihr Vater hat Sie enterbt, und Ihr Bruder hat das meines Wissens nicht rückgängig gemacht.

„Aber wer soll denn sonst was kriegen?!“, entgegnete Stein wütend. „Wie gesagt, ich schätze, Ulrike ist raus, kriegt vielleicht die paar Häuser, die sie zusammen mit Peter mal gekauft hat. Mehr aber auch nicht. Kinder gibt’s nicht. Ulrike hat nicht wie erwartet geliefert.“

„Nur zu Ihrer Information: Ihr Bruder und seine Frau waren noch nicht geschieden. Wenn sie beim Finanzamt nicht angezeigt haben, ob sie getrennt leben, dann könnte für Sie nicht mehr als das Pflichtteil drin sein. Vielleicht sollten wir deshalb abwarten, ob es nicht doch ein Testament gibt“, belehrte Rieder Jan Stein, um ihn von seinem hohen Ross zu holen. Er war ihm etwas zu aufgedreht. „Bis dahin ist für Sie das Haus am Strand tabu. Schon Ihr Eindringen letzte Nacht könnten wir als Einbruch ansehen …“

Jan Stein starrte Rieder verblüfft an.

„Von wem haben Sie eigentlich erfahren, dass Ihr Bruder tot ist?“, fragte Rieder weiter.

„Von Ulrike. Sie hat mich gestern früh angerufen.“

„Und dann sind Sie gleich hergefahren?“

„Ja.“

„Wo waren Sie vorgestern Abend, so zwischen 18 und 23 Uhr?“

„Möchte ich nicht sagen.“

„Das ist keine Antwort auf meine Frage. Ich bräuchte es schon etwas genauer.“

Jan Stein rieb sich das Kinn. „Nicht hier“, antwortete er zögernd.

„Wir überprüfen die Alibis aller Angehörigen Ihres Bruders, besonders wenn Sie sich mit Peter Stein nicht besonders grün waren“, schob Rieder nach. „Deshalb bräuchte ich es schon etwas genauer.“

Stein schaute sich seine Fingernägel an, als würde er dort nach der Antwort auf die Frage suchen. „Ich müsste da noch mal was klären, bevor ich Ihnen antworte. Sie verstehen. Ich möchte niemanden kompromittieren.“ Jan Stein stand auf, fasste sich an die Stirn. „Mensch, habe ich einen Brummschädel. Ich würde mich gern noch mal ein Stündchen aufs Ohr legen.“ Er ging in Richtung Zimmertür.

„Herr Stein, Sie sind mir noch eine Antwort schuldig“, drängte Rieder. Wäre er nicht bei Malte Fittkau zu Gast gewesen, hätte er sicher versucht, den Mann aufzuhalten.

Jan Stein blieb stehen und drehte sich um. „Ich habe meinen Bruder nicht umgebracht. Ich schwöre es Ihnen, und Ihre Antwort kriegen Sie. Versprochen.“

Dann verschwand er ohne Verabschiedung. Seine Schritte knarrten auf der Treppe.

Rieder schaute Malte Fittkau an.

„Würdest Du ihm zutrauen, seinen Bruder zu töten?“

Malte klopfte seine Pfeife aus. „Keine Ahnung.“

Rieder fuhr ins Revier. Der Himmel war grau, aber es war trocken. Charlotte war schon weg gewesen, als er von dem Gespräch mit Jan Stein wieder zurückkam. Dafür hatte auf dem Tisch im Wohnzimmer ein Zettel gelegen: „Vielen Dank für das tolle gemeinsame Frühstück – C.“ Rieder hatte sich dann über sich selbst und seine Gedankenlosigkeit geärgert. Charlotte war gestern gleich losgerast, als sie von dem Schuss in Steins Haus gehört hatte, war auch über Nacht bei ihm geblieben, obwohl auf sie im ‚Strandcafé‘ am Morgen viel Arbeit wartete, und er hatte nur an seinen Fall gedacht. Da drohten neue Gewitterwolken am Beziehungshimmel, befürchtete Rieder.

Damp arbeitete am Computer. Ein riesiges Pflaster zierte seine Stirn. Rieder ließ sich auf seinen Stuhl fallen.

„Wie geht es Ihrem Kopf?"

Damp griff sich kurz an das Pflaster an der Stirn, als müsse er sich erst an die Wunde erinnern: „Nicht der Rede wert."

Er reichte Rieder einen Zettel. „Bökemüller hat angerufen. Er schickt Behm, um die Kugel zu suchen und alles zu dokumentieren. Wird wohl gegen zehn hier sein. Bis zum Nachmittag erwartet er Ihren Bericht. Das ist die Mail-Adresse der ‚Internen Ermittlung'. Da sollen Sie eine Kopie des Berichts hinschicken."

Dann drehte sich wieder zu seinem Bildschirm. Er war offenbar dabei, Bußgeldbescheide abzuarbeiten. Dann hielt er inne. „Durk ist sauer, dass wir ihn gestern Abend nach der", Damp suchte nach einem passenden Ausdruck, entschied sich dann aber doch für „äh … Schießerei nicht angerufen haben."

„Hätten wir tun sollen", gestand Rieder ein. „Ich geh' zu ihm …"

„Warum?", entgegnete Damp, „er ist nicht unser Vorgesetzter." Rieder war völlig überrascht von dieser Reaktion, ging aber nicht weiter darauf ein.

„Ich war bei Jan Stein und habe mit ihm geredet." Damp schaute auf. „Ich weiß, Sie wollten sicher dabei sein, aber es hat mir keine Ruhe gelassen, mich bei ihm zu entschuldigen wegen des Schusses."

Damp brummte vor sich hin, aber Rieder verstand nichts.

„Ich habe ihn auch gefragt, wo er vorgestern Abend war, das wollte er aber nicht sagen. Jedenfalls war er wohl nicht auf der Insel."

Damp drehte sich plötzlich um: „Das kann nicht sein!"

„Was kann nicht sein."

„Dass Stein vor zwei Tagen nicht auf der Insel war. Durk hatte ihn schon am Montagabend gesehen."

Rieder glaubte sich verhört zu haben. „Wann hat Durk Jan Stein gesehen?"

„Montagabend. Er hat sich noch gewundert, weil die beiden Brüder doch seit Jahren kein Wort mehr miteinander gewechselt haben und Jan Stein wohl nach dem Tod seiner Mutter auch nicht mehr hiergewesen ist."

Rieder war inzwischen aufgestanden. „Kommen Sie, wir fahren zu Fittkau und reden noch mal mit Jan Stein."

XIX

Malte Fittkau saß auf seiner Gartenbank vor seinem Haus, als Rieder und Damp auf seinen Hof kamen. Zwischen seinen Beinen klemmte ein großer Topf. Darauf hatte er eine „Flotte Lotte“ befestigt. Um ihn herum standen die Eimer mit den Sanddornbeeren, die Rieder und er vor zwei Tagen geerntet hatten. Heftig drehte er die Kubel des Küchengeräts um die Früchte durch das Metallsieb zu pressen.

„Wo ist das Küchensieb geblieben?“, fragte Rieder.

Malte schaute grinsend auf. „Der technische Fortschritt lässt sich einfach nicht aufhalten.“ Dabei nahm er die „Flotte Lotte“ hoch. Dicker gelber Fruchtbrei tropfte aus den Löchern am Boden in den Topf.

„Wo ist Jan Stein?“

Rieders Nachbar deutete auf den Eingang seines Hauses. Die beiden Polizisten gingen hinein. Sie fanden Jan Stein im Wohnzimmer. Er lag auf Fittkaus Sofa und döste mit einer brennenden Zigarette im Mund vor sich hin. Der Aschenbecher stand auf seiner Brust.

„Sie schon wieder. Und gleich mit Verstärkung.“

„Das ist Ole Damp, der Hiddenseer Revierleiter“, stellte Rieder seinen Kollegen vor.

„Ich habe Sie gestern niedergeschlagen. Sorry. Wollte ich nicht.“ Seine Entschuldigung wirkte nicht sehr überzeugend, weil dabei ein Lächeln seine Mundwinkel umspielte.

„Haben Sie geklärt, wo Sie vorgestern Abend waren?“, fragte Rieder.

Stein drückte die Zigarette im Aschenbecher aus. „Nicht wirklich.“

„Was heißt das?“

Der Mann setzte sich auf. „Also ich möchte niemanden kompromittieren, wenn Sie verstehen, was ich meine.“

„Momentan kompromittieren Sie sich nur selbst“, entgegnete Rieder. „Sie sind am Montagabend auf der Insel gesehen worden.“

Offenbar um Zeit zu gewinnen, zog Stein die nächste Zigarette aus einer Packung, zündete sie sich aber noch nicht an. „Von wem?“, fragte er.

„Das tut nichts zur Sache“, entgegnete Rieder. „Also? Wo waren Sie Montagabend?“

Jan Stein stöhnte auf. „Okay. Ich war hier.“ Er zündete sich die Zigarette an. „Aber mit dem Peters Tod habe ich nichts zu tun.“

„Haben Sie ein Alibi? Gibt es jemanden, der bezeugen könnte, dass Sie nicht am Tatort waren?“

Stein rieb sich die Hände und starrte auf die Tischplatte. „Nein. Besser gesagt, ich weiß es nicht.“

Malte Fittkau hörte nicht mal auf, die Kurbel seiner „Flotten Lotte“ zu drehen, als Rieder und Damp mit Jan Stein aus dem Haus kamen. Er fragte nur: „Ist Jan verhaftet?“

„Mal sehen“, antwortete Rieder.

Sie fuhren zum Hafen. Damp bog in die Straße „Achtern Dieck“ ein, die hinter den Restaurants und Geschäften zum Gelände der Insellogistik führte. Er parkte hinter dem Gebäude der Freiwilligen Feuerwehr.

Vorarbeiter Claasen, der am Schuppen der Inselbau gerade einen Transportwagen mit Baumaterial belud, klappte die Kinnlade nach unten, als Rieder mit Jan Stein aus dem Wagen stieg. Gemeinsam mit Damp gingen sie über die Straße und blieben vor einem alten Bungalow stehen.

„Hier ist es“, sagte Jan Stein. „Die Tür ist auf.“

Rieder waren die alten Baracken hinterm Hafen auch schon aufgefallen. Er hatte gedacht, es wären verlassene Ferienunterkünfte. Aber sie wurden offensichtlich noch genutzt. Er schob die Tür auf. Ein stockiger Geruch schlug ihm entgegen. Der Polizist ging hinein. Damp stupste Jan Stein an, Rieder zu folgen.

Drinnen gab es einen kleinen Flur, rechts und links je ein Zimmer, in der Mitte eine Küche und ein Bad. Die Wände waren aus Pappe, Müll lag herum. An der Decke, in den Ecken und über den Fußleisten, überall gab es dunkle Stockflecken. Rieder öffnete die Tür zum linken Zimmer. Dort standen Rollen mit Dachpappe und Büchsen mit Teer und Farbe. Er ging an Damp und Stein vorbei, die im Flur stehengeblieben waren, in das andere Zimmer. Da lagen auf dem Boden eine Reisetasche und ein Schlafsack. Auf einem Hocker standen ein paar leere Bierflaschen.

„Ich wusste nicht, wo ich hinsollte", erklärte Jan Stein. „Die haben mich aus der Wohnung in Bremen geschmissen und mein ganzes Zeug gepfändet." Er zeigte auf die Tasche. „Das ist alles, was mir geblieben ist."

„Ich dachte, Sie sind Architekt", fragte Rieder. „Malte hat da erzählt."

„Das habe ich studiert. Ich habe auch einen Abschluss. Aber ich habe nie als Architekt gearbeitet, sondern nur als Bauzeichner in einer kleinen Baubude in Bremen." Er stockte. Offenbar war es ihm peinlich, den beiden Polizisten von seiner privaten Misere zu erzählen. „Irgendwann habe ich dann mal hier und da eine Mauer zu kurz oder zu lang gezeichnet, ein Fenster vergessen und flog raus."

„Gab es keinen anderen Job?"

„Null Chance. Es gab da noch ein anderes Problem." Stein machte eine Kippbewegung mit der rechten Hand. „Davon komme ich einfach nicht los."

Rieder kannte genügend dieser Geschichten aus Berlin. Arbeitslosigkeit, Alkohol, Absturz. Irgendwann hatten Leute wie Stein einfach nicht mehr die Kraft, sich selbst zu helfen, auch nicht, sich helfen zu lassen. „Nun habe ich auch noch meine Wohnung verloren." Stein erzählte, dass er zwar einen Mietzuschuss vom Amt bekommen habe. Aber er hatte nicht die Kontoverbindung seines Vermieters, sondern eines Kumpels angegeben. Die beiden hatten sich das Geld geteilt und vertrunken. Es war eine Weile gut gegangen, doch dann war der Schwindel aufgeflogen. Als das Amt und der Vermieter nun ihr Geld zurückwollten, konnte Stein nicht zahlen. Was er noch hatte, wurde gepfändet und seine Wohnung in Bremen zwangsgeräumt. „Ich hab' einfach nichts mehr."

„Wusste Ihr Bruder von Ihren Schwierigkeiten?"

Stein schüttelte den Kopf. „Wir hatten keinen Kontakt. Er hat mich nicht mal angerufen, als meine Mutter gestorben ist. Wäre Ulrike nicht gewesen, hätte ich damals nicht mal den Termin für die Beerdigung erfahren."

„Aber zu ihrer Beerdigung sind Sie dann trotzdem nicht gekommen."

Stein sah Rieder erstaunt an: „Was Sie alles wissen."

„Warum sind Sie nun auf die Insel gekommen?"

„Ich wollte mir einen Job suchen. Ich kenne hier immer noch ein paar Leute."

„Jetzt einen Job auf Hiddensee?", mischte sich Damp ein. „Die Saison ist zu Ende. Das wissen Sie doch ganz genau."

Auch Rieder fand Steins Erklärung wenig überzeugend.

„Wie sind Sie eigentlich an dieses Quartier gekommen?", fragte Rieder.

Jan Stein wand sich richtig, ehe er antwortete. „Hans Claasen."

„Claasen? Der Vorarbeiter von Ihrem Bruder?"

„Er hat mir den Schlüssel gegeben."

„Gehört ihm die Bude?"

„Nein. Sie gehört meinem Bruder. Er lagert hier Material und bringt, wie ich von Hans erfahren habe, auch immer mal Leute unter, die für ihn arbeiten, wenn er auf der Insel nicht genügend Arbeitskräfte findet."

„In diesem Dreckloch?" Rieder war sprachlos. „Wussten Sie das?", wandte er sich an seinen Kollegen.

„Ehrlich gesagt, nicht."

„Ihr Bruder scheint ein großer Wohltäter gewesen zu sein", meinte Rieder ironisch. „Noch mal zu Ihnen. Seit wann sind Sie auf der Insel?"

Damp zog seinen Notizblock aus der Jackentasche und machte Notizen.

„Seit Montag."

„Interessant. Und wann sind Sie hier angekommen? Lassen Sie sich nicht jedes Wort aus der Nase ziehen!"

„Montag früh. Einer der Fischer hat mich von Schaprode mit hergenommen, nachdem er dort seinen Fang abgeliefert hatte. Die Fähre konnte ich mir nicht leisten."

„Den Namen?", hakte Damp nach.

„Klönskamp mit seinem Kutter, der ‚Frieda II'. Ich habe zwei Tage gebraucht, um bis Schaprode zu kommen. Freitag bin ich von Bremen weg, und erst lief es auch ganz gut per Anhalter. Es gibt immer Trucker, die ganz froh sind, wenn einer mit an Bord ist, mit dem sie ein bisschen quatschen können. Aber Sonntag ist Fahrverbot. Da bin ich auf einem Autobahnparkplatz hängengeblieben in der Nähe von Rostock, dann zu Fuß weiter und danach mit der Bahn bis Stralsund. Da haben sie mich hinterm Rügendamm in Altefähr erwischt und aus dem Zug gesetzt." Stein zog aus seiner Hosentasche einen zerknitterten Zettel und gab ihn Rieder. Es war eine Zahlungsaufforderung der Bahn. Der Datumsstempel schien Steins Angaben zu bestätigen. „Bis Schaprode bin ich dann wieder getrampt. Mit dem Brotwagen."

„Sie wollten hierher, um Hilfe von Ihrem Bruder zu bekommen und nicht, um hier einen Job zu finden? Oder?"

Stein ließ sich auf seinen Schlafsack fallen. „Was sollte ich denn sonst tun? Ich hoffte, er würde mir helfen?"

„Haben Sie ihren Bruder getroffen?", fragte nun Damp.

„Nein."

„Nein?", wunderte sich Rieder. „Warum nicht?"

„Er war nicht da."

„Dann hätten Sie ihn anrufen können", warf nun Damp ein. Rieder wechselte kurz einen Blick mit seinem Kollegen, um ihm zu zeigen, dass er es gut fand, wie sie sich jetzt die Bälle zuwarfen.

„Ich habe kein Telefon."

„Aber als wir Sie gestern Abend im Haus ihres Bruder aufgesammelt haben, hatten Sie ein Telefon", konterte nun wieder Rieder. „Es steckt in Ihrer rechten Hosentasche."

„Damit kann ich nicht telefonieren, sondern nur angerufen werden, weil ich die Rechnung nicht bezahlt habe."

„Wann haben Sie versucht, Ihren Bruder zu erreichen?", änderte Damp das Thema. Stein blickte verwirrt von einem zum anderen Polizisten über ihm. „Montagvormittag", antwortete er genervt.

„Und da war er nicht da?", kam es nun wieder von Rieder.

Stein sprang auf und brüllte die Polizisten an: „Was soll das hier? Bullen-Ping-Pong? Ja, er war nicht da!"

Rieder und Damp blieben äußerlich völlig ruhig. Rieder setzte nach. „Wir wollen wissen, was Sie am Montag auf der Insel gemacht haben, nachdem Sie Ihren Bruder nicht angetroffen haben. Haben Sie es nochmal versucht?"

„Nein, verdammt nochmal."

Nun war wieder Damp dran. „Was haben Sie dann den ganzen schönen Montag gemacht?"

Stein schien sich etwas beruhigt zu haben. „Ich bin zu Hans Claasen gegangen …"

„Warum zu ihm?", fragte Rieder nach.

„Weil ich ihn sehr gut kenne. Wir waren mal dicke Freunde. Und wir sind es auch immer noch. Er wusste auch, wie es mir …" Da versagte Stein die Sprache. Er senkte den Kopf und starrte auf den Boden. „Er hat mir den Schlüssel für die Bude hier gegeben und mir was zu essen und zu trinken besorgt. Zufrieden?"

Rieder zuckte mit den Schultern. „Wir werden das überprüfen. Was haben Sie am Abend gemacht?"

„Da war ich hier."

„Das stimmt nicht", widersprach Damp. „Sie sind gesehen worden."

„Ein zweiter Versuch für die richtige Antwort?", bot Rieder an.

„Ja, ich war nochmal beim Haus meines Bruders." Dann schwieg der Mann. Rieder hatte beobachtet, wie mit der Dauer des Verhörs die Hände Steins immer mehr angefangen hatten zu zittern. Wahrscheinlich brauchte er dringend Alkohol, um sich zu beruhigen. Irgendwann würde er darum bitten, wenn nicht sogar betteln, einen Schluck zu trinken zu bekommen. Das war aber auch die Chance,

Stein weiter in die Enge zu treiben und aus ihm alles rauszuholen. Rieder hasste sich zwar für diese Methoden, aber bei Mord ging es nicht um Fairplay. „Und? War Ihr Bruder da?“

Stein gab keine Antwort.

„Soll ich Ihnen erzählen, was passiert ist? Sie haben Ihren Bruder getroffen, aber er war nicht bereit, Ihnen zu helfen. Das hat Sie wütend gemacht. Sie haben ihn zum Zeltkino verfolgt.“ Rieder ließ seine Stimme anschwellen und rückte an Stein näher heran. „Dort haben Sie den Streit zwischen der Kinofrau und Ihrem Bruder verfolgt und sich gedacht: ‚Das passt mir gut ins Konzept.‘ Sie sind auf Ihren Bruder losgegangen, haben ihn in das Gebüsch gedrängt. Irgendwie bekamen Sie eines der Paddel oder einen Knüppel zu fassen und haben zugeschlagen. Aus Wut! Im Affekt!“ Soviel wollte Rieder Jan Stein zugestehen, der ihn jetzt mit weit aufgerissenen Augen anstarrte. Auch Damp hatte aufgehört zu schreiben und stand wie eine Salzsäule da.

„Nein, so war es nicht?“, jammerte Stein.

„Wie war es dann? Herr Stein?“, forderte Rieder.

„Ja, wir haben uns gestritten. Peter hat gesagt, ich soll mich zum Teufel scheren. Er hat mich einfach stehengelassen und ist weggegangen. Ich bin dann wieder hierher und habe“, Stein zeigte auf die Flaschen auf dem Hocker, „hier weiter getrunken.“ Stein brach zusammen. Er schlug sich die Hände vor das Gesicht.

Plötzlich klingelte ein Telefon. Der Klingelton war eine bekannte Melodie. Mozarts ‚Kleine Nachtmusik‘. Aber es war weder Rieders noch Damps Mobiltelefon. Beide schauten auf Stein. „Ihr Telefon. Wollten Sie nicht rangehen?“ Stein schüttelte den Kopf. „Das ist nicht mein Telefon.“

Rieder beugte sich herunter und versuchte zu ergründen, woher die Musik kam. Die Melodie kam aus der Reisetasche. Er wühlte in der Tasche, bis er das leuchtende Display sah. Er griff nach dem Gerät, drückte die Taste mit dem Hörersymbol, aber das Gespräch war schon weg. Der kleine Bildschirm zeigte 24 unbeantwortete Anrufe. Rieder drückte auf „Verpasste Anrufe“. Zwanzig Anrufe kamen von einer Mobilnummer, die ihm gut bekannt war. Er rief zurück.

XX

Mensch, Rieder, in so einem Loch kann doch keiner hausen!“ Kopfschüttelnd kam Holm Behm aus dem baufälligen Bungalow. Sein weißer Overall war übersät mit Schmutzflecken. „Da haben die Bauarbeiter untergebracht?“ Der Spurensicherer konnte es nicht fassen, was ihm Rieder erzählt hatte. In der Hand hielt er eine durchsichtige Plastiktüte. Darin das Mobiltelefon von Peter Stein.

Jan Stein hatte beteuert, nicht zu wissen, wie das Telefon seines toten Bruders in seine Tasche gekommen wäre. Doch Damp und Rieder glaubten ihm nicht. Sie hatten Jan Stein vorläufig festgenommen.

Behm hielt die Tüte mit dem Telefon hoch und drehte sie hin und her. „Ich hatte schon gedacht, ein Toter ruft mich an.“ Er packte das Telefon in seinen Instrumentenkoffer. „Bist du dir denn sicher, dass er seinen Bruder getötet hat? Wenn ich mir das Häufchen Elend so ansehe …“ Dabei deutete er mit dem Kopf auf Jan Stein, der jetzt auf der Rückbank des Hiddenseer Streifenwagens saß. Rieder drehte sich zu ihm um, bevor er antwortete. „Sicher bin ich mir nicht. Aber die Wut auf den Bruder und der Alkohol. Das ist eine gefährliche Mischung.“

Jan Stein wirkte völlig apathisch. Damp hatte ihm sogar noch die Hände auf dem Rücken mit einem Kabelbinder gefesselt. Das hatte Rieder zwar für überflüssig gehalten, aber er war auch nicht eingeschritten. Stein hatte seinen Kopf an die Scheibe des Autos gelehnt. Seine Augen starrten mit leerem Blick auf die Menschen, die sich mittlerweile rund um den alten Bungalow versammelt hatten.

Durch die Menge drängelte sich Ulrike Stein: „Lassen Sie mich mal durch!“ Sie stürzte auf den Polizeiwagen zu und schlug an die

Scheibe, hinter der ihr Schwager saß. „Sag, dass das nicht wahr ist, Jan!“ Rieder lief um das Auto und versuchte, die Frau wegzuziehen. Sie schüttelte den Polizisten ab und rannte wieder zurück zu dem Auto. „Warum? Sag mir, warum?“ Jan Stein war hinter den geschlossenen Fenster zurückgewichen und hatte sich längs auf die Rückbank gelegt.

„Frau Stein, beruhigen Sie sich“, redete Rieder auf Ulrike Stein ein und bemühte sich weiter, sie vom Wagen wegzuziehen. Schließlich gab die Frau nach und ließ sich von Rieder ein Stück zur Seite führen.

„Ich habe es gerade erst erfahren. Ich war eben dabei, meine Praxis aufzuschließen, als die Frau vom Laden nebenan angerannt kam. Ich kann es nicht fassen.“

„Wussten Sie, dass Jan Stein seit Montag auf der Insel war?“

„Nein. Er hat davon auch nichts gesagt, als ich ihn gestern angerufen habe, um ihm zu sagen, dass Peter tot ist. Ich dachte, er wäre in Bremen.“

„Wie hat er auf die Nachricht vom Tod seines Bruders reagiert?“

„Ich weiß nicht. Ich hatte den Eindruck, er war mal wieder nicht richtig da. Er ist ein ziemlicher Spritti.“

„Das haben wir auch schon gemerkt“, meinte Rieder. „War er erschrocken, entsetzt, oder wirkte er eher gefasst?“

Ulrike Stein überlegte kurz. „Das kann ich nicht genau sagen. Ich hatte genug mit mir zu tun. Ich habe ihm nur gesagt, dass Peter tot ist. Ich weiß nicht einmal, ob ich Jan gesagt habe, dass er umgebracht wurde.“

„Wussten Sie von seinen privaten Schwierigkeiten? Er ist praktisch obdachlos.“ Rieder berichtete ihr, was Jan Stein erzählt hatte.

Sie war erstaunt. „Nein! Woher auch? Der Kontakt war schon lange abgerissen, und seitdem Peter und ich uns getrennt haben, habe ich mir auch keine Gedanken mehr um Jan gemacht.“

„Früher schon?“, hakte Rieder nach.

Sie lächelte ein bisschen in sich hinein, bevor sie antwortete: „Ich schätze, der Inselfunk wird Ihnen schon hinterbracht haben, dass Peter und Jan kein gutes Verhältnis hatten.“

„Der Streit um die Firma, das Erbe ihrer Eltern.“

„Ganz recht. Aber das sind olle Kamellen. Es stimmt schon, Peter und sein Vater haben Jan nicht ganz fair behandelt“, räumte Ulrike Stein ein. „Ich habe trotzdem versucht, immer mit Jan in Kontakt zu bleiben. Andererseits konnte ich auch Peter und seinen Vater verstehen. Es ging ihnen immer um das Wohl der Firma. Wie mir jetzt übrigens auch.“

„Das heißt?“

„Ich hoffe zwar immer noch, dass Sie sich täuschen und Jan nichts mit dem Tod von Peter zu tun hat; trotzdem wäre es von ihm keine gute Idee, die Firma zu übernehmen. Das wäre ihr Untergang.“

„Deshalb wäre es interessant, zu wissen, ob Ihr Mann ein Testament gemacht hat“, fragte Rieder.

„Ich denke schon.“

„Aber wo es liegt, wissen Sie nicht?“

Ulrike Stein schüttelte den Kopf. „Keine Ahnung. In seinem Haus. Beim Anwalt. Was weiß ich.“

„Was mich wundert“, bemerkte Rieder, „Sie bezeichnen Peter Stein immer noch als Ihren Mann. War er nun eigentlich noch ihr Ehemann oder bereits Ihr Ex-Mann? Nur mal so für den Sprachgebrauch zwischen uns. Dann muss ich mir keinen abbrechen.“

Sie legte den Kopf etwas schief, als wollte sie durchschauen, was Rieder mit dieser Frage bezweckte. „Wir waren noch nicht geschieden, lebten einfach nur getrennt …“ Ulrike Stein warf ihren Kopf zurück. „Er war also noch mein Mann. Oder?“

Rieder stimmte ihr zu. Wenn es kein Testament gibt, würde allein Ulrike Stein vom Tod ihres Ehemannes profitieren und Jan Stein leer ausgehen.

„Ich muss dann auch wieder.“ Sie ging ein paar Schritte in Richtung Hafen und drehte sich noch einmal um. „Sie wissen, wo Sie mich finden können.“ Dann verschwand sie zwischen den Schaulustigen.

Rieder kehrte wieder zum Eingang des Bungalows zurück. Behm

und seine Leute waren drinnen immer noch beim Spurensuchen, Gebauer und seine beiden Beamten draußen. Rieder hatte den Schiffsführer des Polizeibootes gebeten, bei der Durchsuchung des Geländes um den Bungalow zu helfen. Gebauer war froh über die Abwechslung. Behm hatte allerdings gelästert. „Ich hoffe, du kannst so lange an Land überhaupt atmen, denn eigentlich hast du doch schon durch das viele Wasser um dich herum Kiemen bekommen."

Mehr als ein „Haha!" hatte aber der Wasserschutzpolizist nicht für den Humor seines Kollegen übriggehabt. Jetzt suchten Gebauer und seine Leute die Wiese und das kleine Wäldchen hinter dem Bungalow ab.

Damp plauderte mit dem Bürgermeister. Sie verabschiedeten sich, als Rieder zu den beiden trat. Durk verschwand ohne ein Wort.

„Und? Haben Sie wieder alles gleich gemeldet? Ich denke, der Bürgermeister ist nicht unser Vorgesetzter? Ihre Worte." Rieder konnte eine gewisse Häme nicht unterdrücken.

„Ich tue nur meine Pflicht", antwortete Damp trotzig.

„Die wäre? Dem Bürgermeister Dienstgeheimnisse auf die Nase binden?"

„Ich bitte Sie! Dass wir Jan Stein verhaftet haben, ist wohl kein Dienstgeheimnis."

„Na, ist mir auch egal."

„Aber wenn es Sie interessiert: Ich habe Durk gefragt, wann und wo er Jan Stein in Vitte gesehen hat."

„Und? Wann hat er ihn getroffen?"

„Er hat ihn am späten Montagnachmittag in Süderende gesehen. Wahrscheinlich war er auf dem Weg zu seinem Bruder."

„Das könnte mit Steins Aussage übereinstimmen. Damit hat er trotzdem kein Alibi für die Tatzeit. Wir behalten ihn in Gewahrsam. Gebauer kann Jan Stein mitnehmen und in Schaprode den Kollegen aus Bergen übergeben, wenn er mit Behm wieder nach Stralsund fährt."

Das kleine Revier auf Hiddensee verfügte über keine Zellen.

Verhaftete mussten immer erst zur Polizeistation nach Bergen auf der Nachbarinsel Rügen überstellt werden.

„Meinen Sie, der Fall ist damit gelöst?", fragte Damp hoffnungsvoll.

„Vielleicht."

Behm versuchte, mit der Klinge eines Taschenmessers das Projektil von Rieders Fehlschuss aus der Wand zu pulen. Rieder saß im Schreibtischstuhl von Peter Stein und beobachtete Behm bei der Arbeit. Die beiden waren allein zu Steins Haus gefahren. Gebauer wollte nicht so lange warten, bis Behm mit seiner Arbeit fertig war. Er würde ihn während seiner Nachmittagspatrouille auf dem Bodden wieder abholen. Behms Kollegen hatte er schon mitgenommen.

„Die Kugel steckt verdammt tief und fest im Mauerwerk", klagte der Kriminaltechniker. „Ich dachte, die bauen hier nur mit Lehm, aber das ist eine ganz solide Steinmauer. Ein bisschen dick für eine Innenwand. Ziemlich unüblich für ein Sommerhaus, aber auch für ein normales Haus. Da wäre eigentlich eine 26er das höchste der Gefühle für eine Innenwand."

„Das Haus muss nun mal Wind und Sturm trotzen."

Wütend warf Behm das Taschenmesser in seinen Spurensicherungskoffer und suchte nach einem besseren Werkzeug. „Völlig aussichtslos. Dann geht der Schusskanal auch noch schräg nach oben. Ich habe keinen Bock, wegen der Scheißkugel die Wand aufzustemmen." Nun versuchte er, mit einer dünnen Pinzette an das Projektil heranzukommen. „Um nochmal auf meine Frage von vorhin zurückzukommen, du bist dir sicher, dass der Bruder dein Mann ist?"

Rieder zuckte mit den Schultern: „Kann sein, kann auch nicht sein."

„Dafür wart ihr aber flott mit der Festnahme bei der Sache. Damp denkt auch, damit ist die Sache gelaufen. Wenn ich es mal mit den Augen des Staatsanwalts sehen würde … na, ich weiß nicht. Zeugen: null. Spuren: null, denn wir haben auf dem Trampelpfad im Strandwäldchen und an dem Boot nichts Verwertbares gefunden. Das einzige Indiz – das Telefon seines Bruders. Darauf null Fingerabdrücke. Jede Wette. Der ist heute Abend oder spätestens morgen früh wieder frei. Der Staatsanwalt wird ihn freilassen und den Ball wieder an euch zurückspielen ... Jetzt hab' ich sie." Behm zog mit der Pinzette das zerbeulte Projektil aus der Wand und drehte sich dann vor seinen Augen hin und her. „Mein Gott, was für ein Aufwand für so ein kleines Ding. Bökemüller wird auch immer pedantischer."

„Bei der Wette halte ich nicht dagegen", meinte sich Rieder nachdenklich.

„Was? Ach so. Warum dann der ganze Aufwand mit der Verhaftung?"

„Ich brauche Zeit." Rieder drehte sich auf dem Schreibtischstuhl herum. „Diese Pläne für die ‚Ostseetherme Norderende' hier in Vitte sind mir verdächtig. Stein hätte und hat sich vielleicht damit eine Menge Feinde gemacht, auch wenn er mit Durk versucht hat, die Pläne geheimzuhalten. Sie ahnten, dass die Hiddenseer vielleicht auf die Barrikade gehen würden ..."

„Die Hiddenseer?", zweifelte Behm Rieders These an. „Ich kenne mich zwar nicht so gut auf der Insel aus, aber den meisten ist es doch egal, ob die Wiese und das Strandwäldchen in Norderende verschwinden und dann dieser Tempel dort steht", er deutete auf die Hefter, „oder ob alles so bleibt wie es ist. Hauptsache, die Kasse stimmt."

‚Da könnte Rieder Recht haben', dachte sich Rieder und erinnerte sich an das Gespräch mit Malte und Charlotte gestern Abend. „Aber es gibt schon ein paar Leute hier auf der Insel, die sich wehren. Steins Geschäftsmethoden waren nicht ohne. Einige von der Insel hat er über den Tisch gezogen ..."

„... zum Beispiel die Kinofrau", ergänzte Behm.

‚Stimmt, auch Dora Ekkehard', sagte sich Rieder, obwohl es ihm schwerfiel, sich das einzugestehen. Ihm blieb auch eine Antwort erspart, denn sein Telefon klingelte.

„Hier Krüger, der Pathologe aus Greifswald. Ich dachte eigentlich, Sie rufen mich zurück. Hat Ihnen Ihr Kollege das nicht ausgerichtet?"

„Damp? Nö“, antwortete Rieder. „Aber er ist jetzt auch der Dienststellenleiter hier auf Hiddensee …“

„Klingt ein bisschen nach der Geschichte vom Bock und dem Gärtner“, meinte der Rechtsmediziner. „Als ich Herrn Damp im Sommer kennenlernen durfte, erschien er mir nicht als Musterexemplar eines Polizisten. Egal. Die Regeln für den Aufstieg auf der Beamtenkarriereleiter werden mir wohl auf ewig verschlossen bleiben.“

„Er ist schon kein schlechter Kerl. Das hat schon seine Richtigkeit“, widersprach Rieder, wenn auch nicht ganz überzeugend.

„Aber leider scheint er nicht besonders helle zu sein. Er scheint nichts von dem verstanden zu haben, was ich ihm gerade erzählt habe. Ich schätze, bei Ihnen habe ich mehr Glück.“

„Haben Sie schon ein Obduktionsergebnis?“

„Den Bericht habe ich schon gemailt. Tut mir auch leid, dass es etwas länger gedauert hat. Aber wir stellen hier gerade um auf Virtopsie.“

„Auf was?“

„Virtopsie.“

„Ah ja“, wunderte sich Rieder.

„Noch nie was davon gehört? Sie Ignorant“, witzelte Krüger. „Also in Kurzform: Wir schneiden die Leichen nicht mehr auf. Wir schieben sie jetzt in die Röhre. Unsere Bildungsministerin hat mir 250.000 Euro spendiert und dieses neue Gerät plus Assistentin hierhergestellt. Ihr Toter hat das gute Stück eingeweiht. Aber da ich neuer Technik nicht blind vertraue, habe ich dann zur Kontrolle noch eine ganz normale Autopsie vorgenommen. Deshalb hat es auch etwas länger gedauert. Ich muss sagen, das Ergebnis überzeugt mich total. Virtopsie und Autopsie kommen zum gleichen Schluss: Herr Stein ist keines natürlichen Todes gestorben, allerdings würde ich als Gutachter vor Gericht auch nicht auf Mord, sondern auf Totschlag plädieren.“

„Moment, Moment“, unterbrach Rieder Krügers Redefluss. „Mal eins nach dem anderen. Egal jetzt mal, ob Sie nun eine Virtopsie oder Autopsie vorgenommen haben, woran ist Stein gestorben?“

„Eigentlich ist er erstickt."

„Erstickt? Aber er hatte doch diese Wunde am Kopf …"

„Genau. Unseren Toten traf ein Schlag an den Kopf. Dabei wurde eine Arterie auf der Hirnoberfläche zerrissen. Es entstand ein Hämatom, und da immer mehr Blut zwischen Gehirn und Schädeldach sickerte, wurde zunehmend das Gehirn verdrängt. Bis dahin könnte unser Mann noch gerettet werden, wenn jemand vorbeikäme, die richtige Diagnose gleich bei der Hand hat und ihm das Schädeldach aufbohren würde, um die Blutung zu stoppen. Damit war auf Ihrer schönen Insel nicht zu rechnen. Aber machen Sie sich keine Sorgen. Das passiert auch anderswo." Krüger lachte ins Telefon. „Also, wie gesagt, da die Blutung nicht gestoppt wurde, breitete sich das Gehirn weiter aus und wurde durch das sogenannte große Loch, das Rückenmark und Gehirn verbindet, gedrückt und dadurch das Atemzentrum gelähmt. Exitus."

„Also war er nicht sofort tot?"

„Nein, das hat eine Weile gedauert. Ich weiß schon, worauf Sie hinauswollen. Sie möchten wissen, wann der Schlag erfolgt ist. Also der Todeszeitpunkt ist circa 22 Uhr. Wenn ich mir die Verletzung so anschaue, denke ich, anderthalb Stunden vorher ist Stein niedergeschlagen worden. Also 20.30 Uhr plus minus eine Viertelstunde. Mehr aber auch nicht."

„Das wäre dann 20.15 bis 20.45 Uhr. Da lief die Vorstellung im Zeltkino schon", meinte Rieder mehr zu sich selbst.

„Was meinen Sie?"

„Er muss während der Vorstellung im Zeltkino erschlagen worden sein …"

„Wie auch immer. Es gibt dann noch zwei weitere Dinge, die Sie wissen sollten. Erstens habe ich an der Wunde eine Substanz sichergestellt. Sie könnte vom Tatwerkzeug stammen. Dabei muss es sich übrigens um einen kantigen, recht schmalen Gegenstand gehandelt haben. Behm erzählte mir was von fehlenden Paddeln oder Rudern. So etwas könnte passen."

„Ein Paddel?"

„Ja, genau. Mit der schmalen Seite eines Paddels könnte der

Schlag ausgeführt worden sein. Jedenfalls können wir einen Knüppel oder Ast ausschließen, denn bei der Substanz handelt es sich um eine Art Lack. Ich gehe dem weiter nach. Bringen Sie mir ein Paddel, und ich kann Ihnen mit der modernen Technik nachweisen, ob es die Tatwaffe ist."

„Und zweitens?"

„Ach ja. Unsere neue Höllenmaschine hat doch ihre Grenzen. Aber dafür gibt es eben Krüger. Unter den Fingern des Toten fanden sich Hautpartikel. Weibliche DNA."

Damp eilte aus dem Revier. In der Hand hatte er einen braunen Briefumschlag. Auf dem Flur stieß er fast mit dem Bürgermeister zusammen.

„Gratulation übrigens auch von Bökemüller zu dem schnellen Erfolg." Durk schlug ihm die Hand auf die Schulter. „Ich habe schon mit ihrem Chef telefoniert und ihm versichert, dass Sie der richtige Mann auf dem Posten sind."

„Was haben Sie?" Damp wirkte verwirrt.

„Ich habe Bökemüller angerufen und ihm mitgeteilt, was Sie hier in dem Fall Stein für gute Arbeit geleistet haben. Vielleicht springt zu der Beförderung doch noch ein bisschen mehr Geld raus. Wäre doch nicht schlecht, oder?"

Damp musste das alles erstmal verarbeiten. Da war der Anruf von dem verrückten Pathologen aus Greifswald. Der hatte irgendeine neue Methode, um die Leichen zu untersuchen. Damp hatte das alles nicht verstanden, nur die letzte Information und auch erst glauben wollen, als das Faxgerät Krügers Bericht Seite für Seite ausgespuckt und er ihn durchgelesen hatte. Nun kam ihm noch der überschwängliche Bürgermeister in die Quere, der ihm in seiner Leutseligkeit lästig wurde.

„Damp? Alles in Ordnung?" Der Bürgermeister zupfte ihn am Arm. Der Polizist war in eine Art Schockstarre verfallen war, aus der er sich langsam löste.

„Nein, ist es nicht! Wir haben wahrscheinlich den Falschen."

Durk sah sich im Flur ängstlich um, ob jemand Damp gehört

haben könnte. Dann schob er den Polizisten zurück in das Revierzimmer.

„Was soll das heißen: ‚Wir haben den Falschen‘?“, zischte er Damp an.

Der hielt den Umschlag hoch. „Das ist hier der Bericht des Pathologen. Und der schreibt, dass er weibliche DNA unter den Fingernägeln von Stein gefunden hat. Der Mörder könnte also auch eine Frau sein.“

Durk umriss schnell die Situtation. „Könnte, Damp, könnte! Muss aber nicht. Oder steht da noch mehr?“

„Dass er glaubt, die DNA könnte bei einer Auseinandersetzung zwischen Stein und einer Frau … sagen wir mal, unter Steins Fingernägeln hängengeblieben sein. Dann ist da noch die Geschichte mit den Lacksplittern. An der Schläfe hat der Pathologe Lacksplitter sichergestellt, und die Wunde könnte von einem Paddel stammen … Ich muss los und Rieder Bescheid sagen.“

Damp wollte loslaufen, doch Durk hielt ihn weiter zurück. „Moment, Moment, warten Sie doch mal! Wenn ich Sie recht verstehe, könnte es also doch Dora Ekkehard gewesen sein. Die ist doch eine Frau. Auch wenn es manchmal nicht so aussieht.“ Der Bürgermeiste lachte kurz auf über seinen Witz.

„Ja, klar. Das kann sein“, meinte Damp unsicher. Er fürchtete, Durk zu viel verraten zu haben.

„Interessant, Damp, wirklich interessant.“

Damp fuhr die Dorfstraße hinunter nach Süderende. Er bog nach rechts auf den Deich ein und raste weiter in Richtung Strand. Ihm war es egal, dass es verboten war, mit Autos den Süddeich von Vitte zu befahren. Rieder stand vor Steins Haus und beobachtete, wie sich Behm mit dem Türschloss beschäftigte. Damp sprang aus dem Auto. Er rannte auf die beiden Kollegen zu und wedelte dabei mit dem braunen Umschlag.

„Der Bericht des Rechtsmediziners“, rief er.

„Krüger hat mich schon angerufen“, bremste Rieder den Elan Damps.

„Ach … und was jetzt?“

„Wir müssen noch mal mit Birte Seige und Dora Ekkehard reden“, verkündete Rieder. „Holm kann mitkommen und DNA-Proben der beiden Frauen nehmen.“

„Jetzt kümmere ich mich erstmal um das Schloss“, murrte Behm, „und wenn ihr beiden nicht im Licht stehen würdet, käme ich auch voran.“

Rieder und Damp traten zur Seite. Behm bewegte immer wieder die Klinke, schloss und öffnete die Tür, maß den Abstand zwischen Türblatt und Rahmen. „Ihr wisst sicher nicht, ob der Riegel des Schlosses draußen war, als ihr hier angekommen seid?“

Die beiden Polizisten schüttelten den Kopf.

„Habe ich mir gedacht. Ihr macht es mir wirklich schwer. Erst zertrampelt ihr den Tatort, und dann könnt ihr euch an nichts erinnern.“

Behm richtete sich auf. „Ein Wunder, dass ich trotzdem was finde“, lobte er sich. Der Kriminaltechniker zeigte auf das Schloss. „Kein gewaltsames Eindringen. Die Tür wurde nicht aufgebrochen, sondern mit einem Schlüssel geöffnet.“

„Kein Einbruch“, fragte Damp verwundert. „Aber ich denke, Jan Stein hatte keinen Schlüssel.“

„Einbruch ist ein Tatbestand, lieber Damp“, erklärte Behm. „Ob der vorliegt, müsst ihr rausbekommen, nicht ich. Entweder hatte Jan Stein einen Schlüssel oder jemand anders.“

Er winkte Rieder und Damp näher heran. „Bei solch alten Schlössern kann es schon möglich sein, nur etwas Druck aufwenden zu müssen, um die geschlossene Tür zu öffnen. Ohne Schlüssel. Verwitterung, die hohe Feuchtigkeit über Jahre führen dazu, dass sich der Türrahmen verzieht und so der Riegel sich nicht mehr tief genug in die Öffnung des Gegenstücks schiebt. Dann wären aber hier“, Behm zeigte auf den Türrahmen, „Schleifspuren vom Riegel zu sehen. Sind aber nicht.“

Rieder und Damp nickten. „Fazit:“, fasste Behm seine Erkenntnisse zusammen, „Die Tür wurde mit einem Schlüssel geöffnet, doch nun wird es interessant.“ Er zog das Schloss heraus, steckte den Hausschlüssel von Peter Stein ins Schlüsselloch und reichte Rieder eine Lupe.

„Siehst du hier die Kratzer?“ Rieder sah genauer hin, reichte dann die Lupe an Damp weiter. „Wahrscheinlich wurde ein Nachschlüssel benutzt, der nicht ganz genau passte. Bei Steins Hausschlüssel handelt es sich um ein ziemlich altes Modell, dass es so heute nicht mehr gibt. Also muss man ziemlich viel schleifen und feilen beim Nachschlüssel und erreicht trotzdem nicht genau die Passform des Originals. Daher die Kratzer. Da es keine Spuren von Schmutz oder Rost gibt, trotz der Feuchtigkeit, muss er erst kürzlich benutzt worden sein. Mit hoher Sicherheit gestern.“

„Ulrike Stein hat noch einen Schlüssel“, bemerkte Rieder. „Eigentlich hatte sie mir versprochen, das Haus nicht zu betreten, bis wir es freigegeben haben. Da müsstest du eigentlich noch mal ran und nach Fingerabdrücken oder anderen Spuren suchen.“

Behm winkte ab: „Aber nicht mehr heute.“ Er baute das Schloss wieder ein. „Ihr versiegelt das Haus wieder, und wenn es wirklich noch relevant werden würde, wer in das Haus eingedrungen oder eingebrochen ist, komme ich wieder. Jetzt scheinen mir die DNA-Proben der Frauen wichtiger.“

„Genau“, stimmte ihm Damp zu.

„Dann versiegeln wir mal wieder den Schuppen.“ Behm holte aus seinem Koffer die entsprechende Banderole.

Birte Seige saß am Gartentisch und las. Angstvoll sah sie nach oben, als die drei Männer das Grundstück ihrer Freunde betraten.

Rieder grüßte kurz und stellte Behm vor.

„Ein Kriminaltechniker?“, fragte unsicher die junge Frau.

Rieder ging darauf nicht ein: „Frau Seige, haben Sie uns etwas Neues zu sagen? Wollen Sie Ihr Schweigen beenden und uns über Ihr Gespräch mit Peter Stein am Zeltkino aufklären?“ Birte Seige schüttelte den Kopf. „Ich habe nichts mit dem Tod von Peter zu tun. Das kann Markus Kasan bezeugen.“

„Aber will er das auch?“, entgegnete Rieder. „Er ist abgereist, und seine Aussage ist nicht eindeutig.“

„Dann fragen Sie ihn eben noch mal“, warf sie trotzig ein.

Rieder ließ sich nicht beirren. „Herr Kasan hat ausgesagt, dass Sie vor Beginn der Vorstellung noch einmal draußen waren und verstört zurückkamen. Mehr nicht. Das entlastet Sie nicht. Was ist also vor dem Kino passiert?“

„Was geht Sie das an? Erst zerstören Sie durch Ihre blöde Fragerei meine Beziehung zu Markus, und nun wollen Sie mir noch einen Mord anhängen. Sie können mich mal. Wenn ich mich recht erinnere, müssen Sie mir beweisen, dass ich mit dem Tod von Peter etwas zu tun habe und nicht umgekehrt. Oder?“

Damit stand Birte Seige auf und ging in Richtung Haus.

„Da haben Sie recht, Frau Seige. Deshalb ist Herr Behm mitgekommen. Wir haben weibliche DNA-Spuren unter den Fingernägeln von Peter Stein sichern können.“ Die junge Frau blieb stehen und starrte über ihre Schulter zurück auf Rieder. „Mein Kollege Behm wird jetzt von Ihnen zum Vergleich einen Abstrich von Ihrer Mundschleimhaut nehmen. Der wird mit der gefundenen DNA verglichen. Wie Sie gesagt haben, ich muss Ihnen beweisen, dass Sie etwas mit dem Tod von Stein zu tun haben. Damit fangen wir dann jetzt an.“

Behm klappte seinen Koffer aus und nahm ein durchsichtiges Plastikröhrchen mit einem Wattestäbchen heraus. „Machen Sie bitte den Mund auf“, wandte er sich an Birte Seige.

„Müssen Sie dafür nicht eine Genehmigung oder so etwas haben?“, fragte sie zweifelnd. Rieder zog demonstrativ sein Mobiltelefon aus der Tasche. „Da haben Sie Recht. Das ist sicher kein Problem. Ich rufe bei der Staatsanwaltschaft an. Wie heißt es so schön, aufgeschoben ist nicht aufgehoben.“

Birte Seige ließ resigniert ihre Schultern sinken. „Okay. Sie haben gewonnen. Ja! Ich habe Peter Stein getroffen, und wir haben gestritten. Aber sonst war nichts. Reicht Ihnen das?“

Damp hatte seinen Notizblock herausgeholt und schrieb mit. „Worüber haben Sie gestritten?“, hakte er nach.

„Übers liebe Geld." Als Birte Seige nicht weitererzählte, machte der Polizist eine rotierende Handbewegung, damit die Frau ihren Bericht fortsetzte.

„Peter hat mir zehntausend Euro geliehen, damit ich mir eine Existenz als Fotografin aufbauen kann. Ich habe das Geld bisher nicht zurückgezahlt. Ich dachte, er hätte es vielleicht vergessen. Hatte er aber nicht. Als ich ihn hier kurz nach meiner Ankunft traf, fing er gleich davon an. Ich habe das Geld nicht. Ich bin dann mit zu ihm. Ich dachte, ein schmachtender Blick, ein bisschen nackte Haut, ein paar Küsse und etwas Sex würden ihn schon ruhig stellen. Aber Pustekuchen. Als ich ihn vorm Kino traf, fing er gleich wieder davon an. Er war sowieso auf hundertachtzig …"

„Wieso?"

„Als ich zur Toilette ging, habe ich ihn mit der Kinofrau streiten gehört. Als ich zurückkam, lief ich ihm direkt in die Arme, und er brüllte gleich los. Er wolle sein Geld. Sofort. Er sei keine Bank …"

„Gab es auch eine körperliche Auseinandersetzung?", unterbrach Behm.

„Er hat mich ein bisschen geschüttelt, aber mehr war da nicht. Als ich ihm gesagt habe, ich habe das Geld nicht und kann es ihm deshalb auch nicht geben, ist er wütend weggegangen."

„Er hat Sie geschüttelt?"

„Ja, hier an den Oberarmen." Sie zog die Ärmel ihres Pullovers hoch und zeigte den Polizisten ihre nackten Arme. „Da ist nichts zu sehen." Behm trat näher heran. „Sie erlauben?" Er setzte seine Brille auf und drehte den Oberarm vorsichtig hin und her. Plötzlich hielt er inne, rückte noch einmal die Brille zurecht und tastete eine Stelle an der Rückseite des Armes ab. „Hier ist eine verschorfte Stelle."

Birte untersuchte nun selbst intensiv ihren rechten Oberarm und entdeckte auch diesen Kratzer. Sie blickte erschrocken auf Behm. „Vielleicht ein Mückenstich? Hier sind doch Massen von diesen Biestern", versuchte sie sich herauszureden.

„Ein Mückenstich?", fragte Behm zweifelnd. „Es war in den

letzten Nächten eigentlich schon ziemlich kalt und trocken. Kein wirkliches Mückenwetter."

Damp hörte auf zu schreiben und wollte offenbar etwas sagen, doch Rieder gab ihm zu verstehen, zu schweigen.

„Lassen Sie uns den DNA-Test machen, Frau Seige", erklärte Behm mit ruhiger Stimme. „Danach sind wir alle klüger. Wenn Ihre Aussage stimmt, haben Sie nichts zu befürchten."

„Hoch gepokert", meinte Rieder, als sie in den Streifenwagen stiegen. „Ich habe bei der Expedition mit Malte Fittkau in die Sanddornbüsche am Deich Dutzende Mückenstiche abbekommen. Meine Arme sehen aus wie Steuselkuchen."

„Zeit gespart", widersprach Behm. „Woher sollte ein Stadtkind wie Frau Seige wissen, wann Mücken fliegen und wann nicht? Es hätte mindestens 24 Stunden gebraucht, um die richterliche Zustimmung zum DNA-Test zu bekommen. Und bei aller Liebe zu eurer Insel, nicht jeder Ausflug hierher ist vergnügungssteuerpflichtig, sondern kostet eine Menge Zeit. Also auf zur nächsten Kandidatin. Ich will hier heute nicht übernachten."

Doch Damp ließ nicht den Motor an, sondern starrte vor sich hin. Dann holte er den Umschlag mit dem Bericht des Gerichtsmediziners hervor.

„Was ist denn?", fragte Rieder ungeduldig.

„Moment", antwortete Damp barsch. Er überflog Blatt für Blatt bis er mit dem Finger auf eine Zeile tippte. „Es passt nicht!", rief er aus.

„Was passt nicht?", fragten Rieder und Behm zugleich.

„Dieser Dr. Krüger schreibt, dass Stein zwischen 20.15 Uhr und 20.45 Uhr niedergeschlagen wurde."

„Und?"

„Da lief schon die Kinovorstellung. Damit ist die Seige raus."

„Wo er recht hat, hat er recht", konstatierte Behm. „Guter Mann. Wir hätten uns die DNA-Probe sparen können."

„Aber nur wenn Markus Kasan ihre Angaben bereits bestätigt hätte. Hat er aber nicht."

„Tja, Damp“, meinte Behm mit gespielter Resignation, „da hat nun mal wieder unser Hauptstädter recht.“

Damp seufzte enttäuscht auf und ließ den Wagen an. „Also dann weiter zu Dora Ekkehard.“

XXI

Am Zeltkino war Dora Ekkehard dabei, die Nachmittagsvorstellung vorzubereiten. Sie hantierte gerade an einem der Projektoren, als der Streifenwagen vorfuhr. Die Kinofrau schaute missmutig, als sie die drei Polizisten erblickte.

„Sie schon wieder, Herr Nachbar?“, begrüßte sie unfreundlich Rieder und seine Kollegen.

„Ja, leider“, antwortete Rieder. „Wir brauchen von Ihnen eine DNA-Probe.“

„Warum?“

„Wir haben weibliche DNA-Spuren an Steins Leiche gefunden.“

„Ich habe Stein nicht angefasst und er mich auch nicht. Was soll das also?“

„Aber Sie haben selbst zugegeben, sich mit Stein gestritten zu haben …“

Während Rieder mit Dora Ekkehard sprach, lehnte Damp an der Motorhaube des Poilizeiautos. Ihn nervte, dass sich Rieder nochmal auf eine Debatte mit Dora Ekkehard einließ. Die Faktenlage war doch klar. Behm sollte endlich diese DNA-Probe nehmen. Er ließ den Blick über die Wiese vor dem Kino schweifen. Links neben dem Kino stand das Toilettenhäuschen, eine weiße Holzbaracke mit blauen Fenstern. Etwas störte Damp, weil es nicht ins Bild passte. Es sah aus wie ein Holzstiel. Damp löste sich vom Polizeiauto. Je näher er kam, umso mehr erkannte er, worum es sich handelte.

„Kollege Rieder, können Sie mal kommen?“

Rieder und Dora unterbrachen ihre Unterhaltung und schauten gemeinsam mit Behm zu Damp. Der Polizist schob die Zweige des Busches neben dem Toilettenhäuschen zur Seite. Dort lehnten zwei Paddel an der Außenwand. Eines kippte um und fiel auf den Rasen.

„Nicht anfassen!“, rief Behm und rannte mit Rieder zu Damp. Dora Ekkehard schlug die Hand vor den Mund.

Vorsichtig legte Behm die beiden Paddel auf eine Plastikfolie, die er auf der Wiese ausgebreitet hatte. Er hatte Latexhandschuhe übergestreift und untersuchte die beiden Holzriemen, schüttelte dann aber den Kopf.

„Das hat so keinen Sinn. Ich muss mir das im Labor genauer ansehen.“

Er steckte die Paddel in Plastiktüten und wickelte sie zusätzlich in die Folie.

„Kennen Sie die?“, fragte Rieder die Kinofrau, die wie vom Donner gerührt auf die beiden Paddel starrte. Sie gab keine Antwort. Auch nicht auf die Frage: „Sind die von Steins Boot?“

„Können Sie mir sagen, wie diese beiden Paddel hierherkommen?“ Dora Ekkehard schwieg weiter. Ihre Augen hatten sich mit Tränen gefüllt. Die sonst so robuste Frau stand kurz vor dem Zusammenbruch. Rieder nahm die Frau am Arm und führte sie etwas zur Seite

„Frau Ekkehard, Peter Stein wurde wahrscheinlich mit einem Paddel seines Ruderbootes erschlagen. Wir haben Lackspuren an Steins Körper, neben der weiblichen DNA, sichergestellt. Haben Sie etwas mit dem Tod Steins zu tun? Sind Sie Stein gefolgt und haben ihn in Ihrer Wut geschlagen?“

Dora Ekkehard schwieg.

„Wir wissen, dass er nicht sofort tot war, sondern erst an den Folgen des Schlags und weil er keine Hilfe bekam, gestorben ist. Das wäre Totschlag im Affekt. Ein Geständnis könnte sicher den Richter etwas gnädiger stimmen.“

Doch Dora Ekkehard blickte weiter nur mit tränenverhangenen Blick auf den Polizisten.

Vor dem Kino hatten sich die ersten Gäste versammelt, die die Nachmittagsvorstellung besuchen wollten. Sie beobachteten neugierig das Geschehen. Damp ging zu ihnen und teilte mit, dass die Vorstellung ausfallen müsse. Doch keiner ging weg.

Dora Ekkehard sah ihm traurig hinterher, leistete aber gegen Damps Vorgehen keinen Widerstand.

Behm hatte die Paddel im Auto verstaut. Er kam mit einem Plastikröhrchen zurück. Die Kinofrau ließ sich die DNA-Probe abnehmen. Der Kriminaltechniker gab Rieder ein Zeichen, dass er mit ihm reden müsse.

„Frau Ekkehard, warten Sie bitte im Vorführerraum auf uns!" Damp kam sofort angelaufen und eskortierte die Frau zurück zum Kino, die Hand an seinem Holster, als rechne er mit einem Fluchtversuch.

„Was willst du nun machen?", fragte Behm Rieder. „Sie auch noch festnehmen?"

„Ich rede mit Bökemüller. Dass Jan Stein freikommt, ist nach der jetzigen Beweislage keine Frage. Aber ich scheue mich, Dora Ekkehard festzunehmen. Stein ist auch nicht wirklich raus. Bei ihm haben wir das Telefon seines Bruders gefunden."

„Das Telefon könnte Jan Stein untergeschoben worden sein", wandte Behm ein. „Der Bungalow war nicht verschlossen. Aber sollten die Paddel die Tatwaffe sein, wiegen sie deutlich schwerer."

Da musste Rieder seinem Stralsunder Kollegen zustimmen, aber er scheute sich, vor den Augen von einigen Dutzend Urlaubern und Insulanern die Kinofrau zu verhaften. Er winkte Damp heran und setzte ihm die Situation auseinander. Er wollte es nicht allein entscheiden. „Sie sind der Chef hier auf der Insel. Sie tragen die Verantwortung. Wenn Sie Dora Ekkehard vorläufig festnehmen wollen, dann machen wir das."

Damp nahm die Dienstmütze ab und raufte sich seine wuschelige Haarpracht. Er durchschaute Rieders Manöver. Lief jetzt hier etwas schief, blieb es an ihm als Revierleiter hängen, und Rieder konnte sich schön aus der Affäre ziehen. Hätte bloß nicht er diese blöden Paddel gefunden! Damp spürte regelrecht die Zwickmühle, in der er saß.

„Also?", fragte Behm, „was machen Sie?"

Damp setzte seine Mütze wieder auf, rückte seine Uniform zurecht. Dann ging er auf das Zeltkino zu, gefolgt von Behm und Rieder. Dora Ekkehard saß gebrochen auf einer Bank vor dem Vorführraum. In ihren Händen knetete sie ein Papiertaschentuch. Damp baute sich vor ihr auf, so dass sie zu ihm aufschauen musste.

„Frau Ekkehard, ich muss Sie vorläufig festnehmen", verkündete er so laut, dass es auch die Umstehenden hören konnten. Ein Chor von erschrockenen Rufen war zu hören. Damp setzte noch hinzu: „Die momentane Beweislage lässt uns keine Wahl."

Dann griff er Frau Ekkehard mit einer Hand an ihrem rechten Oberarm und zog sie hoch. Sie wehrte Damps Griff ab: „Handschellen auch noch?"

Rieder telefonierte mit Gebauer und forderte ihn mit seinem Polizeiboot an, um Dora Ekkehard nach Rügen zu bringen, wo sie die Kollegen vom Revier Bergen übernehmen würden. Behm saß schon im Streifenwagen. Nachdem Dora Ekkehard unter Damps Aufsicht das Kino verschlossen hatte, führte er sie zum Auto. Er hatte dann doch auf Handschellen verzichtet und ließ sie hinten einsteigen. Neben ihr nahm Rieder Platz. Er versuchte, gleichgültig zu wirken, fühlte sich aber nicht wohl in seiner Haut. Damp setzte sich ans Steuer, drehte den Wagen auf dem Platz vor dem Zeltkino und steuerte auf die Menge zu. Zunächst erschien es, als würden die Menschen nicht zurückweichen. Dann trat einer nach dem anderen zur Seite und machte eine Gasse frei für das Polizeiauto. Auf den Gesichter zeigten sich Erschrecken, Ungläubigkeit, auch Hass. Einige drohten mit der Faust. Ein paar Schläge landeten auf der Motorhaube. Dora Ekkehard starrte geradeaus. Leise flüsterte sie: „Nun haben Sie es endgültig geschafft."

XXII

Damp spähte durch die Lücken im Lamellenvorhang am Fenster des Hiddenseer Polizeireviers. Immer noch standen da Grüppchen von drei, vier Leuten und diskutierten. Manchmal warfen sie einen Blick in Richtung Revierfenster. Dann schreckte Damp schnell zurück, obwohl er von draußen wahrscheinlich gar nicht zu sehen war. Abwechselnd rieb er sich das Kinn oder raufte sich die Haare. Aus den Augenwinkeln sah er nach Rieder. Der saß völlig entspannt da und las in den Akten aus Steins Haus. Schon das brachte den Hiddenseer Revierleiter innerlich auf die Palme.

„Sie müssen ruhiger werden", bemerkte Rieder gelassen. „Heute können wir sowieso nichts mehr ändern. Wir können nur warten."

Sie waren mit Dora Ekkehard zum Hafen gefahren, um auf Gebauers Polizeiboot zu warten. Zur Sicherheit hatten sie nicht direkt am Kai geparkt, sondern auf dem abgezäunten Gelände der Insellogistik.

Behm und Damp waren ausgestiegen. Damp versuchte telefonisch dem Staatsanwalt auseinanderzusetzen, warum er den vor zwei Stunden ausgestellten Haftbefehl gegen Jan Stein aussetzen und nun gegen Dora Ekkehard einen neuen Haftbefehl erlassen sollte.

„Planen Sie, noch mehr Leute einzubuchten? Wenn ja – wird aus Hiddensee noch ein zweites Guantanamo?"

„Was soll das sein?", hatte Damp zurückgefragt.

„Kennen Sie nicht dieses Gefängnis der Amerikaner auf Kuba, wo sie die Islamisten festhalten?"

„Nee, kenn' ich nicht. Mir auch egal."

Damp hatte noch einmal seine Argumente vorgetragen, in der einen Hand das Telefon am Ohr, mit der anderen wild gestikulierend und trotzdem den Staatsanwalt nicht überzeugt. Er hatte Damp gebeten, Rieder ans Telefon zu holen, um dessen Meinung zu erfahren.

Rieder war im Auto bei Dora Ekkehard geblieben. Sie hatten zusammen schweigend auf der Rückbank gesessen. Die Kinofrau hatte zur rechten Seite aus dem Fenster gestarrt. Rieder zur linken. Auf keine Frage oder Bemerkung des Polizisten hatte sie reagiert. Als ihm Damp das Telefon hatte hereinreichen wollen, damit er mit dem Staatsanwalt sprach, war Rieder aus dem Auto gestiegen.

Er hatte vor Dora nicht ihre Festnahme rechtfertigen wollen. Dazu war er zu feige gewesen. Aber er hatte die Festnahme auch gegenüber dem Staatsanwalt mitgetragen. Dora würde nach Bergen gebracht werden und zunächst dort eine Zelle im Revier beziehen.

Vor dem Zaun der Insellogistik hatten sich einige Schaulustige versammelt. Einige waren vom Kino dem Polizeiauto gefolgt. Andere waren durch den Auflauf neugierig geworden. Darunter hatte Rieder auch Steins Vorarbeiter Claasen entdeckt. Er hatte direkt am Zaun gestanden. Rieder war zu ihm gegangen, doch Claasen wollte nicht vor den anderen mit dem Polizisten reden. Er hatte kurz mit dem Kopf genickt und war etwas zur Seite gegangen. Rieder war ihm gefolgt.

„Können Sie bestätigen, dass Jan Stein am Montagabend, so zwischen 20.15 Uhr und 21 Uhr in diesem Bungalow war, der zur ‚Inselbau' gehört?"

Claasen schaute sich um. „Das stimmt", stammelte er. „Jan war schon ziemlich hinüber. Das Gespräch mit seinem Bruder … äh mit dem Chef war wohl nicht sehr erfolgreich gewesen. Er war total blau."

„Dann muss ihm Peter Stein aber Geld gegeben haben …"

Claasen schüttelte den Kopf. „Ich habe ihm Geld gegeben. Er war total abgebrannt, als er hier am Montagmorgen aufschlug. Das Geld hat er offenbar in Alkohol umgesetzt."

„Warum haben Sie ihn eigentlich da untergebracht? Ihr Chef hätte Ihnen das ganz schön übel nehmen können."

Der Vorarbeiter scharrte mit den Füßen im Kiesstaub auf dem Boden. „Ich kenne Jan von klein auf. Er ist doch einer von uns. Ein Hiddenseer. Außerdem war der Chef schon Jahre nicht mehr im Bungalow. Er kam höchstens mal in den Schuppen am Hafen."

„Wie lange waren Sie am Montagabend bei Jan Stein?"

„So bis halb zehn. Da hat er aber schon gepennt. Tief und fest."

„Haben Sie an diesem Abend oder vielleicht in den letzten Tagen beobachtet, dass jemand in den Bungalow gegangen ist oder sich dort rumgetrieben hat?

Claasen schüttelte den Kopf. „Kann ich jetzt wieder gehen? Ist mir ein bisschen unangenehm, hier so mit Ihnen zu stehen."

„Warum?", fragte Rieder bewusst naiv.

„Warum wohl?", brauste der Mann auf. „Ich bin doch kein Bullenknecht, und was Sie und Damp jetzt hier auf der Insel veranstalten, einen nach dem anderen verhaften, damit möchte ich nichts zu tun haben!"

Dann war auch endlich Gebauer mit seinem Polizeiboot in Sicht gekommen. Damp war mit Behm und Dora zum Kai gefahren und hatte die Kinofrau in die Obhut Gebauers übergeben.

Rieder hatte sich nicht einmal von Dora Ekkehard verabschiedet. Während die Schaulustigen dem Polizeiauto zur Anlegestelle gefolgt waren, hatte er sich unbehelligt auf den Weg zurück zum Revier gemacht. Dabei war ihm Ulrike Stein über den Weg gelaufen. Sie war gerade dabei gewesen, ihre Praxis zu schließen. Rieder war das ganz gelegen gekommen. Er musste noch mal mit der Witwe des Bauunternehmers sprechen.

„Waren Sie doch noch einmal im Haus Ihres Mannes?"

„Herr Kommissar. Versprochen ist versprochen", hatte sie verschmitzt geantwortet. „Ich habe mich daran gehalten. Aber es ist auch gut, dass ich Sie treffe."

Ulrike Stein hatte ihre Tasche geöffnet und einen Zettel herausgezogen. „Das ist übrigens die Liste mit den laufenden Bauprojekten und Aufträgen der Firma meines Mannes. Herr Claasen hat mir alles aufgeschrieben. Wenn Sie diese Unterlagen herausgeben könnten?“

Rieder hatte es ihr zugesagt und sie dann noch um ihren Schlüssel zum Haus ihres Mannes gebeten. Sie hatte ein Schlüsselbund hervorgekramt: „Hier, die beiden alten Schlüssel sind es. Der eine ist für die Pforte, der andere für die Haustür.“

Es waren genauso alte Schlüssel wie am Bund von Peter Stein, offenbar also auch Originalschlüssel. Rieder hatte sie ihr wieder zurückgegeben. „Wissen Sie, ob noch jemand Schlüssel zum Haus Ihres Mannes besitzt?“

„Wie ich Peter kenne, niemand. Er war da sehr eigen.“

Nachdem sie sich verabschiedet hatten, war Ulrike Stein in Richtung Fähranleger gegangen.

„Warten, warten …“, brummte Damp. Immer wieder sprang er auf und tigerte neben den beiden Schreibtischen hin und her. Drei Meter hin, drei Meter zurück. Rieder sah nicht einmal auf. Damp blieb stehen, drehte sich zu seinem Kollegen: „Sie haben gut reden.“ Er zeigte mit dem Finger auf Rieder. „Sie haben sich wunderbar aus der Affäre gezogen. Nun bin ich auf der Insel der Buhmann. Weil ich die heilige Dora Ekkehard verhaftet habe.“ Draußen wurden die Stimmen wieder lauter. Damp sprang zum Fenster und sah hinaus. Noch immer standen ein Dutzend Leute zusammen. Weniger Hiddenseer. Mehr Urlauber. „Sehen Sie sich das an!“, schimpfte Damp.

Rieder schwieg und las weiter. Damp drehte sich um. „Nun sagen Sie doch auch mal was!“

„Was soll ich sagen?“ Rieder sah Damp direkt an. „Es würde Ihnen auch nicht gefallen. Aber bitte: Lieber Kollege, Polizeiarbeit besteht nicht nur darin, Bußgeldbescheide für fehlende Fahrradscheinwerfer auszuschreiben. Auch Entscheidungen zu treffen gehört dazu. Und das“, Rieder zeigte zum Fenster, „muss man aushalten.“

Die Tür wurde aufgerissen, und Durk stürmte herein. „Sind Sie von allen guten Geistern verlassen? Hätten Sie das mit der Ekkehard nicht etwas diskreter abwickeln können? Sie direkt vor dem Zeltkino zu verhaften!", brüllte er Rieder an.

Der blieb weiter gelassen. „Herr Bürgermeister, ich bin hier auf der Insel nur als Verstärkung. Revierleiter Damp hat Frau Ekkehard vorläufig festgenommen." Schon wandte sich Durk zu Damp. Er pumpte sich auf, hob drohend den Arm, um eine Hasstirade auf den Revierleiter niedergehen zu lassen. Offenbar war die neue Freundschaft zwischen Bürgermeister und Revierleiter schon wieder zerbrochen. „Ich teile seine Entscheidung", kam Rieder Durks Wutausbruch zuvor. „Von der Indizienlage und unseren Möglichkeiten hier auf der Insel hat Kollege Damp völlig korrekt gehandelt und hat dafür auch die Rückendeckung des Staatsanwalts."

Welche Mühe es gekostet hatte, ihn davon zu überzeugen, verschwieg Rieder.

Durk starrte Rieder an. Der Polizist hatte sich schon wieder seiner Akte zugewandt. Der Bürgermeister ließ den Arm sinken und wirkte plötzlich wie ein schrumpelnder Luftballon, aus dem die Luft herauspfiff.

„Wir ermitteln natürlich weiter", erklärte Rieder, scheinbar lesend, weiter. „Deshalb wühlen wir uns zum Beispiel durch diese Akten zum Projekt ‚Ostseetherme Norderende'. Übrigens eine sehr interessante Lektüre. Sie kommen da auch vor. "

Rieder stand auf, verschränkte sie Arme vor der Brust und lehnte sich lässig an seine Schreibtischkante. „Außerdem werden die Spurensicherung und der Pathologe die Spuren auswerten. Die Ergebnisse werden den Verdacht erhärten oder auch nicht. So läuft nun mal Polizeiarbeit. Vorläufig festgenommen ist nicht verhaftet. Jetzt würden wir hier gern weitermachen."

Daraufhin verließ Durk wortlos den Raum.

Bald darauf ging Damp. Er borgte sich von Rieder den Schlüssel für dessen Dienstfahrrad. Weil noch immer Leute neben dem geparkten Polizeiwagen vor dem Rathaus standen, schlich sich Damp aus dem Hintereingang und radelte vorbei an der alten Mühle in Richtung Strand. Es ging ihm zwar sehr gegen den Strich, auf den

Polizeiwagen als Zeichen seiner Macht zu verzichten, doch heute schien ihm ein stiller Rückzug nach Neuendorf klüger zu sein.

Rieder blieb noch im Büro und studierte Steins Akten. Er musste zugeben, Steins Konzept hatte durchaus interessante Ansätze. Stein hatte erkannt, dass man der neuen Urlaubergeneration mehr bieten müsse als nur Natur, Ostsee und Abgeschiedenheit. Der Bauunternehmer hatte akribisch Daten über die Belegung der Urlaubsquartiere auf der Insel gesammelt und ausgewertet. Diagramme zeigten, dass die Saison von Jahr zu Jahr kürzer geworden war. War früher Ostern Saisonstart, kamen heute immer weniger Gäste schon so zeitig. Erst ab Mai, eher ab Pfingsten begann die Urlaubssaison. Endete sie früher im späten Oktober oder frühen November, brach die Zahl der Übernachtungen jetzt schon Anfang August, nach dem Ferienende in Ostdeutschland, ein, und nach dem Ferienende in Bayern und Baden-Württemberg war totale Ebbe. Jetzt im Oktober zogen im Gegensatz zu früher Familien mit Kindern in den Herbstferien Sonne und Wärme in südlichen Gefilden einem möglicherweise stürmischen, nasskalten Hiddensee-Trip vor. Dazu kamen die hohen Preise für Quartiere und Versorgung auf der Insel, die nach Steins Ansicht für viele, die zum ersten Mal nach Hiddensee kamen, abschreckend wirkten. Steins Rechnung war einfach. Die „Ostseetherme“ in Norderende würde einen Urlaub auf Hiddensee besonders im Frühjahr und Herbst wetterunabhängiger machen und damit die Saison bis in den Winter hinein verlängern. Die Kombination aus Spaßbad, Veranstaltungsräumen und Betreuungsmöglichkeiten für Kinder in der „Ostseetherme“ sowie der preiswerten Unterbringung in der geplanten Ferienhaussiedlung käme den Ansprüchen und finanziellen Möglichkeiten junger Familien entgegen.

Allerdings war das nur die eine Seite von Steins Plänen. Seit mehreren Jahren hatte Stein nach und nach Grundstücke im Ortsteil Norderende aufgekauft oder es wenigstens versucht. Stein hatte gut gezahlt. Trotzdem notierte sich Rieder den Namen des Notars, um nachzufragen, ob wirklich alles so reibungslos abgelaufen war. Außerdem musste geklärt werden, woher Stein das viele Geld für die Käufe gehabt hatte. Allein die vorliegenden Verträge beliefen sich auf einige Millionen Euro. Eigentlich gab es neben Dora Ekkehard nur drei Fälle, in denen es für Stein Schwierigkeiten gegeben hatte. Da waren die Godglücks, einst Besitzer der Pension im Seglerhafen und des Grundstücks, auf dem das Zeltkino stand. Die Unterlagen bestätigten die Informationen der Kinofrau über das Schicksal der Familie und wie sie erst die Pension „Luv & Lee", dann das Grundstück im Kinowäldchen und zum Schluss alles verloren hatten. Die Godglücks hatten die Insel verlassen und wohnten jetzt auf Rügen.

Dann war da noch Andreas von Krenz. Er besaß ein altes Reetdachhaus in Norderende, direkt an der Straße. Rieder wusste sofort, um welches Haus es sich handelte. Es war ein wunderschönes Backsteinhaus, das liebevoll saniert worden war. Krenz' Haus sollte die Rezeption des Feriendorfes werden, das Stein um die „Ostseetherme" geplant hatte.

Doch von Krenz hatte Steins Offerten gegenüber unnachgiebig gezeigt. In den Unterlagen fanden sich Briefe, aus denen herauszulesen war, dass der Bauunternehmer mit amtlicher Hilfe des Bürgermeisters versucht hatte, von Krenz zum Verkauf zu drängen. So hatte Durk von Krenz zunächst einen Anschluss an das öffentliche Abwassernetz verweigert. Die Bodenverhältnisse um Haus würden das nicht zulassen. Allerdings waren alle Nachbarn von Krenz' angeschlossen. Außerdem war der örtliche Abwasserverband für jeden neuen Kunden dankbar, eben weil die Anlage viel zu groß konstruiert und so die Kosten viel zu hoch waren. Zwei Monate später hatte Durk von Krenz mitgeteilt, dass seine Sickergrube für die Abwässer nicht mehr akzeptiert werden könne, weil sie eine Gefahr für die Umwelt darstellen würde. Er müsse für einen Anschluss an das Abwassernetz sorgen, den ihm Durk kurz vorher ja verweigert hatte. Ansonsten müsste das Grundstück samt Haus für Wohnzwecke gesperrt werden. Es war absurd und stank gewaltig nach Korrruption, denn der gesamte Briefwechsel zwischen Durk und von Krenz fand sich in Steins Unterlagen.

Von Krenz hatte dagegen geklagt und, wie zu erwarten war,

Recht bekommen. Die Gemeinde musste seinen Anschluss an das Abwassernetz genehmigen. Doch nun verzögerte die Firma Stein die Arbeiten. Einmal hatte Material gefehlt, dann war das Wetter zu schlecht gewesen, zuletzt hatte er keine Arbeitskräfte gehabt. Parallel hatte die Gemeinde Mahnbescheide geschickt, weil von Krenz' Haus immer noch nicht an die Kanalisation angeschlossen war und er immer noch die Sickergrube genutzt hatte. Auch diesen Kleinkrieg hatte wieder nur ein Gerichtsurteil beendet – wieder zu Gunsten des Hausbesitzers und auf Kosten der Gemeinde und der Firma ‚Inselbau'. Peter Stein hatte nicht nur unverzüglich den Anschluss legen, sondern auch noch eine Vertragsstrafe zahlen müssen. Sicher hatte Andreas von Krenz danach nicht gerade ein gemütliches Leben auf der Insel geführt, wenn er sich Stein und Durk so entgegengestellt hatte. Aber noch war er da.

Außerdem hatte Stein noch versucht, das „Gasthaus Norderende" zu kaufen. Es stand am Ortsende von Vitte, an der Straße nach Kloster und hatte eine wunderschöne alte, verglaste Veranda mit Blick über die Salzwiese hin zum Seglerhafen. Doch die Fenster waren blind vor Schmutz. Nach seiner Ankunft auf der Insel hatte Rieder einmal versucht, durch die Scheiben in die alte Gaststube zu schauen. Er hatte auf eine stillgelegte Baustelle geschaut. Der Raum war geteilt worden durch eine Mauer, Zementsäcke und Bausteine lagen herum. Maurerwerkzeug war über den Boden verstreut. Wahrscheinlich sollten hier Ferienwohnungen entstehen, aber es war schon lange nicht mehr gebaut worden.

Essen konnte man dort trotzdem noch im „Norderende", aber nur im Garten, neben dem Haus. Dort gab es einen Imbiss. Der Ausschank bestand aus einem offenen Fenster. Für die Gäste standen Gartenstühle und Tische bereit. Das Angebot bestand aus Getränken, Bockwurst und einem Eintopfgericht, das täglich wechselte. Wie Rieder beobachtet hatte, florierte das Geschäft nicht gerade. Es saßen zwar immer Leute im Garten des „Norderende", doch viele schauten nur kurz auf das Speisenangebot auf der schwarzen Tafel und zogen dann weiter.

Aus Steins Unterlagen erfuhr Rieder, dass eine gewisse Karin

Knoop diesen Imbiss betrieb und ihr auch das „Gasthaus Norderende" gehörte. Der Bauunternehmer hatte ihr mehrere Kaufangebote unterbreitet. Stein hatte geplant, das „Gasthaus Norderende" zu einem Luxusrestaurant umbauen. Er hatte einen Sternekoch aus Berlin oder Hamburg nach Hiddensee und damit auch besser betuchte Gäste auf die Insel locken wollen.

Bisher waren die Verhandlungen zwischen Stein und Knoop nicht zu einem Abschluss gekommen, obwohl die Besitzerin offenbar dringend Geld brauchte, um die Kreditraten für das Haus zu zahlen. Wie aus den Schreiben hervorging, hatte Stein um die finanzielle Not der Frau gewusst und versucht, sie damit unter Druck zu setzen. Aber ohne Erfolg: Vor einiger Zeit war der Schriftverkehr zwischen Peter Stein und Karin Knoop über den Verkauf abrupt abgebrochen. Rieder fragte sich, warum, fand aber dafür in den Unterlagen keine Antwort.

Er klappte den Aktendeckel zu, stand auf und streckte sich, sammelte seine Sachen zusammen und ging zur Tür. Er freute sich darauf, mal mit dem Auto zu Charlotte zu fahren. An der Tür drehte er sich noch einmal um. Sein Blick fiel auf den Aktenordner der „Ostseetherme". Rieder ging zurück. Er nahm ihn unter den Arm. Vor dem Hiddenseer Rathaus stand niemand mehr. Überhaupt waren die Wege in Vitte jetzt schon am frühen Abend menschenleer. Der Lebensnerv der Insel schloss jetzt schon um siebzehn Uhr. Der Buchhändler hatte schon die Saison beendet und sein Geschäft bis Ostern geschlossen. Einige Gaststätten öffneten nur noch am Mittag.

Trotzdem war Krach. Auf der Wiese neben dem Sportplatz, gegenüber vom Rathaus, rasteten Hunderte von Wildgänsen auf ihrem Flug nach Süden. Sie schnatterten, grasten in kleinen Gruppen die saftige Weide ab, badeten in den kleinen Tümpeln, die sich nach dem letzten Regen gebildet hatte. Im Keil steuerten ständig neue Schwärme die Wiese an. Am Boden schienen kleinere Gruppen immer wieder den Aufstieg zu trainieren. Sie flatterten mit heftigem Flügelschlag in die Höhe, um dann aber gleich wieder zu landen. Hier und da gab es auch kleine Zwistigkeiten um die Futterplätze.

Rieder ging die paar Schritte zum Zeltkino. Niemand drängelte sich vor den Aushängen. Offenbar hatte es sich herumgesprochen, dass es vorerst keine Vorführungen gab. Auf der Bank vor dem Vorführraum saß Malte Fittkau und rauchte Pfeife.

„Was machst du hier?“, fragte der Polizist.

„Aufpassen.“

„Du passt auf das Zeltkino von Dora Ekkehard auf?“, fragte Rieder ungläubig.

„Was dagegen?“

Rieder schüttelte den Kopf. „Ich wundere mich nur.“

„Ich mich auch.“

„Worüber.“

„Über dich.“

„Über mich?“ Rieder setzte sich neben Fittkau.

„Über dich!“

„Warum?“

„Dora ist unschuldig.“

„Ah ja. Und woher weißt du das?“

„Weiß ich eben.“

„Hm.“ Rieder fröstelte etwas. Er wusste allerdings nicht, ob es von der aufsteigenden Abendkälte kam oder eher an Malte lag.

„Wir hatten keine andere Möglichkeit. Die Paddel. Die Spuren unter Steins Fingernägeln ...“ Malte Fittkau drehte sich zu Rieder um und schaute ihn mit einem langen Blick an. „Na und?“

„Das sind Indizien, möglicherweise Beweise ...“, rechtfertigte sich Rieder.

Malte sah wieder geradeaus, paffte an seiner Pfeife und schwieg. Das war für Rieder noch unerträglicher als Maltes vorwurfsvolle Einsilbigkeit.

Plötzlich stand Malte auf, ging zu seinem Fahrrad. Er schob es ein paar Schritte. Dann blieb er noch mal stehen. „Du bist nun mal nicht von hier. Sonst wüsstest du es besser. Du bist eben auch nur ein Zugereister.“

Dann verschwand er in der Dunkelheit.

XXIII

Das rote Backsteinhaus neben der Sparkassenfiliale musste auch schon nahezu hundert Jahre alt sein. Jedenfalls erzählte eine kleine Tafel am Haus, wer wann der Inselarzt gewesen war. Seit 1979 praktizierte hier Dr. Möselbeck.

Der Eingang zu Haus und Praxis war an der rechten Giebelseite. Rieder drückte die Klinke nieder. Die Tür war verschlossen. Die Öffnungszeit der Praxis war schon längst vorbei. Rieder klingelte. Wenige Augenblicke später hörte er hinter der Tür Schritte, dann das Drehen des Schlüssels im Schloss. Möselbeck öffnete und blickte ihn erstaunt an.

„Sie, Herr Rieder? Fehlt Ihnen was?"

„Nein. Ich sah noch Licht."

„Ich sitze über den Abrechnungen. Das wird wahrscheinlich eine Nachtschicht."

„Kann ich Sie trotzdem stören?"

„Worum geht es?"

„Erzählen Sie mir was über Peter Stein."

Möselbeck lotste Rieder durch den Flur in ein Zimmer am anderen Ende des Hauses. Hohe Regale an den Wänden, gefüllt bis unter die Decke mit Büchern, CDs, Schallplatten. Unter dem Fenster stand eine Stereoanlage, genau gegenüber zwei tiefe Ledersessel, dazu ein kleiner runder Tisch. Kein Fernseher. Der Inselarzt öffnete die einzige Schranktür im Regal. Dahinter verbargen sich zahlreiche Flaschen und Gläser.

„Was wollen Sie trinken. Ein ‚Goldwässerchen'?"

„Warum nicht."

„Hätten Sie auch Lust auf Tee? Es wird jetzt draußen schon recht kühl, und wenn ich mir Sie so ansehe, könnten Sie was Warmes vertragen."

Rieder nickte. Der Arzt verschwand. Ein Wasserhahn rauschte. Geschirr klapperte. Dann kam Möselbeck zurück, ging an das Regal und zog aus dem untersten Fach einen Lederband heraus. Er reichte ihn dem Polizisten. „Das können Sie sich schon mal anschauen."

Es war ein Fotoalbum. Alle Bilder schwarz-weiß. Die Ränder gezackt. Rieder erkannte den Leuchtturm am Dornbusch. Drei Jungen in kurzen Hosen standen davor. Sie hatten sich die Arme um die Schultern gelegt. Möselbeck kam mit einem Tablett herein, stellte Tassen hin. „Warum wollen Sie noch etwas über Peter wissen? Ich dachte, der Fall wäre gelöst." Möselbeck hielt kurz inne. „Die arme Dora."

„Können Sie sich vorstellen, dass Dora Ekkehard zu einem Mord fähig wäre?"

„Fragen Sie mich jetzt als Arzt oder als Mensch?"

„Suchen Sie es sich aus?"

„Dora kann ruppig sein. Sie hat immer allein gelebt. Deshalb kann sie sich auch ganz schwer auf andere Menschen einstellen. Sie ist schnell verletzt, und ich bin mir sicher, wenn das stimmt, was man von Peters Versuchen hört, sie und ihr Kino zu vertreiben, dass sie das geschmerzt hat. Schmerz kann schnell in Wut umschlagen. Das sagt der Arzt Möselbeck. Der Mensch Möselbeck?" Möselbeck setzte sich auf die Lehne seines Sessels. „Dora und ich sind so etwas wie die ältesten Institutionen auf der Insel. Sie kam in den sechziger Jahren, ich bin in den Siebzigern zurückgekehrt und hier Arzt geworden. Bürgermeister kamen und gingen, Pfarrer kamen, gingen oder starben. Auch die Polizisten haben oft gewechselt. Dora und ich sind immer geblieben. Bis jetzt. Selbst, wenn sie das Kino verliert oder ich die Praxis jetzt irgendwann aufgebe, werden wir immer hier bleiben, weil wir diese Insel lieben. Deshalb glaube, ja, weiß ich, dass es Dora nicht getan hat."

„Das habe ich heute Abend so ähnlich schonmal gehört."

„Von wem, wenn ich fragen darf?"

Rieder überlegte kurz. „Malte Fittkau."

„Malte! Dabei liegt er doch ständig im Streit mit Dora. Und? Glauben Sie ihm oder mir?"

„Würde ich schon gern", erwiderte Rieder. „Aber die Fakten …"

„Ach, der Tee …" Möselbeck lief noch mal in die Küche und kam mit einer dampfenden weißen Kanne zurück. Rieder hatte wieder angefangen, im Fotoalbum zu blättern.

Das nächste Bild zeigte die drei Jungen am Klausner. Sie saßen an einem Tisch, hatten Bockwürste in der einen und große Limonadengläser in der anderen Hand. Sie prosteten dem Fotografen zu. Dahinter eine lange Schlange, die sich vor der Gaststätte drängelte.

Nachdem der Arzt den Tee eingegossen hatte, stellte er sich hinter Rieder.

„Das war im Sommer 1965. Da waren wir zehn. Rechts ist Micha Durk, Peter in der Mitte und ich links außen. So haben wir auch Fußball gespielt. Micha rechts außen, Peter Mittelstürmer, ich links. So blieb es auch irgendwie später im Leben."

Rieder schaute zu Möselbeck, der sich in den anderen Sessel setzte. „Peter stand immer im Mittelpunkt. Wir waren seine Begleiter. Michael bis zuletzt. Ich habe mich schon vor einiger Zeit zurückgezogen."

Der Arzt goss zwei Schnapsgläser voll mit „Danziger Goldwässerchen", erhob dann sein Glas: „Auf Hiddensee."

„Auf Hiddensee", antwortete Rieder. Beide stürzten den Inhalt hinunter und verzogen kurz das Gesicht.

„Mit ‚Danziger Goldwässerchen' beginnt meine Geschichte. Meine Eltern kamen aus der Nähe von Danzig. Am Kriegsende musste meine Mutter fliehen. Ein Kutter brachte sie hierher nach Vitte. Bei meinem Vater dauerte es etwas länger. Er war Marinesoldat, in britischer Gefangenschaft und kam erst 1947 nach Hiddensee. Hier sind sie auch geblieben, haben das Haus gekauft und als Bauern gelebt. Sie waren nahezu die einzigen auf der Insel.

Mein Vater hatte mit der Fischerei nichts am Hut. Die Hiddenseer ließen da auch keinen von außen ran. Damit war ich auch als Kind vom Bauern Möselbeck, den Danzigern, in der Schule eher ein Außenseiter. Aber Michael und Peter waren das auch, und daraus entstand unsere Freundschaft. Michas Vater fuhr zur See. Er war mit seiner Familie nach Hiddensee gezogen, weil er hoffte, dass seine Frau hier nicht auf dumme Ideen käme, wenn er unterwegs war. Er kam nur mal alle halben Jahre für ein paar Wochen nach Haus. Michas Mutter spielte in der Zwischenzeit die lebenslustige Strohwitwe als Kellnerin im alten ‚Strandcafé'." Möselbeck blätterte ein paar Seiten um und zeigte dann auf ein Foto von einem Restaurant, das offenbar direkt am Strand lag. Davor saßen wieder die drei Jungen, jeder mit einem Eis in der Hand. „Als der Stranddeich Ende der sechziger, Anfang der siebziger Jahre gebaut wurde, wurde es abgerissen. Die Anfeindungen durch die Inselfrauen, wenn Michas Mutter ihren Männern schöne Augen machte, trafen auch Micha. Mancher Fischersohn versuchte sich an ihm für seinen untreuen Vater mit ein paar Schlägen zu rächen. Es machte Micha hart, und irgendwann traute sich niemand mehr, ihm dumm zu kommen. So ist es auch noch heute." Der Arzt klappte das Buch zu, nahm einen Schluck Tee. „Peter Stein war aus ganz anderem Holz und Haus. Sein Vater Gerhard, davor schon sein Großvater hatten ein Bauunternehmen auf Rügen, die Firma ‚Inselbau Stein'. Er war ein Sohn aus reichem Hause. Die Firma florierte, obwohl es eine Privatbude war, auch im Sozialismus, gemäß dem Slogan ‚Bau auf! Bau auf!' Die Steins zogen auf die Insel in den fünfziger Jahren, nachdem Peters Vater das Haus auf dem Hügel oberhalb der alten Rettungsstation in Kloster gekauft hatte. Offenbar nicht ohne gewisse Beziehungen. Kennen Sie es? Jetzt wohnt nur noch Ulrike da."

„Eines der schönsten Häuser der Insel", bemerkte Rieder.

„Jeden Morgen fuhr Peters Vater mit dem Boot nach Schaprode, stieg dort ins Auto und fuhr nach Bergen in die Firma. Peters Mutter arbeitete nicht. Sie widmete ihre ganze Aufmerksamkeit Peter und Jan. Jan haben Sie ja gestern Abend auch schon kennengelernt. Mir ist völlig unklar, wie es soweit mit ihm kommen konnte.“ Möselbeck versank kurz in Gedanken, bevor er weiter sprach. „Die Mutter führte ein strenges Regime. Die Jungs sollten kleine Genies werden. Gab's mal keine Eins bei einer Arbeit oder auf dem Zeugnis, hing der Haussegen schief. Später gab es ein paar unschöne Szenen, als die beiden die ersten Freundinnen anschleppten. Mädchen von der Insel waren nicht standesgemäß. Jan hat irgendwann die Flucht ergriffen, im wahrsten Sinne des Wortes ... Sie wissen, was ich meine?“ Rieder nickte wieder. „Sehr zum Leidwesen seines Vaters“, setzte Möselbeck fort. „Er sah seinen Nachfolger eher in Jan als in Peter ...“

„Aber er hat doch Peter die Firma überlassen und auch später daran nichts geändert?“, fragte Rieder nach.

„Stimmt. Damit wollte er den Makel des Republikflüchtlings gegenüber seinen Auftraggebern aus der DDR-Elite ausbügeln. Für die hat er alles Mögliche auf Rügen gebaut: Jagdhütten, Datschen, Ferienheime. Sogar die Sanierungsarbeiten an Honeckers Sommerhäusern auf der Insel Vilm hat die Firma Inselbau durchgeführt. Viele haben sich die Hände gerieben, als die Wende kam und sich die Steins hinten anstellen mussten. Gerhard Stein ist dann auch bald gestorben, und Peter hat sich mit seinem Geschäft hierher zurückgezogen. Und da waren wir drei wieder auf der Insel.“ Möselbeck nahm einen Schluck Tee.

„Sie drei waren wieder auf der Insel?“

Der Arzt stellte die Tasse ab, goss sich nach. Er nahm die Flasche „Goldwässerchen“, hob sie in Richtung Rieder. Der winkte ab. „Ich muss noch fahren.“

„Ich nicht“, antwortete der Arzt und schenkte sich noch ein Glas voll.

„Stimmt. Micha Durk habe ich vergessen. Micha Durk ging erst wie sein Vater zur See, musterte irgendwann ab und studierte noch Schiffbau. Er hat auf einer kleinen Werft in Wiek auf Rügen gearbeitet. Mit der Wende kam er zurück nach Hiddensee, baute hier die Insellogistik auf. Dass hier keine stinkenden Traktoren oder Lkw fahren, haben wir ihm zu verdanken. Er schaffte die

Elektroautos an für die Versorgung der Kneipen und Geschäfte. Ein Segen für die Insel. Gleichzeitig entdeckte er sein Herz für die Politik und wurde Bürgermeister. Die Insel ist unser Schicksal."

„Das klingt ziemlich melodramatisch", wandte Rieder ein.

Möselbeck musste lächeln. „Hiddenseer sind Sie erst, wenn zwei Generationen von Ihrer Familie auf dem Inselfriedhof in Kloster liegen. Davor sind Sie Zugereister, egal, ob Sie ein, zehn oder Ihr ganzes Leben auf der Insel verbracht haben. Wir wollten aber dazugehören."

Möselbeck stand auf und zog eine Schublade auf. Er holte einen kleinen Pappkarton heraus, öffnete ihn, kramte ein wenig darin herum, zog dann ein Heft hervor und reichte es Rieder.

„Eine der ersten Ausgaben der Inselzeitung. Schlagen Sie mal die zweite Seite auf!"

Rieder blickte auf ein Foto. Eine Reihe von Männern und Frauen schaute lächelnd in die Kamera. In der Mitte Michael Durk mit einem Blumenstrauß. Neben ihm Peter Stein. Ganz am Rand Inselarzt Möselbeck. Darunter stand: „Der erste frei gewählte Gemeinderat der Insel Hiddensee nimmt seine Arbeit auf."

„Michael und Peter dachten, wenn sie die Geschicke der Insel in die Hand nehmen, dann würden sie auch dazugehören. Ich sollte dabei so eine Art Advocatus diaboli sein mit meinen Verbindungen als Inselarzt. Michael wurde Bürgermeister, Peter kam in den Gemeinderat und übernahm den Bauausschuss, und ich wurde Mitglied im Bauausschuss."

„Da wurde also der Bock zum Gärtner gemacht …"

„Es kam noch besser. Im Ausschuss saßen noch Claasen aus Peters Firma, Griese zwei, der damals meistens noch nüchtern war, und eine Pensionsbesitzerin aus Kloster. Die Mehrheit stand also immer für die Pläne von Michael und Peter und leider nicht immer zum Besten für die Insel."

„Wieso?"

„Der erste Coup war die Kläranlage. Viel zu groß geplant, weil damals Durk und Stein noch hofften, hier große Hotels bauen zu können. Na egal, jedenfalls wurde mit der Projektierungsfirma gedealt, der Landkreis sah es gern, wenn Arbeitsplätze auf der Insel gesichert wurden, und so bekam Stein den Zuschlag. Pech nur, dass dann der Baustopp kam – durch das Biosphärenreservat. Die geplanten Hotelprojekte lösten sich in Luft auf. Nun müssen die Hiddenseer mit hohen Gebühren die Zeche zahlen. Das war nur der Anfang. Gab es ein Haus auf der Insel zu verkaufen, wusste es nach Durk als Nächster gleich Peter Stein. Umgekehrt legten sie Leuten, die ihnen mit ihren Plänen gegen den Strich gingen oder ihnen einen fetten Bissen weggeschnappt hatten, nicht nur Steine, sondern ganze Felsbrocken in den Weg."

„Andreas von Krenz zum Beispiel."

„Genau. Von Krenz zum Beispiel. Obwohl der echt ein netter Typ ist und vielleicht mehr für die Insel übrig hat als ...", Möselbeck stockte kurz, „... als wir, die sich für die Wohltäter halten."

„Sie haben immer mitgemacht?"

Möselbeck schenkte sich noch einen Schnaps ein und stürzte ihn hinunter.

„Leider viel zu lange. Ich habe gut daran verdient. Peter und Michael haben es so gedeichselt, dass ich auch drei Häuser hier in Vitte billig erwerben konnte. Weit unter dem eigentlichen Marktwert. Peter hat die Häuser dann umsonst saniert. Nun kleben sie wie Mühlsteine an mir."

Möselbeck drehte das leere Glas in seiner Hand hin und her. „Ich bin ausgestiegen, als sie mit diesem Projekt ‚Norderende' kamen. Da habe ich mein Amt im Bauausschuss niedergelegt. Ich bin jetzt nur noch Gemeinderatsvorsitzender, weil ich bei den Wahlen zum Gemeinderat immer die meisten Stimmen bekommen habe. Ein Arzt ist hier auf der Insel noch wer."

XXIV

„Wo bist du gestern Abend so lange gewesen?“ Charlotte Dobbert saß schon am Frühstückstisch, als Rieder verschlafen in die Küche kam.

„Bei Möselbeck.“

„Bist du krank?“, fragte sie besorgt.

Rieder schüttelte den Kopf. „Ich habe mit ihm über Peter Stein geredet.“

„War es interessant?“

„Ja, doch.“ Rieder stellte sich an die Spüle und ließ den Wasserkessel volllaufen.

„Nun lass dir doch nicht jedes Wort aus der Nase ziehen!“

„Stein, Durk und er sind so etwas wie die ‚Drei Musketiere‘ von der Insel. Einer für alle. Alle für einen. Aber nun ist die große Freundschaft zerbrochen.“ Er erzählte, was er von Möselbeck erfahren hatte, auch über die Pläne für das Spassbad in Norderende. „Durk und Stein sind irgendwie …“, Rieder suchte nach dem richtigen Wort, „… ‚übergeschnappt‘ trifft es nicht. Größenwahnsinnig.“

„Vielleicht hätte es auch allen auf der Insel geholfen“, widersprach Charlotte. Rieder brühte sich seinen Tee auf und setzte sich an den Tisch.

„Was ich mich frage, woher Stein das ganze Geld hat, um diese Häuser zu kaufen und dieses Spaßbad zu bauen.“

„Wer reich ist, hat meistens keine Probleme, von den Banken einen Kredit zu bekommen.“

„Stimmt, trotzdem sollte man da nochmal nachhaken“, sagte Rieder schon mehr zu sich selbst.

„Warum interessiert dich das noch? Ich denke, Dora ist die Täterin. Man hat doch bei ihr die Paddel gefunden, mit den Stein erschlagen worden sein soll."

„Du sagst es: ‚sein soll'. Traust du Dora wirklich einen Mord zu?"

Charlotte wiegte den Kopf hin und her. „Zutrauen?", fragte sie sich. „Dafür kenne ich sie zu wenig. Es zählen doch sowieso die Beweise und nicht der Charakter."

„Stimmt schon, aber …"

„Aber, aber", ereiferte sich Charlotte. „Mach einen Strich unter die Geschichte, auch wenn Dora deine Nachbarin ist. Ich verstehe schon, dass sie dir nicht egal ist, aber du kannst es auch nicht ändern. Vor allem sollte bald wieder Ruhe auf der Insel einkehren", fügte sie noch hinzu.

„Ihr immer mit eurer Ruhe", regte sich Rieder auf.

„Du warst gestern Abend nicht hier. Es gab einen Aufstand unter den Gästen. Sie wollten Demonstrationen veranstalten, das Kino besetzen … ist doch alles Quatsch. Wenn es Dora gewesen ist, was soll das dann noch?"

Rieder schluckte seinen Widerspruch herunter. Er griff nach einem Brötchen und stutzte. „Was sind das für Prospekte?"

„Von einem Reisebüro in Stralsund."

„Willst du wegfahren?"

„Die Frage wäre, ob wir wegfahren wollen?", entgegnete Charlotte und blickte Rieder in die Augen. Er schluckte, sagte aber nichts.

„Ich meine, in den Urlaub fahren! Gemeinsam!"

„Ich habe schon verstanden."

„Es machte nicht ganz so den Eindruck. Wie schon öfters in der letzten Zeit."

Rieders Antennen nahmen einen leicht feindseligen Unterton wahr. Wahrscheinlich war es jetzt nicht mehr weit bis zur Diskussion über ein Zusammenziehen in Charlottes Wohnung in Neuendorf. So versuchte er, schnell die Kurve zu kriegen.

„Wohin dachtest du denn?"

„In den Süden."

„Das ist sehr präzise. Geht's vielleicht etwas genauer?"

„Mallorca oder Kanaren."

„Wann?"

„Den ganzen Winter." Rieder verschlug es kurz die Sprache. Was sollte das bedeuten? Er fragte aber erstmal: „Und dein Café?"

„Mache ich am 31. Oktober dicht. Ich habe schon mit meinen Angestellten gesprochen. Sie melden sich dann bis April arbeitslos. Bis zur nächsten Saison."

„Kannst du dir das leisten?"

„Stefan, was soll die Fragerei?" Charlotte stand auf und stellte sich an die Spüle, beugte den Oberkörper leicht vor und verschränkte die Arme vor der Brust. Ihre Augen funkelten. Rieder kannte das schon. Das war ihre Ausgangsposition für einen Streit. So konnte sie besser gestikulieren und ihren Worten mehr Druck verleihen. Er probierte es mit Deeskalation. „Es kommt nur so plötzlich. Du hast bisher nie davon gesprochen, in den Urlaub zu fahren …"

Zu spät. Sie giftete zurück: „Und du hast nicht einmal daran gedacht!" Punkt für sie. „Ich hatte noch Probezeit", versuchte er zu parieren, gestand sich aber ein, dass es eher ein schwaches Argument war, dass sie dann auch gleich in der Luft zerriss. „Was erzählst du da. Du bist Beamter, hast alle deine Vergünstigungen mit hierher genommen und bisher nie etwas von einer Probezeit erzählt, sondern nur von einem befristeten Vertrag mit *Rückkehrrecht*!" Das letzte Wort hatte sie besonders betont. Er schaute auf. Das war ein Fehler. Denn schon setzte es den nächsten rhetorischen, wenn auch zutreffenden Hieb: „Das passt zu dir. Dein *Rückkehrrecht*. Nur nicht festlegen. Ob wir zusammenziehen. Ob wir gemeinsam in den Urlaub fahren. Manchmal frage ich mich, ob wir überhaupt ein Paar sind. Das ist man nämlich nicht, wenn man sich zwei- oder dreimal in der Woche trifft, nur um zu ficken."

„Charlotte!"

„Was, Charlotte!?"

Da klingelte sein Telefon. Für ihn war es wie der Gong für einen angeschlagenen Boxer am Ende einer Runde. Aber er wusste, dieser Kampf mit seiner Freundin könnte noch über ein paar Runden gehen. Doch die Stimme am anderen Ende der Leitung verhieß ihm ein vorzeitiges Ende dieses Kampfes. Es war sein Chef.

„Wo stecken Sie?", fragte Bökemüller statt einer Begrüßung.

„Auf Hiddensee. Wo sonst?", antwortete Rieder etwas verwundert.

„Sie müssen sofort nach Bergen. Heute Morgen wurde eine Frau schwer verletzt in Seedorf gefunden. Wissen Sie, wo das ist?"

„Ja, bei Sellin."

„Genau. Wahrscheinlich handelt es sich um eine brutale Vergewaltigung. Die Frau schwebt in Lebensgefahr. Das ist es aber nicht allein. Kinder haben die Frau an der Haltestelle des Schulbusses gefunden. Hier hört das Telefon gar nicht mehr auf zu klingeln. Die Eltern verlangen Polizeischutz, eine ständige Streife im Ort. Wir müssen da schnell einen Erfolg vorzeigen, sonst läuft die Situation aus dem Ruder. Ich habe Behm schon losgeschickt mit seiner Truppe. Sie müssen die Leitung der Ermittlungen übernehmen."

„Aber ich habe hier noch zu tun ..."

„Ich denke, Sie haben die Täterin. Den Bericht kann Damp schreiben. Das wird er wohl bringen ..."

„Es gibt da noch ein paar Ungereimtheiten ...", wandte Rieder ein.

„Ungereimtheiten?", wiederholte Bökemüller. „Herr Rieder, es war schon gestern dem Staatsanwalt kaum beizubringen, was Sie und Damp dort veranstaltet haben. Verhaften, freilassen, verhaften. Und das im Stundenrhythmus. Mal ganz abgesehen von diesem wildgewordenen Inselbürgermeister, der hier ständig anruft und sich beschwert. Um es klar zu sagen, ich hoffe für Sie beide, dass Sie jetzt die Richtige haben, diese Kinofrau. Jetzt brauche ich Sie auf Rügen!"

Diese Ansage keinen Widerspruch zu. Rieder versuchte es trotzdem. „Gibt es nicht auch jemanden auf Rügen, der den Fall übernehmen könnte?"

„Nein, gibt es nicht!"

„Okay. Ist denn außer mir noch jemand vom Bergener Revier mit von der Partie? So gut kenne ich mich auf Rügen nicht aus."

„Polizeikommissarin Blohm. Sie ist eine junge Kollegin, sicher mit Potential, aber diese Nummer ist etwas zu groß für sie. Wenn es in Seedorf Probleme gibt, muss das jemand mit Erfahrung in die Hand nehmen. Die Blohm meldet sich bei Ihnen."

Damit legte Bökemüller auf. Gleich darauf klingelte es wieder. Charlotte verließ die Küche und knallte die Tür zu.

„Hauptkommissar Rieder?", fragte eine sympathische weibliche Stimme. „Hier ist Nelly Blohm."

„Bökemüller hat Sie mir schon angekündigt. Wir sollen uns um den Fall in Seedorf kümmern."

„Stimmt. Ich bin jetzt im Krankenhaus in Bergen. Die Frau wird gerade operiert ..."

„Wie stehen ihre Chancen?"

„Die Ärzte hoffen, dass sie überlebt, obwohl die Verletzungen recht schwer sind. Die Auffindesituation deutet auf Vergewaltigung hin. Übrigens, die Frau kommt von Hiddensee. Sie heißt Karin Knoop."

Draußen lehnte Damp am Streifenwagen. Neben sich das Dienstfahrrad.

„Na endlich. Ich dachte schon, Sie kommen überhaupt nicht mehr!"

Die Tour mit dem Dienstfahrrad am Vorabend hatte ihm gereicht. Nur mit Mühe hatte er die Strecke bis nach Neuendorf geschafft. Gegen den starken Wind war er kaum angekommen. Völlig ausgepumpt war er in seiner Wohnung auf das Sofa gefallen und bis heute morgen auch nicht mehr aufgestanden. Außerdem schmerzte immer noch seine Wunde am Kopf. Heute Morgen hatte er beschlossen, dass er sich die Tortur mit dem Rad nicht noch einmal antun würde. Immerhin war er der Revierleiter. Sollte doch Rieder den Drahtesel zurückkutschieren. War ja auch sein Dienstfahrzeug. Eigentlich wollte er einfach Rieder das Rad hinhalten und den Schlüssel vom Streifenwagen einfordern, doch als Rieder aus dem Haus von Charlotte Dobbert gestürmt kam, hatte Damp der Mut verlassen. Da war wohl dicke Luft im Liebesnest?

Rieder hatte Charlotte gar nicht mehr zu Gesicht bekommen. Als er sein Telefonat mit Nelly Blohm beendet hatte, hörte er im Obergeschoss die Dusche rauschen. Natürlich hatte es beim Namen Karin Knoop sofort gefunkt. Die Besitzerin vom „Gasthaus Norderende"! Längere Zeit hatte er am Telefon geschwiegen, weil er die Information erstmal verarbeiten musste.

„Hallo, sind Sie noch da?", hatte die Polizistin durchs Telefon gerufen. „Wann können Sie da sein?"

Rieder hatte ihre Frage völlig überhört. „Wann ich da sein kann?", hatte er ins Telefon gestottert.

„Ist heute nicht ihr Tag? Oder?"

Das war es wohl wirklich nicht. „Ich weiß es noch nicht. Ich melde mich, wenn ich auf der Insel bin. Ihre Nummer sehe ich ja im Display", hatte er ins Telefon geraunzt und aufgelegt.

Dann hatte er sich schnell angezogen und an die Badezimmertür geklopft. „Ich muss los nach Rügen. Lass uns heute Abend noch mal reden." Er hatte allerdings von drinnen keine Antwort bekommen.

Rieder zeigte auf das Fahrrad neben seinem Kollegen. „Was gibt es zu meckern?", fragte er gereizt. „Sie hätten doch mit dem Rad schon lange losfahren können?"

Damp schaute kurz auf das Fahrrad und dann auf Rieder. „Wir können doch zusammen fahren. Das Rad können wir hinten reinlegen."

Rieder hielt schon die geöffnete Fahrertür in der Hand und wollte einsteigen. „Na gut."

Sie öffneten die Heckklappe und schauten auf ein ziemliches Chaos aus Polizeiutensilien. „Sieht schlecht aus." Rieder wollte die Klappe schon wieder zuwerfen. „Außerdem habe ich es eilig. Ich muss nach Rügen. Sie müssen sich allein weiter mit der Stein-Sache rumschlagen."

Damp klappte die Kinnlade herunter. Er warf das Rad hin, rannte Rieder hinterher, der schon am Einsteigen war und riss die Fahrertür wieder auf. „Was bedeutet das alles?"

Rieder hielt kurz inne, atmete tief aus. Er stieg wieder aus, klappte die Hecktür wieder auf. Er entfernte das Absperrnetz zum Fahrgastraum, griff nach dem Fahrrad und legte es hinten rein.

„Steigen Sie ein! Wir reden im Auto", meinte Rieder. Damp eilte um das Auto und stieg ein.

Auf der Fahrt erzählte Rieder seinem Kollegen von dem Anruf aus Bergen. „Kennen Sie Karin Knoop?"

„Kennen wäre zuviel gesagt. Ihr gehört das ‚Norderende'. Ihr Mann ist vor einiger Zeit gestorben. Irgendwas war da, aber ich erinnere mich nicht."

„Sie ist gestern auf Rügen überfallen und wahrscheinlich vergewaltigt worden."

Damp wandte sich zu Rieder. „Was?", fragte er mit entgeistertem Blick.

„Ihr Name steht übrigens auch in den Unterlagen von Stein. Ach Mist!" Rieder schlug sich an die Stirn. „Jetzt habe ich doch Steins Aktenordner bei Charlotte liegengelassen!"

„Warum ist die Akte nicht im Revier?", wunderte sich Damp. Rieder wollte nicht zugeben, dass er Angst hatte, sie würde da nicht sicher sein. „Ich wollte sie weiter durcharbeiten." Die halbe Wahrheit musste reichen.

„Glauben Sie, dass es einen Zusammenhang mit dem Mord an Peter Stein gibt?", fragte Damp.

Rieder konnte ihm nicht antworten. Sein Telefon klingelte. Er befürchtete, es sei wieder diese Nelly Blohm. Er lenkte den Wagen an den Straßenrand und hielt, drückte auf die grüne Taste mit dem Hörersymbol. „Ich habe Ihnen doch gesagt, dass ich Ihnen Bescheid sage, wenn ich in Schaprode angekommen bin!", bellte er missmutig ins Telefon. Dann stockte er. „Ach, du bist es. Entschuldige."

Es war Behm. „Was ist dir für eine Laus über die Leber gelaufen?"

„Ich habe Stress." Rieder stellte den Motor aus und bedeutete Damp, er solle weiterfahren.

„Genauso hört es sich auch an", meinte Behm.

Rieder und Damp wechselten die Sitze. Damp fuhr wieder los.

„Ich muss wie du nach Rügen, wegen der Frau aus Seedorf und hier ist noch nicht alles klar. Meines Erachtens. Bökemüller sieht es etwas anders", versuchte sich Rieder zu erklären.

„Deswegen rufe ich an. Bevor ich hier losfahre, wollte ich noch eine Information an euch loswerden. Ich habe etwas auf Steins Handy entdeckt. Eine SMS. Abgeschickt an seinem Todestag." Rieder horchte auf.

„Sie lautet: ‚Lass uns uns heute 20.30 Uhr am Kahn treffen und über alles reden. Ich freu mich.' Er hat auch geantwortet: ‚Ich freu mich drauf. Ich weiß, alles wird gut.'" Möglicherweise hat er damit sein Todesurteil unterschrieben, denn der Todeszeitraum wird von Krüger genau auf diese Zeit eingegrenzt. Klingt allerdings nicht unbedingt nach Dora Ekkehard."

Das stimmte, sagte sich Rieder. Es war aber auch kein Beweis für ihre Unschuld. Genauso könnte der Absender der SMS den Mord beobachtet haben und traute sich nun nicht, sich als Zeuge zu melden.

„Das Gerät ist momentan abgeschaltet. Eine Mailbox gibt es nicht", ergänzte Behm noch seine Information.

„Über die Nummer müssten wir doch den Absender der SMS ermitteln können."

„Danke, Stefan, darauf bin ich sogar selbst gekommen", meinte ironisch Behm. „Aber es gibt ein Problem mit dem Provider."

„Was soll es da für ein Problem geben?", warf Rieder ungeduldig ein. „Jeder Staatsanwalt unterschreibt dir unverzüglich die entsprechende Anordnung bei Mord."

„Auch das ist richtig, Stefan", entgegnete Behm, nun schon ungehaltener über die Belehrungen seines Kollegen. „Auch darauf bin ich allein gekommen. Ich habe die Anordnung auch schon an den Provider geschickt. Die sind da auch willig, den Namen herauszugeben. Doch es handelt sich um eine SIM-Karte, die von einem Lebensmitteldiscounter vertrieben wurde. Die sind leider nicht ganz so ordentlich mit der Aufnahme der Daten bei der Kundenregistrierung."

„Soll heißen?"

„Es gibt einen Namen ..."

„Ist doch prima", rief Rieder dazwischen.

„Kannst du mal zuhören!", brauste Behm auf. „Ich glaube nämlich nicht, dass Pippi Langstrumpf Stein die SMS geschrieben hat!"

XXV

Damp hatte Rieder am Hafen abgesetzt. Die nächste Fähre nach Schaprode auf Rügen würde erst in einer halben Stunde fahren. Es nieselte leicht. Obwohl Rieder eine Regenjacke trug, kroch die feuchte Kühle des Morgens langsam durch seine Kleidung. Er fröstelte. Er musste sich endlich richtig dicke Sachen besorgen, um hier Herbst und Winter zu überstehen.

An der Anlegestelle standen nur ein paar Touristen mit ihren Koffern. Die Hiddenseer wussten natürlich, wann die Fähren an- und ablegten. Sie kamen meist auf den letzten Drücker.

Rieder schaute, ob er sich irgendwo aufwärmen konnte. Es gab zwar im Hafen mehrere Kneipen, die hatten aber alle noch geschlossen. Vor zehn machte hier in der Nachsaison keiner auf. Er wanderte wieder zurück auf den Deich. Noch mal ins Revier zu gehen, lohnte sich nicht. Mit Damp hatte er alles geklärt. Sein Kollege war allerdings nicht sehr begeistert, jetzt allein den Mord an Stein bearbeiten zu müssen. Es würde Rieder nicht wundern, wenn er die Arbeit einfach liegenließe, bis der Überfall auf die Frau geklärt wäre.

Meist war es kein Zufall, wenn im Umfeld eines Mordes weitere Verbrechen geschahen. Da hatte Damp schon Recht. Eigentlich wäre es gut, wenn Damp ein paar Erkundigungen über Karin Knoop einholen könnte. Rieder traute seinem Kollegen allerdings nicht das sensible Fingerspitzengefühl zu, bei den Hiddenseern die richtigen Fragen zu stellen, um herauszubekommen, ob es eine Verbindung zwischen Peter Stein und Karin Knoop gab. Vielleicht unterschätzte er aber auch seinen Kollegen.

Rieder schlug die Arme um den Körper, damit es ihm etwas wärmer würde. Er könnte natürlich noch schnell zu seiner Bleibe im

Wiesenweg laufen, um dickere Sachen anzuziehen. Er schaute auf die Uhr. Mit einem kleinen Spurt sei das bestimmt zu schaffen.

Rieder lief auf dem Deich entlang. Da entdeckte er am Steg der Einheimischen Malte in seinem Boot. Er war gerade dabei, den Motor anzuwerfen, um abzulegen. Rieder winkte und rief nach ihm. Malte schaute auf und erwiderte zögerlich die Begrüßung durch den Polizisten. Rieder rannte vom Deich hinab auf den Steg.

„Hallo, fährst du nach Schaprode?"

Malte nickte.

„Kannst du mich mitnehmen?" Sein Nachbar wirkte nicht gerade begeistert. „Mit den Klamotten?"

Malte Fittkau hatte richtiges Ölzeug an. Selbst seine Fischermütze hatte er gegen einen Südwester aus Gummizeug ausgetauscht.

„Das macht mir nix aus."

„Aber mir vielleicht."

Offenbar war Fittkau noch immer verärgert.

„Nun hab dich nicht so!"

Malte machte nur eine kurze Kopfbewegung zur Seite. Rieder stieg ins Boot. Wortlos wies Malte mit der Hand auf die Querbank, damit sich Rieder dort hinsetze. Er selbst nahm im Heck Platz. Dann riss er den Motor an und löste die letzte Leine. Das Boot schob sich aus der Anlegestelle hinaus auf den Bodden.

Obwohl es eigentlich nicht erlaubt war, steuerte Malte ziemlich nah am Ufer entlang in Richtung Fährinsel. Von dort aus, der engsten Stelle zwischen Hiddensee und Rügen, steuerte er hart backbord in Richtung Seehof auf Rügen. Von da waren früher die Fährboote nach Hiddensee gefahren, als die Inselgäste und Waren noch mit Ruderbooten transportiert wurden.

Als sie das offenere Gewässer erreichten, wurden der Regen und der Wellengang stärker. Da Ostwind wehte, tauchte die Spitze des Bootes immer wieder in Wellentäler ein. Gischt spritzte über den Bug. Rieder spürte, wie die Rückseiten seiner Jacke und Hose langsam durchnässt wurden.

Malte starrte stur geradeaus.

„Wohin willst du auf Rügen?", fragte Rieder.

„Nach Bergen."

„Um was zu machen?"

„Mal sehen."

Rieder entdeckte unter der Heckbank eine Tasche, aus der die Hälse zweier Saftflaschen herausschauten.

„Willst du versuchen, deinen Sanddornsaft an den Mann zu bringen?"

Keine Antwort. Stattdessen schob Malte die Pinne am Motor nach links. Das Boot wendete sich nach steuerbord. Sie waren schon nah bei Seehof. Hier konnte Malte nicht so nah am Ufer fahren, weil der Bodden hier sehr flach war. Der Wind und die Wellen kamen nun von der Seite. Sie ließen das Boot heftig krängen. Rieder musste sich festhalten, um nicht von der Sitzbank zu rutschen. Sie erreichten die Einfahrt von Schaprode. Malte drosselte den Motor und suchte sich eine Anlegestelle.

Rieder sprang aus dem Boot und machte es fest. Er war sehr stolz, dass er von Malte die richtigen Knoten gelernt hatte und auch immer noch beherrschte. Heute bekam er dafür von seinem Nachbarn kein Lob. Schweigend und sehr vorsichtig nahm Malte seine Tasche unter dem Heck hervor.

„Soll ich dich mit dem Auto mitnehmen?"

Malte schüttelte den Kopf. Er zog sein Ölzeug aus. Zum Vorschein kamen eine dunkle Jacke und eine schwarze Hose. Zwar nicht mehr der neueste Schick, aber für Maltes Verhältnisse geradezu modern. Dazu trug er ein weißes Hemd und einen Westover. Rieder staunte.

„Was hast du denn vor?"

„Geht dich nichts an."

Ohne Abschiedsgruß stapfte er in Richtung Bushaltestelle davon.

Rieder hatte erst vor kurzem sein Auto aus Berlin nach Rügen geholt. Er war der Überzeugung gewesen, wer auf einer autofreien Insel lebt, braucht auch sonst kein Auto. Dann kamen zwei Dinge zusammen, die ihn vom Gegenteil überzeugten. Zum einen hatte er nach einem halben Jahr auf der Insel deutliche Entzugserscheinungen vom Stadtleben. Zwar gab es auf der Insel einen Supermarkt, Kleidungsgeschäfte und sogar zwei Buchläden. Doch das Angebot in den Läden war überschaubar und wechselte selten. Zum anderen musste Rieder feststellen, dass die Fähren nur im Sommer von Hiddensee nach Stralsund fuhren. In den anderen Monaten war es ein Marathon, um von Hiddensee über Rügen nach Stralsund mit Schiff, Bus und Bahn zu kommen. Damit war Rieders Vorsatz vom autofreien Leben dahingeschmolzen.

Er hatte sein Auto wieder flottgemacht und nach Schaprode geholt. Nun stand es auf einem Parkplatz in der Nähe der Dorfkirche. Der Parkplatzwächter, Klaus Möbius, war ein echter Rüganer. Er machte sein Geschäft mit den Hiddensee-Touristen, war selbst schon zwanzig Jahre nicht mehr auf der Nachbarinsel gewesen.

„Was soll ich da? Den Leuchtturm sehe ich auch von hier."

Außerdem hätte er den ganzen Tag zu tun. Von sechs Uhr morgens bis acht Uhr abends stand er bereit, um auf seiner Wiese hinterm Haus Stellplätze anzuweisen, beim Aus- und Einparken zu helfen und die zwei Euro Parkgebühr pro Tag zu kassieren. Ankunfts- und Abreisetag inklusive, egal wie spät man auch kam oder wie früh man abreiste. Möbius lag mit seinem Preis um einen Euro unter dem Tarif des offiziellen Inselparkplatzes. So musste er sich keine Sorgen machen, dass ein Stellplatz leer blieb. Der Mann mit dem alten Regenhut und dem quietschgelben Ostfriesennerz hatte noch eine andere Eigenschaft. Er konnte präziser als die Inselmeteorologen das Wetter für Hiddensee voraussagen. Es stimmte immer. Lag dicker Nebel über dem Bodden und Möbius prognostizierte, in zwei Stunden würde über Hiddensee die Sonne scheinen, dann schien sie auch in zwei Stunden. Kam man bei strahlendem Sonnenschein in Schaprode an und Möbius empfahl, den Regenschirm nicht zu vergessen, dann regnete es auch, wenn man in Vitte oder Kloster von Bord der Fähre ging. Er konnte sich selbst nicht erklären, wie er diese Fähigkeit erworben hatte. Jahrzehntelanges Beobachten als Ursache stritt er ab.

„Ich habe gar keine Zeit, ständig aufs Thermometer und in den Himmel zu starren."

Trotz seiner kultivierten Abstinenz zu Hiddensee wusste er erstaunlich viel über die Insel und was sich dort tat. So hatte er Rieder, als er sein Auto dort das erste Mal abgestellt hatte, gleich mit „Herr Kommissar" angeredet, obwohl sie sich vorher noch nie gesehen hatten.

Heute saß Möbius in seinem kleinen Kabuff, als Rieder ankam. Er kam sofort heraus. „Na, Herr Kommissar, haben Sie schon den Mörder vom Baufritzen gefasst? Ist es wirklich die Dora Ekkehard gewesen?"

„Ich weiß es nicht."

Möbius schaute verdutzt: „Aber Sie haben sie doch verhaftet?"

„Momentan sieht es von der Indizienkette her so aus. Aber sicher ist das noch nicht."

„Ach so."

Möbius begleitete Rieder zu seinem alten Renault, der gleich hinter dem Einfahrtstor stand.

„Steins Karre steht ja noch hier. Hat sich noch keiner drum gekümmert. Nicht mal die Ulrike."

Daran hatte Rieder gar nicht gedacht. Stein hatte natürlich ein Auto besessen.

„Wo steht es denn?"

„Gleich hier vorn am Haus. War doch wie Sie ein Dauerparker."

Möbius hatte auf seinem Parkplatz eine klare Hierarchie. Wer zum ersten Mal kam, dessen Auto landete unter einem Schlafbaum der Vögel. Wenn er sein Auto wieder abholte, war es von oben bis unten mit Vogelkot bedeckt. Wer trotzdem bei der Stange blieb und wiederkam, dessen Treue wurde belohnt. Beim nächsten Aufenthalt rückte er langsam vom Schlafbaum weg, zunächst in die hinteren Reihen. Da blieb zwar das Auto sauber, dafür war der Weg dahin übersät mit Schlaglöchern. Außerdem standen dort die Autos enger, so dass es ein ewiges Kurbeln und Manövrieren war, bis man in oder aus den Parklücken kam. Wer zu Möbius' Stammgästen oder Dauerparkern gehörte, bekam direkt an der

Einfahrt seinen Stellplatz, bequem zum Einparken und zum Ein- und Aussteigen. Dahin hatten es Stein und Rieder geschafft.

Rieder ging um das Auto herum. Es handelte sich um einen grünen Landrover. Von außen konnte er innen nichts erkennen durch die getönten Scheiben.

„Ich habe sonst auch noch den Schlüssel“, erklärte Möbius.

Damit war klar, Stein hatte zur Extraklasse unter Möbius' Kunden gehört. Kamen sie nach Geschäftsschluss, stellten sie ihr Auto vor dem Tor ab und warfen den Schlüssel, falls Möbius nicht über den Ersatzschlüssel bereits verfügte, in den Briefkasten. Möbius kümmerte sich dann um den Rest.

„Kann ich Steins Autoschlüssel mal bekommen?“, fragte Rieder.

„Ich weiß nicht.“ Möbius nahm den Regenhut ab, kratzte sich den kahlen Schädel und verzog das Gesicht. „Sie sind das Gesetz, Herr Kommissar, aber ob das so mit dem Gesetz übereinstimmt? Braucht man da nicht so etwas wie einen Durchsuchungsbefehl?“

Rieder winkte ab. „Stein können wir nicht mehr fragen. Wer erbt, ist nicht geklärt. Ich denke, wir können uns das erlauben. Und dann sind Sie ja immer noch da als Zeuge.“

Das Auto erwies sich als ziemlicher Reinfall. Stein hatte offenbar sehr auf Ordnung geachtet. Es gab keine Notizzettel oder Unterlagen. Im Handschuhfach lagen nur ein Navigationsgerät und die Bedienungsanleitung für das Auto. Nicht mal ein alter Parkschein war zu finden.

Möbius beobachtete jede Bewegung des Polizisten.

„Man hat dem echt nicht angesehen, dass der was mit Bau zu tun hat. Der war eher etepetete.“

„Ich kannte ihn kaum“, erklärte Rieder, als er aus dem Auto stieg. Er warf die Tür zu und drückte dem Parkplatzwächter wieder den Schlüssel in der Hand. „Es wäre schön, wenn Sie mich informieren können, falls jemand das Auto abholen möchte. Vielleicht muss ich auch noch die Spurensicherung durchjagen.“

Möbius tippte mit der Hand an den Schirm seines Hutes. „Wird gemacht, Chef.“

Rieder ging mit Möbius zu seinem Auto. „Ich hoffe, ich bin rechtzeitig wieder zurück."

„Wenn nicht, parken Sie vor dem Tor und werfen den Schlüssel in den Briefkasten. Ich parke ihn dann."

Rieder war stolz auf, in die höchste Stufe der Parkplatzhierarchie aufgestiegen zu sein.

„Da fällt mir was ein, was ich immer ein bisschen komisch fand", meinte Möbius, als Rieder in sein Auto einstieg. „Manchmal holte Herr Stein das Auto, fuhr raus, hinter die Kirche, und da stieg dann eine Frau ein."

Rieder horchte auf. „Eine Frau? Steins Frau?"

„Die Ulrike? Die hat ihre Kiste doch auch hier stehen, gleich neben Steins Karre. Ist auch so geblieben, nachdem die nicht mehr miteinander waren. Nee, die Ulrike war's nicht. Es war 'ne andere. Das war komisch – solange sie in Sichtweite des Hafens waren, verhielten sie sich wie Fremde, als würden sie sich nicht kennen."

„Sie kamen von der Fähre? Also kam die Frau auch von Hiddensee?"

„Ich denke schon."

„Kannten Sie sie?"

Möbius schüttelte den Kopf. „Also, die gehörte nicht zu meinen Kunden. Ich schätze, sie hatte ihr Auto unten am Hafen. Von da kam sie ab und zu gefahren, wenn sie ohne Stein unterwegs war. Mancher hat's ja dicke und ist unbelehrbar. Aber war 'ne Schicke. Vielleicht ein bisschen jung für Stein. Obwohl ...", Möbius nahm den Regenhut ab und kratzte seine Glatze, „taufrisch war die auch nicht mehr. Nicht aufgedonnert, aber schick."

„Könnten Sie die Frau beschreiben?"

Möbius verzog wieder das Gesicht. „Da bin ich nicht so gut. Ich wollte nun auch nicht auf der Straße stehen und glotzen. Sie verstehen schon, Herr Kommissar. Diskretion ist mein Geschäft. Das Einzige, was mir aufgefallen ist: sie hatte rote Haare."

XXVI

Das Krankenhaus in Bergen war vor wenigen Jahren neu gebaut worden. Ein moderner, kühler Zweckbau. Rieder überkam immer ein mulmiges Gefühl beim Betreten von Krankenhäusern. Selbst wenn es nur dienstlich war.

Er ging zum Informationsstand. Die Empfangsfrau lächelte freundlich, bis er seinen Dienstausweis aus der Tasche zog. Sie schreckte zurück.

„Polizei! Wo finde ich die Patientin Karin Knoop?"

„Ich schaue sofort nach", antwortete die Frau ängstlich.

Während sie ihren Computer bearbeitete, tippte Rieder jemand auf die Schulter. Er fuhr herum.

„Sie sind also Hauptkommissar Rieder?"

Eine junge Frau stand vor ihm und lächelte ihn an. Er schätzte sie auf Ende zwanzig, höchstens Anfang dreißig. Ihre braunen Haare kräuselten sich zu kleinen Löckchen und wippten im Takt, wenn sie sprach. Sie war schlank und wirkte sportlich in dem grauen Kapuzenshirt und der engen Jeans. Unter dem Arm trug sie einen Laptop.

Rieder war so überrascht, dass er nur mit dem Kopf nicken konnte.

„Ich bin Polizeikommissarin Nelly Blohm. Wir haben telefoniert." Sie reichte ihm die Hand. Er ergriff sie und spürte ihre zarte, sanfte Haut.

„Alles klar", erklärte Nelly Blohm der Empfangsfrau, „ich übernehme das hier."

„Lassen Sie uns kurz in den Warteraum gehen", wandte sie sich wieder an Rieder, „damit ich Sie über den Stand der Dinge informieren kann."

Am frühen Vormittag war der Raum leer. Ein Schild verkündete, dass Krankenbesuche erst am Nachmittag gestattet seien. Sie setzten sich auf zwei weiße Plastikstühle.

„Frau Knoop wird noch operiert. Sobald der Eingriff vorbei ist, können wir mit dem Stationsarzt reden."

„Wie ist ihr Zustand?", fragte Rieder.

„Schlecht, aber wohl nicht lebensbedrohlich. Rippen sind gebrochen, die Nase; mehrere Wunden im Gesicht müssen genäht werden. Sicher nicht schön für eine Frau. Die Operation soll eine innere Blutung stillen. Mehr konnten die Ärzte bisher nicht sagen."

„Haben Sie schon was von der Spurensicherung gehört? Bökemüller wollte Behm mit seinem Team nach Seedorf schicken."

Nelly Blohm verneinte.

„Gibt es Zeugen für den Überfall?"

„Für den Überfall wohl nicht, dafür aber für das Auffinden. Leider nur Kinder." Nelly Blohm zog die Augenbrauen nach oben. „Da steht uns noch einiger Ärger in Seedorf bevor. Die Eltern laufen Amok. Einer hat den Landrat eingeschaltet."

„Konnten Sie die Kinder befragen?"

„Bisher nicht. Bökemüller würde auch darauf gern verzichten, um die Kinder nicht weiter zu beunruhigen."

Rieder verstand zwar seinen Chef, empfand das aber als Behinderung der Ermittlungen.

„Wenn wir mit dem Arzt gesprochen haben, sollten wir noch mal nach Seedorf fahren."

Ein Arzt betrat das Wartezimmer. Er zog sich seine weiße Kappe vom Kopf. Seine Gesichtszüge wirkten abgespannt. Unterm Arm trug er einen weißen Plastiksack.

„Dr. Frank Steinmüller, Stationsarzt", stellte er sich vor. „Die Operation hat Frau Knoop erstmal überstanden. Die Blutung ist gestillt. Es waren keine lebenswichtigen Organe betroffen. Wir haben sie jetzt in ein künstliches Koma versetzt. Die beste Möglichkeit, um sie zu stabilisieren. Von Heilungsprozess will ich noch gar nicht sprechen."

„Können Sie schon absehen, wann Sie Frau Knoop aus dem künstlichen Koma zurückholen?“

„Ich weiß es nicht“, meinte Steinmüller. „Ich kann Ihr Anliegen verstehen, und Sie haben dabei auch meine Unterstützung, so weit ich sie aus medizinischer Sicht und mit Blick auf das Wohl des Patienten gewähren kann, aber momentan möchte ich mich mit Prognosen zurückhalten.“

Trotzdem wagte Rieder noch einen Vorstoß. „Meinen Sie, es gibt Spuren, die wir an ihr sicherstellen könnten?“

„Für uns stand und steht im Vordergrund, ihr Leben zu retten und nicht, sie zu sezieren. Eine Vergewaltigung kann ich ausschließen. Sie hatten ja auf derartiges DNA-Material gehofft, Frau Blohm. An ihren Fingernägeln gab es keine Spuren von Hautresten. Wir haben nur einige Stofffasern bei der Säuberung der Wunden im Gesicht gesichert.“ Er reichte den Plastikbeutel Nelly Blohm. „Hier ist die Kleidung von Frau Knoop, um die Sie gebeten hatten.“

Rieder wollte etwas einwenden, aber Steinmüller kam ihm zuvor. „Um gleich weitere Diskussionen auszuschließen: Sie brauchen keinen Ihrer Kollegen vorbeizuschicken, um an der Patientin herumzukratzen oder mit ihr sonst was zu veranstalten. Frau Knoop ist meine Patientin. Ich informiere Sie, wenn sie ansprechbar ist.“ Damit drehte er sich um und verschwand ohne Verabschiedung.

„Klare Ansagen haben auch ihre Vorteile“, kommentierte Rieder den Abgang. „Auch wenn das alles schlimm ist, wenigstens keine Vergewaltigung“, stellte er sachlich fest.

„Jetzt denken Sie bestimmt: typisch Frau“, entgegnete Nelly Blohm schnippisch. „Ich hatte meine Gründe, von einer Vergewaltigung auszugehen.“

„Darf ich die erfahren?“

Nelly Blohm klappte den Laptop auf. Sie startete das Programm für das Internet und tippte eine Webadresse ein. Rieder versuchte sie zu entziffern: *www.kuestenschwalben.de.*

Die Seite öffnete sich. Die Bilder, Signets und der Text sprachen eine klare Sprache. Es handelte sich um einen Escortservice. Nelly Blohm klickte auf einen Button mit der Aufschrift „Wir über uns“.

Die schwarz-weißen Porträts von sechs Frauen erschienen auf dem Bildschirm. Darunter standen statt Namen die Bezeichnungen „Küstenschwalbe Nr. 1“ bis „Nr. 6“. Sie bewegte den Cursor auf das Bild einer Frau mit der Bildunterschrift „Küstenschwalbe Nr. 4“.

„Das ist Karin Knoop. Sie ist für uns keine Unbekannte.“

Rieder erkannte Karin Knoop. Er hatte sie öfter in Vitte gesehen, wenn sie in ihrem Garten Gäste bedient hatte. Er selbst war nie dort gewesen und hatte auch noch nie mit Karin Knoop gesprochen.

„Frau Knoop ist also eine Prostituierte? Ich kannte sie bisher nur als Imbissbesitzerin. Woher wussten Sie das mit der Internetseite?“

„Wir haben diese ‚*Küstenschwalben*‘“, Nelly Blohm betonte das Wort etwas ironisch, „schon länger im Blick. Wir wollen einfach nicht, dass sich eine Rotlichtszene auf Rügen im Umfeld der Hotels entwickelt. Aber nach unserer Einschätzung waren die sechs Schwalben eher harmlos. Keine Zuhälter, keine illegalen Bordelle. Sie arbeiten nur in Hotels oder Apartmentanlagen in der Bäderecke, also in Binz, Sellin, Baabe und Göhren. Manchmal noch in Sassnitz.“

Nelly Blohm klickte dabei auf das Bild von Karin Knoop, und ihre persönliche Homepage öffnete sich. Sie zeigte ein paar bunte Bilder von Karin Knoop in eindeutigerer Kleidung und in eindeutigeren Posen. Es war klar, dass der Service von Karin Knoop nicht mit dem Bezahlen ihrer Rechnung im Restaurant oder an der Bar enden würde. Über eine E-Mail-Adresse, *kuestenschwalbe4@ruegen.de*, konnte man mit ihr Kontakt aufnehmen. Eine Telefonnummer gab es nicht. Rieder stutzte trotzdem. Jetzt auf den Bildern sah er es deutlich. Karin Knoop hatte rote Haare!

Peter Stein würde sich wohl auch nicht mit einer Nutte abgeben und dann noch mit einer, die von Hiddensee kam. Soweit wollte er besser nicht denken.

„Wir müssten versuchen, ihren Mailverkehr zu knacken. Wahrscheinlich ist ihr Freier ausgetickt. Ich werde mal die Spurensicherung in Stralsund anrufen und den Hiddenseer Revierleiter Damp bitten, den Computer von Frau Knoop sicherzustellen. Vielleicht hat ein Nachbar oder eine Nachbarin einen Schlüssel von ihrem Haus. Manchmal liegt er auch einfach nur unterm Abtreter." Rieder holte sein Telefon hervor.

Die Polizistin winkte ab. „Das können Sie sich sparen. Es würde Tage dauern, bis wir von Behm ein Ergebnis bekommen." Dann tippte sie wieder auf der Tastatur ihres Laptops herum und drehte dann den Bildschirm zu Rieder. „Ich habe mich schon mal in das Netz der ‚Küstenschwalben' gehackt." Rieder war verblüfft.

„Sie hat sich gestern per Mail verabredet. Leider konnte ich noch nicht entschlüsseln, wer hinter der Mailadresse ihres Freiers steckt. Die beiden haben sich in einer Ferienwohnung in Binz für zwanzig Uhr verabredet. Den Schlüssel sollte sie von der Rezeption im Kurhaus bekommen. Sie wurde für die ganze Nacht gebucht. Preis 350 Euro. Angeblich war ihr Kunde Anfang fünfzig und wollte sich mit ihr nicht in seinem Hotel treffen. Sie hat das Arrangement vorgeschlagen und wollte alles organisieren." Nicht ohne einen gewissen Stolz schaute sie Rieder an.

„Chapeau! Das nenne ich mal Polizeiarbeit", lobte er die junge Kollegin. „Woher können Sie das? So ganz legal ist das nicht."

„Ich habe mich schon immer für Computer interessiert. Zwangsläufig. Sonst wurde man doch von den Jungen hier oben auf der Insel nicht ernst genommen. Die haben mir auch gezeigt, wie man Netzwerke knackt und wie man an Daten herankommt. Ganz praktisch heute, wenn der Dienstweg zu lange dauert."

Damit klappte sie ihren Laptop zu.

„Ich würde vorschlagen, wir fahren nicht nur nach Seedorf, sondern auch zum Kurhaus in Binz. Vielleicht finden wir da schon unsern Mann."

„Ich würde aber vorher gern im Revier Bergen vorbeifahren und nach Dora Ekkehard schauen."

„Der Kinofrau?"

Rieder nickte. „Ich mache mir etwas Sorgen um sie."

„Brauchen Sie nicht. Als ich vorhin angerufen habe, hatte sie gerade Besuch bekommen."

XXVII

Damp hatte bei Charlotte Dobbert die Akte Peter Steins zur „Ostseetherme“ abgeholt. Er hatte gehofft, dabei noch eine Tasse Kaffee und ein kleines Frühstück rauszuschlagen. Aber Charlotte hatte nur geöffnet, ihm die Ordner gereicht und hatte gleich wieder die Tür geschlossen.

Damp fand es nicht fair, dass er so auch Opfer des Streits zwischen Stefan Rieder und Charlotte Dobbert wurde.

Nun hockte er im Büro und überlegte, was er anfangen sollte. Durch Nachdenken verging immerhin auch die Zeit. Was könnte er tun? In Sachen Karin Knoop würde er erstmal nichts unternehmen. Das war Rieders Sache. Wenn Durk von dem Überfall auf die Mitbürgerin Knoop erfuhr, konnte er es schön auf seinen Kollegen schieben. Immerhin hatte ihn deshalb Bökemüller von dem Fall „Stein“ abgezogen und beiden Schweigen verordnet. Aus ermittlungstaktischen Gründen.

Eine weitere Möglichkeit wäre Abwarten. Irgendwann mussten die Ergebnisse von den DNA-Proben und den Spuren auf den Paddeln kommen. Bestätigten sie den Verdacht gegen Dora Ekkehard, müsste er nur noch den Abschlussbericht schreiben, ihn der Staatsanwaltschaft senden und fertig. Aber was, wenn sich der Verdacht gegen die Kinofrau nicht bestätigte? Dann müsste er diese Akten lesen. Keine angenehme Vorstellung. Damp stöhnte auf.

Aktenlesen war noch nie seine Stärke gewesen. Genausowenig wie Befragungen. Aber jetzt war er Revierleiter auf Hiddensee. Da kam er wohl um diese Dinge nicht mehr herum.

Vorsichtig klappte er den Ordner auf. Das waren bestimmt mehrere hundert Seiten. Bedächtig griff er den Papierstapel und ließ ihn durch seine Hand gleiten, Blatt für Blatt. Da gab es Briefe,

Verträge, Listen. Rieder hatte dazu noch ein paar gelbe Notizzettel an einzelne Seiten geklebt. Wie sollte er sich darin zurechtfinden? Damp klappte den Aktendeckel wieder zu.

Er drehte sich mit seinem Stuhl hin und her. Plötzlich stoppte er. Sein Blick fiel wieder auf den Aktenordner. Er griff sich die Kladde und begann erneut darin zu blättern. Sein Blick fiel auf den ersten gelben Notizzettel, der an einem Brief an Peter Stein klebte. Darauf stand: „Andreas Krenz, Norderende. Verdächtig?"

Es hätte natürlich mehr hergemacht, wenn er bei von Krenz mit dem Polizeiwagen vorgefahren wäre, sagte sich Damp. Aber es waren nur zweihundert Meter bis zum roten einstöckigen Backsteinhaus mit dem Reetdach und den grünen Fensterläden, versteckt hinter welkenden Stockrosen. Die beiden Flügel der Eingangstür zur Diele standen auf. Damp klingelte trotzdem.

„Ich bin hinterm Haus", rief jemand.

Dort stand ein grauhaariger Mann in einer roten Latzhose auf einer Leiter, die an einen Baum gelehnt war. In der Hand hatte er das Ende eines Drahtseils, das zu einem hohen Metallmast führte.

„Ach, Sie sind es." Er kletterte von der Leiter herab.

Damp salutierte beinahe, als er sich vorstellte: „Revierleiter Damp."

„Ich weiß, ich weiß." Der Mann streckte dem Polizisten die Hand entgegen. „Andreas Krenz, eigentlich Andreas von Krenz, um genau zu sein. Aber hier auf der Insel im Osten lasse ich das ‚von' lieber weg."

Damp schüttelte die Hand und schielte dabei zu dem Metallmast, der an mehreren Stellen in der Erde verankert war.

Krenz bemerkte den Blick. „Meine Antenne."

„Antenne?"

„Ich bin Amateurfunker."

„So etwas gibt's noch? Geht doch alles mit Handy viel leichter. Wozu brauchen Sie das?"

Krenz wiegte den Kopf hin und her: „Das bringt einem die Welt ins Haus."

Damp trat näher an die Antenne heran, rüttelte an den Seilen, die den Mast hielten.

„Alles genehmigt“, erklärte Krenz. „Ich weiß, dass Sie ein ganz Genauer sind. Ich kann Ihnen die Bescheinigung vom Amt Westrügen zeigen.“

„Was funken Sie so?“, fragte Damp.

„Kommen Sie mal mit!“

Der Polizist folgte Krenz ins Haus. Sie stiegen eine schmale Treppe nach oben. Dort stand die Tür einer Kammer auf, in der sich Apparate türmten. Kleine Lichter blinkten. Grüne Skalen pulsierten auf einem Bildschirm. Aus den Lautsprechern kam ein Rauschen. Immer mal konnte man eine Stimme hören, die ganz weit weg zu sein schien. Krenz drehte an ein paar Knöpfen. Die Töne wurden klarer. Jetzt klang es wie eine Unterhaltung.

„Das ist der Funkverkehr zwischen den Schiffen draußen auf der Ostsee. Sie teilen sich gegenseitig ihre Positionen mit, denn da geht es ziemlich eng zu, auch wenn wir es von hier auf der Insel nicht sehen können. Sie haben doch sicher schon mal von der Kadetrinne gehört?“

Damp zuckte mit den Schultern.

„63.000 Schiffe fahren da genau vor unserer Nase auf der Ostsee jedes Jahr vorbei. Manchmal höre ich, wie knapp wir hier an einer Katastrophe vorbeischrammen, wenn die Kapitäne nicht richtig aufpassen.“

Damp sah ihn zweifelnd an. Von Krenz schlug einen Hefter auf. „Hier sind übrigens die Genehmigungen.“

Damp wurde es zu eng in dem kleinen Raum. Er bekam kaum noch Luft. Der Polizist drehte sich um und trat aus der Kammer: „Darum geht es mir nicht.“

Krenz folgte ihm: „Worum dann?“

„Um Peter Stein.“

Krenz sagte nichts.

„Sie hatten Probleme mit ihm.“

„Daher weht der Wind.“ Krenz pfiff durch seine Zähne. „Die Frage ist, wer das größere Problem mit wem hatte. Ich mit Peter

Stein oder Peter Stein mit mir? Hat Sie sein treuer Paladin geschickt? Durk?“

‚Schon wieder Durk‘, dachte Damp bei sich. Laut antwortete er: „Nein. Wir haben in Steins Unterlagen Briefe von Ihnen gefunden, die Drohungen gegen Stein enthalten.“

„Na und? Ich habe ihm nicht mit Mord und Totschlag gedroht, sondern mit einer Klage. Der spinnt doch mit seinem blöden Spaßbad? Und ich sollte auch noch hübsch klein beigeben und ihm mein Haus überlassen. Was er mir als Kaufpreis geboten hat, war lachhaft. Aber der hätte sich gewundert. Wir hätten Stein seine Suppe schon schön vermasselt.“

Damp hatte seinen Notizblock aus der Brusttasche seiner Uniform gezogen und mitgeschrieben. „Wir?“

„Sie glauben doch nicht, dass wir tatenlos zusehen, wie Durk und Stein hier die Insel zerstören und sich die Taschen füllen. Es gibt eine Bürgerinitiative, die nur gewartet hat, bis Stein seine Karten auf den Tisch gelegt hätte, um ihm und seinem Diener Durk mal zu zeigen, wie Demokratie wirklich funktioniert.“

Von Krenz hatte sich in Rage geredet.

„Wer ist denn nun ‚wir‘? Wer gehört der Bürgerinitiative an?“, hakte Damp nach.

„Karin Knoop und ich.“

Damp hielt im Schreiben inne: „Sagen Sie das bitte nochmal.“

„Ja, schreiben Sie es ruhig für Ihren Herrn Durk auf. Karin Knoop und Andreas Krenz werden die Inselmafia das Fürchten lehren, weil wir die Hiddenseer mobilisieren werden, um sich zu wehren.“ Dabei hob er die geballte Faust.

Damp beeindruckte das nicht wirklich. Die Zugereisten sponnen immer ein bisschen. Das war er schon gewohnt. Sie kamen her, wollten die Hiddenseer Welt verändern und scheiterten.

„Herr von Krenz, wo waren Sie Montagabend zwischen 20 und 21 Uhr?“

„Hier!“

„Zeugen?“

„Keine.“

Damp schaute Krenz in die Augen, sagte aber nichts. Das verunsicherte den Mann: „Ich habe den Funkverkehr der Schiffe abgehört."

Damp kratzte sich mit seinem Stift in seinem Lockenkopf. „Nicht gerade ein Super-Alibi", stellte er trocken fest.

Daraufhin schlug Krenz seine Funkerkladde auf und zeigte auf seine Mitschriften. Damp warf einen Blick hinein. „Und jetzt soll ich wohl bei ‚Rügen Radio' anrufen und fragen, ob das stimmt?" Er klappte seinen Notizblock zusammen, steckte ihn in seine Brusttasche. „Wir sprechen uns noch. Halten Sie sich bereit!"

Er verließ das Haus. Draußen lobte er sich im Stillen: „War doch gar nicht so schlecht, Ole. Für den Anfang."

XXVIII

Rieder starrte aus dem Seitenfenster. Die Bäume an der Allee zwischen Bergen und Sellin flogen vorbei. Er konnte es noch immer nicht fassen. Als er sein Auto auf dem Parkplatz des Reviers in Bergen abgestellt hatte, um dann mit Nelly Blohms Wagen mitzufahren, war er von der Neugierde übermannt worden. Er wollte wissen, wer Dora Ekkehard besuchte.

Nelly Blohm hatte Rieder zu einem kleinen Aufenthaltsraum geführt. Keine Wache davor. Offenbar meinten die Bergener Beamten, dass bei Dora Ekkehard keine Fluchtgefahr bestünde, obwohl sie unter Mordverdacht stand. Er hatte die Tür geöffnet, und ihm war die Kinnlade runtergeklappt. Einträchtig saßen Dora und Malte bei Kaffee, Kuchen und Sanddornsaft am Tisch.

„Du hier?“, hatte er überrascht seinen Nachbarn gefragt und dann noch schnell ein „Hallo, Frau Ekkehard!“ nachgeschoben.

„Stört's dich?“, hatte Malte nur bockig geantwortet,

Rieder hatte mit dem Kopf geschüttelt, aber im Stillen gedacht: ‚Die Hiddenseer bleiben mir einfach ein Rätsel.‘

Nelly Blohm bog rechts ab nach Seedorf. Die Straße war von Schlaglöchern übersät. Links lag ein Reiterhof, rechts standen ein paar kleine Häuschen und eine alte Scheune. Alles wirkte etwas runtergekommen – der Aufschwung war noch nicht in jedem Winkel Rügens angekommen. In der nächsten Kurve tauchte der Neuensiener See auf. Ein paar Fischerkähne dümpelten nah am Ufer vor sich hin. Eine weiße Holzbrücke führte zu mehreren Häusern auf der anderen Seite des Sees.

Gleich links hinter dem Ortsschild war eine große Apartmentanlage entstanden, mit Bäcker, Restaurant und Drogerie. Die alten

Fischerhäuser des Dorfes waren alle saniert. Überall wurden freie Ferienwohnungen angeboten.

„Das hat sich hier aber verändert!“, staunte Rieder.

„Kennen Sie den Ort?“

„Ich war öfter mal als Kind hier.“

Sie hielten in der Ortsmitte. Dort stand neben der Bushaltestelle ein Streifenwagen. Die Polizisten dösten vor sich hin.

Rieder klopfte bei den Kollegen an die Windschutzscheibe. Der Fahrer ließ das Fenster herunter. „Keine besonderen Vorkommnisse“, meldete er. „Die Lage hat sich wieder beruhigt.“

„Waren Leute von der Stralsunder Spurensicherung schon da?“, fragte Rieder.

Der Beamte nickte. „Ein mürrischer älterer Kollege mit einem jungen Spund, den er wie einen Lehrling rumkommandiert hat.“

Die Beschreibung passte auf Holm Behm und seinen Assistenten. „Sie sind etwas rumgestapft, haben das Gelände um die Bank an der Haltestelle abgesucht, aber nichts gefunden und den Inhalt des Papierkorbs in eine Plastiktüte gekippt. Dann sind sie wieder abgefahren, ohne ein Wort mit uns zu reden. Wie die Kollegen aus Stralsund von der Direktion so sind“, beklagte sich der Beamte.

Nelly Blohm kontrollierte inzwischen ihr Handy auf Anrufe und Kurznachrichten.

Rieder sah sich um. Niemand war auf der Straße, aber er spürte, dass ihre Ankunft hinter den Fenstern und Gardinen mit Argwohn beobachtet worden war. Hier und dort bewegte sich der Stoff. Er schlenderte zum Hafen. Früher hatte es hier eine Werft gegeben. Sie war verschwunden. Dafür gab es einen Kiosk der örtlichen Fischräucherei, aus der ein verführerischer Duft nach frischem Räucherfisch strömte. Rieder schaute kurz durch das Fenster. Da lagen in der Auslage aufgereiht Butterfisch, Heilbutt, Schillerlocken und Aal. Er erinnerte sich an seinen Urlaub mit seinen Eltern in dem kleinen Ort, auf einem kleinen Hausboot zu DDR-Zeiten. Sein Vater hatte alles daran gesetzt, wenigstens einmal Räucheraal zu essen. Irgendwann hatte dann der Vermieter an die Tür geklopft und Päckchen aus fettigem Zeitungspapier reingereicht. Sein Vater hatte seine Brieftasche gezückt und dem Mann verstohlen einen blauen Hundert-Mark-Schein gereicht. Die Geste war Rieder haftengeblieben, ebenso, dass ihm der Aal nicht geschmeckt hatte. Zu tranig. Zu fad. Bis heute war er deshalb kein Freund von Räucheraal. Eine Ausnahme machte er nur, wenn Malte kleine Aale räucherte. Die waren eine Delikatesse, tropften nicht vor Fett, schmeckten würzig nach dem Buchenholz aus der Esse.

Nelly Blohm riss Rieder aus seinen Erinnerungen: „Haben Sie Ihren Schock überwunden?“

„Welchen Schock?“

„Den Schock vom Revier. Auf den Parkplatz sahen Sie aus, als hätten Sie drin den Allmächtigen getroffen. Dann haben Sie auf den neunzehn Kilometern von Bergen bis hierher kein Wort gesagt. So ein bisschen mache ich mir dabei auch Sorgen über meine Außenwirkung. Da hat man schon mal Bökemüllers Berliner Wunderknaben an Bord, und der schweigt sich aus.“ Sie lächelte ihn an. Rieder schaute ihr in die Augen. Vielleicht ein bisschen zu lang, wie er sich eingestand.

„Manchmal gibt’s einfach unerwartete Überraschungen.“

„Das haben Überraschungen so an sich“, gab Nelly Blohm altklug zurück.

„Behm hat schon alles abgesucht und wohl nichts gefunden“, wechselte Rieder das Thema.

„Vielleicht unternehmen wir einen zweiten Versuch“, entgegnete sie. Sie zog zwei Paar Latexhandschuhe aus ihrer Jackentasche, reichte ein Paar Rieder.

Er verspürte wenig Lust, auf Spurensuche zu gehen. Er vertraute Behm absolut. Trotzdem wollte er kein Spielverderber sein. Er meinte aber lakonisch: „Dann wollen wir mal die Nadel im Heuhaufen suchen.“

Sie durchsuchten noch einmal die Grasnarbe um die Bank, auf der Karin Knoop gefunden worden war. Nelly Blohm blieb plötzlich stehen und hockte sich hin. Sie hatte etwas Glänzendes zwischen den Grashalmen entdeckt. Einen Knopf. Triumphierend hielt sie ihn Rieder vor die Nase. „Wohl doch nicht so genau, Ihr Stralsunder Kollege."

„Unser Kollege", verbesserte sie Rieder ärgerlich.

„Der Knopf gehört zu Karin Knoops Kleidung. Da bin ich ganz sicher", frohlockte Nellly Blohm.

„Toll!", meinte Rieder sarkastisch. „Dann haben wir jetzt den Beweis für etwas, das wir schon wussten. Karin Knoop lag hier auf der Bank."

„Und der Fundort muss nicht der Tatort sein. Wahrscheinlich ist der Knopf abgerissen, als Karin Knoop hierhergeschleift wurde", belehrte die junge Polizistin Rieder.

„Davon ging ich eigentlich aus. In diesem ehrbaren Dorf hätte bestimmt jemand die Polizei geholt, wäre sie hier zusammengeschlagen worden."

Nelly Blohm ärgerte sich über Rieder. Sie steckte den Knopf ein. „Lassen Sie uns zum Kurhaus nach Binz fahren. Vielleicht erfahren wir dort mehr."

Sie gingen zum Auto. Rieder schaute noch einmal zum Hafenkai. Da lagen einige Boote vertäut. Sie wirkten unbewohnt. Für einen Bootsurlaub waren die Nächte schon zu kalt. Dann hörte er ein Geräusch. Es war das Klingeln eines Löffels in einer Kaffeetasse.

„Haben die Kollegen auch die Boote kontrolliert?", fragte er seine Kollegin.

„Keine Ahnung."

Rieder ging auf die Boote zu, schaute durch die Fenster. An einer Motor-Yacht klopfte er auf das Dach der Kajüte.

„Hallo?", rief er.

Vorsichtig wurde ein Schlüssel umgedreht, dann die Kajütentür geöffnet. Ein Mann im Bademantel schaute heraus. Rieder zog seinen Dienstausweis.

„Polizei. Wir haben ein paar Fragen an Sie."

Der Mann kam an Deck.

„Sie haben sicher mitbekommen, was hier passiert ist. Eine Frau wurde schwer verletzt auf der Bank gefunden. Wahrscheinlich ist sie überfallen worden."

Stummes Nicken.

„Haben Sie heute Nacht etwas gehört?"

Der Mann kratzte sich am Kopf. „Eigentlich nicht."

„Was heißt *eigentlich* nicht?", fragte Nelly Blohm.

Da ging die Tür zur Kajüte wieder auf, und eine Frau, ebenfalls im Bademantel, schaute heraus. „Werner, nun sag ihnen schon, was wir gehört haben." Aber sie wartete gar nicht ab, ob ihr Mann etwas sagte. „So gegen drei hörten wir hier ein Auto. Eine Tür klappte, etwas wurde ausgeladen. Sah aus wie ein Sack. Wir dachten, es wäre vielleicht Müll. Kommt doch immer wieder vor, dass die Leute einfach ihren Dreck abkippen. Außerdem stehen die Müllcontainer gleich dort hinten. Dann ist das Auto wieder weggefahren."

„Aber Sie haben nicht nachgeschaut, was es war."

Da mischte sich wieder der Mann ein. „Nein, haben wir nicht. Wir wollen keinen Ärger."

„Was soll das heißen?", fragte Rieder.

„Ich habe kurz durch den Vorhang geschaut, habe mir gedacht, was geht's mich an. Okay, das war nicht in Ordnung."

„Können Sie die Person beschreiben?", fragte Nelly Blohm.

„Nein. Ich denke, es war ein Mann. Er musste sich ziemlich anstrengen, den ..." Der Bootsbesitzer stockte. „Also die Person trug dunkle Kleidung, ein schwarzes Kapuzenshirt. Das Gesicht konnte man nicht erkennen."

„Und das Auto?"

„Ein Jeep oder so etwas ähnliches."

„Kennzeichen?"

Kopfschütteln.

„Wie geht es der Frau?", fragte die Bootsbesitzerin.

„Nicht gut." Damit drehte sich Rieder um und ging zurück zum Auto. Nelly Blohm notierte sich noch schnell die Namen und die Telefonnummer des Ehepaars.

Rieder war schon eingestiegen. „Ein Müllsack und ein Menschenkörper sind sich ja auch total ähnlich", brummte er ärgerlich in sich hinein, als sich Nelly Blohm hinters Lenkrad setzte.

„Etwas haben wir doch schon. Wahrscheinlich ein Mann. Kapuzenshirt. Ein Jeep ...", versuchte die Polizistin ihren Kollegen aufzumuntern.

„Lassen Sie uns nach Binz fahren", antwortete Rieder.

Sie fuhren wieder Richtung Bergen. Der nächste Ort war Lancken-Granitz. Rieder fiel eine Radarfalle auf der anderen Straßenseite auf. Er überlegte kurz. An der nächsten Ampelkreuzung war „Rot". Nelly Blohm hielt.

„Haben Sie ein Blaulicht?", fragte Rieder

Nelly Blohm sah verwundert ihren Beifahrer an.

„Klar."

„Setzen Sie es und wenden Sie. Dann mit Tempo nochmal zurück!"

„Was soll das?"

„Tun Sie es einfach."

Sie verdrehte die Augen. Da schon „Grün" war und der nachfolgende Fahrer hupte, lenkte sie den Wagen kurz an den Straßenrand. Sie holte das Blaulicht raus, setzte es aufs Dach und schaltete es ein. Dann wendete sie den Wagen und beschleunigte. Immer wieder schaute sie zu Rieder. Dann kam das Ortsschild „Lancken-Granitz". Sie wollte etwas bremsen, doch Rieder rief bloß: „Tempo!" Da blitzte es auch schon. Nelly Blohm hielt an.

„Na prima! Meinen Führerschein bin ich los! Ich freue mich auch schon, einen Bericht zu schreiben zum Thema ‚Fahren mit Blaulicht ohne Genehmigung'", meckerte Nelly Blohm.

„Machen Sie sich keine Sorgen. Das kläre ich schon. Wer ist für die Blitzer hier auf der Insel zuständig?"

„Die Verkehrspolizisten im Revier Bergen. Ich versteh' nicht, was das Ganze soll!"

„Rufen Sie bei den Kollegen sofort an. Die sollen den Film wechseln und uns die vorhandenen Bilder aus der letzten Nacht raussuchen." Als sie ihn immer noch verwundert ansah, klärte er sie auf. „Habe ich eine Leiche im Kofferraum – oder eine schwer verletzte, verprügelte Frau – will ich sie loswerden. Also fahre ich schnell, vielleicht zu schnell. Habe ich sie in Binz eingeladen und will sie in Seedorf ausladen, muss ich hier vorbei. An diesem Fotoautomaten. Mit etwas Glück haben wir Kennzeichen und Gesicht unseres *Müllfahrers*."

XXIX

Die Befragung des Portiers im Kurhaus war wenig ergiebig. Karin Knoop hatte am Abend gegen zwanzig Uhr den Schlüssel für das Apartment abgeholt und bar im Voraus bezahlt. Offenbar war das Geschäft mit den ‚Küstenschwalben' eine einträgliche Einnahmequelle für das Personal an der Rezeption des Hotels, allerdings auch für das Hotel selbst. Der Portier schwor Stein und Bein, dass nur eine kleine Provision für ihn hängenblieb und das Hotelzimmer korrekt verbucht wurde zu den im Hotel üblichen Preisen. Die Hausdame des Hotels, die bei dem Gespräch anwesend war, drohte beinahe in Ohnmacht zu fallen, als sie davon hörte. „Sie haben unser Haus zu einem Stundenhotel gemacht", hatte sie den Portier angeschrien, „das wird Folgen haben! Auch für Ihre Kollegen!"

Auch sonst waren Blohm und Rieder erfolglos. In dem Apartment-Komplex, in dem Karin Knoop das Zimmer für das Treffen gemietet worden, gab es keine Überwachungskameras. Außerdem war das Zimmer schon gesäubert worden. Die Polizisten hatten es sich trotzdem angesehen, alle Schränke geöffnet, unters Bett geschaut und das Bad inspiziert. Auf Nelly Blohms Frage, ob sie die Spurensicherung holen solle, hatte er den Kopf geschüttelt.

Es ging langsam auf Mittag zu. Rieder bekam Hunger. Er schlug Nelly Blohm vor, essen zu gehen. Sie druckste herum, schaute auf die Uhr.

„Mir wäre es lieber, wenn wir schnell noch Jana Büchel befragen und dann nach Bergen zurückfahren. Ehrlich gesagt, ich habe da am Nachmittag noch einen Termin."

Jana Büchel, so hatte Rieder von Nelly Blohm erfahren, war so etwas wie die Chefin der ‚Küstenschwalben'. Sie wohnte in einem Plattenbau aus DDR-Zeiten in Binz, knapp hundert Meter hinterm Strand. Die meisten Wohnungen in dem Häuserblock waren mittlerweile Ferienapartments. An vielen Klingelschildern standen statt Namen Zahlen.

Jana Büchel ließ sich die Dienstausweise zeigen, bevor sie die beiden Polizisten in die Wohnung ließ. Sie hatte kurze blonde Haare, ein sehr schmales Gesicht und war etwa Mitte dreißig. Sie trug einen blauen Jogginganzug.

Ihr Wohnzimmer war bis unter die Decke mit Bücherregalen vollgestellt. Nichts deutete auf ihren Job als Callgirl hin. Auf dem Bildschirm des Computers war allerdings die Webseite der ‚Küstenschwalben' zu sehen.

Jana Büchel kam mit Nelly Blohm und einem Tablett mit Teekanne und Tassen herein. Die Polizistin hatte die Frau in der Küche über den Zustand von Karin Knoop informiert. Rieder schaute sich gerade die Bücherrücken an.

„Passt das nicht in Ihr Bild?", fragte sie Rieder mit ironischem Unterton. Der Polizist fühlte sich ertappt. „Keiner ist frei von seinen Vorurteilen", entschuldigte er sich.

„Ich hatte auch andere Pläne. Ich habe Kulturwissenschaften studiert, aber hier oben kann man damit nichts anfangen. Aber ich wollte auf der Insel bleiben. Also habe ich auf Webdesign umgeschult. Braucht man hier aber auch nicht."

„Wie haben Sie Karin Knoop kennengelernt?", fragte Nelly Blohm.

„Bei der Umschulung. Es war aber schon die nächste. Jetzt bin ich auch noch Bürokauffrau."

„Und wie kam es dann zu den ‚Küstenschwalben'?"

Jana Büchel ließ sich auf ihr Sofa fallen und nahm ein Kissen auf ihren Schoß. „Zufall! Ich habe zwar drei Berufe, aber trotzdem keinen Job und kein Geld. Da kam ich auf die Idee, anschaffen zu gehen. Ich bin hier in die Hotels abends gegangen und habe mich an die Bar gesetzt. Da muss man als Frau nicht lange warten, bis Sie jemand anspricht. Obwohl die meisten Urlauber nicht allein kommen, sondern mit der Ehefrau, Partnerin, Freundin, was weiß ich. Aber es gibt mittlerweile auch alleinreisende Männer: Sportclubs, Skatvereine, und dann sind da noch die Patienten aus den Kurkliniken. Ein Drink. Etwas quatschen. Dann kommt schon meist die Frage. Sie müssen dann nur den Mut haben für die Gegenfrage, ob sie auch den Preis zahlen wollen. Die meisten zahlen." Sie nahm einen Schluck Tee. „Ich habe davon meinen Klassenschwestern erzählt. Und siehe da. Zwei verdienten sich so auch was nebenbei. Dabei war auch Karin Knoop. Ich hatte sie sogar schon mal im Kurhaus an der Bar gesehen. Dann haben wir uns zusammengetan und die ‚Küstenschwalben' gegründet. Ich habe die Seite programmiert. Dafür hat die Umschulung zur Webdesignerin wenigstens was genützt. So konnte man jetzt den Portiers und Barkeeper einfach die Webadresse geben. Sie kriegen dafür ein Trinkgeld. Die werden auch immer mal gefragt, ob sie nicht wüssten, wo man", sie machte mit den Fingern Anführungszeichen in der Luft, „eine nette Begleitung für den Abend findet. Das Geschäft läuft gut."

Jana Büchel erzählte das alles mit großer Selbstverständlichkeit, als wäre es die normalste Sache der Welt, als Frau auf den Strich zu gehen. Nelly Blohm aber blickte die Frau auf dem Sofa verständnislos an. Offenbar passte diese Art von Selbsthilfe nicht mit ihrem Selbstverständnis als Frau zusammen. Rieder bemerkte das und zog deshalb das Gespräch an sich.

„Was können Sie uns über Karin Knoop erzählen?", fragte er.

„Nicht viel. Wir waren nicht", wieder die Anführungsstriche in der Luft, „gute Freundinnen. Wir waren Kolleginnen. Irgendwie auch Konkurrentinnen."

„Was muss man denn so zahlen?", hakte Rieder nach.

„Sind Sie interessiert?", entgegnete Jana Büchel schnippisch.

„Ich bin versorgt", konterte Rieder.

„Muss ja kein Hindernis sein." Sie grinste ihn schelmisch an.

„Könnten Sie auf die Frage antworten?" Rieder wurde diese Sticherlei peinlich.

„150 für eine Stunde, 350 für die ganze Nacht. Alle nehmen

den gleichen Tarif. Wir haben vereinbart, dass bei Deals über unsere Webseite per Mail einmal der Preis genannt werden muss. Ich kontrolliere das ab und zu."

„Ist ja wie bei einer Gewerkschaft."

„Wenn Sie so wollen."

„Und ein ganz schön hoher Preis."

„Er soll die Idioten abhalten. Hat aber wohl nicht geklappt", meinte Jana Büchel sarkastisch.

Nelly Blohm schaltete sich jetzt doch ins Gespräch ein: „Sie haben also den Zugang zu allen Accounts der anderen ‚Küstenschwalben'?"

Jana Büchel nickte. „Ja. Ich habe auch den Support gemacht, wenn bei den anderen etwas nicht funktionierte."

„Ganz schöner Vertrauensvorschuss", meinte Blohm. Die Frau zuckte mit den Schultern.

„Ich würde gern noch etwas mehr über Karin Knoop wissen", schaltete sich Rieder wieder ein.

„Der Mann ist früh gestorben. Ein Arbeitsunfall. War Dachdecker. Sie hatte nichts außer diesem Gasthaus, das sie mit ihrem Mann zu Ferienwohnungen umbauen wollte, und einen Haufen Schulden. Auf Hiddensee gab es nichts. Erst hat sie es auch mit Umschulungen versucht. Aber alles umsonst. Dann hat sie mit dem Imbiss angefangen und parallel die Umschulung gemacht. Weil das Geld nicht reichte, hat sie sich was dazuverdient als ‚Küstenschwalbe'." Es gab ein kurzes Piepsen. „Entschuldigen Sie mich bitte!" Jana Büchel legte das Kissen zur Seite. Sie stand auf und ging zum Schreibtisch. Einen Nachricht wurde auf dem Bildschirm angezeigt. Sie las sie schnell durch und tippte dann etwas.

„Sie arbeiten heute weiter, obwohl das Ihrer Kollegin passiert ist und Sie noch nicht wissen, wer es getan hat?" Nelly Blohm war schockiert und schüttelte nur den Kopf.

„Das Leben muss weitergehen", antwortete Jana Büchel leicht gereizt, ohne das Schreiben zu unterbrechen. „Außerdem ist die Saison bald zu Ende. Da zählt jetzt für mich jeder Euro. Vorrat für den Winter. Wie bei den Eichhörnchen."

Die Frau ließ sich wieder auf das Sofa fallen.

„Die Treffen fanden immer im Hotel oder in Apartments statt?"

Jana Büchel nickte: „Nie zuhause. Das war eine unserer Regeln. Man macht sich aber was vor, dass man dadurch das eine von dem anderen Leben trennen könnte." Sie deutete auf ihren Computer. „So ist es trotzdem da. Geht nicht anders."

„Haben Sie gestern den Dialog von Karin Knoop mit ihrem Kunden vielleicht verfolgt."

„Nicht wirklich. Irgendwann kam die Sache mit dem Geld. 350 Euro. Damit war die Sache für mich erledigt. Ich musste mich auch um einen eigenen Kunden kümmern."

„350 Euro? Es war also eine Buchung für eine ganze Nacht", bemerkte Rieder.

„Darauf hat Karin immer hingearbeitet."

„War sie der romantische Typ?"

„Quatsch. Sie kam nicht mehr zurück nach Hiddensee, wenn es nur eine kurze Nummer wurde. Wo sollte sie bleiben? Sie hätte also das Zimmer für die ganze Nacht buchen müssen. Da bleibt dann am Ende nicht viel hängen. Das Zimmer. Die Provision für den Portier. Die Fähre." Sie wurde nachdenklich. „Was mich eigentlich gewundert hat, dass Karin wieder aktiv wurde. Und dann gleich so eine Scheiße." Jana Büchel fasste sich kurz an die Augen, um die Tränen zurückzuhalten.

Rieder wurde hellhörig. „Was meinen Sie damit, dass Sie wieder *aktiv* wurde?"

„Über ein halbes Jahr hat sie nichts mehr gemacht, jedenfalls nicht über unser Portal. Ich dachte, sie ist ausgestiegen, hat vielleicht was Besseres gefunden."

„Hatten Sie in der Zeit Kontakt mit Karin Knoop?"

Kopfschütteln. „Wie gesagt, wir waren keine guten Freundinnen, sondern lediglich Geschäftspartnerinnen. Und Hiddensee liegt selbst von hier ganz schön weit weg."

„Ist es in der Vergangenheit schon mal zu ähnlichen Vorfällen gekommen?"

Die Frau verneinte: „Nie! Wir fühlten uns sicher. Vielleicht zu sicher."

Rieder und Blohm hatten keine Fragen mehr. Jana Büchel brachte die beiden zur Tür. Beim Verabschieden hielt sie Rieders Hand fest: „Ich möchte nicht, dass Sie glauben, das mit Karin würde mir nicht nahe gehen. Aber für mich gibt es hier keine Alternative."

Rieder drückte ihre Hand. „Ich verstehe Sie."

„Ich fasse es nicht!", rief Nelly Blohm, als sie zum Auto gingen. „Wie kann sie sich heute neu verabreden, nach dem gestern ihre Kollegin", sie machte die Anführungsstrich-Bewegung von Jana Büchel nach, „fast totgeschlagen worden ist?"

Rieder sagte nichts dazu. Das brachte seine Kollegin noch mehr auf die Palme. „Nun lassen Sie bloß nicht so den coolen Großstadtbullen raushängen!" Sie öffnete die Autotür und sprang beinahe ins Auto. Rieder setzte sich auf den Beifahrersitz.

„Was sagen Sie denn nun dazu?"

Rieder zuckte mit den Schultern.

„Sie wartet die Computer der anderen. Man könnte es auch Überwachung nennen. Das ist wie bei der Stasi."

„Frau Blohm. Ich kann mich erinnern, dass Sie vor gut drei Stunden auch ziemlich schnell in ein Netzwerk eingedrungen sind." Er machte eine kurze Pause. „Ohne eine rechtliche Genehmigung."

„Das ist doch was anderes ...", widersprach sie.

„Ich würde es erstmal als Stärke der Rügener Frauen sehen, dass sie sich gut mit Computern auskennen", meinte Rieder ironisch. Dann wurde er wieder ernst. „Wichtiger ist doch, was wir erfahren haben."

„Und das wäre?"

„Karin Knoop hat sechs Monate nicht als ‚Küstenschwalbe' gearbeitet. Dann kommt es danach gleich beim ersten Date zu dieser Attacke. Polizisten neigen immer etwas zu Verschwörungstheorien. Aber hier scheint es mir auch angebracht. Das kann meines Erachtens kein Zufall sein. Jemand muss gewusst oder darauf gewartet haben, dass sie wieder aktiv wurde."

In seinem Hinterkopf spukte noch mehr herum. War es jemand, der auch mit dem Tod von Peter Stein zu tun hatte?

Nelly Blohm blieb stehen und schaute ihn erstaunt an: „Vielleicht doch nicht so schlecht, ein cooler Großstadtbulle zu sein."

Dann sah sie auf die Uhr. „Ich müsste ziemlich dringend nach Bergen. Ich habe da einen privaten Termin." Ohne einen Einwand Rieders abzuwarten, startete sie den Motor und fuhr los. Sie fuhr aus Binz über die Straße nach Prora, bog dann auf die Fernverkehrsstraße nach Bergen. Rechterhand konnte man zwischen den Bäumen der Kiefernschonung immer mal wieder die glitzernde Oberfläche des Kleinen Jasmunder Boddens sehen. Links lagen frisch gepflügte Felder. Schwärme von Möwen und Krähen bevölkerten die Furchen auf Nahrungssuche.

„Und wie geht's mit unserem Fall weiter?", fragte Rieder, nachdem sie schon eine Weile gefahren waren. „Bökemüller will Ergebnisse."

„Ich kann es nicht ändern. Manchmal geht eben ‚Privat' vor ‚Katastrophe'. Wie ich meine lieben Kollegen von der Verkehrspolizei Bergen kenne, werden wir auch erst morgen die Fotos der Radarfalle haben; und Karin Knoop schläft im künstlichen Koma. Da ist sowieso nicht mehr so viel zu tun."

Damit hatte sie nicht Unrecht, dachte sich Rieder. Er zog sein Handy aus der Jacke. Während der Vernehmung von Jana Büchel hatte er es stumm geschaltet. Auf dem Display waren Anrufe von Behm und Damp verzeichnet. Rieder wollte gerade die Mailbox abhören, da hielt Nelly Blohm an.

„Von hier finden Sie doch den Weg zum Revier?", fragte seine Kollegin. Rieder war völlig überrascht. „Ja, ja", stotterte er, verabschiedete sich und stieg aus. Kaum hatte er die Tür zugeschlagen, raste Nelly Blohm auch schon davon.

Er stand an der Einfahrtstraße von Bergen. Keine Menschenseele war zu sehen, die er hätte fragen können, wo es zum Polizeirevier gehen würde. Da entdeckte er an der nächsten Kreuzung einen Wegweiser „Polizei". Er lief los. Unterwegs rief er seine Mailbox an. Nur Behm hatte eine Nachricht hinterlassen.

„Ich habe die ersten Ergebnisse für den DNA-Abgleich und die Fingerabdrücke am Paddel. Ich bin auf dem Weg nach Hiddensee. Wir sehen uns dort."

Rieder blieb stehen und starrte auf sein Telefon. Wieso fuhr Behm nach Hiddensee?

XXX

Damp hasste Anrufbeantworter. Er wusste nie, was er darauf sprechen sollte. Meistens geriet er ins Stottern. Deshalb sagte er nichts, als sich bei Rieder nur die Mailbox meldete. Er würde trotzdem sehen, dass Damp ihn angerufen hatte. Aber es war dringend. Außerdem war es ihm unheimlich hier in diesem Haus.

Damp schaute aus dem Fenster. Draußen waren kaum Menschen zu sehen. Bei dem heraufziehenden Sturm gingen die Hiddenseer nicht vor die Tür. Selbst von den Touristen ließ sich kaum einer sehen. Immer wieder peitschten heftige Regengüsse über die Insel. Die Vorboten des Unwetters. Die Tropfen schlugen dann wie ein Trommelfeuer auf das Fensterglas.

Um Damp herum war nur Chaos. Herausgerissene Schubladen. Verstreute Papiere. Zerschlagenes Geschirr. Oben unterm Dach sah es nicht besser aus. Dort lag überall Kleidung herum. Ein Koffer war völlig zerschlitzt worden. Damp horchte, ob es nicht irgendwo ein verdächtiges Geräusch gäbe. Er hatte nur Behm erreicht. Der wollte sofort zu kommen, wenn sich Gebauer bei dem Wetter mit seinem Kahn auf den Bodden traute.

Damp fiel ein, das er eigentlich zum Hafen fahren müsste, um Behm abzuholen. Aber konnte er das Haus von Karin Knoop ohne Bewachung lassen?

Eigentlich hatte sich Damp aus dem Fall „Karin Knoop“ heraushalten wollen. Das war Rieders Sache. Aber nachdem ihm Andreas von Krenz von der gemeinsamen Bürgerinitiative mit seiner Nachbarin gegen die „Ostseetherme“ erzählt hatte, war er doch zu ihrem Haus gelaufen.

Schon als er beim „Gasthaus Norderende“ angekommen war, hatte er das Klappen einer Tür gehört. Immer wieder. Kein Hiddenseer vergaß im Herbst, Fenster und Türen zu verriegeln. Ein Sturm konnte immer schnell kommen. Das Geräusch kam aber nicht von der Veranda zur Straße hin, auch nicht vom Ausschank an der rechten Seite des Hauses.

Er ging um das Gebäude herum. Da sah er bereits, dass die Haustür nur noch in den Angeln hing. Hier stimmte etwas nicht. Damp hatte sich an die Hauswand gepresst und war immer an der Wand entlang zur klappernden Tür geschlichen. Vorsichtig hatte er durch das Fenster neben der Tür geschaut und im Innern das Chaos entdeckt. Er war schnell unter dem Fensterbrett in Deckung gegangen. Sein Herz hatte gerast. Er hatte Angst. ‚Sollte ich nicht besser zurückgehen und Rieder alarmieren?‘, hatte er sich gefragt. Dann hatte er sich besonnen. Er war der Revierleiter auf Hiddensee. Wahrscheinlich würde er öfter auf sich allein gestellt sein. Er hatte seine Waffe gezogen, war wagemutig in die Türöffnung gesprungen, hatte gebrüllt: „Polizei! Hände hoch! Waffen weg! Kommen Sie heraus!“ Keine Antwort. Stattdessen hatte der Wind ihm die Tür vor der Nase zugeschlagen. Er hatte sie wieder aufgestoßen. Die Waffe mit gestreckten Armen vor sich haltend, war er weiter in das Haus eingedrungen. Er hatte versucht, nicht zu atmen, doch er hatte die Luft ausgestoßen wie eine Dampflok. Kurzzeitig war ihm der Gedanke durchs Hirn geschossen, dass er wohl doch mehr Sport treiben müsse, um ein paar Kilo zu verlieren. So schlecht war er in Form. Er war von Raum zu Raum geschlichen. Aber es war niemand da gewesen.

Damp wurde kalt. Der Wind pfiff durch das Haus. Er hatte sich nicht getraut, die Tür zu verschließen, aus Angst, Spuren zu verwischen. Er schaute aus dem Fenster, das Karin Knoop als Ausschank genutzt hatte, auf die Häuser im Vitter Ortsteil Norderende. Auf der anderen Straßenseite standen auf einer kleinen Koppel zwei Pferde eng aneinandergeschmiegt und versuchten sich gegenseitig vor Wind und Regen zu schützen. Auf der brüchigen Dorfstraße radelte jemand gegen den Wind in Richtung Kloster. Obwohl er fest in die Pedale trat, kam er nur langsam voran. Die Häuser in Norderende schienen sich unter ihren breiten Reetdächern vor dem Sturm zu verstecken. Selbst im Sturm war das hier immer noch eine Idylle. Sollte das alles verloren gehen? Er war wahrlich kein Hiddensee-Fanatiker wie manche Urlauber. Nun aber regten sich in ihm heimatliche Gefühle.

Ein Piepsen holte Damp aus seinen Gedanken. Es war aber nur sein Handy. Behm schickte ihm eine SMS. Gebauers Boot hatte gerade die erste Boje zur Fahrrinne zum Hafen Vitte passiert. Damp war erleichtert.

XXXI

Rieder war im Dauerlauf zum Polizeirevier Bergen gerannt, nachdem er mit Behm gesprochen hatte. Der war schon unterwegs gewesen zum Hafen in Stralsund, um mit Gebauers Polizeiboot nach Hiddensee überzusetzen. Im Laufen versuchte er seine Gedanken zu ordnen. Er war nicht wirklich überrascht vom Einbruch in das Haus von Karin Knoop. Auch wenn er noch keinen Beweis hatte, war er sich sicher, dass es eine Verbindung zwischen Karin Knoop und Peter Stein gab. Aber welche?

Zunächst musste er die Sache mit Dora Ekkehard klären und ihre Freilassung veranlassen. Krüger und Behm hatten mit Hochdruck gearbeitet. Schneller als erwartet hatten der Pathologe die DNA-Abgleiche machen und Behms Leute die Spuren an dem Paddel überprüfen können. Die Paddel vom Zeltkino waren definitiv nicht die Tatwaffen. Die Lackspuren von Steins Kopfwunde stimmten nicht mit dem Farbanstrich der beiden Paddel überein. Außerdem hatte der Kriminaltechniker noch einmal durchgespielt, ob es Dora Ekkehard überhaupt bei laufenden Kinobetrieb möglich gewesen wäre, bis zum Tatort im Strandwäldchen zu laufen, Stein zu töten und wieder zur Spielstätte zurückzukehren. ‚Auf keinen Fall‘, lautete sein Urteil. ‚Alle zwanzig Minuten werden die Rollen neu gestartet. Dazwischen muss sie die abgespielte Rolle umspulen und die neue Rolle einsetzen. Außerdem können die alten Krücken von Projektoren schnell mal schlapp machen. Vergiss es! Die Kinofrau ist aus dem Schneider.‘

Auch die unter Steins Fingernägeln gesicherten DNA-Spuren konnten nicht Dora Ekkehard, sondern Birte Seige zugeordnet werden. Sie war allerdings auch entlastet. Während Rieder auf die schriftliche Bestätigung des Staatsanwalts für die Freilassung der Kinofrau gewartet hatte, hatte er Markus Kasan angerufen. Er hatte Birtes Alibi für die Tatzeit bestätigt. Sie hatte vom Anfang bis zum Ende des Films an seiner Seite gesessen.

„Wahrscheinlich habe ich Birte Unrecht getan und falsch reagiert", hatte Kasan am Telefon eingestanden. „Ich war gekränkt und verletzt, dass sie mir nicht gleich reinen Wein über ihre frühere Beziehung zu diesem Typen eingeschenkt hat."

„Frau Seige hatte sicher ihre Gründe", hatte Rieder angemerkt. „Sie fürchtete vielleicht, Sie zu verlieren, wenn sie Ihnen davon erzählen würde." Auch weil sie noch mal mit Stein im Bett gewesen war, kurz bevor Kasan in ihr Leben getreten war, hatte Rieder im Stillen hinzugefügt.

„Das kann schon sein", hatte Kasan kleinlaut gemeint. „Vielleicht rufe ich sie noch einmal an und entschuldige mich. Ich weiß es noch nicht."

Nach dem Gespräch mit Kasan hatte Rieder gleich Birte Seige angerufen und ihr mitgeteilt, dass sie nicht mehr verdächtig wäre, weil sie Markus Kasan entlastet hätte.

„Hat Markus sonst noch was gesagt?", hatte sie mit trauriger Stimme gefragt.

„Ich denke, die Sache geht ihm ziemlich nah."

Sie hatte darauf nicht geantwortet, sondern nur noch wissen wollen, wem sie ihre Schulden bei Peter Stein zurückzahlen könne.

„Das müssen Sie mit den Erben klären. Wir haben allerdings bisher kein Testament gefunden."

„Ich möchte dieses Kapitel einfach abschließen. Meine Freunde würden mir die Summe borgen."

„Wenn ich etwas Genaueres weiß, melde ich mich bei Ihnen."

Wenig später führte der Diensthabende Rieder zum Zellentrakt. „Sie hat schon wieder Besuch", berichtete der Polizist.

„Und wen?"

„Wieder den Mann von heute Morgen."

Rieder konnte es nicht fassen. „Der Mann von heute Morgen? Schiffermütze, Latzhose?"

„Genau der. Wir dachten, wir lassen ihn einfach wieder rein, weil sich keiner von uns um die Frau kümmern kann. Hoffentlich war das nicht gegen die Vorschrift?"

Rieder winkte ab: „Das geht schon in Ordnung."

Bevor der Beamte die Tür öffnete, meinte er noch: „Reden tun die so gut wie nichts. Wir haben immer mal reingeschaut. Die sitzen nur da und starren in die Gegend. Komisch, nicht? Wie ein altes Ehepaar."

Als Rieder in den Raum trat, stand Malte Fittkau gleich auf. „Dora, ich geh' dann mal."

„Malte, du kannst gern bleiben."

„So schön isses hier auch nicht." Damit setzte er seine Schiffermütze auf und wollte Dora Ekkehard die Hand reichen.

„Jetzt wirst du noch fünf Minuten warten können. Dann kannst du Dora auch gleich mitnehmen."

Bisher hatte die Kinofrau scheinbar ungerührt ihre beiden Nachbarn beobachtet. Doch nun kam Bewegung in ihr Gesicht.

„Frau Ekkehard: Es tut mir leid", begann Rieder. „Weder die Hautreste noch die Fingerabdrücke auf dem Paddel stammen von Ihnen. Überhaupt ist keines der Paddel die Tatwaffe." Rieder blickte zu Boden, bevor er ihr wieder in die Augen sah. „Damp und ich sind ziemlich über das Ziel hinausgeschossen. Ich möchte mich dafür entschuldigen."

Dora versuchte aufzustehen, doch die Beine versagten ihr den Dienst. Sie rutschte auf den Stuhl zurück, konnte dort aber nicht das Gleichgewicht halten und drohte auf den Boden zu stürzen. Der Revierbeamte und Rieder fingen sie gerade noch auf.

„Mensch, Dora!", schrie Malte auf und ergriff ihre Hand.

Die Polizisten setzten die alte Frau wieder auf den Stuhl. Langsam kam Dora Ekkehard wieder zu sich.

„Schon gut." Sie versuchte, Rieders Hand von ihrer Schulter zu schieben. „Nur eine kleine Schwäche. Macht mal nicht so einen Aufriss."

Sie wandte sich an Rieder: „Heißt das, ich bin frei?“

Rieder nickte.

„Dann will ich sofort nach Hause!“ Sie schüttelte sich kurz, als könne sie sich so von der gerade erlittenen Ohnmacht befreien. „Malte, wann geht ein Bus?“

Malte Fittkau blickte immer noch verstört auf seine Uhr: „In einer Stunde.“

Dora rechnete mit den Fingern nach. „Dann bekommen wir noch die Fähre kurz vor fünf. Zu spät für die Nachmittagsvorstellung, aber für die Abendvorstellung reicht es.“

„Wir können auch mein Boot nehmen“, brummte Malte. „Da sind wir noch etwas schneller.“

„Ich würde euch mit meinem Auto mitnehmen bis nach Schaprode“, schlug Rieder vor. „Ich muss nur noch ein paar Sachen klären. So lange können Sie Ihre Sachen aus der Zelle holen.“

„Sie haben mich gut behandelt“, wandte sie sich an den Beamten des Reviers. „Danke auch, dass Sie Herrn Fittkau nicht weggeschickt haben.“

Rieder redete noch kurz mit dem Revierleiter. Nelly Blohm hatte Recht gehabt. Die Verkehrspolizei würde erst am nächsten Morgen die Fotos von der Radarfalle in Lancken-Granitz vorlegen. Das Krankenhaus hatte um einen Rückruf gebeten. Rieder fürchtete eine Hiobsbotschaft. Er wählte die Nummer von Dr. Steinmüller. Doch der Arzt hatte positive Nachrichten. Schon morgen wollten die Ärzte versuchen, Karin Knoop aus dem künstlichen Koma zurückzuholen.

Als sich Rieder von dem Revierleiter verabschiedete, entdeckte er auf dessen Schreibtisch die Plastiktüte mit Karin Knoops Kleidung.

„Das sollte doch schon längst bei Behm in Stralsund sein.“

„Wir hatten keine Zeit.“

„Wie wäre es mit einem Kurier?“

„Ein Kurier kostet Geld, und Geld haben wir nicht.“

„Verstehe.“

Da kam Rieder eine Idee. „Können Sie mal nachschauen, ob da auch eine Tasche dabei ist?“

Der Beamte schaute in die Tüte und nickte. Rieder ließ sich ein paar Latex-Handschuhe und die Tüte geben. Vorsichtig entnahm er die Handtasche. Sie war mit Blutspritzern übersät. Er öffnete sie und zog ein Portemonnaie heraus. Er stöberte darin herum, bis er den Personalausweis fand.

„Können Sie mir den Ausweis bitte kopieren?“, fragte er den Beamten.

Während der Polizist am Kopierer hantierte, fiel Rieder ein, dass er gar nicht wusste, wo eigentlich Jan Stein abgeblieben war.

„Wissen Sie, was Herr Stein gemacht hat, nachdem er gestern freigelassen wurde?“

Der Polizist reichte Rieder die Kopie des Ausweises. Dabei deutete er mit dem Kopf nach draußen. „Er ist gegenüber in die Kneipe gegangen und hat wahrscheinlich getankt, wenn Sie verstehen, was ich meine. Er war schon ganz schön auf Entzug und hat uns in den paar Stunden, die er hier war, ständig um Bier oder Schnaps angebettelt.“

„Hat er eine Adresse hinterlassen?“

Der Polizist schüttelte den Kopf.

Dora und Malte hatten sich zusammen auf die Rückbank des Autos gesetzt und sprachen kein Wort. Rieder empfand das als stillen Protest, aber es war es ihm nicht so unrecht. Auch auf Rügen hatte heftiger Regen eingesetzt. Durch die Windschutzscheibe war kaum etwas zu sehen, obwohl die Scheibenwischer auf höchster Stufe arbeiteten. Rieder musste gleichzeitig gegen den heftigen Wind ansteuern. Die Äste der Alleebäume bogen sich so weit nach unten, als wollten sie nach den fahrenden Autos greifen. So einen Sturm hatte er noch nicht erlebt, seitdem er hier im Norden war.

Als sie durch Trent fuhren, hörte der Regen langsam auf. Rieder unternahm einen Gesprächsversuch. Er erzählte von dem Überfall auf Karin Knoop. „Ach nein!“, reagierte Malte erschrocken.

„Kennst du sie?“

„Er kennt alle auf der Insel", antwortete statt Malte Dora Ekkehard.

Malte schaute nach vorn zu Rieder. „Sie hat den Imbiss im alten Norderende, hatte es nicht leicht. Der Mann ist früh gestorben."

„Gestorben?", warf Dora ein. „Totgesoffen, kannste ruhig sagen. Der war doch von früh bis spät dun. Dass der als Dachdecker immer noch die Leiter hochgekommen ist! Na, wie auch immer. Nur für runter hat es zum Schluss nicht mehr gereicht."

„Er ist aber nicht vom Dach, sondern von der Brücke gefallen", erklärte Malte. „Da er nicht genügend Aufträge auf Hiddensee bekam, hat er an der neuen Rügenbrücke mitgebaut. Und da ist er abgestürzt. Die Umstände sind wohl etwas merkwürdig; auch ob er besoffen war, ist nicht klar."

„Woher willst du das denn wissen?"

„Von der Karin natürlich."

„Ja klar, du hast ja sogar versucht, bei ihr zu landen, nachdem ihr Alter tot war", stichelte Dora weiter.

„Ich!", rief Malte empört aus. „Wie käme ich drauf?"

„Du warst scharf auf ihren Imbiss!"

„Phh!", gab Malte eingeschnappt zurück, verschränkte die Arme vor der Brust und starrte wieder aus dem Seitenfenster.

„Bist du nicht gelandet, weil sie schon einen Freund hatte?", fragte Rieder. Aber Malte schwieg.

„Sie ist immer mal mit dem Krenz ins Kino gekommen. Der hatte sie ein bisschen unter seine Fittiche genommen", plauderte Dora dafür weiter. „Er hat ihr mit dem ganzen Privatkram geholfen. Aber zwischen den beiden ist nichts gelaufen, auch wenn es der Krenz sicher gern gewollt hätte."

„Wie auch?", meldete sich jetzt wieder Fittkau. „Die hatte einen auf Rügen. So oft, wie die abends mit der letzten Fähre noch rübergemacht hat und am Morgen mit dem ersten Schiff wieder zurückgekommen ist. Aber das muss vorbei sein. In der letzten Zeit ist sie nur noch selten rüber nach Schaprode."

Rieder wollte Dora und Malte nicht über den wirklichen Grund für die Abstecher von Karin Knoop auf die Nachbarinsel aufklären.

In Schaprode umfuhr er die Kirche und bog auf den Hof von Klaus Möbius ein. Der Parkwächter kam sofort aus seinem kleinen Kabuff gerannt und begann mit heftigen Winkbewegungen Rieder beim Einparken zu helfen. Er schaute etwas verwundert, als neben dem Polizisten auch noch Dora und Malte aus dem Auto stiegen. Malte schnappte Doras Tasche, und während Rieder noch seine Unterlagen aus dem Auto nahm, liefen die beiden schon in Richtung Hafen los.

„Wo wollt ihr denn hin."

„Zum Boot."

„Bei dem Wetter willst du doch nicht mit deiner ..." Rieder hatte schon das Wort ‚Nussschale' auf den Lippen, verkniff es sich aber gerade noch. „Kommt mit dem Polizeiboot mit. Das ist sicherer."

„Wir kommen schon rüber", erklärte Malte starrsinnig. Dora wirkte allerdings nicht ganz so überzeugt. „Ich würde vielleicht auch lieber mit dem Polizeiboot fahren."

„Dann mach doch!", antwortete Malte bockig, drückte ihr die Tasche in die Hand und verschwand durch das Hoftor. Dora war unschlüssig, ob sie ihm folgen sollte, entschied sich aber dann doch, auf Rieder zu warten.

Der suchte nach der Kopie vom Personalausweis von Karin Knoop. Er zeigte sie Möbius.

„Kennen Sie diese Frau?"

Möbius nahm Rieder das Blatt Papier aus der Hand, sah kurz drauf und rief dann: „Das ist sie! Sie hat sich immer mit Stein getroffen!"

XXXII

Gebauer ging mit seinem Polizeiboot längsseits an der Kaimauer im Hafen Vitte. Einer von der Besatzung warf eine Leine über einen der Poller, aber ohne festzumachen. Behm stemmte seinen Spurensicherungskoffer über den Kopf und rannte durch den Regen schnell zu Damps Polizeiwagen. Der hielt schon von innen die Tür auf, und der Kriminaltechniker stieg ein. Ein paar Leute beobachteten aus den Fenstern der Hafenklause, wie das Polizeiauto die Gaststätte umkurvte und dann davonraste. Das Wasserschutzboot legte sofort wieder ab und fuhr mit Blaulicht in hohem Tempo in Richtung Schaprode.

Behm schaute sich die Tür von Karin Knoops Haus an.

„Eingetreten!" Er kniete sich hin, untersuchte das Türblatt und das zerstörte Schloss. „Stabil gebaut war die Tür zwar nicht, aber wer die aufgetreten hat, muss ziemliche Kraft haben. Das sieht nur nach einem Tritt aus. Sieh hier, die Zungen vom Schloss sind rausgebrochen."

„Ob du da eine Schuhspur sichern kannst?", fragte Damp unsicher.

„Ich kann es versuchen, aber viel Hoffnung mache ich dir nicht. Lass uns mal reingehen."

Drinnen erschrak auch Behm über das angerichtete Chaos. Er versuchte sich erst einmal einen Überblick zu verschaffen. „Du hast nur von einem Einbruch gesprochen. Dafür brauche ich eigentlich meine ganze Mannschaft." Er kratzte sich am Kopf. „Ich fange mal mit den Griffen der Türen, Schubladen und Schränken an. Vielleicht finde ich da Fingerabdrücke."

Behm klappte seinen Koffer auf und holte die notwendigen

Utensilien heraus. Damp wusste nicht so recht, was er jetzt tun konnte. Sich einfach hinzusetzen und Behm bei der Arbeit zusehen, fand er blöd. Er kniete sich hin und begann die herumliegenden Zettel durchzusehen. Es handelte sich um Lieferlisten und Abrechnungen. Dazwischen fanden sich Briefe von der Bank, in denen Karin Knoop aufgefordert wurde, ihre Zahlungsrückstände für den Hauskredit auszugleichen. Dazu gab es wiederum Briefe, in denen sie darum bat, die Zahlungen zu stunden. Damp versuchte alles zu sortieren. Dabei fiel ihm auf, dass die Schreiben der Bank vor knapp drei Monaten endeten. Im letzten hieß es, man freue sich, dass es Frau Knoop gelungen sei, die Rückstände nachzuzahlen, um damit die Zwangsversteigerung abzuwenden. ‚Woher hatte sie das Geld?', fragte sich der Polizist. Plötzlich war in Damp die kriminalistische Neugier erwacht. Er kramte weiter. Wahrscheinlich könnten die Kontoauszüge Aufschluss geben. Im Nebenzimmer hörte er immer mal Behm fluchen, der bei seiner Spurensuche bisher weitgehend erfolglos war.

Nach einer halben Stunde traf auch Rieder ein. Am Hafen hatte er Gebauer noch gebeten, ein Auge darauf zu haben, ob auch Malte Fittkau mit seinem Kahn in Vitte ankam. Falls nicht, sollte er schauen, wo er abgeblieben war. Rieder ärgerte sich immer noch über seinen eigensinnigen Nachbarn. Der Regen hatte zwar aufgehört, aber der Sturm nicht.

Als Dora und er im Hafen von Schaprode an Bord von Gebauers Boot gingen, hatten sie gesehen, wie Malte Fittkau mit seinem Kahn auf den Bodden hinausfuhr. Kaum hatte er das offene Wasser erreicht, verschwand er immer wieder zwischen den Wellentälern. Das letzte Mal hatten sie ihn kurz vor Seehof gesichtet. Malte hatte steif am Ruder gesessen und das Boot zur Hiddenseer Fährinsel gesteuert. Wellen klatschten immer wieder über den Bug des kleinen Bootes. Wahrscheinlich war es schon ziemlich vollgelaufen. Das Einzige, was Rieder weitgehend beruhigt hatte, war die Gewissheit, dass der Bodden hier außerhalb der Fahrrinne oft nicht mehr als einen Meter tief war. Ertrinken war eigentlich eine Kunst. Aber was war, wenn Malte mit seinem Kahn kenterte?

Dora hatte immer wieder auf die Uhr gesehen. Sie war fest entschlossen, heute noch das Kino wiederzueröffnen. Kaum hatte das Boot in Vitte am Hafen festgemacht, war sie von Bord gestürmt. Rieder versuchte ihr zu folgen, aber sie lief zu schnell. Sie stürmte den Deich hoch und rannte zum Henni-Lehmann-Haus. Dort gab es einen Schaukasten mit dem Kinoprogramm. Von weitem sah Rieder, wie sie den Aufkleber „Kinobetrieb vorübergehend eingestellt“ abriss. Dann war sie weitergelaufen zum Supermarkt, vor dem sich ein weiterer Aushang des Zeltkinos befand.

Von unterwegs hatte Rieder versucht, Nelly Blohm zu erreichen, war aber nur auf ihrer Mailbox gelandet.

Er hatte auch Polizeichef Bökemüller über den Stand der Dinge informiert. Sein Vorgesetzter war nicht besonders begeistert, dass sich der Verdacht gegen Dora Ekkehard nicht bestätigt hatte. Der Staatsanwalt hatte sich bereits bei ihm beschwert. Voller Skepsis hörte er Rieder zu und war nicht sofort bereit, seiner These zu folgen, dass zwischen den Fällen „Stein“ und „Knoop“ ein Zusammenhang bestehen müsste.

„Heil angekommen?“, fragte Behm, als er Rieder in der Tür vom „Gasthaus Norderende“ sah.

Rieder nickte: „Mannomann, die arme Frau Knoop.“

„Das kannste laut sagen. Wie geht es ihr?“

Rieder wiegte den Kopf hin und her. „Schwer zu sagen. Man muss abwarten.“

Damp kam aus dem Nebenraum. In der Hand hatte er einen Stapel Papiere.

„Das ist alles sehr merkwürdig, Herr Kollege“, verkündete er statt einer Begrüßung.

„Das finde ich auch“, gab Rieder Damp Recht.

Er berichtete seinen beiden Kollegen, was er über Karin Knoop in Erfahrung gebracht hatte.

„Die Knoop hatte ein Verhältnis mit Stein?“, fragte Damp ungläubig. Dann wurde er nachdenklich. „Das könnte einiges erklären."

„Was meinen Sie damit?"

Damp verschwand kurz im Nebenzimmer und kam mit mehreren Stapeln Papier wieder. Er hatte alles zu Knoops Finanzen sortiert und erklärte Rieder, was er über die Geldnöte und den Geldsegen der Frau herausgefunden hatte. Rieder staunte nicht schlecht. „Vielleicht hat Stein ihr die Schulden bezahlt", meinte Damp zum Schluss. „Als Nutte kann sie kaum so viel verdient haben."

Rieder überlegte. „Das würde auch dafür sprechen, dass die beiden Geschichten zusammengehören."

Behm beschäftigte mehr, dass keiner der Nachbarn etwas von dem Einbruch mitbekommen haben sollte. „Das muss doch ein Riesenkrach gewesen sein."

„Bis zum nächsten Haus sind es schon ein paar Meter", meinte Damp, „und da wohnt eine alte Dame, die nicht mehr ganz auf dem Posten ist."

Rieder schaute aus dem Fenster: „Angeblich hat sich dieser von Krenz um Karin Knoop sehr bemüht, meint jedenfalls Dora Ekkehard. Vielleicht hat er was mitbekommen. Wir sollten nochmal mit ihm reden."

Damp und Rieder hatten das „Gasthaus Norderende" gerade verlassen, da kam Behm hinterhergerannt.

„Fast hätte ich es vergessen!" Er kramte aus seinem Hemd einen Zettel hervor. „Also, wem das Telefon gehört, von dem die SMS an Stein geschickt wurde, habe ich noch nicht raus. Aber der Provider hat mir einen Verbindungsnachweis geschickt." Er reichte Rieder den Bogen. „Interessant ist, dass bis vor zwei Wochen immer wieder die Nummer von Peter Stein auftaucht und er auch von dem Anschluss angerufen wurde. Dann aber nicht mehr. Vierzehn Tage Funkstille. Dann kam die SMS, die Stein an den Strand lockte. Die anderen Nummern sind von der Sparkasse auf Rügen und einem Großhändler bei Stralsund. Nur noch ein Anschluss gehört nach Hiddensee."

„Dann ist das ja klar." Behm wollte schon wieder weggehen, drehte sich aber dann wieder um. „Vielleicht noch wichtig: Das Telefon wurde hier auf der Insel genutzt. Es wurde immer durch den gleichen Einwahlpunkt hier auf der Insel registriert." Behm zeigte auf die Mobilfunkantenne im Hafen von Vitte. „Immer dort! Nur die SMS wurde von der Funkzelle in Dranske registriert."

„Dranske? Auf Rügen?", fragte Rieder verblüfft.

„Wo gibt's denn noch ein Dranske außer auf Rügen?" entgegnete Behm.

Damp war in Gedanken versunken. Die Hiddenseer Nummer kam ihm bekannt vor. Er hatte sie schon einmal gesehen. Vor gar nicht langer Zeit! Heute war das gewesen! „Die Hiddenseer Nummer gehört Andreas von Krenz!", platzte er heraus.

Von Krenz war überrascht, die beiden Polizisten zu sehen. „Sie schon wieder", wandte er sich an Damp, „und gleich mit Verstärkung?"

Er bat die beiden Männer herein.

Damp berichtete dem Mann von dem Einbruch in das Haus von Karin Knoop. Von Krenz war entsetzt, hatte aber auch nichts gehört oder gesehen. Er sei wegen des Wetters noch gar nicht aus dem Haus gekommen.

Rieder holte Behms Zettel hervor. „Sehen Sie, das ist der Verbindungsnachweis eines Handys, dessen Besitzer wir bisher nicht identifizieren konnten. Wir haben nun entdeckt, dass Sie von diesem Telefon sehr oft angerufen wurden. Vielleicht können Sie uns sagen, wem dieses Telefon oder der Anschluss gehört?"

Krenz sah die Polizisten ungläubig an. „Sie wollen mir bitte im Zeitalter aller möglichen Anti-Terror-Gesetze nicht erzählen, dass Sie nicht eine Telefonnummer entschlüsseln können? Ich bitte Sie!"

„Wenn sich der Besitzer unter falschem Namen anmeldet, wird es schwierig", widersprach Rieder.

„Glauben Sie im Ernst, dass sich Terroristen unter ihrem richtigen Namen anmelden würden? Meine Herren, zerstören Sie bitte nicht meinen letzten Glauben an den Rechtsstaat."

„Herr von Krenz …“

„Krenz reicht, ohne ‚von‘.“

„Gut. Herr Krenz, darüber können wir gern ein anderes Mal debattieren. Wir müssten dringend wissen, wem diese Nummer gehört?“

Krenz schaute auf die elf Ziffern.

„Würden Sie mir verraten, warum Sie das wissen wollen?“

Rieder schüttelte den Kopf. Krenz ging ein paar Schritte, stellte sich dann an ein Fenster und schaute hinaus. Nach einiger Zeit wandte er sich wieder zu den Polizisten um.

„Sie bürden mir eine ziemliche Last auf. Wenn ich mich recht erinnere, geht es im Fall ‚Stein‘ um Mord. Ich würde die- oder denjenigen möglicherweise schwer belasten.“

„Wie kommen Sie darauf, dass Sie die Person belasten. Es kann auch um einen Zeugen gehen?“

„Meine Herren, ich bin vielleicht alt, aber nicht blöd. Ich habe gelernt, querzulesen und auch die andere Nummer auf der Liste erkannt. Es ist die Nummer von Peter Stein. Da liegt doch wohl der Schluss nahe, dass Sie glauben, der Besitzer der gesuchten Nummer ist vielleicht auch der gesuchte Mörder. Oder?“

Damp riss der Geduldsfaden. „Herr Krenz, wir haben keine Zeit für solche Spielchen. Sagen Sie uns jetzt, wem die Nummer gehört!“

„Ich verbitte mir diesen Ton!“, empörte sich Krenz. „Sie wissen wohl nicht, wen sie vor sich haben.“

„Einen Hiddenseer Bürger wie jeden anderen“, meldete sich wieder Rieder. „Ich möchte nicht das Wort der Mitwisserschaft bemühen, Herr Krenz. Aber Sie machen sich durch Ihr Verhalten verdächtig.“

Krenz räusperte sich. „Die Nummer …“, er machte noch mal eine Pause. „Die Nummer gehört Karin Knoop.“ Er hatte jedes einzelne Wort herausgepresst, als sei es eine immense Kraftanstrengung, den Namen zu nennen.

„Karin Knoop?“, riefen Rieder und Damp im Chor.

„Ja, Karin Knoop.“

XXXIII

Da hätte er auch selbst drauf kommen können, dachte sich Rieder. Einfach eins und eins zusammenzählen. Was hatten Karin Knoop und Pippi Langstrumpf gemeinsam? Die roten Haare.

Karin Knoop hatte also Peter Stein die SMS geschickt und ihn damit in eine tödliche Falle gelockt. ‚Aber warum?‘, fragte sich Rieder.

Er war schon allein zum Revier zurückgelaufen, während Damp noch die Aussage Andreas von Krenz’ aufnahm. Von einer Beziehung zwischen Karin Knoop und Peter Stein wollte der Hobbyfunker nichts gewusst haben. Er hatte geglaubt, Stein und Knoop hätten nur über den Verkauf ihres Hauses in Norderende verhandelt. Von Krenz konnte sich das auch gar nicht vorstellen, denn noch letzte Woche hätte er mit Karin Knoop zusammengesessen und an einem Aufruf gegen die „Ostseetherme Norderende“ gearbeitet, den sie auf der nächsten Gemeinderatssitzung vortragen wollten. Er hatte dann in einer Schublade die Unterlagen der Bürgerinitiative herausgeholt und sie Damp und Rieder zum Lesen gegeben. Der Aufruf enthielt heftige Vorwürfe der Vetternwirtschaft und Korruption gegen Stein und Bürgermeister Durk.

„Die Sachen mit Stein und Durk hat alle Karin reingeschrieben“, hatte von Krenz behauptet. „Sie war so wütend über die Pläne von Stein, hier alles platt zu machen. Die Wiesen, das Kino … da kann ich mir nicht vorstellen, dass zwischen den beiden was gewesen sein soll.“

Rieder hatte vorsichtig, ohne zu viel preiszugeben und ohne die ‚Küstenschwalben‘ zu erwähnen, von Krenz auch noch nach Knoops Ausflügen nach Rügen gefragt. Ihm gegenüber hatte sie ihre Überfahrten zur Nachbarinsel immer mit einer pflegebedürftigen Verwandten begründet.

Diese Antwort kam so unvoreingenommen, dass Rieder keinen Zweifel hatte, dass ihr Nachbar und Freund wirklich nicht wusste, warum sie immer nach Rügen gefahren war.

Rieder saß an seinem Schreibtisch im Revier und grübelte. Draußen tobte noch immer der Sturm. Kein Mensch war unterwegs. Die Dämmerung war durch das herbstliche Wetter schon früher als üblich hereingebrochen. Ihm fiel ein, dass er von Gebauer immer noch keine Rückmeldung erhalten hatte, ob Malte Fittkau sicher mit seinem Boot in Vitte angekommen war. Er wählte Gebauers Nummer.

„Ach, entschuldige“, meldete sich der Kommandant des Polizeibootes. „Ich habe es vergessen. Dein Nachbar ist vor einer knappen halben Stunde rein. Er sah aus wie ein begossener Pudel. Sein Boot lag auch ganz schön tief. Das hat bestimmt tüchtig Wasser geschluckt. Wahnsinn, bei diesem Wetter mit so einem alten Kahn über den Bodden zu fahren.“ In seinen Worten schwang aber weniger Kritik als vielmehr Achtung mit.

Rieder war erleichtert. Er konnte sich wieder seinen kriminalistischen Gedankenspielen widmen. Wenn Damps Annahme stimmte, dass Stein der heimliche Finanzier von Karin Knoop gewesen war und ihre Schulden bezahlt hatte und auch seine eigene Vermutung stimmte, dass die beiden ein Paar gewesen waren und er nicht nur ihr Freier, gab es für ihn kein erkennbares Motiv für Karin Knoop, Peter Stein zu töten. Oder? Da waren allerdings diese letzten zwei Wochen, in denen zwischen beiden jedenfalls per Telefon Funkstille geherrscht hatte. War da etwas geschehen, dass Zuneigung, wenn nicht sogar Liebe in tödlichen Hass hatte umschlagen lassen? Der Sache müsste man auf den Grund gehen. Rieder glaubte nicht daran, dass es allein mit den Plänen für die „Ostseetherme Hiddensee“ zusammenhing. Dafür würde man keinen Mord begehen, auch wenn Fanatismus zuweilen keine Grenzen kannte.

Aber wer hatte dann Karin Knoop überfallen? War es aus Rache für den Mord an Peter Stein geschehen?

Jan Stein war am Dienstagabend auf Rügen gewesen. Wo war der eigentlich abgeblieben? Wie sollte er andererseits an das Auto gekommen sein, um Karin Knoop von Binz nach Seedorf zu bringen? Er hätte es natürlich klauen können.

Da stürmten Behm und Damp ins Büro und rissen ihn aus seinen Gedanken. Ihre Klamotten waren klatschnass. Auf dem kurzen Weg vom Parkplatz ins Rathaus hatte sie ein Regenguss überrascht. Damp schüttelte seine Lockenmähne wie ein Hund. Überall flogen kleine Wassertropfen herum. Rieder verzog das Gesicht, stand auf und ging in die Behördentoilette, um für die beiden Handtücher zu holen.

Nachdem sich Behm und Damp abgetrocknet hatten, berichtete der Kriminaltechniker, dass es eigentlich keine verwertbaren Spuren gegeben habe. „Der oder die Einbrecher haben Handschuhe getragen. Ich vermute, sie haben etwas gesucht."

„Du gehst von mehreren Tätern aus?", hakte Rieder nach.

Behm hob die Arme und schüttelte den Kopf. „Kann ich schwer sagen. Ich denke, die Zerstörung der ganzen Einrichtung, vor allem des ganzen Krams im Imbiss, der Teller, Tassen und Lebensmittel ist ein Ablenkungsmanöver gewesen. Da wurde nach etwas ganz konkret gesucht, sonst wären nicht auch die ganzen Papiere so zerfleddert worden."

„Aber nach was haben die oder der gesucht?", fragte Damp ratlos.

„Jungs! Ein bisschen müsst ihr eure Arbeit auch noch selbst machen." Behm verabschiedete sich und verschwand in Richtung Hafen. Gebauer hatte ihm versprochen, trotz des Wetters nach Stralsund zurückzufahren.

Als die beiden Inselpolizisten allein waren, fragte Rieder: „Haben Sie Durk schon über den Überfall auf Karin Knoop informiert? Und über den Einbruch in ihr Haus?"

Damp schüttelte den Kopf. Rieder wunderte sich: „Warum nicht?"

Sein Kollege druckste herum: „Ich hatte noch keine Zeit."

Rieder schob heftig seinen Stuhl zurück: „Der macht uns doch wieder die Hölle heiß."

„Ist das nicht eigentlich Ihr Fall?“, entgegnete Damp.

„Ich war die ganze Zeit unterwegs. Da hätten Sie mal bei ihm vorbeigehen können.“

„Um was zu sagen? Eine Hiddenseerin ist auf Rügen überfallen worden? Außerdem ist in ihr Haus hier in Norderende eingebrochen worden? Dann hätte er mich wie einen Schuljungen rundgemacht, weil ich nichts weiß. “

Da musste ihm Rieder Recht geben. Sie schwiegen sich eine Weile an. Rieder begann, Kreise auf ein Blatt Papier zu zeichnen. Plötzlich schaute er auf: „Ob Ulrike Stein von der Beziehung zwischen ihrem Ex-Mann und Karin Knoop wusste?“

Rieder klemmte sich Steins Akte unter den Arm, als er mit Damp das Revier verließ. „Wollen Sie die Sachen mit nach Neuendorf schleppen?“, fragte sein Kollege.

„Ich bin damit noch nicht durch.“

Sie wollten zu Ulrike Stein. Telefonisch hatten sie in ihrer Praxis erfahren, dass Steins Ex-Frau am Abend mit einer Gruppe im Gemeindehaus im südlichen Inselort Neuendorf zu einem Yoga-Kurs verabredet war.

Auf dem Flur trafen die beiden Polizisten Bürgermeister Durk. Er grüßte sie nur kurz und wollte in sein Büro.

„Herr Bürgermeister“, sprach ihn Rieder an, „wir haben da ein neues Problem.“

„Was ist denn jetzt schon wieder?“, fragte Durk genervt.

„Auf Rügen gab es einen Überfall auf Karin Knoop.“

„Die Imbissbesitzerin vom ‚Gasthaus Norderende‘? Auf Rügen überfallen?“

„Ja, genau. Sie ist schwer verletzt worden und liegt jetzt im Krankenhaus Bergen auf der Intensivstation.“

„Mein Gott! Wünschen Sie ihr auch in meinem Namen gute Besserung.“ Durk drückte schon die Klinke seiner Bürotür herunter, aber Rieder hielt ihn noch zurück.

„Es wurde auch in ihr Haus eingebrochen.“

Der Bürgermeister schien verwirrt. „Eingebrochen auch noch?

Dann machen Sie Ihre Arbeit. Ich habe jetzt wirklich andere Sorgen. Der Gemeinderat tritt zu einer Sondersitzung zusammen. Irgendwie ist das mit den Plänen für die ‚Ostseetherme' in Norderende bekanntgeworden. Die wollen eine Stellungnahme von mir."

Damit verschwand der Bürgermeister in seinem Büro.

„Da bekommt einer richtig Dampf", meinte Rieder zu seinem Kollegen.

Am Gemeindehaus in Neuendorf klebte ein Zettel: „Für Nachzügler! Die Yoga-Gruppe ist am kleinen Leuchtturm." Südlich von Neuendorf stand mitten im Strandwald auf den Dünen das kleine Leuchtfeuer Gellen. Bevor alle kleinen und großen Schiffe mit GPS ausgestattet waren, hatte sein Signal für eine sichere Einfahrt in den Strelasund sorgen sollen, der Enge zwischen dem vorpommerschen Festland und Hiddensee.

Damp fluchte. Beinahe wäre er mit dem Polizeiwagen steckengeblieben. Der Regen hatte die Piste zwischen Neuendorf und Leuchtturm völlig aufgeweicht. Die Reifen drehten öfter durch. Rieder fürchtete schon, irgendwann aussteigen und im Schlamm das Auto anschieben zu müssen. Aber Damp bekam immer wieder festen Boden unter die Räder. „Die sollten uns mal einen Jeep stellen. Wie oft habe ich den Gemeindearbeitern gesagt, sie sollen hier frisches Stroh streuen. Die denken, der Sommer ist vorbei, und sie können sich am warmen Herd wärmen. Die werde ich mir morgen zur Brust nehmen." Im Sommer wurde auf den Sandweg hinter dem Deich von Neuendorf immer Stroh ausgestreut, damit die Urlauber mit ihren Fahrrädern bis zum Leuchtturm fahren konnten. Auch Rieder hatte auf seinen regelmäßigen Patrouillen über die Insel schon gemerkt, dass sich mit dem nahen Saisonende die Gemeinde immer weniger um solche Dinge kümmerte.

In einem Kreis aus Fackeln standen fünf Frauen und ein Mann am Strand. Sie ahmten die Übungen nach, die ihnen Ulrike Stein vormachte. Sie hatten die Arme über den Kopf gestreckt und die Handflächen dabei zu einer Spitze geformt. Sie verharrten einige

Momente in dieser Haltung, bevor sie versuchten, ein Bein anzuwinkeln, ohne dabei das Gleichgewicht zu verlieren. Als Damp und Rieder auf der Düne auftauchten, kippten eine Frau und der Mann um und fielen hin. Ulrike Stein wandte sich um und sah die Polizisten ärgerlich an.

„Sie stören!“, erklärte sie.

„Wir haben ein paar Fragen“, entschuldigte sich Rieder.

„Die hätten keine Zeit gehabt, bis ich zuhause bin?“, schimpfte sie weiter. „Die Leute haben für den Kurs bezahlt. Ich würde ihnen gern dafür die Leistung bieten, die sie gebucht haben. Es wird bald dunkel, und Sie stören mit Ihrem Auftritt auch unsere Konzentration.“

Das konnte Rieder verstehen. Er gab Damp ein Zeichen, sich zurückzuziehen. „Wir warten im Auto am Leuchtturm.“

Eine Viertelstunde später trotteten die Teilnehmer des Yoga-Kurses an den wartenden Polizisten vorbei. Am Ende der Gruppe kam Ulrike Stein.

„Warum machen Sie den Kurs bei dem Wetter hier draußen und nicht im Gemeindehaus oder in Ihrer Praxis?“ Das Wetter hatte sich zwar beruhigt, trotzdem war es empfindlich kühl.

„Das Gemeindehaus ist nur der Treffpunkt. Auf dem Weg hierher gebe ich eine Einführung. Das ist eine besondere Form des Yoga. Baum-Yoga. Wir verbinden die Energie der Bäume mit unserer eigenen inneren Energie. Dazu brauchen wir die Natur, die Nähe zu den Bäumen. Aber wenn Sie mehr darüber wissen wollen, buchen Sie einen Kurs!“ Sie schaute auf die Uhr.

Rieder verstand die Geste. „Wussten Sie, dass Ihr Mann eine Freundin hatte?“

Ihr Kopf flog herum: „Wer?“

„Karin Knoop.“

„Karin?“ Sie nestelte aus der Hosentasche eine Schachtel Zigaretten.

„Hier ist Rauchen verboten, Frau Stein“, mischte sich Damp ein. Sie schaute kurz auf die Packung und steckte sie dann wieder weg.

„Frau Stein? Ich habe Sie etwas gefragt", erinnerte Rieder die Frau.

„Nein, das wusste ich nicht." Sie versuchte, Rieders Blick auszuweichen. „Die Karin? Sie spielte doch nach dem Tod ihres Mannes immer die trauernde Witwe."

„Das scheint Sie doch mehr zu berühren. Ich dachte, Sie und Ihr Mann lebten getrennt?"

Ulrike Stein steckte die Hände in die Taschen und versuchte, ihre Körperhaltung zu entspannen. „Es überrascht mich. Aber klar. Er ist ein Mann. Irgendwann musste es passieren. Mir war klar, dass er sein Leben nicht wie ein Mönch führen würde. Hat sie ihn umgebracht?"

„Wir ermitteln noch" wich Rieder aus. „Auf alle Fälle wurde Frau Knoop gestern Abend auf Rügen überfallen …"

„Ist sie tot?", fragte Ulrike Stein mit tonloser Stimme.

„Nein, schwer verletzt."

„Wo waren Sie gestern Abend?"

Sie fixierte Rieder mit einem stechenden Blick.

„Was soll die Frage? Soll ich Karin überfallen haben?"

„Eifersucht kommt öfter als Motiv für einen Mord vor. Selbst auf Hiddensee."

„Ich war zuhause. Ich habe versucht, mich in die Unterlagen der Firma einzuarbeiten."

„Zeugen?"

„Keine", giftete sie Rieder an. „Ich lebe allein …"

„Aber Ihre Freunde sind doch auf der Insel", entgegnete er.

„Die wollen auch mal einen Abend ohne mich verbringen und umgekehrt."

„Haben Sie eigentlich einen Freund oder eine neue Beziehung?"

Keine Antwort.

„Frau Stein, es geht hier um …"

„Ich weiß schon, was kommt. Ach, lassen Sie mich mit Ihrem Mord-Gequatsche in Ruhe!" Mit einem Fuß kickte sie einen Kiefernzapfen weg. Damp konnte gerade noch den Kopf einziehen, sonst hätte ihn das Geschoss getroffen. „Ich habe meinen Mann nicht umgebracht und damit basta. Das andere ist meine Privatsache und hat nichts mit Peter zu tun."

Wieder einmal musste Rieder einsehen, dass dieser Frau nicht so leicht beizukommen war. Er versuchte einen Umweg.

„Warum haben Sie sich eigentlich von Peter getrennt?"

„Weil es nicht mehr ging. Weil ich nicht das schöne Beiwerk für den lieben Peter sein wollte. Ich wollte ein eigenes Leben, nachdem ich seine Mutter ertragen und gepflegt habe. Für die gab es nur: Peter hier, Peter da. Ich aber war ihr nicht gut genug. Ich war ja nur Krankenschwester, hatte nicht studiert. Warum? Weil ich mich mitten im Abi vom lieben Peter hab' schwängern lassen und dann das Kind verloren habe. Er hat einen Unfall gebaut. Ich saß auf dem Beifahrersitz. Notoperation und die Erkenntnis, nie wieder den Gedanken an eigene Kinder haben zu dürfen." Sie machte eine Pause, bevor sie leise weitersprach. „Was ich Peter immer hoch angerechnet habe, ist, dass er bei mir geblieben ist. Aber er hat nie den Mumm gehabt, mal klar Schiff zu machen und seiner Mutter nach dem Tod seines Vaters die Meinung zu sagen. Nach ihrem Tod dachte Peter, das geht so weiter mit uns. Ich das Puttchen am Herd und er der Unternehmer. Da bin ich gegangen oder vielmehr er, weil ich das nicht mehr wollte."

Ulrike Stein rannen nun Tränen über die Wangen. „Na, ist auch egal. Dann kommen Sie noch mit Ihren Verdächtigungen. Ich weiß nicht, wo mir der Kopf steht. Der Tod von Peter, die Praxis, die Firma …" Sie holte ein Taschentuch heraus, rieb die Tränen aus ihrem Gesicht.

„Nur eins noch", meinte Rieder. „Was wussten Sie eigentlich vom ‚Projekt Norderende' und den Plänen für die ‚Ostseetherme' hier auf der Insel?"

„Peter hat mir davon erzählt. Ich fand es gut. Bringt mehr Leben auf die Insel."

„Waren Sie daran beteiligt?"

„Nicht direkt."

„Was heißt ‚nicht direkt'?"

„Peter hat mich gefragt, ob er einige unserer Häuser auf der Insel verkaufen könne. Er wollte mir aber dann meinen Anteil nicht in Geld, sondern in Anteilen an der ‚Ostseetherme' auszahlen."

„Und?"

„Soweit ist es nicht mehr gekommen. Wir hätten erst verkauft, wenn auch die Baugenehmigung vorgelegen hätte. Sicher wären mit Blick auf die Therme die Preise für unsere Immobilien auch noch etwas gestiegen. Noch war aber alles nur eine Planung."

Rieder dankte Ulrike Stein für die Auskünfte. Da nun doch wieder leichter Regen eingesetzt hatte, bot er ihr an, sie im Polizeiwagen nach Kloster zu fahren. Er übersah dabei, wie Damp das Gesicht verzog, der so schnell wie möglich Feierabend machen wollte und keine Lust mehr hatte, über die ganze Insel zu kutschieren.

„Bis Neuendorf reicht mir."

Als sich Ulrike Stein auf die Rückbank des Polizeiwagens setzte, fiel ihr Blick auf die Akte zur ‚Ostseetherme'. „Wenn Sie die Firmenakten meines Mannes nur herumfahren, können Sie sie mir auch zurückgeben."

„Ich fahre sie nicht herum. Ich lese sie", entgegnete Rieder. „Und wie Sie mir gerade erzählt haben, steht das mit der ‚Ostseetherme' jetzt nicht an, weil Ihnen die Genehmigungen fehlen."

Dabei beobachtete er Ulrike Stein im Spiegel seiner Sonnenblende. Sie wirkte gleichgültig. „Aber Peter hatte schon mit einigen Vorbereitungen angefangen, zum Beispiel weitere Grundstücke in Norderende erworben. Wenn ich die Firma ‚Inselbau' erhalten will, brauche ich diesen Auftrag. So viel wird auf Hiddensee nicht mehr gebaut."

„Ist das nicht eine Nummer zu groß für die ‚Inselbau Hiddensee'?", wandte Rieder ein.

„Das lassen Sie mal meine Sorge sein. Sie können mich hier absetzen." Damp hielt am Deich am Ortseingang zu Neuendorf. Das aus Felssteinen gemauerte Bauwerk sollte die Siedlung gegen eine Sturmflut schützen.

„Da ist doch auch gleich das Strandcafé Ihrer Freundin Charlotte Dobbert", bemerkte Ulrike Stein beim Aussteigen. „Sie war doch auch interessiert an einer Pension mit Restaurant in der

Nähe der ‚Ostseetherme'. Vielleicht wäre ein zweites Objekt auf der Insel für sie auch etwas zu groß gewesen?"

Ulrike Stein ging auf dem Deich in Richtung Hafen. Rieder fragte sich, wie sie jetzt nach Kloster kommen wollte. Der Inselbus fuhr nicht mehr. Das späte Schiff aus Stralsund, mit dem man von Neuendorf auch nach Kloster fahren konnte, hatte seinen Betrieb schon im September eingestellt.

„Was hat das nun gebracht?", fragte Damp.

„Nicht viel. Auf alle Fälle wissen wir, dass sie auch einen Freund oder Liebhaber hatte. Außerdem hat sie die Trennung von ihrem Mann mehr verletzt, als sie zugeben möchte."

XXXIV

Charlotte Dobbert und Stefan Rieder lagen im Bett. Sie blätterte in Urlaubskatalogen. Er las in Steins Akten über die ‚Ostseetherme'.

„Wie ein altes Ehepaar", meinte Charlotte, ohne aufzusehen.

Rieder schaute sie an: „Tut mir leid. Ich muss das hier noch durcharbeiten. Ich weiß nicht, wie lange ich die Unterlagen noch behalten kann."

„Total interessant."

Nachdem wieder einige Zeit vergangen war, warf sie einen der Kataloge aufgeschlagen auf die Seite, die Rieder gerade las. Dazu beugte sie sich zu ihm herüber. Er konnte ihr Parfüm riechen. Kurz schloss er die Augen. Als er sie wieder aufmachte, sah er noch mehr. Charlottes Nachthemd hatte einen tiefen Ausschnitt. Zwei Herzen kämpften in seiner Brust. Er bekam Lust, mit ihr zu schlafen. Aber in seinem Kopf plagte ihn der Gedanke, wie es mit Charlotte und ihm weitergehen sollte. Dieser innere Widerstreit drosselte wiederum seine Lust.

„Wie findest du diese Finca?", riss sie ihn aus seinen Gedanken. Sie hielt ihm einen Prospekt vor die Nase. „Es ist eine alte Fabrik und liegt mitten in Soller auf Mallorca. Aber von der Dachterrasse soll man das Meer sehen können. Dort könnten wir doch gut überwintern." Sie drückte ihre Brüste gegen ihren Körper. Er spürte auf seiner Haut ihren Atem, wenn sie sprach. Mit einer Hand strich sie über seinen Bauch. Langsam wanderte sie tiefer.

„Willst du denn den ganzen Winter auf Mallorca bleiben?"

Die Hand stoppte. Sie drehte ihm ihr Gesicht zu und schüttelte dabei eine ihrer blonden Strähnen aus dem Gesicht.

„Warum nicht? Hier gibt es nur Grau-in-Grau."

„Und das Weihnachtsgeschäft?"

Sie kuschelte sich noch enger an ihn.

„Ach, das ist doch egal. Die paar Tage machen den Braten nicht fett. Außerdem müsste ich mir eine völlig neue Besatzung für die Tage suchen, weil sich die anderen arbeitslos melden bis zum Frühjahr und sich dann sicher nicht für eine Woche abmelden."

Sie küssten sich. Die Akten und der Katalog rutschten zur Seite, als sich Rieder zu ihr drehte und sie fest in den Arm nahm. Er strich ihr die Haare zurück und streichelte ihr den Hals, schob ihr das Nachthemd von den Schultern.

Charlotte schien den Augenblick für günstig zu halten, um das Eisen zu schmieden. „Du bist doch Beamter. Da kannst du doch bestimmt unbezahlten Urlaub nehmen."

Rieder erstarrte. Er ließ sie los und warf sich auf den Rücken. „Müssen wir das jetzt debattieren?", fragte er genervt.

„Wann sonst? In drei Wochen mache ich dicht."

Rieder hatte immer noch geglaubt, Charlotte würde mit ihren Schließungs- und Urlaubsplänen nicht ernst machen. Aber als er am Abend ins Strandcafé gekommen war, waren auf der Karte bereits mehrere Gerichte gestrichen.

„Ich kaufe doch nicht neues Zeug, wenn ich schließe. Konserven kann ich bis zum Frühjahr halten, aber der Fisch wird nicht besser in der Kühltruhe", hatte sie geantwortet, als er festgestellt hatte, dass es sein geliebtes Zanderfilet mit Bratkartoffeln in Senfsauce nicht mehr gab. Gleiches galt für den gebratenen Dorsch auf Blattspinat.

„Ich habe dafür jetzt nicht den Kopf frei", versuchte sich Rieder aus der Affäre zu ziehen. „Die beiden Fälle sind ziemlich anstrengend."

„Ich denke, du bist nur für die Geschichte mit Karin Knoop zuständig?", widersprach sie ihm.

„Ja, aber …"

„Was ‚ja, aber'?" Sie stützte sich seitlich auf ihren Ellenbogen. „Du musst nur mal mit Bökemüller reden. Hier gibt's im Winter für dich nichts zu tun. Die Zahl der Urlauber kannst du zwischen

Ende Oktober und Ostern an einer Hand abzählen, Weihnachten und Silvester mal ausgenommen. Da wird doch möglich sein, dass Du wegfahren kannst. Da gibt es bestimmt ein Formular, und zack", sie schlug auf die Bettdecke, „hast du deinen Urlaub. Muss ja nicht bis Ostern sein. Sagen wir: drei Monate. Von Mitte November bis Mitte Februar."

Rieder rieb sich mit den Händen über das Gesicht. „So einfach ist das nicht", antwortete er, obwohl er wusste, dass es so einfach war. Einfach war es nur nicht, sich klarzuwerden, ob er mit Charlotte drei Monate auf Mallorca verbringen wollte und damit aus ihrer Affäre eine Beziehung werden könnte. Mit allen Konsequenzen. Charlotte sah ihn immer noch an. „Was ist so schlimm daran, zusammen länger in Urlaub zu fahren? Ist doch mal gut, alles hinter sich zu lassen?"

Da klirrte eine Scheibe. Sie schreckten hoch, sahen sich an. Charlotte zog ihre Bettdecke über ihren Körper. „Was war das?", fragte sie ängstlich. Rieder versuchte, weitere Geräusche zu lokalisieren. Es blieb still. Er beugte sich nach vorn und robbte über das Bett in die Nähe der Zimmertür. Nichts! Er stand auf und lauschte an der Tür. War das ein Rascheln in der unteren Etage? War noch im Haus?

„Sind die Ferienwohnungen belegt?"

Charlotte schüttelte den Kopf. Ihre Augen waren weit aufgerissen. Sie hatte sich auf dem Bett zusammen gekauert. „Wir sind allein im Haus", flüsterte sie leise.

„Ich geh' mal runter und sehe nach." Er zog sich schnell an, schlüpfte in seine Schuhe, holte seine Pistole aus dem Nachttisch. Er entsicherte die Waffe. Charlotte wollte aufschreien, doch Rieder legte ihr seine Hand über den Mund. Er löschte die Lampen am Bett, ging auf Zehenspitzen zur Tür und öffnete sie einen Spalt. Charlotte ließ sich aus dem Bett gleiten und verkroch sich mit ihrer Decke in eine Zimmerecke.

Charlottes Wohnung befand sich in der ersten Etage des Apartmenthauses des Strandcafés. Die beiden Ferienwohnungen waren im Erdgeschoss. Von dort war auch das Klirren der Scheibe gekommen. Rieder versuchte, sich zu beruhigen. Er hoffte, nicht wieder in die gleiche Situation wie in Steins Haus zu kommen, als er beinahe dessen Bruder erschossen hatte. Er schloss die Tür hinter sich und tappte im Flur bis zur Treppe. Im Haus war es totenstill. Draußen aber jaulte der Wind. Stufe für Stufe schlich er nach unten. Vielleicht hätte er Damp anrufen sollen. Der wohnte um die Ecke. Als er seinen Fuß von der letzten Stufe auf den Boden setzte, knirschten Glassplitter unter der Sohle. Ein Stein lag mitten im Raum. Jemand hatte die Scheibe eingeworfen. Rieder schaltete die Außenbeleuchtung an. Er erschrak um ein Haar zu Tode. Eine dunkle Gestalt mit einer weißen Maske schaute durch das zerbrochene Fenster herein. Dann rannte der Unbekannte weg, nach rechts, zum Café. Rieder schüttelte sich, riss die Verbindungstür zum Gastraum auf. Er rannte am Tresen vorbei, schlängelte sich durch die Tische und Stühle. Er sah den Umriss der Person an der Eingangstür. Sie schaute hinein. Als sie Rieder erblickte, verschwand sie wieder. Rieder rüttelte an der Tür, obwohl er wusste, dass sie abgeschlossen war. Da hörte er in seinem Rücken ein Klappen. Er stürmte zurück in den Hausflur. Das war die Gestalt wieder. Sie hatte durch die zerbrochene Scheibe einen Fensterflügel geöffnet und nun die Hände auf das Fensterbrett gelegt, um hereinzuklettern. Doch als Rieder auftauchte, ließ sie davon ab. Rieder trat vorsichtig ans Fenster. Der Eindringling stand davor. Rieder schaute in die dunklen Augenschlitze der Maske. Dann ergriff der Unbekannte die Flucht.

Rieder drehte den Schlüssel in der Haustür. Das Schloss klemmte ein wenig. So verlor er unnötig Zeit. Als er endlich draußen war, sah er nur noch einen schwarzen Schatten. Trotzdem rannte er mit der Waffe in der Hand hinterher. Er lief durch die Dunkelheit. An der Kreuzung der Freiwilligen Feuerwehr blieb er atemlos stehen. Er hatte den anderen aus den Augen verloren. Der Wind kühlte sofort seinen erhitzten Körper. Rieder drehte sich um sich selbst. Aber nirgends war etwas zu entdecken. Irgendwo in der Ferne klapperte etwas. Vielleicht das Schutzblech eines Fahrrads. Vom Hafen hörte er leises Plätschern, wahrscheinlich das Anschlagen des Wassers an der Kaimauer. Es war windig, unruhige See. Da durchzuckte es ihn. War es eine Falle? Hatte ihn der Unbekannte nur aus dem Haus locken wollen. Er hatte hinter sich die Tür offengelassen! Charlotte war ohne Schutz! Er drehte sich um und rannte wieder zurück.

„Charlotte“, rief er als er atemlos in das Haus hetzte.

Oben brannte Licht im Schlafzimmer. Er rannte die Treppe hoch, riss die Tür auf. Charlotte stand vor dem geöffneten Schrank, riss Sachen aus den Fächern und stopfte sie hektisch in eine Tasche. Sie drehte sich erschrocken herum, als er sie an der Schulter berührte.Tränen rannen ihr übers Gesicht. „Lass mich in Ruhe. Ich will hier nur weg!“

XXXV

Rieder warf den Ordner „Ostseetherme Norderende“ auf die Rückbank des Polizeiwagens und setzte sich dann auf den Beifahrersitz. Er hielt seinem Kollegen eine durchsichtige Plastiktüte vor die Nase. „Das kam letzte Nacht durchs Fenster geflogen.“

Damp schaute sich den Stein näher an. „Ein Feuerstein! Wahrscheinlich vom Strand.“

„Schade, dass es kein Hühnergott ist, dann könnte ich ihn mir noch ins Regal legen!“, kommentierte Rieder lakonisch. Er fand, sein Kollege könnte ruhig etwas mehr Anteilnahme zeigen.

„Ich habe den Typen sogar gesehen. Er sah aus wie ein Gespenst. Er trug eine weiße Maske.“ Rieder berichtete seinem Kollegen von seiner Verfolgungsjagd zu Fuß durch Neuendorf.

Charlotte hatte er in der Nacht noch zu ihrer Köchin gebracht, die auch in Neuendorf wohnte. Sie wollte unter keinen Umständen mehr in ihrem Haus bleiben. Weil er danach nicht mehr schlafen konnte, hatte er sich in die Küche gesetzt und Steins Unterlagen durchgeackert, das Konzept für die ‚Ostseetherme‘ und die Verträge mit den Grundstücksbesitzern in Norderende. „Stein hatte für seine Planungen für die ‚Ostseetherme‘ offenbar sogar Wetterdaten für Hiddensee erhoben“, erzählte er Damp, während sie nach Vitte fuhren. Auf einem Blatt hatten die Durchschnittswerte für drei Monate gestanden. Für Juli 21 Grad Celsius. Für November sechs Grad. Für April fünfzehn. Dass es im April durchschnittlich fünfzehn Grad warm sein sollte, war Rieder allerdings etwas hochgegriffen erschienen. Er hatte sich an seine Ankunft auf der Insel im Frühjahr erinnert und wie er da manchen Tag noch gefroren hatte.

Bevor er sich mit Damp getroffen hatte, war er noch einmal bei Charlotte gewesen. Sie hatte sich weiter geweigert, in das Haus mit dem Strandcafé zurückzukehren. Sie hatte immer noch Angst. „Kannst du nicht wenigstens heute hier in Neuendorf bleiben?", hatte sie Rieder flehentlich gefragt. „‚Privat' muss doch auch mal vorgehen können?"

Rieder hatte Charlotte so noch nicht erlebt. Sonst war sie immer die kluge starke Frau, aber jetzt warfen sie die Ereignisse der letzten Nacht völlig aus der Bahn.

„Wenn wir den Kerl kriegen, dann hast du auch wieder deine Ruhe. Je eher, desto besser."

Daraufhin hatte sie ohne Abschied die Tür zugeschlagen.

„Ich habe letzte Nacht auch etwas beobachtet", erzählte Damp.

Rieder sah ihn an.

„Jemand ist um den Polizeiwagen geschlichen. So gegen Mitternacht. Ich wollte gerade ins Bett gehen. Als ich aus dem Fenster schaute, sah ich ihn. Er versuchte, durch die Heckklappe etwas zu erkennen."

Rieder dachte kurz nach. „Es muss mit den Akten zu tun haben. Wir haben sie gestern im Auto im Kofferraum transportiert."

„Durk und die Stein haben uns damit gesehen", bemerkte Damp.

„Durk?", fragte Rieder. Er griff nach dem Hefter auf der Rückbank und begann, darin zu blättern. „Es gibt hier eine Reihe Briefe von Stein an den Bürgermeister und die Antworten dazu, die Durk jeweils belasten. Beide haben sich die Bälle zugespielt, wenn sich einer der Verkäufer von Häusern oder Grundstücken quer gelegt hat, zum Beispiel Andreas von Krenz. Und sie haben sich ziemlich viel Mühe gegeben, Dora Ekkehard mit ihrem Zeltkino auszubooten, immer hübsch nach dem Motto ‚Eine Hand wäscht die andere.'"

„Das wäre doch ein Motiv für Durk, an die Akten zu kommen", bemerkte Damp. „Gestern Abend schien er mir ziemlich unter Druck."

Rieder winkte ab. „Durk ist ein Choleriker, ein Dorfnapoleon. Aber der begeht keinen Einbruch. Von seiner Konstitution her wäre er auch gar nicht in der Lage, so schnell zu laufen. Durk hätte ich bestimmt gekriegt." Rieder klappte den Hefter wieder zu. „Die Stein dagegen hat schon öfter danach gefragt. Haben Sie erkennen können, ob die Gestalt am Polizeiauto vielleicht eine Frau war? An der Kleidung? Am Gang?"

Damp schüttelte den Kopf. Sie kamen gerade nach Vitte hinein.

„Fahren Sie bitte zum Hafen. Wir werden der Dame noch mal auf den Zahn fühlen."

Ulrike Steins Assistentin war eine stämmige Frau mit kurzen blonden Haaren. Sie blickte streng durch die Gläser ihrer dunklen Hornbrille, als die beiden Polizisten die Praxis betraten.

„Muss das sein?", meinte sie unfreundlich, bevor Rieder und Damp ihr Anliegen vortragen konnten. „Das ist geschäftsschädigend, wenn die Polizei hier ein- und ausgeht."

„Es muss", antwortete Rieder. „Wir müssen dringend Frau Stein sprechen."

„Sie hat gerade eine Behandlung. Die dauert noch zehn Minuten. Danach wartet eigentlich schon die nächste Kundin …"

„Aber sie wird doch sicher zwischen zwei Kunden eine Pause machen …"

„Ich werde das mit ihr besprechen." Damit verschwand sie im hinteren Teil des Ladens und ging eine Treppe nach oben. Nach wenigen Minuten kam sie wieder zurück: „Sie hat gleich Zeit für Sie."

Ulrike Stein bat die beiden Polizisten nach oben. Auf der Treppe begegneten sie Andreas von Krenz. Er grüßte die Polizisten nur flüchtig. In der oberen Etage gab es drei Behandlungskabinen und einen kleinen Aufenthaltsraum.

„Ich fände es schön, wenn Sie sich kurz fassen könnten. Wie ich schon gestern sagte, ich schätze es nicht, ständig von der Polizei belästigt zu werden. Wir sind hier auf Hiddensee. Auf das Gerede kann ich verzichten."

„Dann kommen wir doch gleich zur Sache“, meinte Rieder. Damp zog seinen Notizblock aus der Hemdtasche. „Wo waren Sie gestern Abend? So zwischen zehn Uhr und Mitternacht.“

„Zuhause“, antwortete sie. „und nicht allein, um gleich Ihre nächste Frage zu beantworten. Jan Stein war bei mir.“

„Jan Stein?“, fragte Rieder überrascht. „Ist er wieder auf Hiddensee?“

„Wissen Sie das nicht? Ich dachte, er zählt zum Kreis der Verdächtigen?“

„Wohnt er bei Ihnen?“

„Das wäre noch schöner. Er ist bei Malte Fittkau untergekommen.“

Das wunderte Rieder allerdings nicht.

„Was wollte Jan Stein von Ihnen?“, fragte er.

„Ich habe ihn eingeladen, um mit ihm über die Firma zu reden.“

„Wenn ich mich recht erinnere, wollten Sie Jan Stein unter allen Umständen aus der Firma raushalten.“

Sie wiegte den Kopf hin und her. „Jetzt, wo kein Testament vorhanden ist, muss ich mich mit den veränderten Verhältnissen arrangieren.“ Sie goss sich einen Kaffee ein und bot auch den Polizisten an. Die lehnten ab. „Ich kenne mich im Erbschaftsrecht nicht aus. Aber Jan wird mindestens einen Anspruch auf ein Pflichtteil haben. Ich bin auch zu wenig mit dem Baugeschäft bewandert. Also habe ich ihm angeboten, dass er in der Firma arbeiten kann, wenn er aufhört zu saufen.“

„Hat er angenommen?“

Sie zuckte mit den Schultern: „Er will es sich überlegen.“

„Das sind interessante Entwicklungen“, meinte Rieder mit einer Spur Ironie in der Stimme.

„Wie lange war Jan Stein bei Ihnen?“, mischte sich Damp ein.

Ulrike Stein sah Damp an. „So bis elf vielleicht. Danach bin ich ins Bett. Ich muss früh raus. Wir öffnen in der Woche schon ab sieben, um Hiddenseern, die nach Rügen pendeln, noch eine Behandlung vor der Arbeit anzubieten. Warum sollen sie ihr Geld nach Rügen tragen?“ Sie schüttelte genervt den Kopf. „Warum muss ich eigentlich diese ganze Fragerei schon wieder ertragen? Sie haben mich doch erst gestern Abend verhört?"

„Jemand hat versucht, in das Haus von Charlotte Stein einzubrechen."

„Und was hat das mit mir zu tun?", blaffte sie.

„Wir nehmen an, der Täter wollte an die Unterlagen aus dem Haus Ihres Mannes ran, die ich bei mir hatte."

Ulrike Stein machte ein mitleidiges Gesicht. „Leiden Sie nicht vielleicht unter Verfolgungswahn, Herr Kommissar?", höhnte sie. „Vielleicht war es auch ein Warnschuss an Ihre Freundin, in Neuendorf zu bleiben und nicht ihre Finger nach der Pension im Vitter Seglerhafen auszustrecken."

„Wie kommen Sie darauf?"

„Mancher findet, es gibt hier schon genug Kneipen, und eine Wiedereröffnung des Restaurants in der Pension sei nur eine unerwünschte Konkurrenz."

Rieder ärgerten diese Anspielungen. Das hielt ihn auch davon ab, mit Charlotte hier zusammenleben zu wollen. Es wäre ein Leben auf dem Präsentierteller. „Immerhin haben Sie ziemlich oft nach den Unterlagen gefragt", konterte er Steins Attacke.

„Deshalb breche ich aber nicht in Häuser ein. Außerdem sind Jan und ich gestern auch zu dem Ergebnis gekommen, erstmal die ‚Ostseetherme' auf Eis zu legen. Also brauche ich die Unterlagen momentan nicht. War es das?"

„Ja", antwortete Damp und klappte sein Notizbuch zu. Die Polizisten verabschiedeten sich.

„Wenn wir schon im Hafen sind", meinte Rieder, als sie vor der Tür der Praxis standen, „können wir auch gleich bei der Reederei nachfragen, ob Ulrike Stein gestern Morgen mit einer der Fähren oder Wassertaxis von Schaprode nach Hiddensee gefahren ist."

„Auf die Frau haben Sie sich eingeschossen!", meinte Damp.

„Vielleicht haben Sie Recht", erwiderte Rieder. „Ich habe momentan einen Tunnelblick. Dann also zu Jan Stein."

Malte Fittkau saß im Hof. Er war gerade dabei, ein paar Aale zum

Räuchern fertigzumachen. Die ausgenommenen Fische steckte er auf eine Stange.

„Was wollt ihr denn schon wieder hier?“, begrüßte er unwirsch die Polizisten.

„Wir müssen noch mal mit Jan Stein sprechen. Er soll jetzt bei dir wohnen?“, fragte Rieder.

Malte nickte.

„Seit wann?“

„Gestern.“

„War er gestern Abend unterwegs?“

Wieder nur Nicken.

„Bis wann?“

Schulterzucken.

„Du willst mir doch nicht weismachen, dass du nicht genau weißt, wann dein Gast nach Hause gekommen ist“, hakte Rieder nach.

„Ich bin nicht seine Mutter“, brummte Malte.

Rieder rollte mit den Augen.

„Herr Fittkau“, mischte sich nun Damp ein. „Sie müssen …“ Weiter kam er nicht.

„Ich muss gar nichts, *Herr Damp.*“

Malte hatte die Stange mit den Aalen genommen und lief zum Räucherofen. Rieder trat in Maltes Haus und rief nach Jan Stein. Keine Antwort.

Als er wieder vor das Haus trat, war Malte wieder da. Er saß auf seinen Schemel, um eine weitere Stange mit Aalen vorzubereiten.

„Darfst du eigentlich einfach so in mein Haus gehen und nach jemanden suchen?“, fragte er Rieder.

„Darf ich! Noch ist er nicht ganz aus dem Schneider. Wo ist er? Wann kam er? Würdest du bitte antworten?“

„‚Bitte‘ klingt schon besser?“

„Mensch, Malte!“ Rieder war nahe dran, die Geduld zu verlieren.

„Also gut. Er war so gegen zwölf zuhause, und jetzt schneidet er die Heckenrosen bei meinem Bruder.“

Rieder und Damp sahen Malte verwundert an.

„Umsonst ist nicht bei mir. Wenn er hier wohnen und essen will, muss er auch was dafür tun."

Malte hatte aus Jan Stein seine Kopie gemacht. Latzhose, Gummistiefel, Holzfällerhemd. Es fehlte nur die Schiffermütze. Statt der Pfeife hatte Stein eine Zigarette im Mundwinkel. Er plagte sich mit einer Heckenschere am stachligen Geäst der Heckenrose. Immer wieder trat er zurück und schaute, ob er auch eine gerade Linie geschnitten hätte.

„Sieht doch schon ganz gut aus", lobte Rieder.

„Auf den Arm nehmen kann ich mich selber", erwiderte brummig Jan Stein, ohne die Kippe dabei aus dem Mund zu nehmen. „Aber Sie wollten mit mir bestimmt nicht über Gartenarbeit und Augenmaß philosophieren."

Rieder nickte. „Wir haben noch ein paar Fragen. Neue Fragen", betonte der Polizist.

„Neue Fragen?" Stein ließ die Zigarette aus dem Mund fallen und trat sie im Gras aus, holte aber gleich darauf die rote Schachtel aus der Brusttasche der Latzhose und klopfte eine neue filterlose Zigarette heraus. Seine Finger zitterten dabei.

„Was haben Sie nach Ihrer Entlassung aus der Untersuchungshaft in Bergen vorgestern gemacht?", fragte Rieder.

„Warum wollen Sie das wissen?" Jan Stein nahm einen tiefen Zug und blies den Rauch mit einem heftigen Stoß aus. „Ach! Klar!", rief er dann. „Es ist wegen Karin!" Er hob abwehrend die Hände, schüttelte heftig den Kopf: „Damit habe ich nichts zu tun!"

„Dann sagen Sie uns, wo Sie waren?", mischte sich Damp ein.

„Erst einen trinken, gegenüber von dieser Polizeistation. Dann bin ich nach Schaprode. Per Anhalter. Aber die letzte Fähre war schon weg. Ich habe auf einer Bank im Hafen gepennt. Das war scheißkalt. Früh bin ich dann mit der Fähre rüber. Einer der Lademeister hat mich schwarz mitgenommen."

„Haben Sie Zeugen, die Sie in Schaprode in der Nacht gesehen haben?", hakte Rieder nach.

„Ich war besoffen, hatte noch eine Flasche bei mir, zum Wärmen. Da merke ich dann nichts mehr.“ Er machte eine Pause. „Aber warum sollte ich auch Karin was tun?“

„Sie kannten also Karin Knoop?“

„Klar! Hier kennt sich doch jeder auf dieser Insel. Damals hieß sie aber noch Karin … Wir haben sie aber immer nur Pippi gerufen, wegen ihrer roten Haare, ihrer Zöpfe …“

„Störte es Sie, dass sie die Freundin Ihres Bruders war?“

Stein sah die Polizisten verwundert an. „Bis gestern Abend wusste ich nicht einmal, dass er eine Freundin hatte. Ulrike hat mir erst erzählt, dass Peter mit Karin rumgemacht hat. Ehrlich gesagt, ist es mir auch scheißegal, mit wem mein Bruder ins Bett gegangen ist. Vielleicht war es für Ulrike ein Problem …“

„Was wollen Sie damit sagen?“, hakte Rieder gleich ein.

„Gar nichts. Ich meine nur … sie war doch die Ex-Frau …“

„Apropos Ex-Frau. Waren Sie gestern Abend bei Ulrike Stein?“, fragte Rieder. Stein stutzte kurz, bevor er antwortete. „Ja, war ich.“

„Wie lange?“

„Bis elf vielleicht. Ulrike hätte mich beinahe rausgeschmissen, weil sie ins Bett wollte.“

Steins Hände zitterten jetzt noch mehr. Auf der Stirn zeigten sich kleine Schweißperlen. ‚Zeichen der Unsicherheit?‘, fragte sich Rieder.

„Und dabei ging es um die Firma?“

„Ja. Ulrike kam gestern Nachmittag hier vorbei, meinte, sie müsse mit mir reden über die ‚Inselbau‘ …“

Rieder ließ Stein nicht ausreden. „Was hat sie Ihnen vorgeschlagen?“

„Sie will, dass ich einsteige, wahrscheinlich weil sie vom Bauen weniger Ahnung hat als vom Geldzählen.“

„Aber Sie haben Ahnung vom Bauen?“

Stein schnippte wütend die Zigarette weg. „Ich weiß selbst, was ich alles falsch gemacht habe“, brauste er auf. „Dafür brauche ich Sie nicht als Moralapostel. Aber vielleicht ist das auch so etwas wie eine zweite Chance“, setzte er schon ruhiger, fast nachdenklich hinzu. „Ist ja auch alles erstmal auf Probe. Aber Malte will mir helfen.“

„Bei der Firma?“, fragte Damp erstaunt.

„Nein, er will mir helfen, wieder auf die Beine zu kommen.“ Stein deutete auf die Heckenschere. „Er hat gleich ein Entzugsprogramm aufgelegt, mich auf null Alkohol gesetzt, hat mich zu Möselbeck geschleppt, damit der mir was verschreibt. Aber sehen Sie sich meine Hände an.“ Stein streckte die zitternden Hände nach vorn. „Ich weiß nicht, ob ich das schaffe. Ulrike nimmt mich nur, wenn ich trocken bin.“

„War Ihre Schwägerin wütend über die Affäre ihres Ex-Mannes mit Karin Knoop?“ Damp verleierte die Augen, weil Rieder offenbar immer noch Ulrike Stein verdächtigte, etwas mit dem Überfall auf Karin Knoop zu tun zu haben.

„Keine Ahnung. Für mich ist die Frau ein kalter Fisch“, antwortete er offenherzig. „Das war nicht immer so. Aber die Zeit mit meiner Mutter unter einem Dach da oben auf dem Hügel in Kloster war für Ulrike sicher nicht vergnügungssteuerpflichtig. Da ist sie so geworden.“

„Hat sie mit Ihnen auch über den Bau der ‚Ostseetherme‘ gesprochen?“

„Hat sie, aber das ist mir gleich eine Nummer zu groß. Außerdem bekommen doch jetzt alle auf der Insel kalte Füße.“

„Und von Frau Stein sind Sie zurück zu Malte?“

„Auf direktem Weg und ohne Alkohol“, erklärte Jan Stein beinahe stolz. „Malte hat gedroht, dass er mich auf die Straße setzt, wenn ich wieder zu saufen anfange. Ich war kurz vor zwölf zuhause, musste ihn anhauchen und durfte ins Bett. Harte Sitten, meine Herren.“

So konnte auch Jan Stein nicht der Einbrecher gewesen sein. Weder zu Fuß noch mit dem Fahrrad konnte er so schnell nach Neuendorf kommen. Rieder staunte er, wie sich Malte Fittkau für seinen alten Schulkameraden einsetzte.

„Ich hoffe, Sie haben uns die Wahrheit gesagt“, meinte Rieder, als er sich verabschiedete, „nicht nur in Ihrem, sondern auch in Maltes Interesse.“

Rieders Telefon klingelte. Bevor er sich melden konnte, brüllte ihm schon Bökemüller entgegen: „Wo sind Sie, Rieder?“

XXXVI

Obwohl es kalt und diesig war, hatte sich Rieder auf das Sonnendeck der Fähre nach Schaprode gesetzt. Über ihn zogen Schwärme von Zugvögeln hinweg. Sie landeten auf dem Bodden oder den Sandbänken rund um den Alten und Neuen Bessin, die beiden Landzungen im Norden von Hiddensee. Wahrscheinlich boten der angeschwemmte Seetang und die Algen eine gute Nahrungsgrundlage, bevor die Vögel ihre Reise in Richtung Süden fortsetzten.

Er brauchte dringend frische Luft nach dem Wutausbruch seines Chefs. Bökemüller hatte Rieder Arbeitsverweigerung vorgeworfen. Statt auf Rügen im Fall „Knoop" zu ermitteln, würde er sich entgegen seiner Anordnung weiter auf Hiddensee rumtreiben.

Rieders Einwand, dass der Mord an Stein und der Überfall auf Karin Knoop zusammengehören könnten, denn immerhin hatte die Frau den Bauunternehmer per SMS an seinen Todesort gelockt, hatte Bökemüller nicht gelten lassen. Die Sache mit dem versuchten Einbruch bei Charlotte Dobbert war für Bökemüller nur ein dummer Jungenstreich und hatte für ihn nicht mit einem der beiden Fälle zu tun. „Papperlapapp, Rieder, da wollte jemand Ihrer Freundin einen Schrecken einjagen. Weiße Masken, dunkle Gestalten ... Kümmern Sie sich erstmal um die Angelegenheit mit der Knoop und konstruieren Sie dabei nicht Verschwörungstheorien, auch wenn die Frau mit dem Stein in der Kiste war. Ich bin in einer Stunde in Bergen. Da will ich von Ihnen einen detaillierten Bericht über den Fall ‚Knoop'. Ende der Durchsage." Damit hatte Bökemüller aufgelegt.

Bökemüllers Ankündigung, auf dem Revier Bergen zu erscheinen, hatte die Beamten in hektische Betriebsamkeit versetzt – alle wirbelten herum.

„Ach, der Herr Hauptkommissar gibt sich auch schon die Ehre“, begrüßte der Revierleiter Rieder süffisant und widmete sich dann wieder den Vorbereitungen für den Besuch des Polizeidirektors.

Schreibtische wurden aufgeräumt. Eine Polizistin sammelte alle schmutzigen Kaffeetassen und leeren Pizzakartons ein. In der Anmeldung wurden die Fahndungsplakate aufgehängt, die bisher in einer Ecke verstaubt waren. „Sind die Fälle eigentlich noch aktuell?“, fragte ein Beamter den Revierleiter. „Quatsch nicht, mach einfach“, wies ihn sein Chef barsch zurecht. „Sind denn endlich die Streifenwagen aus der Waschstraße zurück?“, rief er über den Flur. Aus der Einsatzzentrale schaute der Schichtleiter des Reviers und zuckte mit den Achseln. „Anfunken. Lage klären. Die sollen bloß nicht bummeln!“, wies der Vorgesetzte an.

Knapp eine Minute später meldete der Beamte beflissen: „Sind alle auf dem Rückweg zum Revier.“

„Sind die verrückt?“, wurde er daraufhin von seinem Vorgesetzten angebrüllt. „Nur einer kommt zurück. Die anderen fahren auf Streife. Jeder in eine andere Richtung. Rügen vier und sechs nach Mönchgut. Rügen drei hierher. Rügen fünf nach Sassnitz.“

„Rügen fünf ist aber kaputt“, wandte ein anderer Beamter vorsichtig ein.

„Na und!“ wurde er angeschnauzt. „Rügen fünf muss vom Revierparkplatz verschwinden. Verstanden!“ Der Polizist rannte los.

Nur das Büro von Nelly Blohm schien eine Oase der Ruhe zu sein. Rieder setzte sich auf den Besucherstuhl. „Ihre Kollegen sind ganz schön aus dem Häuschen.“

Sie grinste. „Wenn Bökemüller auf Inspektion kommt, brennt hier immer die Hütte.“

„Aber Sie stört das weniger“, bemerkte Rieder.

„Mein Büro ist sauber und mein Gewissen rein“, meinte sie. Dann beugte sie sich zu Rieder vor. „Aber wie sieht es mit Ihrem Gewissen aus?“

„Ich weiß nicht, was Sie meinen“, entgegnete Rieder.

Statt einer Antwort schaute sie auffällig auf ihre Armbanduhr. „Schon ziemlich spät, oder?“

Das ärgerte Rieder. „Sie sollten sich vielleicht nicht so weit raushängen. Gestern Nachmittag haben Sie sich auch ziemlich schnell vom Acker gemacht, obwohl vielleicht das ein oder andere noch zu tun gewesen wäre.“

Das Lächeln verschwand aus Nellys Gesicht.

„Vielleicht sollten wir uns einfach mal gegenseitig auf den aktuellen Stand der Dinge bringen, damit wir gegenüber Bökemüller nicht alt aussehen“, schlug Rieder vor.

„Ich frage mich, wer dann alt aussieht“, flüsterte seine Kollegin fast unhörbar.

„Wie bitte?“, fragte Rieder.

„Ach, nichts.“ Nelly Blohm zog einen Aktenordner heran und schlug ihn auf. „Das Krankenhaus hat angerufen. Wir können Karin Knoop vielleicht heute Nachmittag schon vernehmen“, berichtete sie.

Rieder erzählte ihr vom Einbruch in Karin Knoops Haus und dass sie Stein mit einer SMS an den Ort gelockt habe, an dem er erschlagen worden war. Karin Knoop sei so für ihn, trotz des Überfalls, an erster Stelle der Tatverdächtigen für den Mord an Peter Stein. Nelly Blohm war davon nicht überzeugt. „Wie soll diese schlanke, kleine Frau einen Mann wie Peter Stein mit einem einzigen Schlag kampfunfähig machen. Dazu noch mit einem schweren Holzpaddel?“, entgegnete sie, immer noch trotzig.

Rieder konnte ihre Zweifel an Knoops Schuld auch nicht damit zerstreuen, dass sie zu den erbitterten Gegnern von Steins „Projekt Norderende“ auf der Insel gehört hatte. „Ich glaube nicht, dass beide Fälle zusammengehören, Herr Kollege. Das ist mir zuviel Verschwörungstheorie.“

„Oder zuviel Frauensolidarität“, konterte er trocken.

Dann berichtete er ihr noch von dem versuchten Einbruch in das Haus von seiner Freundin. Doch auch Nelly Blohm wollte da keinen Zusammenhang erkennen. Sie nahm aus der Ermittlungsakte einen Umschlag. „Hier sind übrigens die Fotos der Radarkamera."

Rieder streckte die Hand nach dem Umschlag aus, aber Nelly Blohm behielt ihn. „Das ist hier mein Revier!"

Sie packte die Fotos von der Radarfalle in Lancken-Granitz aus. Rieder trat hinter seine Kollegin. Trotz seines Ärgers über Nelly Blohm bemerkte er, dass sie heute sehr weiblich gekleidet war. Sie trug kniehohe Stiefel mit praktischen flachen Sohlen, dazu eine schwarze Strumpfhose und einen ziemlich kurzen engen Minirock. Die karierte Bluse war auf Taille geschnitten. Den Kragen hatte Nelly Blohm hochgeschlagen. Darüber fiel ihr lockiges Haar. Ihr blieb sein taxierender Blick nicht verborgen.

„Genug gesehen?", fragte sie schnippisch. Rieder erschrak. „Ich war in Gedanken …" stotterte er.

„Das habe ich gesehen", antwortete sie mit gespielter Empörung.

In dem Umschlag befanden sich ungefähr fünfzig Bilder von Autofahrern, die in die Radarfalle gegangen waren. Einige blickten erschrocken. Andere waren völlig auf das Fahren konzentriert und schienen den Blitzer gar nicht bemerkt zu haben. In der Nacht des Überfalls auf Karin Knoop war zunächst gegen 23 Uhr eine Frau in die Falle gefahren. Rieder schüttelte den Kopf. Dann folgte ein Pärchen. Die Bilder waren noch nicht für den Bußgeldbescheid bearbeitet worden. Die angegebene Zeit, ein Uhr fünfzehn, passte eigentlich nicht zu der Aussage der Zeugen von dem Boot in Seedorf. Nelly Blohm sah zu Rieder hinauf. Er war unschlüssig.

„Die Leute sprachen nur von einer Person …", gab sie zu bedenken.

„… und es ist fast zwei Stunden zu früh", ergänzte Rieder. „Von Lancken-Granitz bis zum Hafen Seedorf braucht man höchstens zehn Minuten."

Sie legte das Foto zur Seite. Rieder schreckte richtig zurück, als er das nächste Bild sah. Auch Nelly Blohm erstarrte. Statt eines Gesichts, war eine weiße Maske zu sehen, umrahmt vom schwarzen Stoff einer Kapuze. Es war die gleiche Gestalt, die Rieder in der letzten Nacht durch das Fenster des ‚Strandcafés' gesehen hatte.

„Was ist das?", fragte Nelly Blohm entsetzt.

„Unser Mann … oder unsere Frau!"

XXXVII

Damp bog mit dem Polizeiwagen auf den Hof des Rathauses in Vitte ein. Er wendete dort immer, um dann das Auto mit der Schnauze nach vorn neben dem Gebäude zu parken. Doch heute machten einige Fahrräder dieses Manöver unmöglich. Sie waren kreuz und quer auf dem Hof geparkt. Es musste im Rathaus irgendeine Versammlung geben.

Damp spürte, wie sein ständiger Ärger über die Radfahrer auf der Insel in ihm aufstieg. Er riss die Fahrertür auf, sprang aus dem Auto und räumte die Räder, nicht gerade sanft, aus dem Weg. Er knallte sie an die Wand des Rathauses, auch wenn dabei hier und da etwas Putz abfiel. Als er genügend Platz für den Wendekreis des Streifenwagens hatte, fuhr auf seinen angestammten Parkplatz. Als er das Auto abschloss, sah er, dass Rieder Steins Aktenordner zur ‚Ostseetherme' auf der Rückbank vergessen hatte. Damp grinste in sich hinein. Wie Rieder von der Rolle gewesen war, nachdem ihm Bökemüller den Einlauf am Telefon gemacht hatte – genial!

Drinnen kam ihm Lotti Stoll entgegen, die Sekretärin des Bürgermeisters.

„Wem gehören die Chaisen, die da draußen im Weg stehen?", fragte er.

Lotti Stoll legte einen Finger auf den Mund und drängte Damp in sein Büro. „Machen Sie nur leise. Dicke Luft." Sie deutete auf das Büro von Durk. „Krisensitzung", flüsterte sie.

„Was ist denn los?", wunderte sich Damp. Sie wedelte wieder heftig mit den Händen. „Nicht so laut. Durk steht das Wasser bis zum Hals."

Sie schloss hinter sich die Tür zum Hiddenseer Revier. „Gestern war doch Gemeinderatssitzung."

„Na und", meinte Damp, „kommt doch sowieso nichts raus."

„Aber diesmal war es anders. Durk hat mit Stein krumme Geschäfte gemacht."

Jetzt wurde Damp hellhörig: „Was für Geschäfte?"

Die Sekretärin druckste herum. „Also, das ‚Hiddenseer Forum' hat ein Schreiben zugespielt bekommen, in dem Durk eine Baugenehmigung für das Grundstück beantragt hat, auf dem das Zeltkino steht. Er will dort ein Apartmenthaus mit zehn Ferienwohnungen bauen." Das „Hiddenseer Forum" war im Hiddenseer Gemeinderat die Opposition, es setzte sich für einen sanften Tourismus auf der Insel ein und wollte einen Baustopp auch innerhalb der vier Orte Vitte, Kloster, Neuendorf und Grieben durchsetzen. Die Fraktion war ein Sammelbecken von Bürgern, die erst nach der Wende nach Hiddensee gezogen waren und sich als Umweltschützer verstanden. Da das „Hiddenseer Forum" dafür aber bei den Kommunalwahlen kaum mehr als zwanzig Prozent der Stimmen bekam, war es im Gemeinderat in der Minderheit gegenüber einer Koalition aus der Liste des Bürgermeisters, der „Hiddenseer Freiheit" und der Fraktion der „Hiddenseer Union". Die „Freiheit" hatte ihre Anhänger unter den Insulanern. Zur „Union" gehörten vor allem die Hotelbesitzer, Gastwirte und Einzelhändler.

Damp war verwirrt. „Aber ich denke, das gehört Stein? Jedenfalls haben uns das Bürgermeister Durk und auch Dora Ekkehard noch vor wenigen Tagen erst erzählt?"

„Nein, eben nicht", widersprach weiter flüsternd die Sekretärin. „Stein hat es wohl Durk überschrieben, wahrscheinlich als Dank, dass er den Bau dieses Spaßbades unterstützt. Sagen jedenfalls die vom Forum."

Damp konnte nicht glauben, dass ihn der Bürgermeister so belogen haben sollte. „Und woher wissen die Leute vom Forum davon?"

„Von Krenz."

„Von Krenz?"

„Ja! Er hat das Papier irgendwie aus dem Amt Westrügen besorgt. Er soll dort im Bauamt einen Kumpel sitzen haben. Durk ist stinksauer."

„Ich bin es allerdings auch. Durk hat uns alle hinters Licht geführt. Und was ist das jetzt für eine Sitzung bei Durk?"

Die Sekretärin blickte sich vorsichtig um, als könne jemand selbst durch die geschlossene Tür mithören.

„Die Leute vom ‚Hiddenseer Forum' wollen den Bürgermeister seines Amtes entheben."

„Na und? Sie haben doch keine Mehrheit."

Lotti Stark verzog das Gesicht, als hätte sie etwas extrem Saures gegessen. „Die von der Union wollen sich dem Forum anschließen. Damit ist die Mehrheit futsch."

„Aber die von der Union sind doch bestimmt auch für die ‚Ostseetherme'. Die wollen doch immer auf der Insel neue Ferienwohnungen und Hotels bauen."

„Eben nicht."

„Eben nicht?", wiederholte Damp ungläubig die letzten Worte der Sekretärin.

„Die haben Angst, dass die Leute dann das Geld in diesen Wellness-Tempel schleppen und nicht mehr in ihre Kneipen und Hotels."

Damp fand, das geschah Durk ganz recht. Immerhin hatte der Bürgermeister auch ihn nur benutzt. Dass er auch Rieder belogen hatte, als sie ihn nach dem Grundstück mit dem Zeltkino gefragt hatten, war für den Polizisten nur ein geringer Trost.

Er wurde durch die Sekretärin aus seinen Gedanken gerissen. „Dass von Krenz ihn ans Messer liefert, wundert mich gar nicht, nachdem Durk mit Stein versucht hat, ihm das Haus abzuluchsen."

Damp kannte die Geschichte zwar schon aus Rieders Berichten über die Briefe in Steins Unterlagen, aber es konnte nicht schaden, die Version von Durks Sekretärin zu hören.

„Ich habe mitbekommen, wie er sich das mit Stein ausgedacht hat. Wenn es geklappt hätte, sollte Stein dann das Haus gegen einen Appel und ein Ei von der Gemeinde kaufen können. Im

Bauausschuss sitzen ja nur Steins Leute." Sie schwieg plötzlich und richtete sich mit verschränkten Armen auf. Das klare Signal an Damp, dass sie eine neue Motivation brauchte, um weiter zu erzählen.

„Und, was ist passiert?", fragte also Damp.

Lotti Stoll beugte sich wieder zu dem Polizisten hinab: „Ist total schiefgegangen. Von Krenz war am Montag bei Durk im Büro und hat ihm die Hölle heiß gemacht. Angebrüllt haben die sich." Sie hob eine Faust und imitierte den wütenden Krenz. „Der Krenz hat immer wieder geschrien: ‚Dich mache ich fertig! Und mit dir den Stein! Ich weiß ganz genau, was hier läuft. Aber damit ist jetzt Schluss!'" Sie nahm die Faust wieder herunter.

Damp registrierte für sich, dass von Krenz weder die Geschichte mit dem Zeltkino-Grundstück noch die Auseinandersetzung mit Durk erwähnt hatte.

Vom Flur war plötzlich Lärm zu hören. Türen knallten. Geschrei. Damp erkannte Durks Stimme. Sein Gebrüll kannte er zur Genüge. „Das lasse ich mir von euch nicht gefallen! Zehn Jahre habe ich für euch den Hampelmann gemacht." Nicht ohne Eigennutz, dachte Durk bei sich. Dann waren besänfitgende Stimmen zu hören, die aber durch die geschlossene Reviertür nicht zu verstehen waren. Die Sekretärin schlich zur Tür und öffnete sie einen Spalt. Damp folgte ihr und lugte auch in den Flur. Drei Männer standen um den Bürgermeister und redeten auf ihn ein. Durk hatte ein hochrotes Gesicht. Wutverzerrt. Plötzlich stieß er einen der Männer zurück und rannte zur Treppe.

Damp schob die Sekretärin zur Seite und öffnete die Tür ganz. Die Männer drehten sich um. Einer kam auf Damp zugelaufen. Es war Claasen, Steins Vorarbeiter.

„Sie müssen sofort was unternehmen. Sonst passiert ein Unglück", flehte er Damp an. „Durk bringt Krenz um!"

Damp setzte seinen massigen Körper in Bewegung. Er lief im Laufschritt Durk hinterher. Als er auf der Straße stand und kurz verschnaufte, sah er den Bürgermeister schon weit entfernt in Richtung Kloster rennen. Er war schon fast am Haus von Krenz. Damp war klar, er würde Durk nicht mehr einholen. Er rannte zurück zum Streifenwagen, schwang sich auf den Fahrersitz und raste los. Natürlich nicht ohne Blaulicht. Trotzdem kam er zu spät.

Durk wummerte mit der Faust an Krenz' Tür. „Ich mach' dich fertig!", brüllte er und trat zugleich mit dem Fuß gegen das Türblatt. Krenz machte den Fehler, die Tür zu öffnen. Sofort trafen ihn Faustschläge. Beide Männer stürzten in die Diele. Durk schlug trotzdem weiter. Damp stürmte von hinten auf Durk zu und versuchte, ihn zu bändigen. Überrascht davon, ließ Durk kurz von seinem Opfer ab. Krenz nutzte die Chance und ging zum Gegenangriff über. Plötzlich war Malte Fittkau da. Er half Damp, die beiden Kämpfenden zu trennen. Damp und Fittkau schoben sich zwischen die Kämpfenden und drängten sie auseinander. Damp gelang es, den Bürgermeister in ein Zimmer zu schieben und hinter ihm die Tür zu verschließen. Er trommelte von innen gegen die Tür. Malte drückte Krenz gegen die Wand. Der zappelte weiter, aber kam gegen Malte nicht an.

„Aus!", schrie Malte. Krenz erstarrte. Sein angespannter Körper erschlaffte. Durk randalierte immer noch hinter der verschlossenen Tür, brüllte Beleidigungen und Drohungen. Damp drehte den Schlüssel und stieß die Tür auf. Sie traf den Bürgermeister am Kopf, und seine Nase begann sofort zu bluten. Das war aber dem Polizisten egal. „Ruhe jetzt!" Durk ließ sich auf einen Sessel fallen. Vor dem Haus hatten sich inzwischen einige Schaulustige versammelt, darunter Durks Parteifreunde. Sie waren völlig fassungslos.

Damp zerrte an seiner Uniform, um sie wieder einigermaßen in Form zu bringen. „Danke", sagte er zu Malte. „Wie kommst du eigentlich hierher?"

Malte steckte die Hände in die Taschen, aber ohne Krenz aus den Augen zu lassen, der sich die Hände rieb: „Ich war in der Nähe."

Durk hielt sich die blutende Nase. „Das wird für Sie Folgen haben, Damp", drohte er mit hasserfüllter Stimme. Damp schluckte.

Ihm lief ein kalter Schauer über den Rücken. Doch Malte sprang ihm bei. „Micha, halt einfach die Klappe. Glaubst du wirklich, hier noch was zu bestellen, nach dieser Nummer?“

Durk stand auf. „Das werden wir ja sehen!“, blaffte er zurück. Er wankte an Damp, Fittkau und Krenz vorbei zur Haustür. Dort drehte er sich noch einmal um. Er zeigte mit dem ausgestreckten Finger auf Krenz. „Mit dir bin ich noch nicht fertig. Deine Tage auf der Insel sind gezählt.“

XXXVIII

Bökemülllers Dienstwagen fuhr knapp eine Stunde nach Rieders Ankunft in Bergen auf den Hof des Polizeireviers. Die Miene des Polizeidirektors war düster, als er aus dem Auto stieg. Doch dann fiel die Inspektion des Reviers gnädiger aus als erwartet. Er ließ sich die Dienstpläne zeigen, die Berichte der Streifenwagenbesatzungen und kontrollierte das Diensttagebuch, in dem alle Vorkommnisse und Anzeigen festgehalten wurden.

Auch Rieder gegenüber ließ er kein böses Wort mehr fallen während der Einsatzbesprechung zum Fall ‚Knoop'. Das lag aber vielleicht auch an Nelly Blohm. Bökemüller wandte nicht den Blick von der jungen Frau, während sie über den Gesundheitszustand der Frau informierte und die neuesten Erkenntnisse zum Fahrzeug des möglichen Täters vortrug.

„Der Wagen ist eigentlich abgemeldet." Nelly Blohm legte den Telefonhörer auf. „Seit dem 30. September. Davor war er auf die ‚Inselbau Rügen' zugelassen. Besitzer ist ein gewisser Juri Nemzov."

„Nemzov?", fragte Bökemüller.

„Juri Nemzov ist der Geschäftspartner von Peter Stein. Er hat von ihm die ‚Inselbau Rügen' übernommen", klärte Rieder seinen Chef auf. „Stein hielt nur noch 25 Prozent an der ehemaligen Firma seines Vaters, als stiller Teilhaber. Vielleicht hätte ich schon längst mal mit ihm reden sollen", meinte Rieder nachdenklich. „Das Auto und sein Fahrer könnten allerdings auch der Beweis sein, dass der Mord an Stein und der Überfall auf Karin Knoop zusammengehören", erklärte er dann triumphierend und holte das Foto der Radarkamera heraus. „Eine Gestalt mit dieser Maske war es, die gestern den Einbruch in das Haus ‚Strandcafé' in Neuendorf versucht hat …"

„Die Geschichte mit Ihrer Freundin?“, fragte Bökemüller nach.

„Genau. Ich glaube nicht, dass das ein Zufall war oder ist.“

„Dann könnte es also dieser Nemzov gewesen sein?“

„Wir müssten ihm auf alle Fälle mal auf den Zahn fühlen“, unterstützte Nelly Blohm Rieder.

„Nemzov? Klingt irgendwie russisch“, grübelte der Polizeidirektor. Da rief Nelly Blohm aufgeregt dazwischen: „Vielleicht hängt die Russenmafia mit drin! Vielleicht sollten die ‚Küstenschwalben‘ für ihren Schutz bezahlen oder für die arbeiten und wollten es nicht. Der Überfall auf Karin Knoop könnte ein Warnschuss gewesen sein. Vielleicht hängt da auch der Stein mit drin, und Nemzov war nur eine Art Strohmann …“

„Bisher war die Russenmafia auf Rügen eher weniger aktiv“, gab Bökemüller zu bedenken, „aber man kann es nicht völlig von der Hand weisen. Ich check’ das mal über meine Kanäle.“ Er griff nach dem Telefon und tippte eine Nummer ein. Rieder konnte sie zwar nicht identifizieren, aber die ersten vier Ziffern waren die Vorwahl von Schwerin. Wahrscheinlich war es das Landeskriminalamt. Als Bökemüller merkte, dass ihn seine beiden Beamten beobachteten, bat er sie, das Zimmer zu verlassen.

„Ich kümmere mich jetzt erst mal um Nemzov“, verkündete Rieder, als er mit Blohm auf dem Flur stand. Er nahm sein Handy und ließ sich über die Auskunft mit der Firma ‚Inselbau Rügen‘ verbinden. Er war überrascht, als sich Nemzov gleich selbst meldete.

Rieder stellte sich vor. Nemzov wunderte sich nicht über seinen Anruf: „Eigentlich hatte ich Ihren Anruf sogar schon früher erwartet.“ Das klang nicht wirklich nach schlechtem Gewissen, konnte aber auch gut gespielt sein. „Ich habe mir schon gedacht, dass sich die Polizei bei mir meldet. Peter und ich waren ja Geschäftspartner.“

Rieder wollte nicht die Pferde scheu machen. Er wollte Nemzov erstmal in Sicherheit wiegen und fragte ihn, wo man sich für ein Gespräch treffen könne.

„Kennen Sie das russische Restaurant in Sellin?“, fragte Nemzov.

„Ich nicht, aber sicher meine Kollegin."

„Dann dort, Punkt eins."

Bökemüller winkte die Kollegen wieder herein. „Die Kollegen vom LKA melden sich, falls etwas gegen Nemzov vorliegt. Ansonsten ist Rügen nur bedingt ein Operationsfeld der russischen Mafia. Mein Gewährsmann kann nicht ausschließen, dass über den Fährhafen in Mukran nicht immer mal Frauen aus Weißrussland oder Russland illegal eingereist sind, um hier als Prostituierte zu arbeiten. Aber sie landen dann eher in den Bordellen in Rostock oder in Hamburg. Schwarzarbeit sei eher ein Thema. Trotzdem sollten wir die Spur ‚Nemzov' weiter verfolgen."

„Und was wird aus Karin Knoop", fragte Nelly Blohm

„Das ist eine gute Frage. Vielleicht haben Nemzov und sie gemeinsame Sache gemacht, und Nemzov hat versucht, Knoop als Zeugin oder Mittäterin auszuschalten. Der Tatverdacht gegen sie besteht weiter", meinte Bökemüller, „allerdings besteht bei ihr momentan wohl keine Fluchtgefahr. Trotzdem sollten wir eine Streife im Krankenhaus postieren."

Nelly Blohm verließ den Raum, um das zu organisieren.

„Mir will sich nicht erschließen, was Knoop und Nemzov für ein gemeinsames Motiv haben könnten, Stein zu töten", sagte Bökemüller, als er mit Rieder allein war. „Vielleicht hat die Knoop ihren Geliebten getötet, und sein Geschäftspartner hat ihn nur gerächt. So was soll vorkommen."

„Und der Mann mit der Maske im Auto und auf Hiddensee …"

„Sie mit Ihrem Mann mit der Maske. So ein Ding kann man sich überall besorgen, Rieder. Es soll im Leben auch Zufälle geben. Reden Sie erstmal mit diesem Nemzov."

„Wir sind mit Nemzov verabredet. Vielleicht bekommen wir da schon etwas raus", entgegnete Rieder.

„Aber gehen Sie diesmal klug vor", warnt ihn sein Chef. „Sie haben im Fall ‚Stein' schon genug Böcke geschossen. Also bitte behutsam sein!"

Auf dem Weg nach Sellin, zum Treffen mit Nemzov, machten

Rieder und Blohm noch einen kleinen Umweg über Seedorf. Sie wollten den Augenzeugen vom Boot das Bild der Radarkamera zeigen. Das Auto könnte stimmen, meinte der Mann, aber weder die Frau noch der Mann konnten sich erinnern, ob die beobachtete Person eine weiße Maske getragen hatte.

Sie wollten gerade weiterfahren, da erreichte Rieder der Anruf seines aufgeregten Kollegen Damp. Er schilderte, völlig atemlos, den Streit zwischen Durk und von Krenz. „Ich garantiere für nichts, wenn die sich hier noch mal begegnen. Der Durk bringt den um."

„Ist das nicht ein wenig übertrieben?", versuchte Rieder Damp zu beruhigen.

„So wie ich die Stoll verstanden habe, steht für Durk alles auf dem Spiel. Haben Sie nicht heute Morgen gesagt, der wäre ein, äh …"

„Choleriker."

„Genau. Der Job von dem ist so gut wie weg." Er klärte Rieder auf, was er von Lotti Stoll über die Machenschaften von Durk und Stein gegen von Krenz erfahren hatte, auch von der Übertragung des Grundstücks am Zeltkino durch den Bauunternehmer an den Bürgermeister als Dank für seine Hilfe. „Der Durk tickt aus, wenn die ihn absetzen. Ich brauche Sie jetzt hier!" Damp klang verzweifelt.

„Aber die Hiddenseer sind doch vernünftige Leute …"

„Dass ich nicht lache!"

Rieder war hin- und hergerissen. Er verstand schon die Nöte seines Kollegen, aber konnte ihm momentan nicht helfen. „Ich kann hier jetzt nicht weg. Ich muss erst mit diesem Nemzov reden."

„Vielleicht können Sie mit Bökemüller reden, dass er mir Verstärkung schickt", bat Damp.

„Ich weiß nicht, ob das viel bringt. Und dann können Sie ihn doch auch selbst anrufen. Sie sind der Revierleiter auf Hiddensee."

„Danke für Ihre Hilfe", antwortete darauf Damp und legte auf.

Auf der Fahrt nach Sellin machte sich Rieder Notizen, welche Fragen er Peter Steins Geschäftspartner stellen wollte. Nelly Blohm schaute immer mal zu ihm. „Sehr ordentlich", spottete sie. „Soll ich dann Protokoll führen?"

„Wäre nicht schlecht", meinte Rieder ironisch. „Kennen Sie das Restaurant ‚Natascha'?"

Nelly Blohm nickte. „Ich war dort immer mal mit meinem Ex-Freund." So genau wollte es Rieder eigentlich nicht wissen. „Und, ist die Küche gut?"

„Meinem Freund hat es geschmeckt. Ich erinnere mich nicht mehr daran." Danach schwieg sie.

In der Selliner Wilhelmstraße waren Parkplätze rar. Das kühle Wetter zog die Urlauber in die Badeorte an der Bäderküste mit ihren vielen Geschäften. Sie flanierten an den Schaufenstern entlang, schauten hier und da auf die Speisekarten der Restaurants und Cafés.

Nelly Blohm musste zweimal den Ortskern umrunden, bis es ihr gelang, das Zivilfahrzeug in eine enge Parklücke zu manövrieren.

Der Parkplatz lag unmittelbar in der Nähe des Restaurants „Natascha". Das Gebäude war im Stil der Bäderarchitektur, wahrscheinlich als Kurhotel, erbaut, aber offenbar zu DDR-Zeiten so verschandelt worden, dass es kein Zurück mehr gab zur alten Schönheit. Geblieben aus den alten Zeiten waren nur die großen Fenster.

Rieder öffnete den Gurt und schickte sich an, auszusteigen. Nelly Blohm blieb gedankenverloren sitzen. Sie starrte auf das Haus. Die Augen der Polizistin füllten sich mit Tränen.

„Soll ich das lieber allein machen?", fragte Rieder leise. Offenbar wühlte schon allein der Anblick des Gebäudes ungute Erinnerungen in seiner Kollegin auf. Nelly Blohm schüttelte heftig den Kopf und versuchte zugleich, einen Weinkrampf zu unterdrücken. Sie holte ein Taschentuch hervor und schneuzte sich. Sie strich sich über die Augen, konnte dann aber nicht mehr die Tränen zurückhalten.

Rieder war ratlos. „Ich lass' Sie einfach mal ein paar Minuten allein und geh' ein paar Schritte. Tut mir auch ganz gut. Dann sehen wir weiter. Wir haben auch noch etwas Zeit." Dabei hatte er schon gesehen, dass weiter oben ein Jeep mit der Aufschrift „Inselbau Rügen" geparkt war. Nemzov war also schon da. Nelly Blohm nickte, aber vermied es, ihren Kollegen anzublicken.

Rieder stieg aus und lief bis zum Ende der Straße. Dort führte eine steile Holztreppe hinunter zur Seebrücke mit dem langen Steg in die Ostsee. Rieder ging bis zum Ende und lehnte sich an das Geländer. Er genoss die frische Luft und den weiten Blick auf das Meer. Plötzlich tauchte Nelly Blohm neben ihm auf.

„Tut mir leid", sagte sie.

„Muss es nicht."

Einige Zeit standen sie nebeneinander. Rieder spürte ihre Nähe. Ihre Arme berührten sich. Es irritierte ihn. „Wir sollten losgehen. Nemzov ist schon da."

Die Inneneinrichtung des Restaurants „Natascha" wirkte plüschig. Um kleine runde Tische standen gemütliche rote Klubsessel. Rieder konnte sich nicht vorstellen, dass es darin zum Essen sehr bequem sein sollte. Überall standen typische russische Souvenirs herum. Matroschka-Puppen. Rot und golden bemalte Holzlöffel. Aus einem Lautsprecher tönte schwermütige russische Schlagermusik. Trotz der Mittagszeit waren nur zwei Tische besetzt. Zwei Paare. Aus einem Nebenraum, der mit einem Vorhang abgetrennt war, hörten Blohm und Rieder ein Gespräch in Russisch. Rieder schob den Stoff zur Seite. An einem Tisch saß ein sportlicher Mann. Der Rücken gerade durchgestreckt. Schwarze Haare. Militärischer Bürstenhaarschnitt. Kantiges Gesicht. Er trug einen modischen, taillierten, dunkelgrauen Anzug. Darunter ein schwarzes T-Shirt. Als er die beiden Polizisten sah, unterbrach er sein Gespräch mit der älteren Frau, die an seinem Tisch stand. Er sprang auf und stürzte auf die Polizisten zu. Er wirkte dabei fast bedrohlich. Rieder schätzte seine Körpergröße auf knapp zwei Meter. Gardemaß. Er streckte ihnen mit Schwung die

Hand entgegen. „Juri Nemzov!", rief er mit überschwänglicher Freude.

Rieder und Blohm schüttelten ihm die Hand und stellten sich vor. Nemzov machte eine ausschweifende Handbewegung über den Tisch. „Darf ich Sie zu einem Mittagessen einladen bei der besten russischen Köchin diesseits des Urals." Er nahm die Wirtin in den Arm. Sie hatte braune Haare. Sie waren von einigen grauen Strähnen durchzogen und zu mehreren Wellen aufgesteckt. Mit einer Hand spielte sie mit einer Brille an einer goldenen Kette. Auch wenn sie sich scheinbar gegen Nemzovs Umarmung sträubte, strahlten ihre Augen. „Das ist Natascha", stellte er sie vor. „Sie ist auch hier auf dieser schönen Insel gestrandet, natürlich der Liebe wegen." Sie winkte mit den Händen ab. „Wenn Sie erlauben", wandte er sich an die Polizisten, „bestelle ich bei ihr für uns ein kleines russisches Menü."

Rieder wollte widersprechen. Er mochte bei Zeugenvernehmungen eher eine neutrale Atmosphäre. Aber Nemzov nötigte sie, die Einladung anzunehmen.

„Warum hat es Sie nach Rügen verschlagen? Auch wegen der Liebe?", fragte Rieder, nachdem sie sich gesetzt hatten. Natascha war verschwunden.

„Nein", antwortete Nemzov. „Ich war Offizier bei den sowjetischen Truppen in Deutschland. Nach dem Abzug bin ich hiergeblieben."

„Ging das denn so einfach?", fragte Nelly Blohm neugierig.

Nemzov schüttelte den Kopf. „Natürlich nicht. Ich bin desertiert. Aber die deutschen Behörden waren so freundlich, mich nicht auszuweisen."

„Aber war das nicht gefährlich?"

„Es ging. Ich glaube, meine Kommandeure waren nicht so traurig, dass einer weniger mit zurückkam, den sie mit durchfüttern mussten. Außerdem war ich Offizier. Wahrscheinlich hätte man mich sowieso demobilisiert, denn für die meisten Offiziere gab es nach dem Abzug aus Deutschland keine Verwendung mehr. Bei den einfachen Soldaten griff man schon härter durch, wenn sich da einer absetzen wollte." Nemzov fuhr sich mit der Handkante über die Gurgel. Nelly Blohm fiel die Kinnlade nach unten.

„Das ist schon okay", fügte er hinzu. „Man muss schon auf Disziplin achten. Sonst kann man den Krieg nicht gewinnen."

„Wie gesagt, ich würde mich mit Ihnen gern über Peter Stein unterhalten", zog Rieder wieder das Gespräch an sich.

Nemzovs Blick verdüsterte sich. Er beugte sich nach vorn und spielte mit seinem Glas. „Ach, Peter. Sein Tod ist für mich unfassbar."

„Wie haben Sie von seinem Tod erfahren?"

„Von seinem Bruder. Er rief mich vorgestern Abend an und sagte es mir. Er war ziemlich aufgeregt und wollte wissen, ob Peter immer noch Anteile an meiner Firma hat, ob ich von einem Testament wüsste oder wenigstens, wer erben sollte … er nervte mich. Ich bin traurig, und er denkt nur an sein Erbe. Ihr Deutsche seid da total komisch. Wir Russen heulen wie die Schlosshunde, und ihr schaut nur aufs Geld."

„Nur noch mal für die Unterlagen: Jan Stein hat Sie am Mittwochabend angerufen?", fragte Rieder nach.

„Ja, genau. Mittwochabend."

Das hatte Jan Stein wahrscheinlich bewusst verschwiegen, registrierte Rieder für sich. Und sicher nicht ohne Grund.

„Haben Sie sich mit Jan Stein getroffen?"

„Nein. Ich war gar nicht auf Rügen."

„Woher kannten Sie Jan Stein?"

„Peter hat versucht, ihn bei mir unterzubringen als Architekt. In den neunziger Jahren haben wir auf Rügen wie verrückt Ferienwohnungen gebaut. Immer sollte es etwas Besonderes sein. Und Peter hatte ein schlechtes Gewissen, weil sein Bruder nach dem Tod ihres Vaters leer ausgegangen war. Aber es ging nicht. Jan hatte zwar gute Ideen, aber spielte sich immer auf, als würde ihm die Firma gehören. Mich nahm er sowieso nicht ernst, unterstellte mir, ich sei doch nur Peters Strohmann."

Natascha kam herein. Sie stellte vor jeden eine dampfende Suppentasse hin. „Borschtsch“, sagte sie, „als Vorspeise. Ich wünsche guten Appetit.“ Sie wollte schon gehen, blieb dann aber kurz stehen und wandte sich an Nelly, die schon den Löffel in die Hand genommen hatte. „Sie waren früher doch auch schon öfter hier? Aber ich habe Sie lange nicht gesehen.“

Nelly Blohm schreckte zusammen. „Ja … es lag leider nicht am Weg.“ Die Polizistin rang um Fassung. Ihre Lider flatterten.

„Und der hübsche nette junge Mann?“

Nelly legte den Löffel weg, schob den Sessel zurück. „Ich muss mal kurz raus.“ Sie versuchte, möglichst ruhig den Raum zu verlassen, aber Rieder bemerkte, welche Beherrschung es seine Kollegin kostete, ihre Gefühle zu unterdrücken.

„Habe ich was Falsches gesagt?“, fragte Natascha ängstlich.

Rieder zuckte mit den Schultern. „Ich arbeite mit Frau Blohm noch nicht so lange zusammen.“

„Die Liebe, Natascha“, meldete sich Nemzov.

„Soll ich ihre Suppe wieder mitnehmen?“

Beide Männer zuckten mit den Schultern.

„Ich stell’ sie warm, wäre schade drum.“ Natascha nahm Nellys Suppentasse und verschwand wieder.

„Wollen Sie Ihrer Kollegin nicht hinterher?“, fragte Nemzov.

„Ich denke, sie will jetzt allein sein.“

„Tja, die Frauen.“

„Wir waren bei Jan Stein stehengeblieben. Er hat in Ihrer Firma gearbeitet“, gab Rieder Nemzov als Stichwort.

„Wie gesagt, es ging nicht. Er ist dann wieder nach Bremen zurück.“

„Aber er wusste, dass Peter Stein immer noch Anteile an der ‚Inselbau Rügen‘ hielt? Es war doch eher eine stille Beteiligung.“

„Ja, schon, aber damals war Peters Anteil auch noch größer. Ich hatte ja wirklich nicht gleich genügend Geld, um die ganze ‚Inselbau Rügen‘ zu kaufen, und Peter hing natürlich auch an seiner alten Firma. Deshalb hat er mir, obwohl ich das Geld mittlerweile habe, auch seine letzten Anteile nicht verkauft.“

„Wie konnten Sie eigentlich Steins Firma kaufen? Woher hatten Sie das Geld?“

„Ich habe es mit Türen gemacht. Das Geld.“

„Mit Türen?“, fragte Rieder ungläubig.

„Ja, mit Türen“, bestätigte Nemzov. „Wie gesagt, ich war Offizier. Beim rückwärtigen Dienst. Sagt Ihnen das was?“

„So ungefähr. Die fahren mit Tankwagen und Gulaschkanonen der Truppe hinterher.“

Nemzov lächelte nachsichtig. „Im Großen und Ganzen haben Sie Recht. Während des Abzugs war ich verantwortlich für die Räumung der Liegenschaften, wenn die Truppen raus waren. Dann bin ich mit meinen Soldaten in die Objekte. Wir haben die Kasernen auf- und ausgeräumt. Ich hatte einen Freund in Petersburg, damals noch Leningrad. Als ich ihm von meiner Arbeit erzählte, fragte er mich, ob ich nicht ein paar Türen besorgen könnte. Da gäbe es in Russland eine große Nachfrage. Damit hat es angefangen. Er hat den Container und den Transport über die Fähre nach Klaipėda organisiert, ich habe die Türen ausbauen und abtransportieren lassen. Die gingen weg wie ...“, er suchte wieder nach dem deutschen Wort, „... wie warme Semmeln. Das war ein Bombengeschäft. Drei Container, und ich hatte meinen ersten Mercedes zusammen, und das war dann auch das Problem.“

„Problem?“

„Die Polen wollten mich nicht mit dem Mercedes durch Polen fahren lassen, sondern er sollte auf einem Güterwaggon transportiert werden. Allerdings sollte ich auch nicht in dem Auto dabei sitzen dürfen. Was wäre da wohl angekommen? Die Kennzeichen vielleicht. Aber nicht mehr. Ich habe dann immer weiter meine Abreise aufgeschoben, immer wieder mit meinen Kommandeuren verhandelt. Aber dann waren alle weg, und ich musste eigentlich auch gehen. Da habe ich die Fliege gemacht. Mit Peters Hilfe.“

Natascha kam wieder. Sie wollte die leeren Suppentassen abräumen, aber Nemzov hatte vor lauter Erzählen kaum etwas gegessen. „Rede weniger, iss mehr“, schimpfte sie. „Soll ich für die junge Frau überhaupt noch etwas bringen?", wandte sie sich an Rieder.

„Ich denke nicht. Wenn sie bisher nicht zurückgekommen ist …"

Dann brachte dann den nächsten Gang. „Pelmeni. Selbst gemacht. Mit saurer Sahne. Nicht verkochte Tortellini, wie sie sonst in sogenannten russischen Restaurants angeboten werden." Sie stellte eine Terrine in die Mitte des Tisches, in der die Teigtaschen in einer kräftigen Brühe schwammen. Nemzov und Rieder bekamen jeweils einen Teller mit einem Schälchen saurer Sahne.

Während es sich Rieder schmecken ließ, berichtete Nemzov, wie er Stein kennengelernt hatte. Der Bauunternehmer war von den deutschen Behörden beauftragt worden, gemeinsam mit Nemzov die Abnahme der russischen Kasernen nach dem Abzug durchzuführen und gleichzeitig die vorhandene Bausubstanz zu bewerten. „Die Deutschen haben doch echt geglaubt, wenn wir weg sind, drängeln sich die Investoren nach den Bruchbuden. Aber was da alles im Boden liegt … Und ich rede nicht nur von Munition." Rieder konnte es sich denken. Noch heute, gut zwei Jahrzehnte nach dem Abzug gab es überall verlassene russische Liegenschaften in Ostdeutschland, die still vor sich hin verrotteten.

„Peter war fair. Er trat nicht wie ein Sieger auf. Hatte bestimmt auch damit zu tun, dass er aus dem Osten kam. Er wunderte sich, dass ich überall die Türen abbaute. Als ich ihm erzählte, was ich damit vorhatte, hat er mir sogar geholfen. Den Gewinn haben wir geteilt. Als ich untertauchen musste, hat er mich erst hier auf der Insel und dann eine Weile auf Hiddensee versteckt, bis mein Asylantrag positiv beschieden war. Irgendwann bot er mir an, die Firma zu übernehmen. Ich habe auf der Offiziershochschule Bauingenieurwesen studiert. Passte also alles. Er wollte nur noch auf Hiddensee bauen. Da hätte er genug zu tun." Nemzov wurde trübsinnig: „Nun ist er tot. Ermordet auf seiner Insel."

„Wo waren Sie am Montagabend?", fragte Rieder.

Nemzov stockte kurz, schaute Rieder an: „Sie müssen das fragen?"

„Gehört zum Beruf", erwiderte Rieder. „Wie interessant es auch ist, Ihnen zuzuhören, ich bin hier nicht nur zum Plaudern."

„Wollen Sie nicht doch mal nach Ihrer Kollegin schauen?"

Rieder lächelte. „Guter Versuch. Ich habe auch andere Möglichkeiten, Ihren Aufenthalt zu überprüfen. Dauert zwar länger, aber ist auch ziemlich sicher. Machen wir es uns einfach leichter. Waren Sie am Montag auf Hiddensee? Haben Sie sich mit Stein getroffen?"

„Ja."

Rieder starrte Nemzov an. Es war eigentlich nur ein Schuss ins Blaue gewesen. „Sie waren auf Hiddensee?"

„Ich habe mich am Montagnachmittag mit Peter getroffen. In seinem Haus am Deich."

„Was wollten Sie dort?"

„Es ging um Geschäfte. Wie gesagt, Peter war immer noch mit 25 Prozent an der ‚Inselbau' beteiligt, und ich habe ihn natürlich über die Firma auf dem Laufenden gehalten. Außerdem lag es auf dem Weg."

„Wieso?"

„Ich bin mit meinem Boot weiter nach Fuhlendorf. Es muss dort ins Winterlager. Hier auf Rügen gibt es keine Werft, die so einen großen Kahn unterbringen kann. Es ist eine ziemlich große Motor-Yacht."

„Fuhlendorf? Wo liegt das?"

„In der Nähe von Barth, auf dem Festland, westlich von Stralsund."

„Zeugen?"

„Meine Besatzung. Ich habe zwei Männer, ebenfalls ehemalige russische Soldaten aus meiner Einheit. Sie halten für mich das Boot auf Vordermann. Wir sind dann am Abend noch weiter nach Rostock. Die beiden können Ihnen das jederzeit bestätigen."

Daran zweifelte Rieder keine Sekunde.

„Wann waren Sie am Montagabend in Fuhlendorf?"

„Man muss sich an die Brückenzeiten halten. Sonst kommt man nicht hin und liegt dann im Barther Bodden fest. Und wie gesagt, ich hatte am Abend noch in Rostock Termine."

„Ich würde gern genau wissen, wann Sie in Fuhlendorf angekommen sind?", beharrte Rieder.

„Sie wollen ein Alibi?"

„Sie sagen es."

„Also ich glaube, wir waren gegen halb neun an der Brücke und eine gute halbe Stunde später in Fuhlendorf."

Rieder notierte sich die Zeiten. Er würde das sicherheitshalber noch einmal überprüfen.

„Wie lange brauchten Sie mit dem Boot von Vitte nach Fuhlendorf oder bis zu dieser Brücke?"

„Gute anderthalb Stunden mindestens. Erst geht's bis zum Strelasund, dann bei Barhöft in den Barther Bodden. Das dauert."

„Und Mittwoch, als Sie mit Jan gesprochen haben …"

„… da war ich immer noch in Rostock. Ich habe da mit einigen Auftraggebern geredet. Der Winter naht. Tief- und Hochbau geht jetzt nicht mehr. Damit ich weniger entlassen muss, suche ich nach Aufträgen für den Innenausbau. Wenn Sie die Namen meiner Geschäftspartner brauchen … Ich würde allerdings gern auf Ihre Diskretion vertrauen. Auch wenn ich schon gut fünfzehn Jahre ziemlich gut im Geschäft bin, auch weil mir Peter viele Türen geöffnet hat, ist es für einen Russen noch immer nicht leicht, hier mitzuhalten. Da denken doch viele, gleich kommen die Schwarzarbeiter oder die russische Mafia."

„Ich werde mir Mühe geben", versicherte Rieder.

„Daran habe ich keinen Zweifel", antwortete Nemzov. „Natascha könnte jetzt eigentlich mit dem ‚Bœuf Stroganoff' kommen."

Rieder war eigentlich schon satt.

„Wann sind Sie nach Rügen zurückgekehrt?"

Statt Natascha kam eine Kellnerin und servierte schweigend den nächsten Gang. Auf Nemzovs Stirn zeigten sich tiefe Falten. Offenbar musste er über seine Antwort nachdenken und nutzte das Essen, um Zeit zu gewinnen.

Das wollte aber Rieder nicht zulassen: „Also, wann waren Sie wieder auf der Insel?"

„Gestern."

Rieder zog die Fotografie der Radarfalle mit Nemzovs Wagen hervor und legte es auf den Tisch. „Und wie erklären Sie das?"

Nemzov hörte auf zu essen und beugte sich vor. Er schluckte den letzten Bissen herunter. Dann nahm er das Foto. Rieder sah, wie Nemzovs Mundwinkel arbeiteten. „Was soll das sein?"

„Das ist Ihr Auto, unterwegs in Lancken-Granitz, in der Nacht vom Mittwoch zum Donnerstag." Rieder zeigte auf den Aufdruck von Datum und Zeit auf dem Foto. „Im Kofferraum lag eine Frau. Zusammengeschlagen. In Seedorf wurde sie abgeladen. Halbtot. Dafür gibt es Zeugen."

Nemzov wirkte verstört.

„Es ist doch Ihr Auto?"

„Ja, stimmt. Es gehört zu meinem Fuhrpark", gab er zögernd zu. „Aber ich verstehe nicht …" Er sah Rieder fragend an. „Welche Frau lag in dem Auto …?"

„Die Freundin von Peter Stein. Karin Knoop."

„Karin …?"

„Sie kennen Sie?", bohrte Rieder weiter.

„Kennen? Wäre zu viel gesagt." Nemzov tippte auf die Person hinterm Lenkrad. „Aber das bin ich nicht!", rief er aus, erschrak aber über seine eigene Lautstärke. „Das bin ich nicht!", wiederholte er flüsternd und eindringlich.

Nemzov schaute Rieder an. Der schwieg. „Ich war vorgestern Abend noch in Rostock und bin erst gestern früh mit dem Zug zurückgekehrt. Dafür gibt es Beweise", berichtete Nemzov. Rieder spürte die Angst seines Gegenübers. Aber war sie vielleicht nur gespielt?

„Woher kennen Sie Karin Knoop?", fragte er.

„Sie war Peters Freundin. So seit sechs Monaten. Was ist mit ihr?" Nemzov sah Rieder mit weit aufgerissenen Augen an. „Ist sie auch tot?"

Rieder schüttelte den Kopf. „Sie hat Glück gehabt."

Nemzov wirkte erleichtert.

„Nach dem was wir bisher wissen, haben Stein und Knoop ihre Beziehung ziemlich geheimgehalten. Aber Sie wussten es?"

Nemzov stieß die Luft aus. „Ich war dabei, als sie zusammengekommen sind. In Binz. Im Hotel. Ich konnte doch nicht wissen, dass sie sich von Hiddensee kennen. Ich wusste auch nicht, dass Karin von der Insel kommt und mit Peter gerade Stress hat wegen seiner ‚Ostseetherme'."

Rieder hörte ebenfalls auf zu essen. Er beugte sich vor. „Erklären Sie mir das genauer!"

„Ich habe eine Freundin. Vielleicht nicht so ganz im üblichen Sinn. Wir treffen uns hin und wieder, fahren auch mal zusammen weg. Aber …"

„Sie ist eine Prostituierte", stellte Rieder fest.

Nemzov stockte. „Ein hartes Wort."

„Jana Büchel?"

„Woher wissen Sie …?" Nemzov wirkte wie ertappt.

„Wir haben mit ihr bereits gesprochen. Die ‚Küstenschwalben'."

„Sie hat Ihnen von mir erzählt?"

„Mit keinem Wort, aber ich kann eins und eins zusammenzählen. Aber verkaufen Sie mich bitte nicht für dumm und erzählen mir, dass Jana Büchel Sie nicht über den Überfall auf Karin Knoop informiert hat? Also Schluss mit der Show!"

Nemzov schüttelte den Kopf. „Wir haben uns in der letzten Zeit kaum gesehen. Wir haben uns etwas … entfremdet." Rieder blickte ihn fragend an. „Sie möchte mehr, als ich ihr geben kann und will. Ich verstehe das auch. Jana will aufhören mit dem Anschaffen …"

„… und Sie sind verheiratet?"

„Nein. Das ist es nicht. Aber irgendwie … wie soll ich das erklären? Sie ist eine Prostituierte. Verstehen Sie? Das würde immer in meinem Kopf ticken, wenn ich mit ihr richtig zusammen wäre … Das kriege ich einfach nicht hin."

Rieder war in diesem Moment ganz froh, dass Nelly Blohm nicht anwesend war. Er konnte sich vorstellen, dass sie Nemzov wahrscheinlich ziemlich in die Parade gefahren wäre. Nicht zu unrecht. Aber das ging sie als Polizisten eigentlich auch nichts an.

„Zurück zu Peter Stein. Wie ist die Beziehung zu Karin Knoop zustande gekommen?"

„Ich wollte Peter auf andere Gedanken bringen nach seiner Trennung, und da habe ich Jana, also Frau Büchel, gebeten, etwas zu arrangieren. Und wie der Zufall es wollte …" Nemzov lächelte plötzlich wieder ein bisschen. „Verrückt, nicht? Wie klein die Welt sein kann. Peter hat dann gleich den Samariter spielen wollen. Er war völlig geschockt, dass Karin anschaffen ging, weil sie ihre Schulden sonst nicht bezahlen konnte, und wollte ihr helfen. Hat er dann auch gemacht. Er war total verliebt in sie."

„Sie auch in ihn?"

„Ich denke schon, aber da war immer diese Geschichte mit der ‚Ostseetherme' und ihrem Haus in Norderende. Sie war total dagegen, wollte ihm trotz der Schulden auch nicht ihr Haus verkaufen. Sie haben immer wieder darüber gestritten. Hat mir Peter jedenfalls erzählt. Er war hin- und hergerissen. Die ‚Ostseetherme Hiddensee' sollte die Krönung seines Lebenswerkes werden, Karin ist aber eine fanatische Naturschützerin. Sie wollte Peters Projekt auf jeden Fall verhindern."

„Wie fanatisch? Auch zu einem Mord fähig?"

„Was wollen Sie damit sagen?"

„Könnte Karin Knoop Peter Stein getötet haben, um die ‚Ostseetherme' zu verhindern?"

Nemzov schien völlig verwirrt. „Wie kommen Sie darauf? Er hat doch die Pläne für die ‚Ostseetherme' wegen ihr aufgegeben. Warum sollte Karin ihn dann töten?"

XXXIX

Damp saß frustriert in seinem Büro. Rieder hatte ihn im Stich gelassen. Er konnte Bökemüller und sich die Blöße geben, schon eine lapidare Dorfprügelei nicht in den Griff zu bekommen, auch wenn da vielleicht mehr dahintersteckte, als es momentan den Anschein hatte.

Im Büro des Bürgermeisters saß Durk mit den Mitgliedern seiner Gemeinderatsfraktion. Nach der Schlägerei mit von Krenz war er, immer noch wütend, hierher zurückgekommen. Dann hatte er Möselbeck gerufen und seine Wunde verarzten lassen. Nach und nach waren dann wieder seine Getreuen eingetroffen, allerdings wenig erbaut über den Auftritt Durks.

Immer wieder waren auf dem Flur laute Stimmen und dann Türenschlagen zu hören.

Damp fragte sich, ob er besser mal nachsehen sollte, was da vorging. Da riss Lotti Stoll die Tür auf. „Sie haben Durk abgesetzt!", rief sie Damp zu.

Damp war wie vom Donner gerührt. „Abgesetzt?", fragte er ungläubig.

Lotti Stoll nickte mit weit aufgerissenen Augen. „Und er hat sein Gewehr mitgenommen", berichtete die Sekretärin weiter.

Durk hatte sich vor ein paar Jahren ein Gewehr gekauft, sich auch einen Waffenschein ausstellen lassen, als immer mehr Wildschweine von Rügen über die Sandbänke vor dem Bessin oder durch den flachen Bodden nach Hiddensee kamen. Er bräuchte das, um die Bevölkerung bei möglichen Angriffen von Schwarzwild zu schützen. Das Gewehr hatte er immer in einem Schrank in seinem Amtszimmer aufbewahrt.

„Wenn er sich nun was antut, Herr Damp. Sie müssen sofort etwas unternehmen!“, flehte die Sekretärin den Polizisten an.

Das hatte Damp noch gefehlt. Er raufte sich die Haare. Dann stand er auf, griff nach seiner Mütze und überprüfte seine Waffe. „Vielleicht ist die Frage eher, ob er nicht anderen etwas antut“, entgegnete er Lotti Stoll. „Einen wüsste ich. Andreas von Krenz.“

Lottti Stoll schlug die Hand vor den Mund: „Mein Gott!“

„Der hilft uns jetzt nicht. Rufen Sie sofort den Krenz an. Er soll in seinem Haus bleiben, alle Türen und Fenster schließen, außer mir niemandem öffnen und sich nirgendwo zeigen.“

Die Sekretärin griff sofort nach dem Telefon. Damp hielt sie noch kurz zurück: „Wo ist Möselbeck?“

„Noch in Durks … äh, im Zimmer der Bürgermeisters.“

Damp rannte über den Flur. Claasen und Möselbeck saßen vor dem Schreibtisch des Bürgermeisters und diskutierten.

„Wissen Sie, wohin Durk gegangen sein könnte?“, unterbrach Damp die beiden. Sie schüttelten den Kopf. „Wollte er zu Krenz?“ Die beiden zuckten mit den Schultern.

„Wir müssen verhindern, dass Durk Dummheiten macht“, erklärte Damp.

„Wir?“, fragte Claasen. „Wo ist denn Ihr Kollege Rieder?“

„Der hat auf Rügen zu tun. Auf den können wir nicht zählen.“

„Vielleicht Verstärkung aus Stralsund?“

„Wir sollten erstmal versuchen, das allein zu klären“, erwiderte Damp.

„Aber Durk hat eine Waffe“, meinte Möselbeck. „Also, ich werde hier nicht den Helden spielen …“

„Müssen Sie auch nicht. Um Durk kümmere ich mich schon. Aber Sie sollten sich bereithalten mit den Sanitätern, falls doch etwas passiert. Was wir alle nicht hoffen wollen.“

Lotti Stoll schaute durch die Tür. „Von Krenz weiß Bescheid. Er will Anzeige gegen Durk erstatten. Sie sollen bei ihm vorbeikommen.“

„Das kann er später immer noch machen", erklärte Damp. „Ich versuche jetzt erstmal Durk zu finden."

Er verließ das Amtszimmer und war allein im Vorzimmer mit Lotti Stoll. Sie ließ sich auf ihren Stuhl fallen. „Wenn nur nichts passiert!"

„Es wird schon nichts passieren", versuchte Damp die Frau zu beruhigen.

„Wenn ich es recht bedenke, hat alles mit dem Streit zwischen Stein und Durk begonnen. Seitdem ist er wie ausgewechselt."

Damp stutzte. Eigentlich hatte er jetzt keine Zeit, um der Frau und ihren Geschichten zuzuhören – aber ein Streit zwischen Stein und Durk? ‚Das könnte wichtig sein', tickte es plötzlich in seinem Hinterkopf. „Wann war das?"

„Vor gut anderthalb Wochen."

„Worum ging es dabei?"

„Denken Sie, ich lausche an Türen?"

‚Klar machst du das!', sagte sich Damp, während er beteuerte: „Nein, natürlich nicht. Aber die Türen sind hier nicht besonders dick."

„Da haben Sie Recht. Man hat überhaupt keine Privatsphäre." Lotti Stoll hatte angefangen, Papiere auf ihrem Schreibtisch zu ordnen.

„Aber vielleicht haben Sie zufällig etwas mitbekommen?", bohrte der Polizist einfühlsam weiter.

„Es ging um das Grundstück mit dem Zeltkino", antwortete sie, ohne aufzuschauen. „So viel, wie ich verstanden habe, hatte Stein Durk das Grundstück am Zeltkino in Norderende überlassen oder ihm verkauft. Stein gehörte es ja, seitdem die Godglücks es an ihn abtreten mussten, um ihre Schulden zu bezahlen. Aber jetzt wollte er es von Durk wieder zurück. Stein sprach von irgendeiner Klausel im Kaufvertrag, die mit dem Bau der ‚Ostseetherme' zusammenhing. So genau habe ich das auch nicht verstanden."

„Und was ist dann passiert?"

„Was soll passiert sein? Stein kam aus dem Büro, Durk rannte hinter ihm her. ‚Das lasse ich mir nicht gefallen', rief er ihm hinterher. ‚Ich habe schon eine Menge investiert. So kommst du mir nicht davon!'"

„Das war vor anderthalb Wochen?", fragte Damp.

„Ja, ich weiß es noch genau, und deshalb ist es mir auch wieder eingefallen, denn danach ist Durk zu Karin Knoop gegangen. Er wollte mit ihr besprechen, ob sie die Versorgung der Bauarbeiter des Hubschrauberlandeplatzes übernehmen könnte." Lotti Stoll seufzte. „Die arme Frau! Erst stirbt der Mann beim Bau dieser Brücke, und dann wird sie überfallen ..."

„Dann ist dieser Handel zwischen Durk und Stein mit dem Grundstück am Zeltkino schon länger bekannt?", hakte Damp nach.

„Nein, Sie sind der Erste, dem ich es erzählt habe", behauptete Lotti Stoll, und Damp konnte es glauben oder auch nicht. „Und am Montag hat Stein kurz vor Büroschluss nochmal angerufen", plauderte sie weiter. „Wieder wegen des Grundstücks am Zeltkino in Norderende. Durk hatte die Tür offen gelassen. ‚Von dir lasse ich mich nicht in den Ruin treiben, nach dem was ich alles für dich getan habe!', hat er in den Hörer gebrüllt und dann noch: ‚Geschenkt ist geschenkt. Wenn du mir das antust, wirst du dein blaues Wunder erleben!' Dann ist er rausgestürmt. Er ist immer so aufbrausend."

Genau das könnte jetzt zur Katastrophe führen, wenn er sich jetzt nicht beeilen würde und Durk fand. Trotzdem fragte er noch einmal nach: „Am Montag soll das gewesen sein?"

„Ja, am Montagabend."

Da war auch Stein erschlagen worden. War es vielleicht doch nicht Karin Knoop gewesen?

Möselbeck kam aus dem Bürgermeisterzimmmer. „Sie sind ja noch da!", rief er erstaunt. „Der Wirt der Fischerklause hat angerufen. Durk war gerade dort und hat allen Rache geschworen."

Damp rannte zu seinem Polizeiauto. Als er einstieg, entdeckte er auf dem Rücksitz den Ordner „Ostseetherme Hiddensee". Möglicherweise würde er darin etwas über diesen merkwürdigen Handel zwischen Durk und Stein finden. Aber wollte er Durk verhaften, sollte der vielleicht nicht unbedingt neben einem wichtigen Beweismittel sitzen. Er musste den Hefter loswerden. Ihm kam eine Idee.

Damp gab Gas, schoss aus der Einfahrt neben dem Rathaus und machte eine Notbremsung. Das Auto drohte auszubrechen. Beinahe hätte er Malte Fittkau überfahren, der gerade am Rathaus vorbeifuhr.

‚Der auch noch', dachte sich der Inselpolizist, als ihm Fittkau einen Vogel zeigte. Dann besann er sich. Er kurbelte seine Scheibe runter: „Entschuldige!" Malte wäre fast vom Rad gefallen. Seit wann entschuldigte sich Damp für irgendetwas? „Da kannste dir jetzt mal selbst einen Strafzettel schreiben", spöttelte er. „Was steht denn auf Radfahrer-über-den-Haufen-Fahren? Vielleicht Führerscheinentzug? Würde dir gut tun. Dann nimmste ein paar Pfunde ab, wenn du immer nach Neuendorf radeln musst."

„Vergiss es!", zischte Damp zurück. „Ich hab's eilig. Hast du den Bürgermeister gesehen?"

„Warum?"

„Ist doch egal."

„Mir auf alle Fälle, aber dir offenbar nicht. Sonst würdest du nicht fragen."

„Mensch, es steht spitz auf Knopf. Die haben ihn abgesetzt, und nun rennt er mit einer Knarre über die Insel. In der Fischerklause ist er schon gewesen, ist aber nichts passiert. Ich muss Durk finden!"

Malte pfiff kurz durch die Zähne: „Ich kümmere mich." Dann schwang er sich auf sein Rad und raste in Richtung Süderende.

„So meinte ich das nicht!", rief Damp ihm noch nach, aber Rieders Nachbar hörte das nicht mehr. „Pass auf dich auf", sagte Damp mehr zu sich selbst. „Aber wenn ihn einer findet, dann du."

Damp fuhr auch nach Vitte rein. Er würde sich noch schnell um den Ordner kümmern. Deshalb parkte er neben Möselbecks Praxis seinen Streifenwagen.

XL

Nelly Blohm kehrte ins Restaurant „Natascha" zurück, als das Dessert serviert wurde. Ohne ein Wort setzte sie sich wieder auf ihren Stuhl. Rieder nickte ihr nur zu. Nemzov erkundigte sich, ob es ihr wieder besser gehe. Die Polizistin nickte.

Rieder hatte inzwischen erfahren, dass Stein vor zwei Wochen die Planungen für das „Projekt Norderende" gestoppt hatte. „Ich sollte ihm Investoren besorgen, die Geld in die Sache stecken", hatte ihm Nemzov berichtet, „und dann bläst er die ganze Sache ab. Wie ich dastehe!" Nemzov hob hilflos die Hände. „Deswegen war ich noch mal am Montag bei ihm, ob er das auch wirklich ernst meine. Es ging ihm nur um diese Frau. Sie hätte ihn überzeugt, dass man die Insel nicht zubetonieren dürfe. Mit ihr wolle er seine Zukunft planen. Er werde sie heiraten. Ich habe ihm dann mal nur den Tipp gegeben, dass er sich dafür erstmal scheiden lassen und Karin Knoop ‚Ja' sagen müsse. Das sei kein Problem, meinte er. Ulrike würde da ohne Wenn und Aber zustimmen. Ich war baff." Nemzov hatte sich in den Sessel zurückfallen lassen, als habe ihn etwas getroffen. „Außerdem geht mir natürlich auch ein Super-Auftrag und ein schöner Batzen Geld durch die Lappen." Rieder hatte aufgehorcht, aber Nemzov nicht unterbrochen. „Mit Claasen & Co. hätte er die ‚Ostseetherme Hiddensee' nicht bauen können. Da braucht man Spezialisten für die ganzen Installationen im Bereich der Therme und des Schwimmbades. Mit meinen Männern habe ich hier auf Rügen schon ein paar Hotels gebaut, inklusive Wellnesslandschaft. Ist ja jetzt der total letzte Schrei. Das erwarten die Leute mittlerweile für ihr Geld. Mir hätte es bestimmt eine halbe Million Gewinn allein durch die Bauaufträge gebracht, wenn das reicht. Ich wäre auch Anteilseigner an der ‚Norderende AG' geworden, und wenn der Laden gelaufen wäre, hätte das ganz schön in der Kasse geklingelt."

Damit hätte auch Nemzov durchaus ein Motiv für den Mord an Stein und den Überfall auf Karin Knoop, hatte Rieder sofort erwogen. Aber für beide Tatzeiten hatte Nemzov angeblich ein Alibi. Er muss es nicht allein getan haben, hatte sich Rieder gedacht. Er hatte auch diese beiden Vertrauten, die ihm sicher manchen Gefallen taten.

Nemzov hatte Rieder beobachtet. „Ich kann mir denken, was Sie jetzt beschäftigt."

Rieder hatte gelächelt: „Können Sie es mir verdenken? Gibt es noch andere Anteilseigner?"

„Stein, seine Frau, die Gemeinde Hiddensee, einige Investoren und einen stillen Teilhaber."

„Der würde mich interessieren?"

„Sie wissen bestimmt, was das Wort ‚still' bedeutet?"

„Schon, aber es ist mir in diesem Fall egal."

Nemzov hatte schmerzlich das Gesicht verzogen. „Ich würde ungern den Namen nennen. Es könnte ihn seinen Job kosten."

„Den Namen!"

Nemzov hatte weiter gezögert. Eine längere Pause verschafften ihm Natascha, die als Dessert Buchweizenplinsen servierte, und Nelly Blohms Rückkehr.

Nachdem auch die Polizistin nachträglich von Natascha mit einer Portion der Plinsen versorgt worden war, verbunden mit ein paar tröstenden Worten der Wirtin, kam Rieder auf den stillen Teilhaber zurück.

„Sie sind mir noch einen Namen schuldig."

Nemzov wandte sich an Nelly Blohm: „Sie haben mir einen Aufschub verschafft, einen Menschen in den Abgrund zu stoßen, aber Ihr Kollege kennt keine Gnade. Können nicht vielleicht Sie ihn erweichen, dass er mir einen Verrat erspart?"

Aber Nelly Blohm war nicht zum Flirten und Flunkern aufgelegt. „Sagen Sie ihm einfach, was er wissen will", antwortete sie mit fast tonloser Stimme.

„Also gut. Es ist der Bürgermeister. Es war so eine Art Dankeschön."

„Durk?", fragte Rieder nochmal ungläubig nach.

„Ja, er sollte das Grundstück bekommen, auf dem dieses Zeltkino steht, um dort Ferienhäuser zu bauen. Es wäre aber nicht mehr gebraucht worden, denn im Wellness-Center sollte es auch ein Kino geben, sogar mit der Möglichkeit, 3-D-Filme vorzuführen. Da gab es allerdings diese alte Kinotante, die sich querlegte. Aber die hätten Durk und Stein schon stillgelegt. Außerdem sollte Durk einige Anteile an der ‚Ostseetherme Hiddensee AG' bekommen, falls er das Geld dafür aufbringen könnte. Er war mit seiner Bank im Gespräch. Das sah durch die Fürsprache von Stein ganz gut aus." Das passte zu dem, was ihm Damp erzählt hatte.

„Aber es gab eine Klausel im Vertrag mit Durk", berichtete Nemzov weiter, „dass er das Grundstück nur bekäme, wenn es auch mit dem Bau der Therme klappen würde. Und das war ja nun nicht der Fall. Stein kippte also den Vertrag, aber Durk hatte vorschnell schon Verträge mit Baufirmen gemacht und sitzt nun in der Tinte. Aber da war Peter gnadenlos Geschäftsmann und ihm jede Freundschaft egal."

Rieder ordnete seine Gedanken. „Stein hat also das Grundstück zurückbekommen …"

„… sagen wir, er hat es behalten."

„Aber das Zeltkino wollte er doch trotzdem dichtmachen? Das hat er jedenfalls am Montag kurz vor seinem Tod Dora Ekkehard noch gesagt."

Nemzov schüttelte den Kopf. „Dazu kann ich Ihnen nichts sagen. Mir ging es nur darum, dass er an der ‚Ostseetherme' festhält und baut. Weiter nichts."

Rieder erschien das alles sehr verwirrend. Nelly Blohm folgte nur teilnahmslos dem Gespräch.

„Warum hat Stein seine Frau eigentlich beteiligen wollen? Ich denke, sie waren getrennt", fragte Rieder weiter.

Nemzov wiegte den Kopf hin und her. „Er fühlte sich ihr verpflichtet. Sicher kennen Sie die Geschichte. Sie war schwanger und hat bei einem Unfall, den er gebaut hat, ein Kind verloren. Danach konnte sie keine Kinder mehr bekommen. War alles nicht so leicht für sie. Er ahnte, dass sie keine Chance mit ihrem Laden haben würde, wenn da erstmal die Therme steht mit einem umfangreichen Angebot an Massagen, Kosmetik und all diesem Schnick-Schnack. So wollte er sie absichern. Außerdem musste er ein paar ihrer gemeinsamen Häuser verkaufen, um genug Cash für den Bau zu haben."

Rieder machte sich ein paar Notizen, dann orderte er bei Natascha die Rechnung.

„Sie sind natürlich meine Gäste", wandte Nemzov ein.

Der Polizist schüttelte den Kopf. „Wir zahlen selbst. Ich möchte mich nicht verpflichtet fühlen. Noch sind Sie nicht aus dem Schneider."

Nemzov stutzte.

„Wir würden uns jetzt gleich mal das Auto ansehen. Wo steht es?"

„Auf meinem Bauhof?"

„Dann fahren wir mit Ihnen hin."

Nemzov wirkte nervös: „Eigentlich habe ich noch einen Termin …"

„Der lässt sich bestimmt verschieben. Sie wollen bestimmt nicht, dass wir mit Blaulicht bei Ihnen vorfahren und Ihren Laden auseinandernehmen. Oder?"

Nemzov nickte zögernd.

„Ich würde dann auch gern die Rechnungen für die Übernachtungen in Rostock sehen und eine Liste der Geschäftspartner, die Sie dort getroffen haben, damit ich sie unseren Kollegen dort übermitteln kann. Die werden das dann überprüfen."

Natascha kam mit der Rechnung an den Tisch. Rieder holte sein Portemonnaie hervor. Als auch Nelly Blohm ihre Geldbörse hervorkramte, winkte er ab: „Ich übernehme das."

Gegenüber Natascha lobte er das Essen: „Ich habe wirklich noch nie so gut russisch gegessen", und versprach, wiederzukommen.

„Das freut mich. Vielleicht können Sie dann auch Ihre Kollegin mitbringen, damit sie nachholen kann, was sie heute verpasst hat."

Nelly Blohm quittierte es mit einem säuerlichen Lächeln.

Nemzov bezahlte mit Kreditkarte. Er musste mit an den Tresen im vorderen Gästeraum, um den Beleg zu unterschreiben. Als er dazu aufstand und nach seinem Handy griff, hielt ihn Rieder auf. „Lassen Sie das Telefon bitte hier. Es ist besser so."

Nemzov zog ab. Rieder sah ihm nach. Er wollte unbedingt verhindern, dass der Bauunternehmer jemanden warnte.

Nelly Blohm wandte sich zu Rieder. „Es tut mir leid. Es war total unprofessionell", entschuldigte sie sich kleinlaut. „so etwas ist mir noch nie passiert."

„Wir sind auch nur Menschen", beruhigte sie Rieder. „Auch als Polizisten."

Sie schien erleichtert. „Ich würde Ihnen es gern erklären. Es ist …" Rieder unterbrach sie: „Das können Sie später machen. Lassen Sie uns kurz planen. Gibt es in Rügen ein weiteres Zivilfahrzeug?"

Blohm nickte.

„Ein Team der Streifenpolizisten soll sich in Zivil bereithalten. Wir dürfen Nemzov nicht aus den Augen verlieren. Er wirkt mir einen Tick zu leutselig. Der will uns einlullen. Er weiß mehr, als er zugibt."

„Das Foto?"

„Genau." Er sah Nemzov zurückkommen. „Ich erkläre es Ihnen später, auch, was er mir sonst erzählt hat", flüsterte er ihr noch schnell ins Ohr.

Rieder und Blohm standen auf und verließen mit Nemzov das Restaurant.

„Ich würde gern mit Ihnen fahren", verkündete Rieder.

„Ich werde den Eindruck nicht los, Herr Kommissar, dass Sie mich verdächtigen, irgendetwas mit dem Tod von Stein oder dem Überfall auf Karin Knoop zu tun zu haben."

„Da liegen Sie vielleicht nicht falsch, auch wenn ich noch nicht so richtig weiß, was."

Sie fuhren in Nemzovs Landrover von Sellin in Richtung Bergen. In Lancken-Granitz bog Nemzov rechts ab auf eine Kopfsteinpflasterstraße, die für den öffentlichen Verkehr gesperrt war. Nelly Blohm konnte ihnen gerade noch folgen. Rieder sah Nemzov fragend an.

„Kleines Relikt aus der Zeit der Sanierung des Jagdschlosses", grinste der Bauunternehmer. „Irgendwie ist da beim Amt was falsch gelaufen. Meine Durchfahrtgenehmigung gilt leider auf Lebenszeit." Ein Poller versperrte die Straße. Nemzov nahm eine Fernbedienung aus der Ablage zwischen den Sitzen und drückte einen Knopf. Der Pfosten verschwand in der Erde. Die beiden Autos konnten passieren.

„So etwas wäre für mich natürlich ohne Peters Verbindungen völlig unerreichbar gewesen. Er hat mir hier Tür und Tor geöffnet."

„Was war Peter Stein aus Ihrer Sicht eigentlich für ein Mensch?", fragte Rieder.

Nemzov schwieg eine Weile, bevor er antwortete. „Es mag komisch klingen. Aber er war mutig und zugleich auch sehr ängstlich. Zum Beispiel hortete er sein ganzes Geld zuhause – in bar. Ihr Deutschen habt da so einen Spruch: ‚Nur Bares ist Wahres.'"

„Das geht doch gar nicht", widersprach Rieder.

„Klar geht das", behauptete Nemzov.

„Und wie? Ein Unternehmen braucht doch Konten für den Geschäftsverkehr. Wir haben auch entsprechende Unterlagen gefunden."

„Haben Sie die auch durchgesehen."

„Noch nicht vollständig", musste der Polizist zugeben.

„Natürlich lief vieles über Konten. Die Überweisungen für die Beiträge für Rente, Krankenkassen, Arbeitslosenversicherung etc., seine Versicherungen, das Bezahlen von Rechnungen von ihm und an ihn. Aber schauen Sie es sich genau an. Es ist immer nur so viel Geld auf der Bank wie er braucht. Kommen größere Beträge rein, hebt er sie sofort ab und packt sie in seinen Safe. Seine Leute kriegen heute noch ihren Lohn in einer Lohntüte. Stellen Sie sich das mal vor!"

Wenn das stimmte, musste es in Steins Haus einen Safe voller Geld geben, dachte sich Rieder. Wahrscheinlich hatte Jan Stein bei seinem Einbruch in das Haus seines Bruders gesucht, als Rieder auf ihn geschossen hatte. „Und wie viel Geld soll das sein?“

Nemzov wiegte den Kopf hin und her. „Ein paar Millionen bestimmt. Er hat bescheiden gelebt.“

„Die ganzen Häuser hat er auch nicht für einen Apfel und ein Ei gekauft.“

„Stimmt! Aber die Aufträge auf der Insel haben eine Menge gebracht. Dazu kam die Vermietung der Häuser. Und dann hat er natürlich auch von seinem stillen Anteil an der ‚Inselbau Rügen‘ profitiert. Sein Problem war nur, dass er immer Angst hatte, die Kombination für seinen Safe zu vergessen. Er hat sie deshalb immer irgendwo in seinen Akten versteckt, verschlüsselt, versteht sich.“

„Und Sie wissen, wo?“

Nemzov lachte auf. „Soweit ging Peters Freundschaft dann doch nicht. Ich weiß nicht einmal, wo sich der Safe in seinem Haus befindet. Er hat extra eine dänische Firma kommen lassen für den Einbau. Keiner durfte in der Zeit das Haus betreten.“

Hinter Binz bog Nemzov nach rechts ab, fuhr über die Bahngleise und hielt dann vor einem Garagenhof. Davor stand eine leere Pförtnerloge. Als Absperrung diente eine Schranke. Er hielt, stieg aus und kippte die Schranke nach oben.

„Das ist einer der alten Fahrzeughöfe der Kasernen hier in Prora“, erklärte er Rieder, als er wieder einstieg und auf den Hof fuhr. „Ich habe ihn für eine D-Mark von der Treuhand gekauft. Wer braucht schon so große Garagen? Aber für meine Baufahrzeuge passt es. Ich kann hier auch Material lagern.“

Am Ende des Hofes standen ein paar kleinere Fahrzeuge. Darunter auch ein Lada Niva. ‚Fast schon ein Oldtimer‘, dachte sich Rieder. Am Kennzeichen erkannte Rieder, dass es sich um das Auto von dem Radarfoto handelte.

„Wo ist der Schlüssel zu dem Auto?“, fragte Rieder.

„In meinem Büro. Es ist abgemeldet.“

„Wo ist das?"

„Weiter hinten in einem der Blöcke der Prora-Anlage."

„Nicht gerade sicher mit der Schranke."

„Bisher hatte ich noch keine größeren Probleme. Schwund gibt es immer. Ob ich nun ein Schloss und ein Gitter davormache oder nicht. Der alte Niva steht bei Autodieben nicht gerade oben auf der Liste. Die teuren Fahrzeuge stehen in den Garagen. Verschlossen."

„Wer gibt die Schlüssel zu den Fahrzeugen aus?"

„Meine Sekretärin oder ich. Natürlich gegen Quittung."

„Würden Sie bitte hier bleiben und Behm von der Spurensicherung anrufen?", wandte sich Rieder an Nelly Blohm. „Er soll für den Abtransport des Fahrzeugs sorgen." Ohne zu widersprechen, eilte sie zu ihrem Auto.

„Wir beide fahren in Ihr Büro", verkündete Rieder. Sie gingen zu Nemzovs Jeep. Da blieb Rieder noch einmal kurz stehen. „Ich habe was vergessen. Bin gleich da."

Er rannte noch einmal zu seiner Kollegin unter den argwöhnischen Blicken des Bauunternehmers. Nelly Blohm wollte gerade die Nummer von Behm in Stralsund wählen. „Warten Sie", sagte Rieder. „Holen Sie bitte Ihre Kollegen aus Bergen heran. Sie sollen sich dort vorn an der Kreuzung, wo es nach Bergen, Sassnitz und Binz geht, bereithalten."

Rieder war schon öfter in Prora gewesen. Ihn verblüffte aber immer wieder die Größe der Anlage. Ewig lang erschien ihm dieser Häuserblock, Größenwahn in Beton und Stein gegossen. Nemzov hatte seine Büros im ersten Gebäude des Südflügels. Nichts wies von außen auf den Sitz der Firma „Inselbau" hin.

Sie mussten zwei Stockwerke nach oben. Dann öffnete Nemzov eine Glastür. Dahinter hing ein schlichtes Messingschild mit dem Firmenlogo.

„Ziemliches Understatement", bemerkte Rieder und deutete auf das Schild.

„Besser so", antwortete der Unternehmer. Hinter der Tür erstreckte sich ein langer Flur. Im ersten Zimmer befand sich das Sekretariat. Nemzov grüßte kurz die Sekretärin. Rieder hatte eher ein blondes Püppchen erwartet. Doch dort saß eine Frau in den späten Fünfzigern mit einer Schüttelfrisur. Sie übergab ihrem Chef ohne große Worte einen Stapel mit Papieren und Briefen. Beide schienen sehr vertraut zu sein. Nemzov deutete kurz hinter sich. „Hauptkommissar Rieder", stellte er den Polizisten vor. „Beate Wunderlich. Sie war schon beim Vater von Peter Stein Sekretärin." Frau Wunderlich schien sich über Rieders Anwesenheit nicht besonders zu wundern.

„Ich bräuchte die Unterlagen meiner Reise nach Rostock. Die Taxiquittungen, die Hotelrechnungen, und machen Sie bitte eine Kopie meines Terminkalenders. Außerdem müssten Sie eine Liste meiner Gesprächspartner in Rostock machen mit Anschrift und Telefonnummer."

Sie stellte keine Fragen, wozu und warum.

„Gehen wir so lange in mein Büro. Dort sind auch die Schlüssel meiner Fahrzeuge." Sie waren schon wieder auf dem Flur, da drehte er sich noch einmal um und rief seiner Sekretärin noch zu: „Ich brauche auch das Fahrtenbuch des Lada Niva, den wir letzte Woche abgemeldet haben."

„Sie ist perfekt, hält den Laden zusammen", lobte sie Nemzov.

Nemzovs Büro hatte einen schlichten Schick. Ein Schreibtisch mit silbernen Metallfüßen und einem dunklen Holzkörper für Schreibfläche und Ablagefächer. Dahinter stand ein Schreibtischstuhl mit abgenutztem Kunstlederbezug. Dazu in einer Ecke ein Besprechungstisch aus der gleichen Modellreihe wie der Schreibtisch. Drumherum billige Kopien von Freischwingern aus der Bauhauszeit. Nemzov sah, wie sich Rieder interessiert umsah.

„Mein Aushängeschild ist nicht mein Büro, sondern meine Arbeit", damit deutete Nemzov an die Wand hinter dem Schreibtisch. Dort hingen zahlreiche Bilder von Häusern und Hotels. „Der Landrover ist der einzige Luxus, den ich mir leiste. Vielleicht noch mein Haus in Binz. Aber es ist wohl klar, dass ein Bauunternehmer nicht in einer Hütte wohnt."

Er kramte in seinem Schreibtisch, holte eine Kassette raus, schloss sie auf und nahm einen Autoschlüssel heraus. Er gab ihn Rieder: „Der Schlüssel für den Niva."

„Gibt es noch einen zweiten Schlüssel?"

Nemzov zögerte für Rieders Geschmack einen Moment zu lange mit der Antwort. Der Polizist war sich sicher, Nemzov suchte nach einer, die ihn nicht belasten könnte.

„Den Reserveschlüssel habe ich vor einiger Zeit verloren."

Rieder hatte schon bessere Ausreden gehört.

Frau Wunderlich kam zur Tür herein. In einer Klarsichthülle hatte sie alle Belege gesammelt. Sie wollte es Nemzov auf den Schreibtisch legen. „Geben Sie es gleich dem Hauptkommissar!" Sie reichte Rieder die Papiere. Er überflog sie schnell. Alles schien seine Richtigkeit zu haben. Trotzdem würde er Nemzovs Angaben noch einmal überprüfen lassen.

„Wir werden das Auto nach Stralsund bringen und dort kriminaltechnisch untersuchen. Sie müssten noch einmal mit zum Fahrzeug kommen, um den Abtransport zu quittieren." Das war zwar eigentlich nicht nötig, aber Rieder wollte Nemzov nicht aus den Augen lassen. Er war sich sicher, dass der Bauunternehmer genau wusste, wer den Niva benutzt hatte. Vielleicht würde er einen Fehler machen oder ihn zum Täter führen.

Nemzov stöhnte auf: „Langsam hört der Spaß auf." Dann folgte er widerwillig dem Polizisten. „Bin gleich wieder da!", rief er seiner Sekretärin zu, als sie die Firmenetage verließen.

Rieder wusste, dass das eine Lüge war.

XLI

Maltes erste Station auf der Suche nach Durk war die „Fischerklause", auch wenn er wusste, dass der Bürgermeister da nicht mehr war.

Jetzt zu Mittag war die „Fischerklause" leer. Der Hiddenseer aß Mittag zuhause, auch wenn die Küche der „Fischerklause" nicht zu verachten war. Der Wirt stand hinterm Tresen, im Mundwinkel eine Zigarette. Er polierte Gläser.

Malte lehnte sich an den Tresen, klopfte mit den Fingerknöcheln zweimal auf das Holz.

Der Wirt legte das Handtuch zur Seite. Er zapfte ein Bier, stellte es ohne Worte vor Malte hin. Dann goss er noch einen Klaren ein und stellte ihn dazu. Malte prostete ihm zu.

Malte suchte in seinem Gehirn nach einem Gesprächsthema. Er wollte nicht direkt nach Durk fragen. „Hast du noch leere Saftflaschen, auf die du verzichten kannst?"

Der Wirt hatte wieder angefangen, Gläser zu polieren.

„Saftflaschen?" fragte er, als hätte ihm Malte ein unsittliches Angebot gemacht. „Wer trinkt bei mir *Saft*? Aber wenn du ein paar olle leere Öken brauchst, die kannste dir aus der Tonne holen." Der Wirt wies auf den Hinterausgang.

„Ich kann doch meinen Gästen Sanddornsaft nicht in einer alten Schnapsflasche verkaufen. Die Ernte war wirklich gut, aber ich habe zu wenige Flaschen, um den Saft abzufüllen.

„Wer trinkt denn Sanddornsaft? Der ist doch sauer wie Essig." Der Wirt verzog wieder das Gesicht.

„Ich rede denen immer ein, dass der Saft supergesund ist. Vitamin C und so. Reines Naturprodukt. Bio. Verstehste? Das geht weg wie warme Semmeln. Manche schleppen noch andere Touris an. Für drei Euro 'ne Flasche, da kommt schon was zusammen."

„Drei Euro?!", rief der Wirt aus. „Und wieviel Flaschen machst du so?"

„Wenn ich genug hätte, fünfzig Stück."

Er hörte auf zu polieren. „Hundertfünfzig Euro. Da muss 'ne alte Oma lange für stricken."

„Aber nicht, wenn sie dran schreibt: ‚Aus Hiddenseer Wolle'". Die beiden lachten laut los und prosteten sich grinsend zu.

Der Einstieg war gemacht. „Hier verdient sich doch jeder 'ne goldene Nase. Warum soll ich da nicht auch ein Stück abkriegen?"

„Da haste recht. Wenn man das von Durk hört: Mannomann. Wie die sich da oben die Taschen vollmachen. Aber dem haben sie jetzt auf die Finger gehauen. Der ist weg. Vorhin kam er hier vorbei, hat rumgejammert."

„Er soll sein Gewehr dabeigehabt haben."

„Stimmt. Hab' gleich angerufen, weil er allen und jedem gedroht hat."

„Da hast du Recht dran getan. Der ist nicht ohne. Ich war dabei, wie der sich mit dem Krenz gekloppt hat." Malte lieferte eine ausführliche, etwas ausgeschmückte Beschreibung der Schlägerei als eine Art Vorschuss für ein paar Informationen des Wirtes über Durk.

„Eigentlich hätte ich dem nichts mehr geben sollen", erklärte der Wirt prompt, „schon allein wegen der Sache mit dem Grundstück am Zeltkino." Soweit würde es nie kommen, wussten beide. Geschäft war Geschäft.

„Du hättest den aufhalten sollen", warf ihm nun Malte vor. „Wenn der nun einen umlegt."

Der Wirt hielt im Polieren inne: „Aber dafür ist doch der olle Damp zuständig. Nicht ich." Er polierte weiter. „Außerdem trifft der Durk keinen mehr. Der hatte schwer Schlagseite, als er hier rausgewankt ist. Würde mich nicht wundern, wenn er irgendwo in der Heide seinen Rausch ausschläft."

Also wollte Durk wahrscheinlich nach Hause. Sein Haus stand in der Dünenheide, hinter Vitte.

Malte holte ein paar Euromünzen aus der Hosentasche.

„Der Korn geht auf mich", verkündete der Wirt. Malte zahlte sein Bier und legte noch fünfzig Cent drauf. Mehr wäre auffällig gewesen.

Vor der „Fischerklause" wartete Damp auf Fittkau. „Dass er da nicht ist, hätte ich dir auch sagen können."

„Aber die Frage ist ja auch, wohin er gegangen ist", entgegnete Malte.

„Und?"

Malte zeigte in Richtung Süden: „Wahrscheinlich nach Hause."

„Danke für die Hilfe", erklärte Damp und wandte sich um, um zu seinem Polizeiwagen zu gehen.

„Du willst da jetzt nicht hinfahren?", rief ihm Malte nach.

Damp drehte sich im Laufen noch einmal um: „Warum nicht?"

„Hast du deine schusssichere Weste dabei? Nach deinem Auftritt bei Krenz bist du für Durk ein rotes Tuch und ein gutes Ziel ..."

Damp war stehengeblieben. „Bei dir ist es auch nicht anders."

„Aber ich kann an seinem Haus zufällig vorbeigehen. Bei dir ist es gleich offiziell."

Da musste Damp Fittkau Recht geben.

„Ich fahre durch die Heide", schlug Malte vor, „da kommst du mit deiner Karre sowieso nicht durch nach dem Regen. Du fährst auf der Straße bis zur Dünenheide und wartest dort auf mich."

Malte schob sein Rad durch die Dünenheide. Ein weinroter Teppich aus blühender Heide breitete sich entlang des Fahrweges aus. Dazwischen standen hier und da Brombeerhecken. An ihren Zweigen hingen noch einige späte Früchte. Der feuchte Boden schmatzte unter den Reifen von Maltes Rad. Die Nässe hatte den Sandweg in Schlamm verwandelt. Malte schaute nach rechts und links, ob er irgendwo den betrunkenen Bürgermeister liegen sah, wie es der Wirt von der „Fischerklause" prophezeit hatte. Es kam öfter vor, dass seine Gäste angetrunken nicht mehr den Weg nach Hause schafften. Sie schliefen dann ihren Rausch im Graben neben dem Weg oder auf den Deichwiesen aus. Doch Durk war nirgends zu entdecken.

Das Haus des Bürgermeisters stand ziemlich direkt am Strand. Er hatte es kurz nach der Wende gebaut, nachdem er sein Elternhaus in Vitte mit hohem Gewinn verkauft hatte. Heute würde er in der Heide keine Baugenehmigung mehr bekommen. Es war ein weißverputztes Reetdachhaus mit roten Fensterläden. Als Zaun dienten ein paar mit Seilen verbundene Holzpfosten. Malte legte sein Rad an den Wegrand. Er stieg über die Strippe und ging zum Haus. Bevor er klopfte, lugte er durch die Fenster. Keine Spur von Durk. Auf sein Klopfen an der Tür öffnete niemand. Eine Frau Durk gab es zwar. Aber nicht mehr auf Hiddensee. Sie war vor ein paar Jahren weggezogen. Durk hielt gegenüber den Hidenseern noch immer die Legende aufrecht, seine Ehefrau sei nur aus beruflichen Gründen nach Rügen gezogen, und sie würden sich regelmäßig dort treffen. Aber Malte wusste es längst besser. Sie arbeitete nicht nur dort, sondern lebte in Bergen mit einem neuen Mann zusammen.

Malte schlich um das Haus herum. Durks Rad war auch nirgendwo zu sehen. Eigentlich war der Bürgermeister auf der Insel nie ohne sein Rad unterwegs. Nun gab es nur noch eine Möglichkeit, wo sich Durk versteckt haben könnte.

Damp war über die ganze Insel gefahren, vom Gellen im Süden bis zum Alten Bessin im Norden, nachdem Malte erfolglos von Durks Haus zurückgekehrt war. Damp hatte alle öffentlichen und privaten Wege in Neuendorf, Vitte und Kloster abgeklappert, aber nirgendwo hatte er eine Spur von Durk entdeckt oder hatte jemand den Bürgermeister a. D. gesehen. Der Polizist betete im Stillen, dass Fittkaus Prophezeiung in Erfüllung gehen würde. Rieders Nachbar hatte gemeint, dass Durk zu betrunken sei, um einen Schuss abzugeben und irgendwo auf der Insel seinen Rausch ausschlafen würde. Malte wollte sich deshalb weiter auf der Insel umsehen.

Damp öffnete die Tür zum Rathaus und stieg geschafft die eine

Treppe bis zum Revier hoch. Im Flur davor wartete stand Andreas von Krenz. Seine linke Gesichtshälfte war geschwollen. Seine Lippen blutverkrustet.

„Sind Sie verrückt oder lebensmüde?“, platzte Damp heraus. „Ich habe gesagt, Sie sollen in Ihrer Bude bleiben, bis wir Durk gefunden haben.“

„Ich werde mich vor Durk nicht verstecken. Jetzt will ich Anzeige gegen ihn erstatten!“, erwiderte Krenz aufgebracht.

Damp stöhnte auf. Aber was sollte er machen? Er schloss die Tür auf und ließ den Mann herein. Er zeigte auf den Besucherstuhl. Von Krenz nahm Platz.

„Aber ich will den Bürgermeister nicht wegen Körperverletzung anzeigen, sondern wegen Bestechlichkeit.“

Damp holte sein Laptop hervor. „Eins nach dem anderen. Haben Sie Ihren Personalausweis dabei?“

Von Krenz kramte ihn hervor. Damp öffnete die entsprechende Formulardatei und trug Krenz’ persönliche Daten ein. „Also: Inhalt der Anzeige?“

Aus seiner Hemdtasche zog von Krenz einen zusammengefalteten Zettel. „Das ist die Kopie des Bauantrages von Durk für das Grundstück am Zeltkino.“ Er reichte es Damp. „Ich weiß aus sicherer Quelle, dass aber immer noch Stein im Grundbuch steht, denn Durk sollte das Grundstück nur bekommen, wenn hier alles zubetoniert worden wäre mit dieser ‚Ostseetherme‘.“

Damp tippte langsam in seinen Computer ein, was Krenz behauptete. Dann reichte er von Krenz den Ausdruck zur Unterschrift.

„Mir schon klar, dass Sie mit dem Bürgermeister unter einer Decke stecken und die Sache verschleppen wollen“, behauptete von Krenz. Damp reagierte nicht darauf, sondern tippte nur auf die Zeile für die Unterschrift.

„Passen Sie nur auf, dass ich Sie nicht auch noch drankriege wegen Strafvereitelung im Amt! Ich kenne meine Rechte“, schimpfte der Mann weiter.

„Da bin ich mir sicher, dass Sie die kennen“, meinte Damp trocken. „Aber zu Ihrer Information: Durk ist nicht mehr Bürgermeister. Seine Fraktion hat ihn abgesetzt."

Von Krenz riss die Augen auf, sagte aber nichts.

„Bitte durchlesen und unterschreiben", mahnte Damp noch einmal.

Von Krenz nahm das Blatt, legte es aber gleich wieder hin. „Sie haben doch die Planungsunterlagen von Stein für die ‚Ostseetherme'. Da steht doch alles drin." Er blickte sich dabei im Revier um. Damp griff nach der Anzeige, nahm einen Stift und schrieb unter den Text laut vorlesend: „Herr von Krenz vermutet Beweise in den Ermittlungsakten zum Mordfall ‚Stein'."

„Sie können doch die Unterlagen gleich raussuchen und als Kopien beifügen", drängte von Krenz.

„Das ist die Sache der Staatsanwaltschaft, die entsprechenden Unterlagen anzufordern. Unterschreiben Sie jetzt oder nicht?"

„Ich dachte ja nur", meinte von Krenz und unterschrieb das Papier.

„Jetzt noch die Anzeige wegen Körperverletzung?", fragte Damp genervt.

Doch von Krenz hatte es plötzlich eilig: „Nein, das hat Zeit."

Von Krenz stand auf und verließ schnell das Büro. Damp sah ihm ratlos hinterher: „Dann eben nicht."

XLII

Als Rieder mit Nemzov zum Garagenhof zurückkam, wurde der Lada Niva auf einen Abschleppwagen geladen.

Rieder untersuchte noch einmal den Standplatz des Autos. Im Kiesbett entdeckte er die Kippe einer filterlosen Zigarette. Er hockte sich hin, zog einen Stift hervor und bewegte damit den Stummel hin und her, um die Marke zu identifizieren. Es war eine „Roth-Händle". Diese Marke rauchte Jan Stein, schoss es Rieder sofort durch den Kopf.

Er gab Nelly Blohm einen Wink. Sie holte eine Asservatentüte aus dem Handschuhfach ihres Wagens und kniete sich neben ihren Kollegen.

„Das könnte ein Volltreffer sein", raunte er ihr zu und hoffte zugleich, dass es nicht so sei, weil er Malte einfach diese menschliche Enttäuschung ersparen wollte. „Jan Stein raucht filterlose Zigaretten dieser Marke."

„Der Bruder des toten Bauunternehmers von Hiddensee?", fragte Nelly Blohm leise.

„Genau", bestätigte Rieder. „Karin Knoop könnte Nemzov und Jan Stein im Weg gestanden haben, wenn sie Peter Stein als Erbin eingesetzt hat. Da gibt's viel zu holen. Das erkläre ich Ihnen später, wenn wir allein sind."

Nemzov beobachtete die beiden Polizisten mit gerunzelter Stirn. „Etwas Interessantes gefunden?", rief er.

„Möglicherweise schon." Rieder ging zu ihm und hielt ihm die durchsichtige Tüte mit dem Zigarettenstummel entgegen. „Kennen Sie jemanden, der filterlose Zigaretten raucht?"

Auch wenn er äußerlich ruhig blieb, spürte Rieder, wie sich

Nemzov innerlich wand. „Darauf achte ich nicht“, antwortete er dann. „Ich rauche jedenfalls nicht.“

Plötzlich hatte es der Bauunternehmer eilig: „Brauchen Sie mich noch?“

„Im Moment nicht“, antwortete Rieder.

Nemzov verabschiedete sich und ging zu seinem Jeep, stieg ein und fuhr los in Richtung der Büros seiner Firma. Rieder sah ihm hinterher und konnte beobachten, wie er hinter der nächsten Straßenbiegung anhielt, weil er sich aus der Sichtweite der Polizisten wähnte.

„Geben Sie den Kollegen durch, sie sollen sich an der Kreuzung bereithalten und ihm folgen, sobald er dort auftaucht“, bat er Nelly Blohm. „Sie sollen aber nicht zu dicht auffahren, damit er keinen Verdacht schöpft.“

„Das brauche ich denen nicht zu sagen“, meinte Nelly Blohm schnippisch. „Wir kommen hier zwar vom Lande, aber Polizei spielen wir schon länger.“

Als Rieder und Blohm an die Kreuzung kamen, gab ein Kombi älterer Bauart auf der gegenüberliegenden Seite ein kurzes Signal per Lichthupe.

„Die Kollegen“, bemerkte seine Kollegin.

Rieder winkte ihnen, drehte dann den Rückspiegel so, dass er die Straße hinter ihnen gut einsehen konnte. Die Ampel stand günstigerweise auch auf „Rot“.

„Ah, da ist er“, meldete sich Rieder. Gut zweihundert Meter hinter ihm tauchte der Landrover von Nemzov auf. „Hier geht’s auf alle Fälle nicht in dein Büro“, dachte Rieder laut.

„Wohin soll es eigentlich gehen?“, fragte Nelly.

„Nach Bergen. Vielleich können wir Karin Knoop sprechen.“

Während Nelly Blohm gerade über die Kreuzung in Richtung Bergen fuhr, holte er sein Handy heraus, ließ sich über die Telefonzentrale des Krankenhauses in Bergen mit der Intensivstation verbinden. Doktor Steinmüller gab sein Einverständnis für eine

Befragung seiner Patientin. Ihr Zustand sei stabil, berichtete er noch. Sie erhole sich schneller als erwartet.

„Das klingt doch ganz gut", meinte Rieder, nachdem er aufgelegt hatte. Er erzählte Nelly Blohm, was er von Nemzov erfahren hatte über Peter Stein, seine Beziehung zu Karin Knoop und seine Geschäftspraktiken. „Ich hätte Nemzov schon früher vernehmen sollen. Ich muss mir das alles nur bald mal aufschreiben, sonst entfällt mir das Wichtigste."

„Machen Sie sich nie Notizen?", fragte Nelly Blohm.

„Selten", erklärte Rieder. „Ich möchte mich voll auf die Reaktionen des Zeugen oder Verdächtigen konzentrieren. Da erfahre ich zumeist mehr."

Im Krankenhaus mussten sie warten. Doktor Steinmüller machte gerade noch eine Visite bei Karin Knoop. Rieder nutzte die Zeit, um Charlotte zu erreichen. Erst nach dem dritten Klingeln ging sie ran. Im Hintergrund hörte er die typischen Gaststättengeräusche: Gläserklingeln und Stimmengewirr.

„Wann kommst du?", fragte seine Freundin.

„Ich weiß noch nicht. Vielleicht muss ich heute Nacht auf Rügen bleiben."

Sie sagte darauf nichts.

„Wie geht es dir?"

„Interessiert dich das wirklich noch?", antwortete sie.

Rieder atmete tief aus. Er spürte, wie er sich innerlich anspannte. „Ich kann hier einfach nicht weg. Es kommt gerade viel zusammen."

„Ich habe Angst", flüsterte sie ins Telefon. „Ich habe Angst, dass dieser Mann wiederkommt."

Das konnte Rieder verstehen. „Ich könnte Damp fragen, ob er bei dir übernachtet."

„Das ist nicht dein Ernst!", rief Charlotte empört aus.

„Dann Malte."

„Warum kannst du nicht kommen?", flehte sie.

„Ich habe es dir doch schon erklärt … Ich versuche, das hier schnell hinter mich zu bringen und noch zu kommen. Versprochen.“ Obwohl er wusste, dass er dieses Versprechen nicht halten konnte.

„Ich muss wieder“, sagte Charlotte. Dann herrschte Stille zwischen beiden, bis sie sagte: „Vergiss es einfach. Ich schlafe bei Inga. In die Wohnung bringen mich keine zehn Pferde.“

Rieder wollte noch etwas sagen, aber sie hatte schon aufgelegt.

Nelly Blohm hatte sich in das Wartezimmer für die Angehörigen der Patienten auf der Intensivstation gesetzt. Als Rieder hereinkam, sah sie ihn mitfühlend an. „Probleme?“

Rieder schaute sie kurz an, aber sagte nichts.

Bei seiner Kollegin hatten sich inzwischen die Beamten gemeldet, die Nemzov gefolgt waren. Der Bauunternehmer war zu seinem Haus in Binz gefahren und darin verschwunden. Die Polizisten hatten gegenüber auf einem Parkplatz Position bezogen, mit direktem Blick auf Nemzovs Haus, geschützt durch eine Hecke.

Rieder war damit zufrieden. „Müssen wir eine Ablösung organisieren, damit die Jungs nicht so viele Überstunden machen?“, fragte er Nelly.

Sie verneinte: „Die sind froh, mal was anderes zu machen als Strafzettel zu schreiben und sich mit Urlaubern zu streiten.“

Doktor Steinmüller kam aus der Intensivstation. Er wirkte abgespannt. „Ihr Zustand ist besser als erwartet. Sie hat natürlich immer noch starke Schmerzen, und die Verletzungen brauchen Zeit, um zu heilen. Sie ist deshalb auch noch recht schwach, aber gut ansprechbar. Ich gebe Ihnen zehn Minuten. Mehr nicht. Eine Schwester wird dabei sein. Darauf muss ich leider bestehen.“

„Wenn es nicht anders geht …“, meinte Rieder.

Steinmüller wandte sich zu den Polizisten um. „Ich hoffe nur, dass ihr Zustand nicht trügt. Wir haben das manchmal bei Patienten, dass sie nach dem Aufwachen aus der Narkose gesünder wirken als sie es in Wirklichkeit sind. Nicht selten folgt dann ein Rückfall.“

„Wird sie wieder vollständig gesund werden?“, fragte Nelly Blohm.

„Das kann ich jetzt noch nicht sagen. Dafür ist es noch zu früh.“

Im Schwesternzimmer bekamen sie weiße Kittel, Mundschutz und Plastiküberzüge für die Schuhe ausgehändigt. Dann brachte sie der Arzt in das Zimmer von Karin Knoop. Es war mehr ein Glaskasten. Davor war eine Art Schaltwarte, von der die Schwestern mehrere Patienten auf der Intensivstation überwachen konnten.

Karin Knoop hob leicht den Kopf, als die beiden Polizisten eintraten. Der Arzt kontrollierte noch einmal die Werte auf den verschiedenen medizinischen Geräten. Er beugte sich über die Patientin. „Das sind Kriminalbeamte. Sie brauchen von Ihnen ein paar Auskünfte. Wenn es Ihnen zuviel wird, geben Sie der Schwester ein Zeichen. Sie ist die ganze Zeit im Zimmer.“

Rieder und Blohm war eine ältere Schwester ins Zimmer gefolgt. „Oberschwester Angela“, stand auf dem Namensschild.

„Nicht mehr als zehn Minuten“, erklärte der Arzt noch einmal eindringlich den Polizisten, „und wenn Schwester Angela sagt, es ist Schluss, dann ist Schluss. Verstanden?“

Die beiden nickten. Rieder hatte Nelly Blohm gebeten, die Vernehmung zu beginnen. Sie sollte Karin Knoop über den Überfall befragen. Rieder wollte ihr dann noch ein paar Fragen zu Peter Stein und ihrem Handy stellen. Den Einbruch in ihr Haus wollten sie ihr erstmal verschweigen.

Karin Knoop drehte leicht den Kopf nach rechts, als sie Nelly Blohm ansprach.

„Können Sie sich an den Überfall erinnern?“

„Nein“, flüsterte Karin Knoop.

„An was können Sie sich erinnern?“

Karin Knoop drehte den Kopf wieder zurück und starrte an die Decke. Sie schloss ihre Augen. „An die Tür. Ich kann mich an die Tür erinnern.“

„Was war mit der Tür?“

„Nichts. Ich habe sie geöffnet. Dahinter war es schwarz.“

„Haben Sie den Angreifer gesehen?“

Karin Knoop drehte langsam den Kopf von rechts nach links.

„Warum haben Sie sich mit dem Mann verabredet? Sie hatten doch schon lange nicht mehr als ‚Küstenschwalbe' gearbeitet?"

Sie riss ihre Augen auf. Der Monitor zeigte einen deutlich schnelleren Puls. Nelly Blohm nahm ihre Hand und versuchte sie zu beruhigen. Die Krankenschwester wollte schon eingreifen, doch die Kurve auf dem Bildschirm wurde wieder flacher.

„Wir wissen, dass Sie …", Nelly Blohm suchte nach einem möglichst harmlosen Wort, „dass Sie sich immer mal mit Männern getroffen haben."

„Von wem?", fragte Karin Knoop mit ängstlicher Stimme.

Nelly Blohm drehte sich zu Rieder um. Er nickte.

„Von Jana Büchel."

„Kannten Sie den Mann schon? Haben Sie ihn schon früher einmal getroffen?", versuchte sie es weiter. Jetzt drehte Karin Knoop zweimal den Kopf hin und her. Rieder wurde klar, dass Nelly Blohm das Verhör zu hart anging angesichts des Zustandes von Karin Knoop. Er fürchtete, dass die Schwester das Gespräch abbrechen würde. Dann würden sie weiter Zeit verlieren.

Er legte Nelly Blohm eine Hand auf die Schulter. „Lassen Sie mich bitte mal." Er hockte sich neben das Bett, so dass sein Gesicht auf der gleichen Höhe war wie das von Karin Knoop.

„Was ist passiert, als Sie die Tür öffneten?"

Einen Moment schien Karin Knoop verwirrt, dass jetzt nicht mehr die Frau, sondern der Mann mit ihr sprach.

„Mich traf sofort ein Schlag", flüsterte sie. „Ich war danach wie betäubt. Ich bin auf den Rücken gefallen." Sie machte eine Pause, atmete tief ein und aus. Die Monitore zeigten aber keine beunruhigenden Ausschläge.

Rieder wartete einfach, auch wenn er im Innern ungeduldig war und die Zeit verrann.

„Dann folgten immer wieder Schläge. Dann war es plötzlich dunkel … Ich kann mich an nichts mehr erinnern, nur noch an den Sanitäter oder Arzt in dieser orangefarbenen Jacke."

„Sind Sie sicher, dass es ein Mann war?"

Karin Knoop zuckte fast unmerklich mit den Achseln.

„Haben Sie irgendetwas bemerkt? Einen Duft? Eine Stimme?"

Karin Knoop dachte nach. Die Polizisten konnten sehen, wie sie sich dabei anstrengte, ihre Erinnerungen wieder wachzurufen. Doch es folgte ein Kopfschütteln. Dann hob sie aber eine Hand. „Das Gesicht ... Es war so weiß. So weiß wie ...", sie suchte nach dem richtigen Wort. „So weiß, wie bei diesen Leuten, die hier immer am Strand stehen wie Statuen."

„Wie Pantomimen?"

Sie nickte. „So was. Es war jedenfalls ganz weiß."

„Darf ich Sie noch etwas zu Peter Stein fragen?"

Sie lag einige Augenblicke still, bevor sie nickte.

„Sie waren ein Paar, Peter Stein und Sie?"

Wieder Nicken, aber dann hob sie wieder die Hand. „Zuletzt nicht mehr. Wir hatten uns getrennt ... Ich hatte mich getrennt."

„Sie haben sich über die Pläne für diese ‚Ostseetherme' zerstritten. Wollten Sie wieder mit Peter Stein zusammenkommen, weil er das Projekt für Sie aufgegeben hat?", fragte Rieder behutsam.

Karin Knoop riss die Augen auf: „Was hat er?"

„Er hat seine Pläne für die ‚Ostseetherme' in Norderende gestoppt."

Ihre Augen flatterten.

„Warum haben Sie Peter Stein am Montag eine SMS geschrieben und ihn um ein Treffen an seinem Boot im Kinowäldchen gebeten? Wollten Sie noch mal über alles reden."

„Ich habe keine SMS geschrieben!", krächzte sie panisch. Die Frequenz auf dem Monitor schlug heftig nach oben und unten aus.

„Doch, Sie haben", beharrte Rieder mit ruhiger Stimme. „Wir haben dafür Beweise."

Karin Knoop hob ihren Oberkörper leicht an. „Habe ich nicht! Mein Telefon wurde mir doch gestohlen."

„Gestohlen?", fragte Rieder ungläubig.

„In meinem Imbiss." Der Kontrollmonitor zeigte immer noch eine hohe Herzfrequenz an. Rieder spürte, wie die Krankenschwester in seinem Rücken unruhig wurde.

„Ich habe es auch angezeigt“, erklärte Karin Knoop.

„Aber nicht bei uns“, widersprach Rieder. „Ich bin Polizist auf Hiddensee. So viele Anzeigen gehen da nicht ein …“

„Per Internet“, unterbrach ihn die Frau.

„Wann soll das gewesen sein?“

Sie schloss die Augen. „Donnerstag. Ich habe von dem Diebstahl auch gleich Andreas und Durk erzählt … Sie waren da, als es passiert war und ich das Telefon gesucht habe.“

Sie hob etwas den Kopf. „Ich habe nichts mit dem Tod von Peter zu tun“, stieß sie hervor. „Das müssen Sie mir glauben! Aber der Nemzov! Der ist gefährlich. Er hat meinen Mann auf dem Gewissen.“

Da gab es einen Warnton. Die Krankenschwester stürmte nach vorn, schob Rieder und Blohm zur Seite. „Ende!“, rief sie aus.

XLIII

Rieder saß im Großraumbüro des Reviers in Bergen. Er sah auf die Uhr. Die letzte Fähre nach Hiddensee würde er definitiv nicht mehr erreichen. Bökemüller würde ihm wohl auch kaum eine Überfahrt mit einem der Wassertaxis für mehr als einhundert Euro bezahlen. Wahrscheinlich blieb ihm nichts anderes übrig, als auf einer der Pritschen im Aufenthaltsraum des Bergener Reviers die Nacht zu verbringen.

Nelly Blohm hatte sich in ihr Büro zurückgezogen, um ungestört die Aussage von Karin Knoop aufzuschreiben. Sie hatten noch keine neuen Nachrichten aus dem Krankenhaus über ihren Zustand.

Auf einem der Computer loggte sich Rieder in den Account des Hiddenseer Reviers ein. Dazu war er eigentlich nicht mehr befugt, denn nach der Beförderung Damps war er ja der Polizeidirektion unterstellt worden und hatte damit die Zugangsberechtigung verloren.

Rieder hatte ein schlechtes Gewissen. Er hatte sich nicht noch einmal nach Damps Hilferuf bei seinem Kollegen gemeldet. Er hoffte, dass sich die Situation auf Hiddensee beruhigt hätte.

Damp hatte sich nicht die Mühe gemacht, das Kennwort und das Passwort zu ändern. Er hatte den Account offenbar seit seiner Beförderung überhaupt nicht mehr genutzt, denn eine Vielzahl ungelesener E-Mails erschien auf dem Bildschirm. Rieder sah die Datumszeilen durch, bis er fand, was er suchte. Letzten Freitag hatte Damp der Bearbeiter für die Internetanzeigen eine Kopie von Karin Knoops Diebstahlanzeige geschickt und gebeten, weitere Erkundigungen einzuziehen. Die Imbissbesitzerin hatte in der Anzeige Andreas von Krenz und Michael Durk als Zeugen angegeben.

Im Stillen fluchte Rieder über die Nachlässigkeit seines Kollegen. Möglicherweise war er dadurch auf eine völlig falsche Spur geraten. Die Frage war nun, wer hatte Peter Stein die SMS geschickt, die ihn ins Kinowäldchen gelockt hatte? Damp musste auf alle Fällle sofort mit Durk und von Krenz reden, um die Angaben von Karin Knoop zu überprüfen und sie zu fragen, wer zum Zeitpunkt als das Telefon gestohlen wurde, noch im Imbiss gewesen war. Rieder aber erreichte nur die Mailbox seines Kollegen und hinterließ dort eine Nachricht.

Kaum hatte er aufgelegt, klingelte sein Handy in der Hosentasche. Er zog es hervor. Bökemüller!

„Haben Sie was Neues?“, fragte sein Chef.

Rieder berichtete von den Gesprächen mit Nemzov und Knoop, von dem sichergestellten Jeep und dem gestohlenen Telefon, von seinem erneuten Verdacht gegen Jan Stein und seinen Zweifeln an der Schuld von Karin Knoop.

Bökemüller hörte geduldig zu. Er billigte die Beschattung von Nemzov. „Den Mann müssen wir im Auge behalten“, bemerkte er. „Ist Frau Blohm gerade im Raum?“

Rieder verneinte.

„Es gäbe da eine schwierige Mission, mit der ich Sie aber gern allein betrauen würde. Aber ich verspreche mir einiges davon.“

Rieder runzelte die Stirn, weil er Nelly Blohm nicht ausschließen wollte. Aber das konnte Bökemüller durch die Leitung natürlich nicht sehen.

„Sie müssen sich mit einem V-Mann treffen“, erklärte der Polizeidirektor. „Er weiß wohl viel über Nemzov. Ihr Russe ist doch nicht so ein unbeschriebenes Blatt. Das LKA hat bereits seine Zustimmung gegeben, aber zur Bedingung gemacht, dass nur Sie sich mit dem V-Mann treffen. Vereinbart ist neunzehn Uhr, Schlossruine Dwasieden. Wissen Sie, wo das ist?“

Rieder klemmte sich das Telefon zwischen Kopf und Schulter, um den Treffpunkt zu notieren.

„Wenn Sie sich bis zwanzig Uhr nicht bei mir melden, schicke ich Leute los, um Sie zu suchen.“

„Da kann ich Frau Blohm auch mitnehmen, wenn dann sowieso Leute aus Rügen kommen", entgegnete Rieder.

„Zwei LKA-Beamte aus Schwerin halten sich in der Nähe bereit, um Ihnen im Notfall beizustehen", ergänzte Bökemüller.

Damit war das Gespräch beendet. Rieder griff sich eine Karte von Rügen und suchte nach Dwasieden. Der Ort lag etwas unterhalb von Sassnitz. Eine kleine Straße führte zu der eingezeichneten Ruine.

Was sollte er Nelly Blohm sagen? Ihm fiel nichts Rechtes ein. Rieder ging zu ihrem Büro, klopfte kurz und öffnete die Tür.

„Ich brauche noch eine Weile", entschuldigte sie sich.

„Nicht so schlimm. Ich bin mal eine Stunde weg."

„Wo wollen Sie denn hin?"

Diese Frage hatte Rieder erwartet. „Die Füße vertreten."

Nelly Blohm kaufte ihm das nicht ab: „Wollen Sie auf eigene Faust recherchieren?"

„Quatsch!", behauptete Rieder nicht ohne schlechtes Gewissen. Sie glaubte ihm zwar nicht, fragte ihn aber trotzdem, ob man sich noch sehe.

„Warum nicht? Nach Hiddensee komme ich heute nicht mehr. Ich werde wohl hier mein Quartier aufschlagen. Aber müssen Sie denn nicht weg?"

„Heute nicht", antwortete sie.

„Gut, dann treffen wir uns 20 Uhr 30 wieder hier."

„Abgemacht."

Kurz hinter dem Ortseingang von Sassnitz bog Rieder in Richtung des Fährhafens Mukran ab. Wenig später entdeckte er auf der anderen Straßenseite einen Wegweiser nach Dwasieden. Die Straße war mehr ein Feldweg, aber am Ende gab es einen frisch gepflasterten Parkplatz. Rieder stieg aus und sah sich um. Niemand war zu sehen. Eine Schautafel informierte über die Geschichte des Schlosses Dwasieden. Alte Schwarz-Weiß-Bilder zeigten, wie es an der Küste über der Ostsee gethront hatte, bevor es nach dem Krieg gesprengt worden war. Rieder folgte einem Pfad, der zur Ruine führen sollte. Es ging durch dichtes Gestrüpp. Der Weg wurde offenbar nicht oft benutzt. Er kam an einen grauen Lattenzaun, typisch für ehemalige russische Kasernen. Es gab nur eine kleine Lücke, die ins Innere des Geländes führte. Dahinter wurde der Weg zu einer asphaltierten Straße. Links und rechts standen die Überreste von Schuppen und Baracken. Dann tauchte die Ruine auf. Ein Rad lehnte an der Mauer. Ein Damenrad.

Hinter einer Ecke tauchte im schwindenden Tageslicht eine Frau auf. Beate Wunderlich. Rieder war erstaunt.

„Mich haben Sie sicher nicht erwartet", begrüßte sie den Polizisten.

„Ehrlich gesagt, habe ich mich noch nie mit einer V-Frau, sondern immer nur mit V-Männern getroffen. Bisher!", antwortete immer noch überrascht Rieder. „Aber warum sollte sich nicht auch in dieser Branche die Gleichberechtigung durchsetzen?"

Beate Wunderlich lächelte.

„Hier hat Nemzov übrigens früher gedient, bevor er von der Fahne gegangen ist", erklärte die Frau. „Er kennt jeden Winkel in dem Objekt." Sie ging ein paar Schritte wieder in Richtung der Ruine und zeigte auf eine Metalltür. „Das ist das Quartier seiner beiden Bodyguards Sascha und Aljoscha. Aber die beiden sind weg. Seit gestern. Fahndung wäre ziemlich sinnlos, nehme ich an."

Rieder griff trotzdem an die Klinke der Tür. Verschlossen. „Wäre auch eher ein Zufall gewesen, wenn in diesem Fall mal etwas nicht schiefgehen würde", meinte Rieder enttäuscht. „C'est la vie. Aber wie sind Sie V-Frau geworden?", wandte er sich wieder an Beate Wunderlich.

„Ich war schon beim alten Stein Sekretärin, nach seinem Tod auch bei Peter Stein. Als er die Firma an Nemzov verkaufte, war es eine Bedingung von Stein, dass ich bliebe als Kontrolle. Nemzov hat sich daran nicht gestört. Er war froh, jemanden zu haben, der alle kannte und ihm auch Türen öffnen konnte. Irgendwann stand dann mal das LKA in meiner Wohnung in Sassnitz. Ihnen waren die Aktivitäten von Nemzov nicht unbekannt geblieben. Sie halten Nemzov für einen Statthalter der russischen Mafia auf Rügen.

Und da geht es nicht um Türen. Die Geschichte hat er Ihnen doch sicher erzählt."

Rieder nickte.

„Herzerweichend. Nicht wahr?", fragte sie mit ironischem Tonfall. „Aber Juri hat es faustdick hinter den Ohren. Nach den Türen kamen Autos, Lebensmittel, Computer und, und, und ... Seine russischen Kumpel schickten das Geld, und er besorgte dafür die Ware. Sie wurde in Container verladen, Leute im Hafen und auf den Schiffen geschmiert, und schon nahm die Ware am Zoll im Fährhafen Mukran vorbei ihren Weg nach Russland."

„Aber er baut doch auch eine Menge Häuser, Hotels und was weiß ich", entgegnete Rieder. „Reicht ihm das nicht?"

„Ja, klar. Er baut eine Menge", antwortete Frau Wunderlich, „aber nur dank der Hilfe von Peter Stein. Dafür bekam Stein weiter ein schönes Stück vom Kuchen. Bis er aus der Reihe tanzte."

„Können Sie Klartext reden?", bat Rieder

„Kann ich." Sie nahm ihr Rad. „Lassen Sie uns nach vorn gehen zum Parkplatz. Ich muss dann auch nach Hause. Mein Mann wartet."

Sie gingen langsam den Weg zurück. „Schon lange wollte Herr Stein diese ‚Ostseetherme' auf Hiddensee bauen. Aber er hatte nicht das Geld dafür. Da hat Nemzov seine Kontakte spielen lassen. Es gab genügend russische Investoren, die ihr Geld dort anlegen wollten."

„Schwarzgeld?"

„Sie sagen es. Geld aus Bordellen, durch Schutzgelderpressung. Sie wollten auf Hiddensee ihr Geld waschen. Aber dann ließ Stein das Projekt platzen. Ich weiß noch, wie Nemzov getobt hat, als ihm Stein das gesagt hat."

„Wann war das?"

„So vor zwei Wochen. Erst hat er geschrien, dann Stein angefleht. Aber Stein blieb hart. Nemzov hat ihm gedroht, doch Stein blieb ganz ruhig und meinte nur, er hätte genügend Beweise, um Nemzov hinter Schloss und Riegel zu bringen. Juri lachte erst noch, aber dann hat Stein etwas von Papieren und Unterlagen erzählt sowie von einem tödlichen Arbeitsunfall auf der Baustelle der neuen Rügenbrücke. Ich habe den Namen nicht verstanden. Jedenfalls ist da jemand nicht ganz freiwillig in die Tiefe gestürzt."

Rieder fiel etwas ein: „War der Name vielleicht Knoop?"

„Genau. Knoop."

Rieder berichtete, was Karin Knoop passiert war und spekulierte, dass der Überfall auf sie mit diesen Papieren zusammenhängen könnte, mit denen Stein Nemzov erpresst hätte. Rieder war sich sicher, dass Nemzov dafür verantwortlich war, denn immerhin war dafür ein Auto seiner Firma verwendet worden.

„Wer hat den Lada Niva abgeholt?"

„Sascha und Aljoscha."

„Sind sie damit auch gefahren?"

Die Frau zuckte mit den Schultern. „Vom Büro kann ich den Parkplatz nicht sehen. Aber Nemzov ist wirklich erst gestern wiedergekommen. Was er dazwischen gemacht hat, kann ich nicht sagen."

„Woher wissen Sie das eigentlich alles über Stein und Nemzov?", fragte Rieder verwundert. „Sind Sie bei den Gesprächen dabei?"

Sie schüttelte den Kopf: „Ich höre ihn ab."

Rieder verschlug es die Sprache. „Was tun Sie?" Er blieb stehen. „Sie hören ihn ab?", fragte er nochmal, völlig konsterniert.

Beate Wunderlich nickte. „Das LKA hat in seinem Büro eine Wanze installiert, die in meinem Kopfhörer vom Headset endet. Da ich das Ding den ganzen Tag aufhabe, bekomme ich alles zu hören, was drinnen gesprochen wird. Irgendwie muss ich ja an die Informationen kommen, für die ich mein Geld bekomme."

Rieder staunte über diese Kaltblütigkeit.

„Um auf Nemzov zurückzukommen: Juri sitzt ziemlich in der Tinte", erzählte Beate Wunderlich weiter. „Seine Freunde machen Druck. Sie wollen das Geschäft mit der Therme. Außerdem hat Juri auch bereits eine nette Provision kassiert, die er aber nicht zurückzahlen kann, sollte das Projekt geerdet werden."

„Aber eben haben Sie mir doch erzählt, dass Stein und er so gut verdient haben?", warf Rieder ein.

„Verdienen: ja, haben: nein.“

„Kommen Sie! Das Auto, dieser Jeep und ein Haus in Binz, das frisst beides doch nicht Millionen?“

„Stimmt. Aber Frauen aushalten, Leute schmieren und vor allem pokern, das kostet. Juri hat nicht viel, jedenfalls nicht genug für die Rückzahlung, wenn die ‚Ostseetherme‘ nicht gebaut wird. Auch weil der Zinssatz bei diesen Jungs recht hoch ist. Er musste Stein überzeugen, die Therme zu bauen oder ihm wenigstens Geld geben.“

„Trauen Sie ihm den Mord an Peter Stein zu?“

Sie wiegte den Kopf hin und her. „Eigentlich ist er klug genug, um nicht das Huhn zu schlachten, das immer noch goldene Eier legt. Ohne Peter Stein hat er gar keine Chance, die Therme zu bauen. Oder glauben Sie wirklich, dass die bockigen Hiddenseer einem von draußen und dann noch einem Russen Tür und Tor öffnen?“

„Wahrscheinlich nicht.“

„Aber ich würde auch nicht meine Hand ins Feuer legen, dass Juri nichts mit dem Tod von Peter Stein zu tun hat.“

Sie waren am Parkplatz angekommen.

„Ich muss Sie noch mal fragen. Warum machen Sie das?“

„Das Geld ist nicht zu verachten. Mein Mann ist seit der Wende arbeitslos und jetzt Rentner. Da können wir jeden Cent brauchen. Ich muss jetzt los“, drängte Beate Wunderlich.

Sie verabschiedete sich von Rieder, setzte sich auf ihr Rad, drehte sich dann aber noch mal um: „Und zu niemanden ein Wort!“ Sie klang nicht mehr so selbstbewusst. Rieder hob zwei Finger seiner rechten Hand: „Ich schwöre es.“

XLIV

Rieder parkte neben einem Restaurant in der Nähe des Fährhafens von Mukran. Er holte sein Telefon heraus. Es war kurz vor zwanzig Uhr. Höchste Zeit, Bökemüller anzurufen. Er wählte die Nummer. Sein Chef ging sofort nach dem ersten Klingeln ran.

„Wie war es?“ fragte er.

„Ich war etwas überrascht, wen ich dort …“

„Keine Namen!“, unterbrach ihn Bökemüller.

Rieder berichtete, dass sich nach dem Gespräch bei ihm der Verdacht gegen Nemzov verstärkt hätte, mit den Fällen Stein und Knoop zu tun zu haben. Allerdings habe er trotz der Auskünfte von Beate Wunderlich keine Beweise, sondern neue Ermittlungsansätze. Bökemüller versprach, sich mal beim Wirtschaftsdezernat umzuhören, ob man dort etwas über Schwarzarbeit bei der Firma ‚Inselbau Rügen‘ wisse und die Kollegen Kenntnis über einen ungeklärten Todesfall auf der Baustelle der neuen Rügenbrücke hätten.

„Wie wollen Sie weiter vorgehen?“, erkundigte sich dann Bökemüller.

„Morgen früh würde ich gern nach Hiddensee fahren, um dort noch einmal die Unterlagen von Stein durchzugehen und außerdem mit Damp nach dem Safe im Haus des Bauunternehmers zu suchen.“ Er könnte sich vorstellen, erklärte Rieder weiter, dass sich auch Nemzov auf den Weg nach Vitte machen könnte, um an das Geld zu kommen. „Immerhin weiß er jetzt, dass wir nichts von dem Safe ahnten. Aber sobald er aus seinem Haus kommt, heften wir uns an seine Fersen. Er braucht dringend Geld. Seine russischen Auftraggeber kennen bestimmt kein Pardon.“

„Das denke ich auch. Wie wollen Sie denn mit Damp den Safe knacken?“

„Das ist erst der zweite Schritt“, erklärte Rieder. „Ich muss ihn erstmal finden. Bisher ist mir in Steins Haus nichts aufgefallen, was nach einem Safe aussieht. Aber ich habe auch nicht wirklich danach gesucht. Obwohl …“

Rieder fiel Behms Bemerkung über die Wand zwischen Flur und Schlafzimmer in Steins Haus ein. Der Spurensicherer hatte es merkwürdig gefunden, dass die Mauer für eine Innenwand so dick sei.

„Hallo, sind Sie noch da?“

„Ja, ja“, meldete sich Rieder wieder. „Ich glaube jetzt, ich weiß, wo ich suchen muss.“

„Aber damit haben Sie ihn noch nicht auf?“

„Da haben Sie Recht. Aber der Code muss sich dort irgendwo finden lassen.“

„Gut, dann machen wir so weiter, trotzdem brauchen wir langsam Ergebnisse. Bisher führte jede erfolgversprechende Spur in eine Sackgasse.“

Rieder konnte seinem Chef da nur zustimmen.

„Soll Frau Blohm mit nach Hiddensee kommen?“

Bökemüller schwieg einen Moment. „Nein, sie soll auf Rügen bleiben und sich um Frau Knoop kümmern.“

Rieder fiel siedend heiß ein, dass er nicht noch einmal Doktor Steinmüller angerufen hatte, um sich nach dem Zustand der Frau zu erkundigen.

„Wenn sie wieder vernehmungsfähig ist …“, wandte Rieder deshalb ein.

„Das hoffe ich. Einen zweiten Todesfall können wir uns nicht leisten, Hauptkommissar Rieder.“

„Ich verstehe Sie.“

„Und zu Frau Blohm kein Wort über das Treffen mit dem V-Mann. Überlegen Sie sich etwas, wie Sie ihr Ihre neuen Erkenntnisse verkaufen. Wozu kommen Sie aus Berlin?“

Sie verabschiedeten sich.

Rieder fuhr zurück nach Bergen. Nelly Blohm wartete schon auf ihn. Sie hatte ihre Beine auf den Schreibtisch gelegt und blätterte in einer Zeitschrift. „Hat ganz schön lang gedauert, Ihr Fußevertreten“, stellte sie scheinbar gelangweilt fest.

Rieder fühlte sich ertappt, sagte aber nichts.

Nelly Blohm griff nach einem Papier auf ihrem Schreibtisch. „Hier ist das Protokoll von Karin Knoops Aussage. Wollen Sie es lesen?“

Rieder beugte sich zu ihr hinunter, um es kurz zu überfliegen. Er nahm den leichten Geruch ihres Parfüms wahr. Ihre lockigen Haare kribbelten an seiner Wange. Rieder suchte lieber wieder etwas Abstand.

„Ihr Zustand ist übrigens wieder stabil. Steinmüller hat vorhin angerufen. Trotzdem hat er weitere Vernehmungen bis auf weiteres verboten. Außerdem haben noch die Kollegen aus Binz angerufen. Jana Büchel ist bei Nemzov eingetroffen. Die Kollegen haben ein Bild geschickt.“

Die Polizistin öffnete eine Mail auf ihrem Computer. Im Anhang befand sich ein Foto. Es zeigte, wie Jana Büchel das Haus von Nemzov betrat.

Rieder zog die Augenbrauen nach oben. „Sollten wir da noch mal vorbeischauen?“, fragte er mehr sich selbst als seine Kollegin.

Sie zuckte mit den Schultern: „Die Jungs melden sich sofort, wenn Nemzov das Haus verlässt, und Bergen liegt auf dem Weg nach Hiddensee. Wir könnten uns dann von hier aus immer noch dranhängen“, meinte Nelly Blohm.

„Na gut, dann machen wir Schluss für heute“, erklärte Rieder.

„Ich kenne da ein Restaurant, wo man nicht lange aufs Essen warten muss“, antwortete die Polizistin.

Sie fuhren aus Bergen heraus, überquerten die Landstraße nach Sassnitz. Hinter einer Kurve bog Nelly Blohm in ein Hoftor ein. Vom Parkplatz ging es in einen weitläufigen Park mit hohen Bäumen. Linkerhand lag ein altes Gutshaus. Die Fassade war frisch saniert, in einem hellen Gelb gestrichen und durchzogen von braunem Fachwerk. Zum Eingang führte eine steinerne Treppe, links und rechts gesäumt von verblühten Stockrosen.

Durch eine kleine Veranda kam man ins Haus. Die Wände waren mit dunklem Holz getäfelt und gaben der Empfangshalle einen düsteren Charme. Eine blonde Frau begrüßte Nelly Blohm mit einer Umarmung. Dann reichte sie Rieder die Hand. Er stellte sich vor.

„Ursula ist eine Schulfreundin von mir", erklärte Nelly Blohm. „Sie ist nach der Schule in den Westen gegangen und hat dort auch ihren Mann Manuel kennengelernt. Er ist Koch. Sie sind dann zusammen nach Bergen zurückgekommen und haben das Haus vor vier Jahren übernommen. Oben gibt es noch Hotelzimmer. Aber es ist vor allem das beste Restaurant in Bergen, wenn nicht sogar von der ganzen Insel."

„Du spinnst", meinte Ursula lachend und wurde dabei rot. „Es gibt bestimmt viel bessere."

„Nun stell das Licht deines Mannes nicht unter den Scheffel!"

„Ach der! Setz ihm nur nicht solche Flausen in den Kopf."

„Können wir bei dir essen?"

„Eigentlich sind wir völlig ausgebucht. Freitag bis Montag ist unsere Hochzeit. Da kommen die Kurzurlauber", wandte sie sich an Rieder. „Aber wir werden schon noch ein Plätzchen finden."

Ursula führte die beiden Polizisten in ein Zimmer mit einem Kamin. Das Feuer loderte und spendete eine angenehme Wärme. Alle Tische waren besetzt. Rieder registrierte, dass ihre Garderobe so gar nicht zu den Gästen in schicken Kleidern und Anzügen passte.

In einer kleinen Ecke am Fenster mit einem schönen Blick in den Park fand sich noch ein Zweiertisch. Ursula zündete zwei Kerzen an. Rieder war das ein bisschen viel Romantik. Die Wirtin reichte ihnen die Speisekarten. Die Preise waren für ein Polizistengehalt üppig. Rieder überlegte, ob er Nelly Blohm einladen müsse. Das zu entscheiden, hatte allerdings noch drei Gänge Zeit.

Nelly hatte nicht zuviel versprochen. Die einzelnen Speisen waren exzellent.

Über den Fall redeten sie kaum. Nur Ursula hatte sich flüsternd bei Nelly erkundigt, ob sie an der Geschichte mit dem Überfall auf die Frau in Seedorf dran sei. Die Polizistin blockte aber ab. Sie dürfe nicht über laufende Ermittlungen reden. Als Nelly dann zur Toilette ging, steckten die beiden Frauen nochmal die Köpfe zusammen. Dabei warf Ursula immer mal einen Blick auf Rieder. Während Nelly weg war, orderte er die Rechnung bei der Kellnerin und bezahlte. Für beide.

Nelly Blohm bestand zwar darauf, ihren Anteil zu übernehmen, aber Rieder lehnte ab. Sie saßen eine Weile schweigend da und schauten aus dem Fenster. Die Bäume waren im Dunkeln nur noch riesige Schatten.

„Wollen wir uns nicht duzen?", fragte Nelly Blohm plötzlich. „Okay. Das gehört sich nicht. Sie sind der Chef."

„Von mir aus. Gern", antwortete Rieder. „Stefan."

„Nelly."

Sie prosteten sich mit Mineralwasser zu, denn sowohl Nelly als auch Rieder hatten auf Alkohol verzichtet. Dann beugte sie sich über den Tisch und forderte den traditionellen Kuss ein, um die Verbrüderung zu besiegeln. Rieder war es etwas peinlich, aber er spielte mit.

Draußen bat er Nelly, ihn im Polizeirevier vorbeizufahren. Unterwegs telefonierte er noch einmal mit dem Observationsteam vor Nemzovs Haus. Dort war alles ruhig. Jana Büchel hatte das Haus noch nicht wieder verlassen. Er versuchte auch noch einmal, Damp zu erreichen. Aber wieder erreichte er nur die Mailbox. Rieder hatte nicht auf den Weg geachtet und wunderte sich nun, dass Nelly nicht vor dem Polizeirevier hielt, sondern vor einem Neubaublock aus DDR-Zeiten.

„Du willst doch nicht wirklich auf der Pritsche im Revier schlafen?", fragte sie Rieder, der sie etwas verwundert ansah.

„Ich habe ein bequemes Sofa."

Etwas unschlüssig folgte Rieder Nelly Blohm in das Haus. Sie wohnte im vierten Stock. Leise öffnete sie die Wohnungstür. Sie deutete nach rechts: „Da ist das Bad, daneben die Küche, geradeaus das Wohnzimmer." Vom Flur ging noch ein weiteres Zimmer ab, dessen Tür verschlossen war.

Die Couch im Wohnzimmer konnte man ausziehen. Im Bettkasten fand sich ein fertig bezogenes, frisches Bett.

„Brauchst du noch was?"

Rieder verneinte.

Nelly Blohm deutete auf eine weitere Tür im Wohnzimmer. „Da schlaf' ich. Das hier ist leider ein Durchgangszimmer. Macht dir hoffentlich nichts aus." Rieder schüttelte den Kopf.

Als er im Bett lag, konnte er nicht sofort einschlafen. Charlotte hatte er noch eine SMS geschrieben, dass er in Bergen übernachte, aber nicht erwähnt, dass er bei einer Kollegin schlief. Er wollte nicht noch Öl ins Feuer gießen. Aber auch so blieb eine Antwort von Charlotte aus. Dann drehte sich in seinem Kopf alles um den Fall.

Nelly war in ihrem Zimmer verschwunden, und durch die Türritzen hatte Rieder gesehen, dass sie schon das Licht gelöscht hatte. Er rollte sich im Dunkeln von einer Seite auf die andere, konnte aber keinen Schlaf finden. Nellys Tür öffnete sich. Rieder klappte die Augen zu und stellte sich schlafend. Er spürte, dass sie neben seinem Bett stand. Er machte die Augen auf. Mit einem Ruck zog sie das Nachthemd über den Kopf, schüttelte ihre Haare. Er schaute auf ihren nackten Körper. Sie hob leicht die Bettdecke und schlüpfte darunter. Er spürte ihre nackte Haut. Ihr Mund suchte seine Lippen. Ihre Hand glitt unter sein T-Shirt. Er hob leicht den Kopf und sah Nelly an.

„Was ist? Möchtest du nicht mit mir schlafen?", fragte sie mit weicher, leiser Stimme.

„Ich glaube, das ist keine gute Idee", antwortete er unsicher.

Sie lächelte: „Ich glaube schon."

XLV

Malte hatte bisher Damp nicht verraten, wo er Durk entdeckt hatte. Er war vor zehn Minuten im Revier aufgetaucht und hatte den Polizisten aufgefordert, mitzukommen.

Damp ließ den Motor des Polizeiwagens an. „Und wo lang?“, fragte er genervt.

„Nach links. Nach Kloster.“

Damp lenkte das Auto auf die Straße und rollte langsam in Richtung der nördlichen Inselgemeinde. Die Straße war menschenleer. Trotzdem klappte Malte die Sonnenblende nach unten. Er wollte nicht mit Damp gesehen werden. Auf den Wiesen zwischen Ostsee und Boddendeich hatten Tausende von Wildgänsen auch heute wieder ihr Nachtquartier aufgeschlagen. Das Geschnatter der Vögel war bis ins Auto zu hören. Am Nationalparkhaus duckte sich plötzlich Malte.

Nationalparkchef Thomas Förster kam ihnen auf seinem Fahrrad entgegen. Er winkte Damp. Der Polizist bremste.

„Halt auf keinen Fall an!“, kam es aus den Tiefen des Beifahrersitzes.

Damp lächelte gezwungen nach draußen und erwiderte den Gruß, stoppte aber nicht. Förster sah ihm verwundert hinterher.

Malte tauchte wieder auf, setzte sich wieder auf den Beifahrersitz. Kurz vor Kloster wies er an: „Fahr unten rum, nicht durch den Ort und dann Richtung Leuchtturm über den Plattenweg.“

Damp bog in den Weißen Weg ein.

„Nicht so schnell. Es muss so aussehen, als wärst du auf Patrouille.“

„Kannst du mir nicht endlich sagen, wo Durk steckt?"
„Könnte ich. Will ich aber nicht."

Damp war auf den Plattenweg zum Leuchtturm Dornbusch eingebogen. Längst lagen die alten Betonschwellen nicht mehr in Reih und Glied, wie sie einst die Nationale Volksarmee vor Jahrzehnten verlegt hatte. Die Stoßdämpfer mussten Schwerstarbeit leisten. Die Scheinwerfer zielten in eine tiefschwarze Nacht. Rechts und links des Weges standen Ginsterbüsche und bildeten eine natürliche Leitplanke. Damp bremste scharf. Ein Fuchs stand mitten auf dem Weg. Seine Augen leuchteten. Dann trabte er seines Weges.

„Also, mit dir zu fahren ist echt kein Vergnügen", klagte Fittkau. „Vorn an der Kreuzung musst du nach links."

Da ging es zum Ausflugsrestaurant „Klausner". Damp sah Fittkau verwundert an: „Durk hat sich im ‚Klausner' versteckt?"

„Wart's ab", meinte Malte nur. „Fahr einfach nach links."

Langsam rollte der Wagen den Waldweg entlang. Damp schaute angestrengt durch die Windschutzscheibe. Außer Bäumen konnte er im Scheinwerferlicht nichts entdecken. Dann kam links ein Zaun. Hier gab es noch ein Grundstück, erinnerte sich Damp. Am Zaun hing ein großes Plakat des Imkerverbandes Mecklenburg-Vorpommern. Auf dem Gelände standen zwei große alte Wagen mit Bienenstöcken und eine alte Hütte.

„Halt an!", befahl Malte. „Wir sind da."

Sie stiegen aus. „Durks Vater war ein begeisterter Imker. Er hat das Grundstück hier damals gepachtet", erzählte Malte Fittkau. „Ich kann mich noch an seine Auftritte im Heimatkundeunterricht und in Biologie erinnern. Dann machten wir Wandertag hierher, zu den Bienenstöcken. Micha war mal nicht der Außenseiter, der Zugereiste. Einmal gehörte er dazu. Wenn er freihatte und wir mal wieder nicht mit ihm spielen wollten, hockte er hier oben bei seinem Alten. Das ist auch das Einzige, was er von seinem Vater behalten hat – die beiden Bienenwagen und die alte Hütte."

Malte und Damp waren an einem Gartentor angekommen. In Damps Brusttasche brummte sein Handy. Er zog es heraus. Irgendwie musste es sich bei der Rauferei mit Durk und Krenz auf Vibrationsalarm geschaltet haben. Die Batterie war auch schon schwach. Es war die Mailbox. „Da muss ich mal rangehen", erklärte er Malte, der die Augen verdrehte. Damp hörte den eingegangenen Anruf ab. „ Es war Rieder", berichtete er. „Ich soll Durk und von Krenz nach dem Telefon der Knoop fragen. Es ist ihr wohl geklaut worden, und die beiden waren Zeugen."

„Hoffentlich kannste Durk noch fragen", entgegnete Malte sarkastisch. „Der Durk ist fertig mit der Welt."

Damp riss die Augen auf: „Mach keinen Quatsch."

„Dann komm jetzt!"

Malte schob das Tor auf. Damp folgte ihm. In der Hütte brannte Licht. Als Malte die Tür öffnete, schlug ihnen der süße Geruch von Honig entgegen. Auf dem Tisch brannten mehrere Bienenwachskerzen. Ihre Stümpfe waren schon recht klein. Daneben standen zwei leere Flaschen „Küstennebel" und einige Bierflaschen. Auf einer Holzbank lag Durk und schnarchte. Damp fiel ein Stein vom Herzen.

Das Gewehr lehnte an der Wand. Damp stürzte sich drauf und knickte den Doppellauf ab. Es waren keine Patronen drin. Also blinder Alarm!

Malte rüttelte Durk. Das Schnarchen stockte. Der Mann hob langsam die Lider.

„Was issen los?", lallte er. Zuerst sah er Malte. „Ach, du bist es schon wieder. Mensch, Malte, du bist der einzige wirkliche Freund."

Dann entdeckte er Damp. „Was machst du hier, Damp?" Durk richtete sich mit Mühe auf. „Ich bin mit Licht hier hochgefahren. Kannst gucken draußen. Der Dynamo klemmt noch am Rad. Da kannste deinen Block steckenlassen, Inselbulle! Gibt's noch was zu trinken?"

Malte hielt eine der leeren Schnapsflaschen hoch und schüttelte den Kopf: „Alles alle. Wir wollten dich auch abholen und nach Hause bringen."

„Nach Hause?", fragte Durk. Ihm stieß so heftig auf, dass er beinah wieder umkippte. Doch er fing sich wieder.

„Nach Hause?", fragte er noch einmal. „Wo issen das?"

„Unten in der Dünenheide. Dein Haus am Strand", redete Malte auf ihn ein.

„Hier ist mein Zuhause. Diese alte Bude." Durk versuchte seinen Arm auszustrecken, konnte aber wieder nur knapp das Gleichgewicht halten. „Das Haus da unten gehört der Bank. Der Bank! Habt ihr mich verstanden?"

Durk lehnte sich zurück. Ihm fielen wieder die Augen zu. Damp wollte ihn wachhalten. Er stellte die Frage, die ihn seit seinem Gespräch mit Lotti Stoll vom Nachmittag bewegte. „Herr Durk, wo waren Sie am Montagabend?"

„Montagabend?"

„Was haben Sie gemacht, nachdem Sie sich mit Stein am Telefon über das Grundstück am Zeltkino gestritten haben?"

„Grundstück am Zeltkino?", fragte Durk mit unsicherer Stimme. Dann schien er sich zu erinnern. „Der Stein hat es mir geschenkt, das Grundstück vom alten Godglück. Geschenkt!", rief er aus. „Jedenfalls wollte er das", setzte der ehemalige Bürgermeister noch flüsternd dazu. „Aber dann … dann … dann hat er es sich anders überlegt. Hat alles abgesagt. Den Bau dieser Scheißtherme. Des neuen Kinos. Einfach alles. Und auch das Grundstück wollte er behalten." Durk stand auf und torkelte auf Malte zu, stützte sich mit beiden Armen auf dessen Schultern. „So geht es doch nicht! Nicht wahr, Malte? Versprochen ist versprochen!"

Malte nickte: „Klar, Micha."

„Das hat doch keinen Zweck", wandte er sich dann an Damp. „Lass ihn uns runter in seine Bude bringen."

Damp wollte aber die Situation nutzen. Durk stützte sich mit Schwung bei Malte Fittkau ab und taumelte drei, vier Schritte zurück, ruderte dabei mit den Armen, bis er wieder einigermaßen festen Stand hatte.

„Versprochen ist versprochen, und der Stein hat es gebrochen. Versprochen, gebrochen. So heißt's doch. Nicht wahr, Inselbulle?"

Damp nickte etwas verunsichert.

„Der Stein", brabbelte Durk weiter. „Durch den Stein bin ich voll am Arsch. Kredite aufgenommen, Verträge abgeschlossen, und dann kommt der und sagt: ‚April, April'. Was hättest du da gemacht, Damp?"

„Mit ihm geredet."

„Geredet? Hab' ich", erzählte Durk mit schwerer Zunge weiter. „Aber der hat gelacht. Immer nur gelacht. ‚Mensch, Durk', hat er gesagt, ‚nur was du schwarz auf weiß besitzt, kannste nach Hause tragen. Haste was schwarz auf weiß, dass dir das Grundstück am Zeltkino gehört? Haste nicht.' Dann hat er gelacht ..." Durk machte eine Pause und ließ sich wieder auf seine Bank fallen. „Alles nur wegen der Tusse! Und ihrem Scheißnaturschutz! Früher haben Stein weder Bäume, Enten noch sonst was interessiert. Und dann kommt diese Tusse", er spuckte das Wort richtig aus, „und bekehrt ihn zum Grünen." Durk machte eine Pause in seinem Monolog. „Aber die haben bekommen, was sie verdienen. Alle beide. Und auch der blöde Krenz. Aber da musstest du ja aufkreuzen, Inselbulle. Ich hätte den Fatzke zu Brei geschlagen."

Damp wurde hellhörig. Auch Malte schaute erschrocken auf. Was sollte das heißen? Hatte Durk also doch mit dem Mord an Peter Stein und dem Überfall auf Karin Knoop zu tun?

Nach seinen letzten Worten war Durk wieder auf die Seite gekippt und drohte einzuschlafen. Schon waren die ersten Schnarchgeräusche zu hören.

„Ich muss sofort Rieder anrufen", erklärte Damp.

„Und was soll der tun?", entgegnete Malte.

„Herkommen." Damp holte sein Handy aus der Brusttasche der Uniformjacke, aber es war aus, weil mittlerweile die Batterie leer war.

Malte trat unterdessen ans Fenster. Draußen war es dunkle Nacht. Kein Mond, kein Stern. Nicht mal die Bäume waren zu sehen. Alles finster. „Heute kommt der eh nicht mehr. Wenn ich mich nicht täusche, zieht jetzt auch noch Nebel auf."

„Aber du hast doch gehört, was er gesagt hat", beharrte Damp.

„Ja. Habe ich. Trotzdem, lass uns Durk nach unten in sein Haus bringen und ihn seinen Rausch ausschlafen. Von da kannste auch Stefan anrufen. Außerdem musste ihn doch auch noch nach diesem Telefon von Karin fragen."

Das hatte Damp schon beinahe wieder vergessen. „Ich kann ihn doch jetzt nicht allein in sein Haus gehen lassen. Da besteht doch Fluchtgefahr." Damp überlegte kurz: „Er könnte doch bei dir bleiben."

Malte lachte auf: „Ich bin doch nicht euer Ersatzknast oder das Asylantenheim. Jan Stein hockt schon bei mir. Jetzt auch noch Durk?" Er tippte sich mit dem Finger an die Stirn. „Vergiss es! Nimm ihn doch mit zu dir."

Das war nun wieder Damp peinlich, als er an seine schäbige Bude dachte.

„So blau wie der ist, pennt der bestimmt bis in die Puppen morgen. Da kannst du ihn früh in seiner Buchte einsammeln."

„Na gut", gab sich Damp geschlagen.

Sie setzten Durk wieder aufrecht, griffen ihm unter die Arme und schleppten ihn zum Polizeiauto. Damp öffnete die hintere Tür auf der Beifahrerseite. Malte schob Durk auf die Sitzbank.

Dann fuhren sie in Richtung Kloster. Vom Rücksitz hinten war inbrünstiges Schnarchen zu hören. Als sie den Aussichtspunkt „Inselblick" passierten, sahen sie, wie sich Nebelwolken von der Ostsee langsam über die Insel schoben und im Tal alles hinter einem weißen Schleier verschwand.

XLVI

Zwei blaue Kinderaugen sahen Rieder an, als er aufwachte. Woher kam das Kind? Ein blonder, ungefähr dreijähriger Junge starrte ihn an. In der Hand hatte er einen Traktor.

„Wer bist du?“, fragte der kleine Junge.

Rieder rieb sich die Augen.

„Ich bin Stefan. Und wer bist du?“

„Lukas.“

Dann steckte ihm das Kind den Traktor entgegen. „Spielst du mit mir?“

„Lukas, komm in die Küche. Lass Stefan in Ruhe!“, rief Nelly aus der Küche. Rieder hörte das Hantieren mit Tassen, Tellern und Besteck. Es roch nach frischem Toast.

Lukas zog enttäuscht, aber ohne Widerspruch ab. In der Küche hörte ihn Rieder den Traktormotor imitieren.

Rieder zog sich seine Jeans an. Er warf einen kurzen Blick auf sein Handy. Eine SMS von Damp. Er wollte dringend einen Rückruf wegen Durk. Das Observationsteam hatte drei Uhr in der Nacht vermeldet, dass Jana Büchel das Haus von Juri Nemzov verlassen hatte. Keine Nachricht dagegen von Charlotte, nicht mal eine Antwort auf seine SMS von gestern Abend. Auch keine Nachricht von ihr auf seiner Mailbox. Sie war offensichtlich immer noch sauer auf ihn. Da wurde ihm bewusst, was er letzte Nacht getan hatte. Mit Nelly. Sein Herz begann zu rasen. Er bekam kaum Luft.

Rieder versuchte trotzdem, Charlotte zu erreichen, landete aber wieder nur auf ihrer Mailbox. So freundlich wie möglich wünschte er ihr einen „Guten Morgen“, sprach davon, wie sehr er sie vermisse. Das stimmte und war zugleich eine Lüge für die Zeit, in der er mit Nelly geschlafen hatte.

Als er in die Küche kam, lächelte ihn Nelly an. Lukas rutschte über die Fliesen mit seinem Traktor. „Ihr beide habt euch ja schon bekanntgemacht."

Der Junge schaute nach oben. „Kannst du nicht vielleicht doch etwas mit mir spielen? Mit meinen Autos und meinem Bauernhof?"

Rieder war verwirrt über die Situation. Er wusste nicht, wie er sich verhalten sollte. „Äh, du ... ich muss mal schauen, was ich arbeiten muss ... Ich habe viel zu tun..."

„Wie Mutti", erwiderte Lukas traurig. „Sie hat auch immer viel zu tun." Er schlich aus der Küche.

„Tut mir leid", entschuldigte sich Rieder.

„Du konntest nicht wissen, dass ich einen Sohn habe."

Nelly und Rieder schauten sich an, wussten aber offenbar beide nicht, was sie sagen sollten.

„Kann ich duschen?" Mehr fiel Rieder nicht ein.

Nelly nickte. „Ich habe dir ein Handtuch hingelegt."

Dann wandte sie sich wieder ihrer Küchenarbeit zu. Sie bestrich Weißbrotscheiben mit Butter und Leberwurst. Daneben stand eine Plastikbüchse. Wahrscheinlich war es das Frühstück für ihren Sohn.

Rieder machte sich auf den Weg ins Bad, da klingelte sein Handy. Es war einer der Beamten des Observationsteams vor Nemzovs Haus. Er war völlig außer Atem. „Nemzov ist wahrscheinlich weg!"

„Was?", rief Rieder in das Telefon.

„Gerade war ein Kurier oder Bote an seiner Tür und hat geklingelt. Aber niemand hat aufgemacht. Daraufhin haben wir die Müllabfuhr gebeten, die gerade die Tonnen entleert, bei ihm zu klingeln. Auch da keine Reaktion."

„Sein Auto?"

„Steht wie gestern Abend vor der Tür."

Rieder schaute auf die Uhr. Es war erst sieben Uhr dreißig. Nelly hatte aufgehört, Brote zu schmieren. Sie hatte mitbekommen, dass etwas passiert sein musste.

„Ich komme“, erklärte Rieder und legte auf. Er stürmte zurück ins Wohnzimmer und zog sich seine restlichen Sachen an.

„Wie wäre es mit: ‚Wir kommen‘?“, entrüstete sich Nelly, die ihm gefolgt war. Hinter ihrem Rücken erschien Lukas. Er hielt sich mit einer Hand an der Schürze seiner Mutter fest.

Rieder wies mit einem Seitenblick auf den Jungen. „Du musst doch Lukas sicher erst in den Kindergarten bringen.“

Sie schaute kurz runter zu ihrem Sohn. „Ich könnte schnell meine Mutter bitten, dass sie ihn abholt.“

Rieder sah, wie sich die Miene des Jungen verfinsterte. Wahrscheinlich war er glücklich über jeden Moment mit seiner Mutter. Jetzt verstand Rieder auch die heimlichen Telefonate. Sie musste nebenher die Betreuung organisieren, wenn die Einsätze länger dauerten als erwartet. So ehrgeizig, wie er Nelly kennengelernt hatte, war es für sie ein großer Spagat zwischen Beruf und Mutterpflichten. Rieder überlegte.

„Wie wäre es, wenn ich schnell mit deinem Auto die Lage in Binz peile, du inzwischen mit Lukas in Ruhe frühstückst, ihn in den Kindergarten bringst und ich dich dann abhole.“

Lukas’ Gesicht hellte sich auf. Wahrscheinlich war das Frühstück oft die einzige Zeit, die er mit seiner Mutter am Tag verbringen konnte. Er schaute erwartungsvoll zu Nelly hoch, sie frustriert zu ihm nach unten.

„Okay“, seufzte sie, „dann machen wir es so.“

Rieder fuhr zügig, aber ohne Blaulicht nach Binz. Auch über Rügen hatte sich in der Nacht der Nebel gelegt. Allerdings ging es noch mit der Sichtweite auf den Straßen. Die weißen Schwaden lagen mehr auf den Feldern und zwischen den Bäumen. Er hatte das Fernster leicht geöffnet und genoss die frische Herbstluft.

In Binz parkte Rieder das Auto direkt vor dem Haus von Nemzov. Dann ging er zu den Beamten, die in ihrem Zivilfahrzeug saßen. Er klopfte kurz an die Scheibe und setzte sich dann auf die Rückbank.

Es hatte sich nichts weiter getan. War Nemzov noch in seinem

Haus? Konnte oder wollte er nicht öffnen? Hatte er das Haus verlassen, ohne dass es die beiden Polizisten bemerkt hatten? Mit diesen Fragen bestürmte er die beiden Beamten. Sie schworen Stein und Bein, keine Minute das Haus aus den Augen gelassen zu haben. Auch als sie sich kurz vor Mitternacht noch etwas zu essen und frischen Kaffee besorgt hatten, war einer im Auto geblieben. Schon auf der Fahrt nach Binz hatte Rieder Behm angerufen und ihn gebeten, Nemzovs Handy zu orten. Der Spurensicherer meldete sich jetzt. Das Handy des Bauunternehmers sei abgeschaltet. Das letzte Signal war von der Funkzelle des Providers in Binz registriert worden. Rieder beschloss, sich das Haus mal näher anzusehen. Er betrat das Grundstück. Aber nichts regte sich. Kein Vorhang wurde bewegt. Er schaute durch die Fenster ins Innere, konnte aber auch nicht viel erkennen. Hinter dem Haus gab es eine Terrasse, die man vom Haus aus über eine breite Glasschiebetür betreten konnte. Rieder rüttelte daran. Sie war verschlossen. Einen Kellereingang gab es nicht. Allerdings begann hinter dem Grundstück sofort der Wald der Granitz. Sollte Nemzov auf diesem Weg das Haus verlassen haben, dann hätten es die beiden Beamten nicht sehen können.

Rieder ging zurück zu seinen Kollegen und stieg wieder ein. „Wann hat Jana Büchel das Haus verlassen?“

„So gegen fünf“, antwortete einer der Beamten. Zum Beweis holte er sein Smartphone heraus und zeigte Rieder die Aufnahme. „Sie ist den Klünderberg hochgegangen. Wenig später fuhr auch ein Auto davon.“

„Zum Klünderberg?“ Aber Jana Büchel wohnte doch in der entgegengesetzten Richtung, in den Neubauten am Ortausgang in Richtung Prora. Rieder wurde klar, wie es gelaufen war. Jana Büchel hatte Nemzov nach hinten aus dem Haus gelassen und war dann selbst vorn herausgegangen. Wahrscheinlich hatten sich dann beide auf dem Parkplatz im Wald, oberhalb der Tennisplätze, getroffen und waren mit dem Auto von Jana Büchel weggefahren. Rieder ahnte, was Nemzovs Plan war. Er wollte nach Hiddensee, um sich Steins angebliche Millionen zu holen, entweder um seine

Schulden zu zahlen oder für einen Neustart im Leben. Mit oder ohne Jana Büchel.

Rieder schaute auf das Display im Armaturenbrett des Autos. Kurz nach acht Uhr. Nemzov hatte drei Stunden Vorsprung. Genug Zeit, um von hier, auf welchem Weg auch immer, nach Hiddensee zu kommen und zurück. Aber ohne den Code konnte er den Tresor nicht knacken. Wenn er keinen wissenden Helfer auf der Insel hatte, dann brauchte er richtiges Werkzeug, um den Safe zu öffnen. Ein Schweißgerät.

Rieder wählte die Nummer von Damp.

Müde meldete sich der Inselpolizist. Er hatte die Nacht in seinem Polizeiwagen vor dem Haus von Durk verbracht.

„Mensch, Rieder, warum melden Sie sich denn nicht zurück?", fragte er missmutig.

„Das könnte ich Sie auch fragen!", blaffte Rieder zurück.

Damp ging darauf nicht ein. Er berichtete, was gestern alles auf Hiddensee passiert war. Durks Absetzung, die Suche nach ihm.

„Damit hat Durk so gut wie ein Geständnis abgelegt, Peter Stein umgebracht zu haben. Wahrscheinlich hat er auch den Überfall auf Karin Knoop verübt."

„Durk soll das alles gemacht haben?", fragte Rieder. „Aber warum hat er dann die ganze Geschichte mit diesem Aufruf inszeniert?", entgegnete er Damp.

„Ein Ablenkungsmanöver."

„Hm", antwortete Rieder. Er konnte nicht abstreiten, dass Damps Verdacht gegen Durk von den vorliegenden Fakten her durchaus einleuchtend war. Aber jetzt ging es darum, Nemzov zu stoppen.

„Das klingt sehr überzeugend", meinte Rieder. Eigentlich hatte er nur sagen wollen: „Das klingt sehr interessant." Aber er musste seinen Kollegen bei Laune halten. „Ich versuche, so schnell wie möglich nach Hiddensee zu kommen, damit wir dem Verdacht gegen Durk nachgehen und ihn vernehmen. Aber jetzt haben wir noch ein anderes Problem."

Er erzählte Damp von dem Bargeld in Steins Tresor und von

seiner Vermutung, dass sich Nemzov auf dem Weg nach Hiddensee, wenn nicht schon auf der Insel, befände, um an das Geld heranzukommen.

„Wie soll ich ihn stoppen? Allein?“, fragte Damp.

„Ich könnte bei Bökemüller Gebauer mit seinen Leuten als Verstärkung anfordern.“

„Ich glaube kaum, dass das klappt“, erwiderte Damp.

„Bökemüller hat mir seine volle Unterstützung …“

„Das kann er durchaus getan haben, aber hier ist dicker Nebel“, fiel ihm Damp ins Wort. „Ich schätze, dass bei dieser Suppe Gebauer in Stralsund nicht auslaufen wird. Der Fährverkehr ist sicher auch eingestellt bei dem Wetter. Wie sollte also dieser Nemzov auf die Insel kommen?“

Auf Rügen war der Nebel nicht ganz so dicht. Aber das musste nichts heißen. Oft unterschied sich die Wetterlage auf Hiddensee von der auf der großen Nachbarinsel erheblich.

„Gehen wirklich keine Fähren?“, fragte Rieder noch einmal nach.

„Ich erkundige mich.“

„Fahren Sie doch mal an Steins Haus vorbei und schauen, ob die Siegel gebrochen sind oder sonst irgendetwas nicht stimmt. Aber versuchen Sie keine Alleingänge. Nemzov ist sicher bewaffnet.“

Damp wunderte sich über die neue Fürsorglichkeit seines Kollegen. Er hatte aber auch so keine Lust, den Helden zu spielen. „Ich warte lieber, bis Sie hier sind.“

„Und was machen wir mit Durk?“

„Hat er ein Boot?“

„Soweit ich weiß, nicht.“

„Dann kann er eigentlich auch nicht von der Insel, wenn keine Fähre geht.“

„Stimmt.“

Nachdem er aufgelegt hatte, bat er die beiden Bergener Beamten, weiter vor Nemzovs Haus die Stellung zu halten. Bis auf Widerruf. Sie sollten ihm auch jede Veränderung sofort melden.

Er ging zurück zu Nelly Blohms Auto. Eigentlich wollte er sein Versprechen einhalten und seine Kollegin in Bergen abholen, aber vorher hatte er noch etwas anderes vor. Er rief Nelly an, unterrichtete sie kurz über den Stand der Dinge. Rieder spürte, dass Nelly es nicht abwarten konnte, endlich wieder an den Ermittlungen teilzunehmen. Im Hintergrund hörte Rieder Lukas toben. Der Junge genoss offenbar, dass er einmal seine Mutter an einem Morgen länger als üblich mit Beschlag belegen konnte.

„Ich hol' Dich so schnell wie möglich ab", versprach er, verschwieg allerdings, dass er auf dem Weg nach Bergen noch einen Zwischenstopp bei Jana Büchel einlegen würde. Während er den Wagen durch Binz lenkte, informierte er Bökemüller über das Verschwinden von Nemzov und auch über Damps Verdacht gegen Durk. Bökemüller bestätigte Rieder, dass es mit Verstärkung für Damp auf Hiddensee schlecht aussehe. Der Nebel sei so dicht, dass momentan kein Boot auslaufen könne. Laut der Prognosen des Wetterdienstes im Radio würde diese Wetterlage auch den Tag über anhalten, sich vielleicht sogar noch verschlechtern. Bökemüller garantierte ihm nur, Nelly Blohm weiter für die Ermittlungen abzustellen. Behm stände ihm in der Direktion für Recherchen vom Schreibtisch zur Verfügung.

Rieder war mittlerweile vor dem Haus in Binz angekommen, in dem Jana Büchel wohnte. Er beendete das Gespräch mit seinem Chef und stieg aus. Als er vor der Haustür stand, verließ gerade eine Frau das Haus. Rieder fing die Tür auf und ging hinein. Eine Hürde hatte er schon genommen. Sollte Jana Büchel da sein, konnte sie ihm wenigstens nicht auf dem Weg zwischen Haus- und Wohnungstür entwischen. Er klingelte an ihrer Wohnung, drückte sich aber so an die Wand des Treppenaufgangs, dass sie ihn durch den Spion nicht sehen konnte. Er hörte Schritte in der Wohnung, dann die Nachfrage von Jana Büchel über die Gegensprechanlage. Als sie keine Antwort bekam, hörte er Geräusche an der Wohnungstür. Wahrscheinlich schaute sie jetzt durch den Spion. Einen Augenblick später öffnete sich die Tür. Er sah den Kopf von Jana Büchel auftauchen. Rieder sprang die beiden Stufen herab. Er nutzte die Schrecksekunde. Bevor Jana Büchel die Tür wieder zuwerfen konnte, hatte er einen Fuß zwischen Tür und Rahmen geschoben. Er drückte die Tür auf.

„Was soll das?“, fauchte sie.

„Guten Morgen! Ich hätte nur eine Frage an Sie: Wo ist Juri Nemzov?“

XLVII

Der Nebel lag wie eine Glocke über Hiddensee. Damp saß in seinem Polizeiauto immer noch vor dem Haus von Bürgermeister Durk. Sehen konnte er eigentlich nichts. Die Haustür war keine zwanzig Meter entfernt, aber kaum noch zu erkennen.

Er hatte bei der Hiddensee-Reederei angerufen. Der Fährverkehr war bis auf weiteres eingestellt. So nebenher erfuhr er, dass auch der Inselbus nicht mehr fuhr und es deshalb an der Inselschule in Vitte heute keinen Unterricht geben würde. „Wussten Sie das nicht?", fragte ihn die Servicekraft der Reederei am Telefon. Damp fiel nichts weiter ein als einfach aufzulegen. Aber in ihm kochte es, weil es offenbar niemand auf der Insel für nötig befand, den zuständigen Leiter des Inselreviers auf dem Laufenden zu halten. Seinen Frust goss er über dem Meteorologen vom Dienst in der Wetterwarte im Hafen von Kloster aus. „Warum werde ich nicht informiert?!", brüllte er durchs Telefon. „Ich bin der Revierleiter. Über Unwetterwarnungen bin ich unverzüglich ins Bild zu setzen. Haben Sie mich verstanden?"

Völlig verstört versuchte sich der Mann aus der Affäre zu ziehen. „Ich habe es schlicht vergessen. Ich musste heute Morgen so viele Interviews für verschiedene Hörfunksender geben. Außerdem muss ich ja auch die Wetterlage beobachten und die Daten auswerten. Ich weiß nicht, wo mir der Kopf steht."

Der Meteorologe legte einfach auf. Damp konnte es nicht fassen. Offenbar nahm ihn niemand ernst auf der Insel. Als er wieder durch die Windschutzscheibe blickte, sah er, dass in Durks Haus das Licht angegangen war. Offenbar war der Bürgermeister jetzt wach. Damp überlegte, wie er jetzt vorgehen sollte. Da öffnete sich die Haustür, und Durk kam heraus. Die Aktentasche in der Hand, ging er in den Schuppen, wo er wahrscheinlich sonst sein Rad abstellte. Verwundert kam er wieder heraus, sah sich um und verschwand wieder.

Damp stieg aus dem Polizeiwagen. Als Durk wieder erschien, war er völlig erstaunt, den Polizisten vor sich zu haben.

„Tach, Damp. Was machen Sie denn hier? Gehört das jetzt zum Service, mich zum Dienst abzuholen? Oder ist irgendetwas passiert?"

Damp tippte nur kurz mit zwei Fingern an den Schirm seiner Mütze.

„Suchen Sie was Bestimmtes?", fragte er und wies in Richtung Schuppen.

Durk sah ihn an. „Mein Rad. Da können Sie gleich mal eine Anzeige aufnehmen. Jemand hat mein Rad geklaut."

„Ihr Rad ist nicht geklaut."

„Nicht geklaut?"

„Es steht noch oben am Dornbusch. Bei Ihren Bienenstöcken."

Durk griff sich an die Stirn und massierte sie intensiv. „Aber warum bin ich dann hier und das Fahrrad da oben?"

„Weil wir Sie, besoffen wie Sie waren, dort oben eingesackt und dann hierher runtergefahren haben."

„Besoffen? Und wer ist wir?"

„Malte Fittkau und ich." Damp fragte sich, ob der Bürgermeister ihm nur etwas vorspiele oder wirklich den totalen Filmriss hatte. „Wo wollen Sie eigentlich hin?"

„Wohin wohl? Ins Rathaus!"

„Und was wollen Sie da?"

„Was will ich da?", fragte Durk ärgerlich. „Damp, was soll das? Ist das hier die ‚Sendung mit der Maus'? Was macht ein Bürgermeister im Rathaus?"

Damp schüttelte ungläubig den Kopf. „Herr Durk, Sie sind nicht mehr Bürgermeister. Sie wurden gestern abgesetzt. Haben Sie das vergessen?"

Durk stutzte bei den Worten von Damp. Dann wurden seine

Augen immer größer. Seine Aktentasche rutschte ihm aus der Hand. Damp konnte den Mann gerade noch auffangen.

„Ach ja", stammelte Durk. „Ich erinnere mich."

Damp brachte den völlig verstörten Durk zurück in sein Haus und bettete ihn in seinem Wohnzimmer auf das Sofa. Er überlegte, was er tun sollte. Inselarzt Möselbeck anrufen? Er verwarf den Gedanken wieder. Möselbeck war gestern bei der Absetzung dabeigewesen. Dann kam ihm die rettende Idee. Er schlich nach draußen und wählte die Nummer des Büros des Bürgermeisters. Lottti Stein meldete sich. „Haben Sie ihn gefunden?", fragte sie ängstlich.

Damp berichtete ihr über den Zustand ihres ehemaligen Chefs und bat sie vorbeizukommen, damit sie sich um ihn zu kümmere. Sie sagte ohne Zögern zu. „Übrigens, Möselbeck ist jetzt kommissarischer Bürgermeister", fügte sie noch hinzu. Damp wusste nicht, ob er sich darüber freuen sollte.

XLVIII

Rieder musste so schnell wie möglich zurück, um Nemzov zu stoppen. Dafür brauchte er aber ein Boot. Damp hatte ihm mittlerweile eine SMS geschickt, dass der Fährbetrieb bis auf weiteres eingestellt sei.

Jana Büchel hatte zugegeben, Nemzov geholfen zu haben, unbemerkt aus seinem Haus zu kommen. Der Bauunternehmer war auf die Zivilstreife aufmerksam geworden, weil sonst am Abend nur zwei Fahrzeuge auf dem Parkplatz der Rehaklinik standen. Wie Rieder vermutet hatte, war Nemzov hinter seinem Grundstück über den Zaun geklettert und hatte sich mit Jana Büchel auf dem nahen Waldparkplatz getroffen. Nachdem Nemzov die Frau an ihrer Wohnung in Binz abgesetzt hatte, war er mit ihrem Auto verschwunden. Er hatte ihr versprochen, sich so schnell wie möglich zu melden und den Wagen zurückzubringen. Er müsse noch etwas Dringendes erledigen, ohne dass die Polizei davon Wind bekommen dürfe. Dafür hatte sie von ihm tausend Euro in bar bekommen.

Rieder hatte sofort eine Fahndung nach dem roten VW Polo eingeleitet. Seine erste Hoffnung, den Wagen in Schaprode zu finden, hatte sich aber zerschlagen. Wahrscheinlich rechnete Nemzov damit, dass die Polizei den Fährhafen überwachen würde. Außerdem hatte sicher auch Nemzov mitbekommen, dass durch den Nebel der Fährverkehr nach Hiddensee eingestellt war. Auch in Wiek und Dranske, von wo man schnell mit einem Boot Hiddensee erreichen konnte, war das Auto nicht gefunden worden. Weitere Fahndungsmaßnahmen würden schwierig werden, denn die meisten Beamten waren damit beschäftigt, Unfälle aufzunehmen, die durch den Nebel auf der Insel passiert waren.

Trotzdem war sich Rieder sicher, dass der Bauunternehmer genügend Verbindungen hatte, um einen Helfer zu finden, der ihn über den Bodden nach Hiddensee brachte.

Rieder hatte das gleiche Problem wie Nemzov. Auch er musste irgendwie nach Hiddensee übersetzen. Da Gebauer ausfiel, die Fähren nicht gingen, blieb nur einer, der ihm helfen konnte.

Rieder hatte seine ganze Überredungskunst aufbringen müssen, bis Malte Fittkau bereit war, von Vitte zu kommen, um ihn abzuholen.

„Aber nicht von Schaprode", hatte er gebrummt. „Komm nach Seehof. Dort gibt's einen Campingplatz …"

„Kenn' ich."

„… am Wasser", vollendete Malte seinen Satz. „Da komm' ich hin. Ich muss nicht weiter fahren als nötig. Bei der Suppe."

Nun war Rieder mit Nelly Blohm auf dem Weg nach Seehof. Dort war der Abstand zwischen Rügen und Hiddensee am geringsten. Früher hatten von dort die Hiddenseer Fährleute die Gäste mit Ruderbooten übergesetzt. Allerdings waren sie nicht in Vitte, sondern auf der vorgelagerten Fährinsel angelandet. Von Vitte aus war es etwas weiter.

Nelly Blohm saß am Steuer und schwieg. Über die letzte Nacht hatten sie bisher kein Wort gesprochen. Rieder hatte abgelehnt, dass sie ihn nach Hiddensee begleite. Die Überfahrt bei dem dichten Nebel sei zu gefährlich. Sie sollte doch an ihren Sohn denken. Das hatte Nelly erst recht verärgert.

Rieders Telefon klingelte. Behm war dran.

„Rückmeldung aus Fuhlendorf. Unser Freund Nemzov hat am Montag die Meiningenbrücke zwischen Barth und Zingst nicht zur regulären Brückenzeit 20 Uhr 30 passiert, sondern erst 22 Uhr 30."

„Ach, sieh an", kommentierte Rieder die Nachricht.

„Der Brückenwart ist damit herausgerückt, als die Kollegen aus Barth ihm etwas Druck gemacht haben. Es ist da in der Ecke allgemein bekannt, dass er für ein kleines Trinkgeld die Brücke auch mal außer der Reihe öffnet. So war es auch am Montag."

„Nimmt man die Fahrzeit von Vitte bis zur Brücke, hätte Nemzov seinen Partner Stein töten können.“

„Genau. Und es gibt noch ein anderes Indiz. Nemzovs Yacht liegt normalerweise in Wiek auf Rügen. Der Funkmast in Dranske, der die SMS von Knoops Handy registriert hatte, deckt auch den Wieker Bodden und den Rassower Strom ab. Außerdem den nördlichen Teil von Hiddensee. Sein Signal überstreicht auf Hiddensee ein Gebiet mit der Landspitze Ziegelort als südliche und den Rabenberg unterhalb des Leuchtturms Dornbusch als westliche Grenze. Der Mast ist ziemlich nah an die Landzunge Bug gebaut worden, weil die das Ding nicht im Ort haben wollten.“

„Von der Zeit könnte es passen, dass er die SMS auf der Fahrt von Wiek nach Bergen zu Stein abgesetzt haben könnte. Aber wie soll Nemzov an das Handy gekommen sein?“, entgegnete Rieder.

Behm schwieg einen Moment. Dann meinte er: „Er hat doch diese beiden Bodyguards, hat mir Bökemüller erzählt. Vielleicht haben die das erledigt.“

Das könne natürlich sein, räumte Rieder ein.

„Wie kommst du denn jetzt bei dem Nebel rüber nach Hiddensee?“, erkundigte sich sein Stralsunder Kollege.

„Mit Malte.“

„Mit Malte? Mit seiner Nussschale? Bist du lebensmüde?“

„Ich habe keine Alternative. Ich kann Damp nicht weiter allein lassen. Sollte Nemzov auf die Insel kommen, könnte es für Damp nicht ungefährlich werden, wenn er ihm in die Quere käme.“

„Na, dann viel Glück. Aber erstmal eine Handbreit Wasser unterm Kiel bei deiner Tour mit Malte.“

Er informierte Nelly über Behms Erkenntnisse zu der SMS für Stein und dem geplatzten Alibi von Nemzov. Aber mehr als ein „Ach ja!“ war Nelly nicht zu entlocken. Der Nebel wurde immer dichter. Nelly konnte fast nur noch Schrittgeschwindigkeit fahren.

„Könntest du mir einen Gefallen tun, wenn du mich in Seehof abgesetzt hast?“

Nelly Blohm schaute kurz zu ihm herüber und zuckte mit den Schultern.

„Kannst du nochmal zu Karin Knoop fahren und sie fragen, wenn sie vernehmungsfähig ist, ob ein Russe bei ihr am Kiosk war, als ihr Telefon verschwinden ist?“

Stummes Nicken.

„Es ist doch nicht böse gemeint“, versuchte sich Rieder noch einmal zu rechtfertigen, „aber du hilfst mir auf Rügen mehr als auf Hiddensee.“

„Lass mich einfach in Ruhe!“

In Schaprode mussten sie abbiegen, um nach Seehof zu kommen. Rieder war vor wenigen Monaten, auf der Suche nach dem Mörder des Inselpfarrers, die Strecke mal mit dem Rad abgefahren. Rieder wurde es jetzt doch etwas mulmig beim Gedanken an die Überfahrt mit Maltes Boot. Hier auf der Straße hatte man bei diesem Wetter wenigstens immer festen Boden unter den Füßen. Aber auf dem Bodden?

Die Häuser des kleinen Weilers Poggendorf tauchten auf. Kein Mensch war auf der Straße zu sehen. Das war schon vorher in allen Dörfern so gewesen, durch die sie gekommen waren. Je näher sie dem Bodden kamen, desto mehr verdichtete sich der Nebel zu einer undurchsichtigen weißen Wand.

„Ich weiß überhaupt nicht mehr, wo ich bin“, klagte Nelly. Sie versuchte angestrengt durch die Windschutzscheibe die Straße zu erkennen. Dann waren plötzlich die Umrisse von Wohnwagen zu erkennen. Der Campingplatz am Seehof. Rieder sah den Mast des Seezeichens, das die Einfahrt in den Rassower Strom markierte. Es sendete sein rotes Blinksignal, aber durch den weißen Schleier war nur es nur als roter Farbklecks zu erkennen. Rieder zweifelte, ob Malte überhaupt hierherfinden würde. Doch da sah er ihn schon stehen. Er lehnte an einem roten VW Polo. Offenbar hatte auch Nemzov eine Fähre nach Hiddensee gefunden.

Rieder fasste auf die Motorhaube. Kalt. Nemzov musste also schon vor einiger Zeit hier angekommen und sicher auch übergesetzt sein. Er lief um das Auto und versuchte, durch die beschlagenen Fenster etwas zu erkennen. Aber er konnte nichts entdecken, was ihm weiter geholfen hätte. Er bat Nelly, in Bergen den Fund zu melden und Verstärkung anzufordern. Er wollte sicher gehen, dass sie Nemzov jeden Fluchtweg verbauten, falls er ihn auf Hiddensee mit Damp verfehlen und der Bauunternehmer nach Seehof zurückkehren würde zum Auto von Jana Büchel.

Dann rief er Damp an. Er sollte sich in Vitte am Hafen erkundigen, ob in den letzten Stunden jemand mit einem Boot eingelaufen sei. Damp versprach, sich darum zu kümmern. Er würde dann an Maltes Liegeplatz auf Rieder warten.

Gerade als er auflegen wollte, klopfte es in Rieders Telefon an. Eine Nummer aus Greifswald. Das konnte nur der Pathologe sein.

„Hier Krüger. Das mit den Lackspuren hat mir irgendwie keine Ruhe gelassen. Ich habe eine Probe davon unseren Chemie-Fritzen gegeben. Die haben sogar was gefunden." Pause. Dr. Krüger wollte es spannend machen. „Neugierig?"

Rieder verdrehte die Augen. „Ich bin gespannt wie ein Flitzebogen", antwortete er genervt. Er wollte endlich los nach Hiddensee. Jede Minute wurde Nemzovs Vorsprung größer.

„Ein bisschen mehr Respekt vor der Wissenschaft wäre schon angebracht", mokierte sich Krüger. „Also, der Lack ist ein DDR-Produkt. Hersteller war die Firma ‚VEB Lacufa', was für ‚Volkseigener Betrieb Lacke und Farben' stand. Die Fabrik stand in Leipzig. Die waren wohl auf Bootslacke spezialisiert. Nun die Überraschung Nummer eins. ‚Lacufa' gibt es noch. Die sitzen jetzt in Berlin. Da habe ich angerufen und die Nummer des ehemaligen Produktionsleiters aus Leipzig bekommen. Da folgt Überraschung Nummer zwei. Der Mann lebt noch, ist fit wie ein Turnschuh. Ich habe ihm die Zusammensetzung des Lackes mitgeteilt per Mail und bekam prompt Anwort. Es folgt Überraschung Nummer drei. Er wusste sofort, um welchen Lack es sich handelt."

Wieder Pause.

„Und?"

„Dieser Bootslack wurde nur an eine Firma geliefert. Einen Paddelbootbauer in der Nähe von Bitterfeld."

„Pouch?"

„Richtig!“, rief Krüger aus. „Unser Kandidat bekommt hundert Punkt und den Superbonus. Woher wussten Sie das?“

„Paddelboote aus Pouch. Meine Eltern hatten einen Zweier aus Pouch. Ich glaube sogar, die Firma gibt es ebenfalls noch“, meinte Rieder.

„Das stimmt, aber sie verwenden nicht mehr diesen Lack. War wohl nicht gerade eine Farbe, die auf Nachfrage Ihr Arzt oder Apotheker empfohlen hätte. Aber es war ein Speziallack. Er hatte eine besondere Zusammensetzung. Der Lack auf dem Gestänge für den Bootskörper durfte nicht mit der elastischen Bootshaut verkleben. Sie haben damit aber auch die Paddel behandelt. Bei der Mordwaffe muss sich also um ein Paddel aus DDR-Zeiten handeln und zwar ein original Poucher Paddel. Das Blatt ist sehr dünn, leicht gebogen und hat eine rote Kante. Ich habe dann nämlich noch einmal die Proben unter das Mikroskop gelegt und dabei rote Mikropartikel entdecken können.“

Rieder kramte in seinem Gehirn. Irgendwo auf der Insel hatte er so ein Paddelboot schon gesehen.

„Noch da?“

„Ja, danke für die Informationen!“

„Die Form des Abdrucks auf der Wunde von diesem Bauunternehmer stimmt mit ziemlicher Wahrscheinlichkeit mit der Krümmung eines Poucher Paddels überein. Jetzt müssen Sie es nur noch finden.“

Rieder wusste plötzlich, wo er es finden würde. Er schaute Malte Fittkau an.

Der Polizist verabschiedete sich von Krüger.

„Sag mal, Malte, hast du nicht so ein altes Paddelboot?“

„Ja, klar.“

„Und wo ist es?“

„Liegt hinterm Deich. Wieso fragst du?“

Plötzlich glaubte Rieder den Fährmann von Nemzov zu kennen. „Was macht denn Jan Stein?“

Malte sah Rieder verdutzt an. „Was willste denn schon wieder von dem?“

„Sag mir bitte, wo Jan Stein ist?“

Malte schnaubte durch die Nase. „Er ist heute Morgen ziemlich zeitig weg. Wollte sich wohl mit Claasen und Ulrike Stein treffen. Hat er jedenfalls gestern Abend gesagt. Wegen der Firma. Als ich von meinem Rundgang kam, war er schon nicht mehr da.“

„Bist du sicher, dass dein Paddelboot da noch liegt?“

„Was willst du eigentlich mit dem blöden Boot? Mit Jan? Red doch mal Klartext!“

„Ich weiß es noch nicht, aber Jan Stein könnte mit einem Geschäftspartner von seines Bruders Peter gemeinsame Sache machen oder gemacht haben, um an dessen Geld zu kommen.“

Malte schüttelte den Kopf. „Das glaube ich nicht“, erklärte er bestimmt. „So kann ich mich nicht täuschen.“

Rieder antwortete nicht. Er wollte Malte nicht die Hoffnung nehmen, war aber längst davon überzeugt, dass Jan Stein und Nemzov unter einer Decke steckten.

Nelly Blohm hatte das Gespräch zwischen den beiden Männern schweigend verfolgt. Doch nun sah sie ihre Chance.

„Die Streife aus Bergen ist gleich da. Wäre es jetzt nicht doch besser, wenn ich mit nach Hiddensee kommen würde? Ihr seid doch dort nur zu zweit, Damp und du? Die Kollegen können Nemzov im Fall aller Fälle doch auch allein einkassieren.“

Rieder lehnte ab: „Du bleibst besser hier, falls er zurückkommt und wir ihn aber auf der Fahrt nicht sehen. Der Nebel ist ja dicht genug. Aber wir warten, bis die Streife da ist. Ich möchte nicht, dass du allein bist, wenn er hier ankommen sollte.“

Sie lächelte ein wenig, denn sie freute sich über seine Fürsorge, nachdem sie den ganzen Morgen wie zwei Fremde miteinander umgegangen waren.

Malte nahm seine Schiffermütze ab und kratzte sich an der Stirn. „Wir müssen eh noch warten.“

„Warum?“, fragte Rieder ungeduldig.

„Ich hab’ da noch einen zweiten Auftrag angenommen, weil die Fähren nicht fahren.“

„Was?“

„Du bist nicht der Einzige, der den Dummen von Hiddensee kennt, der bei dieser Suppe hierherschippert."

Malte schaute verlegen Rieder und Blohm an.

„Ich finde auch, dass die alle etwas viel Theater machen wegen des Wetters. Bei Nebel muss ich nicht gleich aufhören zu atmen. Keine Schule. Kein Inselbus. Kein Fährverkehr. Mensch, was sind das alles für Memmen!"

„Malte, welchen Auftrag hast du noch angenommen?"

„Ich wusste auch nicht, dass es bei dir so dringend ist. Ich dachte, du willst nur zurück auf die Insel."

Rieder schaute ihn ärgerlich an.

„Die Dora … die hat mich erwischt, als ich zu meinem Boot ging. Sie kam vom Hafen, wartete dort auf ihre Filme für heute … Das ist doch ihre Abschiedsvorstellung …"

Malte schien es peinlich zu sein, dass ihn Rieder schon wieder dabei erwischte, dass ihm die Kinofrau nicht ganz egal war. „Da habe ihr erzählt, dass ich dich abhole und … das konnte ich ihr doch nicht abschlagen …"

„Malte!"

„Na, ich hab' ihr gesagt, sie soll den Kurier mit den Filmen nach Seehof schicken. Ich würde das dann schon mitbringen …"

„Und wann soll der kommen?" Rieder schaute ärgerlich auf die Uhr.

Malte zuckte mit den Achseln: „Er sei wohl schon unterwegs gewesen."

Wie aufs Stichwort tauchten im Dunst Scheinwerfer auf.

„Vielleicht ist er das schon", hoffte Malte.

XLIX

Das Brummen des Motors durchbrach die Stille des Nebels über dem Bodden. Gemächlich rollte die Bugwelle aus, die der Kiel von Maltes Boot in die spiegelglatte Wasseroberfläche schnitt. Rieder starrte geradeaus, sah aber nichts durch die Nebelwand. Ihm war der Motor zu laut. Wenn man schon nichts sehen konnte, dann aber vielleicht hören. Das war aber nicht zu ändern. Malte saß an der Pinne, völlig entspannt. Trotz des Nebels schien er ohne Schwierigkeiten den Weg nach Vitte zu finden. Er hatte die Fahrrinne zwischen Schaprode und Hiddensee genau an der Stelle gekreuzt, wo er es auch vor zwei Tagen getan hatte. Rieder hatte es an den Nummern der Tonnen für die Begrenzung des Schifffahrtsweges erkannt. Es war ihm ein Rätsel, wie sich sein Nachbar bei diesem Wetter orientieren konnte.

Zu Maltes Füßen lag ein Paket. Er hatte es unter die Sitzbank geschoben, damit es nicht nass würde. Darin befanden sich fünf Filmrollen. Malte hatte sie geradezu liebevoll in eine wasserdichte Zeltplane eingeschlagen, nachdem sie ihm der Kurier übergeben hatte. Der Fahrer der Filmfirma und der Streifenwagen aus Bergen waren zur gleichen Zeit in Seehof eingetroffen. So hatte es keine weiteren Verzögerungen gegeben.

Seit ihrer Abfahrt von Seehof hatten Rieder und Fittkau kaum ein Wort gesprochen. Der Polizist wollte nicht noch einmal seinen Verdacht gegen Jan Stein wiederholen. Er fürchtete, Malte erneut zu verärgern. Als sich jetzt aber die Silhouette der Fährinsel aus dem Nebel schälte, hatte er eine Idee. Malte steuerte gerade das Boot nach Steuerbord, um dann nah am Boddenufer südlich von Vitte entlangzufahren.

„Kannst du mich am Liegeplatz deines Paddelbootes absetzen?“

Malte runzelte die Stirn: „Da ist es zu flach.“

„Dann spring’ ich da schnell ins Wasser. So tief ist es dort doch nicht.“

„Bei dem Wetter?“

„Das ist kein Problem.“

„Von mir aus.“

Wenige Minuten später drosselte Malte das Tempo und ging noch weiter unter Land. „Der Wind dreht. Jetzt kommt er aus Osten und drückt die ganze Suppe wieder zurück“, meinte er.

Rieder bemerkte es jetzt auch. Der Bodden war nicht mehr spiegelglatt. Kleine Wellen zeigten sich und bewegten sich in Richtung Hiddensee. Der Nebel jedoch blieb so dicht wie bisher.

Die Schilffelder am Ufer wurden im Dunst sichtbar. Dann kamen die Umrisse eines kleinen Schuppens in Sicht. Das war der Liegeplatz von Maltes Paddelboot. Hier konnten die Urlauber ohne Probleme den Zweier zu Wasser lassen.

Malte schaltete den Motor ab: „Na dann.“

Rieder rutschte über die Bootskante und ließ sich ins Wasser gleiten. Doch bevor er festen Boden unter den Füßen hatte, stand er bis zu den Oberschenkeln im Wasser. Die Nässe ließ ihn erzittern. Malte nahm davon keine weitere Notiz. Er warf den Motor wieder an und fuhr weiter. Als sich Rieder rumdrehte, war er schon in den Nebelschwaden verschwunden.

Rieder watete an Land. Da lag der graue Bootskörper von Maltes Paddelboot. Er fasste mit der Hand auf die elastische Bootshaut. Sie war nass. Rieder drehte das Boot um. Auch der blaue Stoffbezug zeigte an den Rändern feuchte Spuren. Sie konnten vom Spritzwasser stammen. Er zog die beiden Paddel heraus. Auch auf dem Holz lag ein feuchter Film. Rieder hatte keine Latexhandschuhe dabei und keine Asservatentüte, um die Paddel als mögliches Beweismittel sicherzustellen. Er war sich gewiss, dass das Boot heute schon von Jan Stein benutzt worden war, um Juri Nemzov von Seehof nach Hiddensee zu holen. Er kniete sich neben das Boot und durchsuchte das Innere des schmalen Bootskörpers nach weiteren Spuren. Er störte aber nur ein paar Spinnen und Ohrenkneifer auf, die es sich im Bug und im Heck bequem gemacht hatten und nun noch tiefer in den Bug und das Heck flüchteten.

Rieder drehte das Boot wieder herum. Die Nässe in seinen Hosenbeinen, Strümpfen und Schuhen ließ ihn frieren. Um warm zu werden, rannte er den Weg zum Deich hoch, dann bis zum Liegeplatz von Maltes Motorboot. Da standen Damp und Dora Ekkehard. Sie sahen zu, wie Malte das Paket mit den Filmrollen vorsichtig auslud und zum Handwagen der Kinofrau trug.

„Hallo, Herr Rieder!“, begrüßte sie den Polizisten. Damp nickte ihm nur zu.

„Sie kommen doch heute Abend auch zur Abschiedsvorstellung? Charlotte macht das Büffet.“

Der Name seiner Freundin versetzte Rieder einen Stich. „Wieso eigentlich Abschiedsvorstellung?“

„Der Vorhang fällt.“ Dora zog ein zusammengefaltetes Papier aus ihrer Jackentasche und reichte es Rieder. Er wollte sich hier nicht festquatschen, fühlte sich aber der Kinofrau gegenüber verpflichtet.

„Ich dachte, die Dinge hätten sich nun vielleicht geändert, wenn Durk als Bürgermeister abgesetzt ist und Ulrike Stein vielleicht erbt“, entgegnete er, während er anfing zu lesen. Es war ein Schreiben des Ordnungsamtes des Landkreisamtes Rügen.

„Tja, aber die Bürokratie lässt nicht Gnade vor Recht ergehen“, bemerkte sie resigniert.

In dem Schreiben wurden zahlreiche Auflagen für den weiteren Betrieb des Zeltkinos gemacht. Nach 22 Uhr durften keine Vorführungen mehr erfolgen, und bei Windstärke vier musste der Kinobetrieb eingestellt werden. Das war praktisch das Todesurteil für das Zeltkino. Denn Wind ging auf Hiddensee immer und nur selten weniger als Windstärke vier. Ohne Abendvorstellungen war das Geschäft für Dora nicht mehr rentabel. Gerade im Sommer kamen die meisten Gäste erst zu den Spätvorstellungen ab 20 Uhr 30.

„Kann man da nicht noch mal was machen? Vielleicht kann sich der neue Bürgermeister dafür einsetzen?“, schlug Rieder vor.

Dora schüttelte den Kopf. „Man muss wissen, wann man den Krieg verloren hat.“

„Ich versuche zu kommen“, versprach Rieder. „Welchen Film gibt es zum Abschied?“

„Solo Sunny.“

Nichts anderes als einen DDR-Kultfilm hatte Rieder erwartet, dazu noch einen über eine Frau, die um ihren eigenen Weg kämpfte und am Ende auch scheiterte. Dora hatte ihn sicher nicht ohne Bedacht ausgesucht.

„Und dazu gibt's ein Ossi-Buffet. Soljanka aus dem Kessel. Karlsbader Schnitten. Bockwurst mit Brötchen. Charlotte räumt ihre Bestände. Sie macht ja auch zu.“

Rieder nickte. Er gab Damp ein Zeichen zum Aufbruch. Da meldete sich Malte: „Und? Was ist mit dem Boot?“

„Die Bootshaut war nass“, erklärte Rieder.

„Was beweist das bei dem Wetter? Gar nichts. Der Nebel legt sich überall drauf.“

„Malte, es tut mir leid, aber ich glaube, dass Jan Stein …“

„Und ich glaube es nicht!“, blaffte Malte zurück. „Paddelboote haben noch mehr auf der Insel.“ Er drehte sich um und stapfte davon.

Damp schaute ihm mit Dora verdutzt hinter her.

„Können wir?“, fragte Rieder ungeduldig seinen Kollegen.

„Was sollte das? Worum geht es eigentlich?“, fragte Damp ziemlich ungehalten, „darf ich das auch mal erfahren, oder spiele ich wieder den Trottel vom Dienst?“

„Ich verabschiede mich mal“, warf Dora ein, griff nach ihrem Handwagen und lief davon.

„Ich erkläre es Ihnen, aber fahren wir erst mal los. Wo ist eigentlich die Akte von der ‚Ostseetherme‘?“

„Bei der Sparkasse im Tresor.“

L

Rieder und Damp holten die Akte von der Sparkasse in Vitte ab. Der Angestellte bestätigte Rieder die Bargeschäfte von Peter Stein. Es wäre immer nur so viel Geld auf den Konten gewesen, wie er gebraucht hätte, um die laufenden Kosten für die Firma ‚Inselbau' und seine Angestellten zu bezahlen. Kam Geld rein, hatte es Stein immer sofort abgehoben.

Während Damp langsam in Richtung Süderende fuhr, blätterte Rieder in den Unterlagen. Irgendwo musste der Code für den Safe versteckt sein. Aber wo auf den mehreren hundert Seiten? Rieder blätterte jede Seite um. Dann hatte er gefunden, was er suchte. Die Wetterangaben für das Gutachten für die „Ostseetherme Hiddensee". Die Reihenfolge der Durchschnittswerte. Juli, November, April. Logischer wäre es doch, den April zuerst anzugeben. Außerdem konnten die Werte nur für Juli und November annähernd stimmen. Aber für das Frühjahr waren fünfzehn Grad eindeutig zu hoch. Das war Rieder schon aufgefallen, als er zum ersten Mal die Werte gelesen hatte.

„Hier ist es!", rief er. Er zeigte Damp das Blatt, der vorsichtig herüberschielte. Er hatte Angst, bei dem Nebel auch nur einen Moment den Blick von der Windschutzscheibe zu wenden.

„Was soll das sein?"

„Die Kombination für den Safe von Peter Stein."

„Wenn ihn Steins Bruder und der Russe nicht schon geknackt haben", wandte Damp ein und bremste den Optimismus seines Kollegen. Rieder hatte ihm von seinem Verdacht gegen Jan Stein und seinen Beobachtungen am Paddelboot von Malte Fittkau erzählt.

Rieder riss das Blatt aus dem Ordner, faltete es zusammen und steckte es in seine Brusttasche.

Damp parkte den Streifenwagen wieder am alten Transformatorhäuschen. Heute wirkten die Grafitti-Ungeheuer noch bedrohlicher.

Sie schlichen über den Deich und bewegten sich leicht geduckt im Schutz der Anlage bis zum Haus Peter Steins an der Stranddüne. Schnell wechselten sie die Seite und versteckten sich hinter dem Zaun. Sie glaubten sich geschützt durch die hohen Kiefern, die auch unten an ihren Stämmen dichtes Geäst besaßen. Rieder schaute in Richtung Haus. Nirgends war Licht zu sehen.

Er zog seine Waffe. Damp tat es ihm gleich. Sie rückten in der Hocke vor bis zum Zauntor. Es stand offen. Dann sprinteten beide bis zur Hauswand. Damp war davon schon völlig außer Atem, abgesehen davon, dass sein riesiger Körper selbst in diesem Nebel auffiel. Sie versteckten sich unter dem Fenster des Hauses auf der Ostseite. Rieder spürte, wie seine Aufregung wuchs. Er versuchte sich durch leises Ausatmen zu beruhigen. Vorsichtig blickte er um die Ecke. Die Haustür stand auf. Er zog den Kopf zurück. „Sie sind drin", flüsterte er Damp zu.

„Sollen wir nicht Verstärkung holen?"

„Erstens gibt es keine Verstärkung, zweitens sind wir wie die zu zweit. Das sollte wohl zu schaffen sein."

Sie robbten weiter bis zur Haustür. Rieder gab Damp ein Zeichen, dass er ins Haus gehen würde und er ihm im Notfall mit seiner Schusswaffe Deckung geben sollte. Damp nickte zögernd. Sie entsicherten ihre Waffen.

Rieder sprang durch die geöffnete Tür in den Flur, versteckte sich hinterm Treppenabsatz und rief: „Polizei! Kommen Sie heraus! Mit erhobenen Händen!"

Nichts passierte. Rieder winkte Damp mit der Pistole, bis zu ihm aufzurücken. Sein Kollege robbte heran. Dann wand sich Rieder um das Treppengeländer, schob sich an der Wand nach oben und ging langsam Stufe für Stufe hinauf, die Waffe immer im Anschlag. Damp folgte ihm. Als er auf den oberen Flur schauen konnte, sah er jemanden in Steins Schlafzimmer in einem Sessel sitzen. Er nahm noch eine Stufe. Es musste Nemzov sein. Aber warum reagierte er nicht auf Rieders Rufen?

Rieder ging wieder eine Stufe zurück und flüsterte Damp seine Beobachtung ins Ohr. Rieder schlug einen Überraschungsangriff vor. Sie wollten zusammen die Treppe hinaufstürmen. Damit würden sie nur kurz im Schusswinkel Nemzovs sein oder einer Person, die sich noch in diesem Zimmer versteckt halten konnte. Damp verzog das Gesicht, stimmte aber zu. Dann zählte Rieder lautlos von drei herunter und rief: „Los!" Beide Polizisten sprinteten nach oben. Die Stufen ächzten unter den schweren Schritten von Damp. Dann pressten sie sich an die Wand neben der Schlafzimmertür. Noch immer regte sich nichts. Rieder schaute sich um. Das Arbeitszimmer mit dem großen Fenster auf die Ostsee hinaus schien leer zu sein. Die Tür zum Bad war verschlossen. Nur die Tür zum Schlafzimmer war geöffnet. Er blickte durch den Spalt zwischen Tür und Rahmen ins Schlafzimmer. Dort saß immer noch Nemzov mit dem Rücken zur Tür. Er hatte sich bisher nicht einmal gerührt. Rieder nahm all seinen Mut zusammen, machte einen großen Schritt in das Zimmer, hielt die Waffe auf Nemzovs Hinterkopf gerichtet: „Herr Nemzov, nehmen Sie die Hände hoch!"

Keine Reaktion. Damp war gefolgt und zielte nun auf Nemzov, während Rieder langsam um den sitzenden Mann herumging. Nemzovs Augen waren aufgerissen. Aus seinem offenen Mund rann ein schmales Blutgerinnsel. Auf seinem Hemd breitete sich um einen dunklen Punkt in der Herzgegend ein dunkelroter feuchter Fleck aus.

„Der ist tot", erklärte Rieder. Ohne die Waffe aus der Hand zu legen, fühlte er mit der linken Hand an Nemzovs Hals. Kein Puls. Aber er war noch warm. Damp ließ die Waffe sinken und atmete aus. Die ganze Spannung schien aus seinem Körper zu entweichen. Es war nochmal alles gut gegangen. Rieder schaute sich um. Das Bücherregal war von der Wand abgerückt. Offenbar gab es einen Mechanismus, mit dem man einen Flügel vorziehen konnte. Dahinter befand sich in der Wand ein Tresor mit Brandspuren an der Tür. Auf dem Boden davor lag ein tragbares Schweißgerät. Scheinbar eine Miniaturausführung. Rieder hockte sich hin, klopfte an die Flaschen. Leer.

„Da ist ihm wohl die Luft ausgegangen", sagte er im Aufstehen und spürte plötzlich in seinem Genick kaltes Metall. Eine Pistolenmündung. Er wollte sich rumdrehen zu Damp, sah aber aus den Augenwinkeln, wie der zusammenbrach. Er hatte keinen Schuss gehört. Rieder riss seinen linken Arm hoch und versuchte, dem Angreifer die Pistole wegzuschlagen. Doch sein Gegner hatte das geahnt und war einen Schritt zurückgetreten, so dass sein Schlag ins Leere ging. Vor ihm standen zwei dunkle Gestalten mit weißen Masken. Wie auf dem Radarfoto! Einer richtete seine Pistole direkt auf ihn. Der andere hatte auch eine Waffe in der Hand. Er blickte zu Damp, der sich am Boden wälzte. Er schien getroffen zu sein. Seine Pistole war ihm entglitten und wurde von seinem Gegner für ihn unerreichbar zur Seite geschoben. Rieder hielt seine Waffe noch in der Hand, umfasste sie fester, spannte die Muskeln an, wollte sich hochreißen und sofort abdrücken. Doch sein Gegenüber drückte ihm die Mündung der Pistole auf die Stirn. „Waffe weg!", nuschelte es durch die Maske. Rieder zögerte.

„Herr Rieder, spielen Sie nicht den Helden. Ich würde keine Sekunde zögern, Sie zu töten."

Die Stimme war kaum zu verstehen. Es war eine Frau. Das war deutlich an den Brüsten unter der eng anliegenden Kleidung zu erkennen. Die Maskierte winkte noch einmal auffordernd mit ihrer Waffe. Rieder erkannte das Modell. Eine Makarow. Die Waffe war entsichert. Er ließ seine Pistole auf den Boden gleiten. Der zweite Maskierte, von der Figur her ein Mann, sammelte sie sofort ein, bedrohte dann damit Damp, der sich immer noch auf dem Boden wand.

Dann riss die Frau sich die Maske herunter. Rieder sah in das grinsende Gesicht von Ulrike Stein. „Überrascht?", fragte sie ihn.

Rieder zuckte mit den Achseln. „Und wer ist Ihr Begleiter? Ich schätze, Jan Stein."

Auch der Mann riss seine Maske ab: „Falsch geraten. Gestatten, von Krenz", grüßte er übertrieben freundlich.

„Was haben Sie mit Damp gemacht?"

Von Krenz zog aus dem Gürtel seiner schwarzen Hose ein pistolenartiges Gerät und betätigte den Abzug. Statt eines Schusses zuckten Blitze an der Spitze des Laufes. „Ein Elektroschocker. 15.000 Volt haben unseren Freund erst mal schachmatt gesetzt. Aber die Wirkung lässt bald nach. Dann ist er fast wieder der Alte."

„Sie haben uns ganz schön warten lassen", bemerkte Ulrike Stein. „Juri hatte einen ziemlichen Vorsprung. Aber, wie sagten Sie so schön, ihm ist die Luft ausgegangen mit seinem kleinen Schweißgerät. Darf ich also um den Code bitten?"

Rieder tat verdutzt: „Ich weiß nicht, was Sie meinen."

„Die Kombination zum Tresor. Sie befindet sich irgendwo an Ihrem Körper, und wenn Sie nicht scharf darauf sind, mit Damp die Erfahrung eines tausendfachen Stromstoßes zu teilen, sollten Sie den Zettel jetzt herausholen."

„Keine Ahnung, wovon Sie sprechen", versuchte Rieder die Frau hinzuhalten.

„Letzte Warnung, Rieder! Kleiner Tipp: Unser Elektronikgenie hat gestern bei Damp in der Uniform eine Wanze positioniert, als er seine Anzeige aufgegeben hat. Die funkt uns alles zu. Auch wie Sie das Blatt mit dem Code aus dem Hefter mit den Unterlagen der ‚Ostseetherme' gerissen haben. Also, wird's bald?"

Von Krenz unterstrich die Drohung, indem er wieder zweimal den Auslöser des Elektroschockers drückte.

Rieder zog den Zettel aus seiner Hemdtasche und gab ihn Ulrike Stein. Sie reichte ihn gleich weiter an Andreas von Krenz, der sich übereifrig daran machte, damit den Tresor zu öffnen.

„Was ich nicht verstehe …"

Weiter kam Rieder nicht. „Sie verstehen gar nichts, Rieder! Sie wissen nicht, wie es ist, nach dreißig Jahren aufs tote Gleis geschoben zu werden, nur weil Ihr Ehemann plötzlich in seinen Lenden eine Midlife-Krise spürt, sich in eine Nutte verliebt und alles den Bach runtergeht, was Sie geplant und sich aufgebaut haben. Die

‚Ostseetherme Norderende' war meine Idee. Peter sollte sie nur umsetzen. Und dann kommt diese Nutte daher, und alles ist Makulatur. Er rennt ihr hinterher wie ein läufiger Hund, selbst als sie ihn schon abgeschossen hat."

Ulrike Stein redete sich in Rage und gestikulierte dabei mit der entsicherten Waffe. Da unterbrach sie von Krenz: „Die Tür ist auf!"

Rieder drehte sich um. Nemzov hatte nicht gelogen. Im Tresor türmten sich die Geldscheinbündel. Es mussten Millionen sein.

„Hol die Taschen!", befahl Ulrike Stein. „Aber zuerst fesseln wir die beiden. Nimm dazu ihre Handschellen."

Von Krenz zog bei Rieder und dem stöhnenden, wehrlosen Damp die Handschellen aus den Etuis an den Gürteln und legte sie ihnen an.

„Setzen Sie sich neben Damp, da können Sie ihn ein bisschen trösten", wies die Frau an. Von Krenz holte aus dem Untergeschoss mehrere Reisetaschen und begann, das Geld aus dem Safe einzupacken. Dabei lachte er vor Glück.

„Sie haben sowieso keine Chance", bemerkte Rieder. „Irgendwann wird Verstärkung eintreffen, wenn wir uns nicht melden."

„Leider können Sie sich nicht melden", erklärte Ulrike Stein ironisch. „Niemand kann sich von Hiddensee melden oder hier anrufen." Sie deutete mit dem Kopf wieder auf von Krenz. „Er hat den Funkmast lahmgelegt. Wie heißt das Gerät, Andreas?"

Von Krenz hielt kurz inne. „Ich habe einen Jammer aufgebaut und damit das Funksignal des Mastes geblockt."

„Was haben Sie aufgebaut?"

„Einen Störsender."

Rieder schüttelte den Kopf. Zum einen konnte er nicht fassen, was hier passierte und wie hilflos er war. Zum anderen fragte er sich, was Ulrike Stein und Andreas von Krenz vereinte.

„Wir sind eine Interessengemeinschaft." Ulrike Stein schien Rieders Gedanken erraten zu haben. „Peter hat ihm Karin Knoop ausgespannt, und Peter hat mich gegen Karin Knoop ausgetauscht. Dafür mussten nun beide büßen."

„Und welche Rolle spielt Juri Nemzov?"

„Er gehörte auch zu der Interessengemeinschaft. Bis vor kurzem." Sie lächelte wieder gehässig. „Karin Knoop hat in ihrem Haus Unterlagen gefunden, die beweisen, dass Juri seine Bauarbeiter nicht immer nach ganz legalen Methoden rekrutierte. Ihr Mann hatte sie vor seinem Tod unterm Dach im ‚Gasthaus Norderende' versteckt. Sie hat es Peter erzählt, und er hat damit Juri unter Druck gesetzt. Kein feiner Zug. Außerdem war auch Juri nicht gerade begeistert vom Ende des ‚Projekts Norderende'. Ihm war die russische Mafia auf den Fersen. Einige von diesen Leuten wollten ihr Geld dort investieren, hatten Juri eine Provision gezahlt, aber nun hatte er nicht geliefert. Wir hatten auch mal was miteinander. Nun ist er jedenfalls ausgeschieden. Nicht ganz freiwillig, aber immerhin mit seiner eigenen Waffe. Er hat mir die Makarow mal geschenkt." Sie lachte auf über ihren Witz.

„Und wie haben Sie es bei ihrem Mann gemacht?"

„Ich kann verstehen, dass Sie nicht unwissend sterben wollen", lästerte sie. „Andreas hat das Handy geklaut, ich habe die SMS geschrieben, als ich bei den Zabels im Hotel ‚Enddorn' angekommen bin. Peter antwortete sofort und sagte das Treffen zu. So hörig war er seiner Karin. Dann bin ich in mein Paddelboot in Grieben gestiegen, bis nach Vitte gepaddelt. Wozu war ich mal DDR-Jugendmeisterin im Zweier-Kajak? Vielleicht wäre ich noch Olympiasiegerin geworden, wenn Peter nicht das Auto gegen den Baum gesetzt und mich vorher noch geschwängert hätte. Ich habe am Ziegelort angelegt und bin mit meinem Paddel zum Kino-Wäldchen gewandert. Dann habe ich bei dem alten Kahn gewartet. Peter war etwas überrascht, mich statt Karin zu sehen. Leider konnte er dazu nicht mehr viel sagen, denn da traf ihn schon das Paddel an der Schläfe. Dank meiner Grundausbildung in Nahkampf bei der Zivilverteidigung in der DDR wusste ich, wo ich ihn treffen musste. Ich habe noch gewartet, bis er richtig tot war und bin dann auf dem gleichen Weg zurück."

„Dann haben die Zabels also gelogen, dass Sie den ganzen Abend bei Ihnen in Grieben waren?"

Sie lächelte. „Mehr als eine Anklage wegen Falschaussage wird sie kaum treffen. Wenn überhaupt."

„Es könnte auch Beihilfe zum Mord werden …"

„Haben Sie Beweise?"

Hatte er nicht, musste sich Rieder eingestehen.

„Welche Rolle spielt eigentlich Jan Stein?"

„Keine. Er kam uns nur in die Quere. Andreas suchte am Dienstagabend in Peters Haus nach seinem Testament und nach der Akte ‚Ostseetherme'. Ich kannte die Angewohnheit meines Mannes, den Safe-Code immer in der wichtigsten Akte zu verstecken. Aber da erschien besoffen Jan, und Andreas musste sich mit leeren Händen verdrücken."

„Wo ist Jan Stein jetzt?"

„Keine Ahnung."

„Er wollte zu Ihnen heute Morgen."

Ulrike Stein zuckte mit den Schultern: „Würde mich nicht wundern, wenn Sie ihn zwischen Vitte und Kloster irgendwo besoffen finden würden." Sie lachte kurz auf: „Oh, sorry: Sie ja nicht mehr!"

Damp stöhnte leise auf. Er schien keine Krämpfe mehr zu haben. Dafür wirkte er schläfrig. Seine Lider waren halboffen. Er atmete stoßweise.

„Und Karin Knoop?"

„Sie brauchte Geld, nachdem sie dem großzügigen Spender Peter den Laufpass gegeben hatte. Sie wurde wieder aktiv als ‚Küstenschwalbe'. Klingt das nicht süß? ‚Küstenschwalbe'!" Ulrike Stein prustete. „Ich wusste von ihrem Nebenjob als Nutte durch Juri. Wir wollen die Dinge doch mal beim Namen nennen. Da habe ich den Freier gespielt, mich verabredet. Ich bin dann mit dem Paddelboot nach Seehof. So habe ich heute übrigens auch Nemzov abgeholt." Sie machte eine Pause, zog aus einer Schachtel Zigaretten in ihrer Hosentasche eine filterlose Zigarette. Es handelte sich um dieselbe Marke wie die Kippe, die Rieder auf dem Autohof Nemzovs gefunden hatte. Nachdem sie sich die Zigarette angezündet hatte, ohne dabei die Pistole von den Polizisten zu wenden, bot sie Rieder auch eine an. Er lehnte ab. „Dann nicht. Wo waren wir stehengeblieben?“, überlegte sie kurz. „Ach ja. Jedenfalls, am Mittwoch haben wir ‚Kleiner Fährverkehr‘ gespielt. Seine beiden Knechte sind mit meinem Boot zurück nach Vitte und haben in Knoops Haus und Kneipe nach den Papieren von ihrem Mann gesucht und nach dem Testament von Peter. Leider vergeblich. Ich bin unterdessen mit dem Jeep der beiden nach Binz, zu Karin ins Hotel. Irgendwie brachte ich es aber nicht übers Herz, ihr völlig das Licht auszuknipsen. War ein Fehler.“

Rieder hoffte, dass Ulrike vielleicht kurz unaufmerksam werden würde und er aufspringen und ihr die Waffe aus der Hand schlagen könnte. Dazu wäre es sicher am besten, das Gespräch am Laufen halten. „Wer hat denn eigentlich versucht, bei Charlotte einzubrechen?“

„Ich!“, erklärte Ulrike Stein.

„Aber Sie haben sich doch am Abend mit Jan Stein getroffen, in Ihrem Haus in Kloster.“

„Stimmt, aber nachdem er weg war, bin ich mit dem Boot nach Neuendorf. Ich brauche da eine knappe Stunde. Leider waren Sie noch wach, sonst hätte ich mir die Unterlagen schnappen können, und wir müssten hier nicht mehr dieses Theater spielen, sondern wären schon über alle Berge.“

Wie aufs Stichwort verkündete von Krenz: „Fertig mit Einpacken!“

Ulrike Stein schaute auf die Uhr.

„Wir liegen gut in der Zeit. Eigentlich wollten wir bis zum Einbruch der Dunkelheit warten, aber vielleicht ist es besser, wir nutzen den Nebel und verlieren nicht weiter Zeit.“

Sie wandte sich an Rieder und Damp: „Meine Herren, es geht auf Ihre letzte Reise. Los, aufstehen!“

Rieder quälte sich auf die Beine. Damp war unfähig, aufzustehen. Er litt noch deutlich unter den Folgen des Stromschlags.

„Helfen Sie Ihrem Kollegen!“

„Wie soll ich ihm helfen mit gefesselten Händen?“

Sie rief von Krenz nach, der die Taschen mit dem Geld nach unten brachte, er solle einen Eimer Wasser mit nach oben bringen.

Als er damit erschien, wies sie ihn an, das Wasser über Damp zu kippen. Der schüttelte sich nach dem Guss. Seine Lebensgeister schienen zu erwachen. Von Krenz zog ihn mit Mühe auf die Beine.

„Alles verladen?", fragte Ulrike Stein ihren Komplizen.

Von Krenz nickte: „Wir können los." Er schaute auf den toten Nemzov. „Was machen wir mit ihm?"

„Nichts, oder willst du ihn als Handgepäck aufgeben?"

„Aber …"

„Nichts ‚aber'! Los jetzt! Nimm ihre Waffen und ziel auf sie, damit sie uns nicht ausbüchsen."

Dann befahlen sie Damp und Rieder, die Treppe nach unten zu gehen. Vor der Haustür mussten sie stehenbleiben. Ulrike Stein schaute hinaus, ob die Luft rein ist. Sie war einen Moment weg. Als sich Rieder umschaute, um eine Fluchtmöglichkeit zu suchen, bekam er von Krenz einen Schlag auf den Hinterkopf: „Keine Bewegung!"

Ulrike Stein kam wieder zurück. „Keine Sau unterwegs bei dem Wetter. Vorwärts!", kommandierte sie.

Im Gänsemarsch gingen sie aus dem Haus auf einem Trampelpfad über die Düne hinunter zum Strand. Rieder hatte im Stillen gehofft, dass Nelly vielleicht doch mit Verstärkung auf die Insel gekommen sei, weil er sich so lange nicht gemeldet hatte, und eine Befreiungsaktion starten würde. Doch nichts tat sich. Er musste der Tatsache ins Auge sehen, dass Damp und er ihrem Schicksal überlassen blieben. Ulrike Stein kannte keine Gnade. Das hatte sie bei ihrem Mann, Karin Knoop und Juri Nemzov bewiesen. Sie war voller Hass. Andreas von Krenz war ihr Werkzeug. Auch von ihm hatten Damp und er keine Hilfe zu erwarten. Sein Kollege torkelte hinter ihm, immer wieder durch Schläge mit der Pistole von Ulrike Stein angetrieben. Am Ende des Trupps zog von Krenz eine Sackkarre hinter sich her, auf die er die Taschen mit dem Geld geschnallt hatte.

Am Strand lag es! Das Paddelboot, Marke „Pouch". Daneben die Paddel mit der roten Kante. Rieder machte sich Vorwürfe. Er erinnerte sich an die Begegnung im Hafen, nach der Verhaftung von Dora Ekkehard. Damals war Ulrike Stein nicht Richtung Kloster, sondern zum Hafen gegangen. Warum hatte er sich nie gefragt, wie sie an diesem Tag nach Kloster zurückgekommen sei? Nun war es zu spät. Aber eines bewegte ihn noch: „Wie sind eigentlich die Ruder zum Zeltkino gekommen? Denn Sie haben Ihren Mann mit Ihrem eigenen Paddel erschlagen."

Ulrike Stein grinste ihn an. „Die Ruder waren noch im Angelkahn. Als Möselbeck am Morgen in der Kapelle davon faselte, wie Peter erschlagen worden sei, kam mir die Idee, die Sache Dora in die Schuhe zu schieben und sie damit auch loszuwerden." Sie nickte mit dem Kopf zu von Krenz. „Ich habe Andreas angerufen, und er hat die Ruder geholt und bei Dora versteckt. Ich hatte ja schon genug damit zu tun, Jan Stein das Handy unterzuschieben. Nun wollen wir aber keine Zeit mehr verlieren."

Ulrike Stein befahl den Polizisten, stehenzubleiben. „Sie haben Glück. Wenn es weiter Westwind gegeben hätte, dann hätten wir Sie gleich im Haus erledigt", erklärte sie. „Aber nun bläst ein schöner ablandiger Wind. So sollen Sie eine Chance bekommen. Andreas, bring das Boot ins Wasser!", wies sie von Krenz an. „Schön weit raus, damit es auch schwimmt mit unseren beiden Passagieren."

Von Krenz schleppte das Boot in die Ostsee, bis er knietief im Wasser stand. „Darf ich bitten, meine Herren!", befahl Ulrike Stein. „Würden Sie im Boot Platz nehmen?"

Rieder und Damp gingen ins Wasser. Rieder spürte kaum die Kälte der See. Sein Körper fieberte vor Angst. Er überlegte, noch einen Versuch zu wagen, Ulrike Stein zum Aufgeben zu überreden, doch ein Blick in ihre kalten Augen reichte, davon Abstand zu nehmen. Damp musste, weil er größer war, vorn einsteigen. Rieder hinten. Einen Moment lang glomm in Rieder etwas Hoffnung auf. Die Steueranlage. Sie stand direkt vor seinen Füßen. Er berührte sie mit seinen Fußsohlen, probierte, ob sie sich bewegte. Doch Ulrike Stein hatte es gesehen.

„Andreas, bau das Steuer ab!"

Ihr Komplize kappte die Leinen zwischen dem Steuer im Boot und dem Ruder an seinem Heck. Dann gab er dem Paddelboot einen heftigen Schub. Langsam trieben Rieder und Damp an den Buhnen vorbei auf das offene Meer.

„Gute Reise!", rief ihnen Ulrike Stein noch nach. Von Krenz lachte laut. Schnell trieb das leichte Boot trotz des Gewichts der beiden Polizisten über die Buhnen hinaus auf die offene See. Dann fiel ein Schuss. Rieder drehte sich um. Von Krenz sank in die Knie, kippte zur Seite und klatschte ins Wasser.

„Was war das?" Der Knall hatte Damp aus seinem Dämmerzustand geweckt.

„Frau Stein hat auch ihre Interessengemeinschaft mit von Krenz gerade gekündigt."

Sie hörten, wie Ulrike Stein lachte und aus dem Wasser watete. Rieder schaute noch einmal. Die Frau nahm die Sackkarre mit den Geldtaschen und verschwand in den Dünen.

„Ob sie uns jetzt auch erledigt? Von hinten?"

Rieder hörte die Angst in der Stimme von Damp. ‚Eigentlich sind wir das doch schon', dachte er sich. Auch wenn der Wellengang bisher nicht besonders hoch war, aber im Nebel und der hereinbrechenden Dunkelheit waren sie mit dem Paddelboot praktisch unsichtbar. Die Schiffe auf hoher See würden es nicht mal spüren, wenn sie das Boot rammten und unter Wasser drückten.

Laut sagte er: „Ich glaube nicht. Sie ist weg."

„Ist auch egal", stöhnte Damp. „Von Krenz hat mir erzählt, wie viele Schiffe da draußen auf der Ostsee hin- und herfahren. Eins wird uns schon erwischen." Er schien Rieder Gedanken erraten zu haben.

„Wir dürfen nicht aufgeben", erwiderte Rieder, hörte aber selbst, dass es nicht überzeugend klang.

Der Wind drehte leicht Richtung Nordwest. Sie waren schon zu weit draußen, um noch am Fuße der Steilküste des Dornbusches im Norden der Insel zu stranden. Der Nebel löste sich langsam auf. Übers Meer hörte man Tonfetzen vom Zeltkino in Norderende.

Charlotte! Rieder dachte an seine Freundin. Sie war jetzt dort am Zeltkino, mit ihrem Lachen, dem wippenden Pferdeschwanz, ihren strahlenden Augen. Sein Betrug ihr gegenüber machte ihm selbst jetzt, in dieser aussichtslosen Situation, ein schlechtes Gewissen. Diese Sünde würde ihm nicht mehr vergeben werden.

Irgendwann war Hiddensee nicht mehr zu sehen. Endlos erschien das Meer. Nahezu lautlos glitt das Boot über die Ostsee dahin. Nur manchmal gluckste das Wasser unter dem Kiel, wenn es ein Wellental durchschnitt und das Gestänge des Bootskörpers ächzte. Durch die Bootshaut spürten Rieder und Damp mehr und mehr die Kälte des Meeres. Über ihnen breitete sich ein dunkler Himmel aus. Ohne Sterne. Ohne Mond. Nur ein schwacher Strahl strich regelmäßig über die schwarzglänzende See und das Boot mit den Polizisten. Rieder drehte sich noch einmal um. Das Letzte, was er von Hiddensee sah, war das Licht des Leuchtturms.

Bibliografische Information der Deutschen Nationalbibliothek
Die Deutsche Nationalbibliothek registriert diese Publikation in der Deutschen Nationalbibliografie; detaillierte bibliografische Daten im Internet unter http://d-nb.de.

www.mitteldeutscherverlag.de

Umschlagbild: Tim Herden
Gesamtherstellung: Mitteldeutscher Verlag, Halle (Saale)
Lektorat: André Schinkel, Halle (Saale)

ISBN 978-3-95462-241-2

Printed in the EU